フレデリカの初恋

ジョージェット・ヘイヤー
佐野　晶　訳

ハーレクイン®
MIRA文庫

* * *

FREDERICA

by Georgette Heyer

Japanese translation rights arranged with
Heron Enterprises Ltd c/o The Buckman Agency, Oxford
through Tuttle-Mori Agency, Inc., Tokyo

Published by Harlequin Japan,
a Division of K.K. HarperCollins Japan, 2015

フレデリカの初恋

★主要登場人物

フレデリカ・メリヴィル……………メリヴィル家の長女。

カリス・メリヴィル…………………フレデリカの妹。

ハリー、ジェサミー、フェリックス……フレデリカの弟たち。

ミス・セラフィーヌ・ウィンシャム……フレデリカたちの伯母。

ヴァーノン・ドーントリー…………アルヴァストーク侯爵。

オーガスタ・サンドリッジ…………アルヴァストークの長姉。レディ・ジェヴィントン。

レディ・ルイーズ・バクステッド……アルヴァストークの次姉。

カールトン・バクステッド…………ルイーズの息子。

ジェーン・バクステッド……………ルイーズの娘。

レディ・エリザベス・ケントメア……アルヴァストークの末姉。

チャールズ・トレヴァー……………アルヴァストークの秘書。

ウィッケン……………………………アルヴァストークの執事。

ナップ…………………………………アルヴァストークの従者。

ダーシー・モレトン…………………アルヴァストークの友人。フレデリカの求婚者。

ルクレチア・ドーントリー…………アルヴァストークのいとこ。

エンディミオン・ドーントリー……ドーントリー夫人の息子。アルヴァストークの相続人。

クロエ・ドーントリー………………ドーントリー夫人の娘。

1

「ヴァーノン叔父様が着いたわ。お洒落《しゃれ》なコートね。何重にもケープがついてるわ！」

未亡人のレディ・ルイーズ・バクステッドは、弟に都合がつきしだい来てくれと急ぎの手紙を届けさせてからわずか五日後に、末娘からこの報告を受けた。

「とってもお洒落な新しい馬車よ、お母様！　叔父様って何もかも最高！」キティは窓ガラスに鼻を押しつけて通りを見下ろし、そう断言した。

キティがレディにふさわしくない表現を使ったことに内心眉をひそめながらも、弟が来てくれたことにほっとして、ルイーズは控えめな声で相槌《あいづち》を打ち、娘を教室へと追い払った。

彼女はアルヴァストークの侯爵である弟のヴァーノンを〝最高！〟だと思ったことはない。そもそも彼がグロヴナー・プレイスを自分の馬車で訪れたのは、あまり喜ばしくない兆候だった。今朝は晴れているが風が強い。そしてアルヴァストークを知っている者ならば、彼が大事な馬を何分も冷たい風のなかに待たせておくはずがないことは容易にわかる。身勝手で無責任きわまりない弟のこと、この計画がうまくいくという期待はしていないけれど……。実際、彼女は姉にもそう言ったのだった。

四十歳を過ぎた姉のレディ・ジェヴィントン——オーガスタ・サンドリッジは、さほど熱心に妹の味方をする気はなかった。弟が利己的で思いやりに欠けるという点では妹に賛成だが、弟がオーガスタの子どもたちのためにもしなかったことを、ルイーズの子どもたちのためにするはずがない。たしかに弟はルイーズのふたりの息子と三人の娘に無関心だが、どうしてそれを責められよう？　あんな平凡な子どもたちに関心を持つことなど不可能だ。とはいえ、弟がオーガスタの子どもたちにも無関心なのは、利己的な性格の表れとしか言いようがない。独身で誰もが振り向く容姿に恵まれた裕福な男なら、喜んで彼女の愛するグレゴリーのように前途有望な甥《おい》の後ろ盾になり、流行に関して娘のアナに貴重な助言をしてくれてもよさそうなものを。さいわいアナは適切な相手と婚約したものの、弟に対するオーガスタの反発は少しも和らがなかった。夫の言うとおり、彼女は弟がつき合っている虚飾に満ちた人々を嫌い、あなたは決してあんな人たちの仲間になってはだめよ、と日頃からグレゴリーに口癖のように言い聞かせているとはいえ、アルヴァストークがグレゴリーを誘うそぶりすら見せないのは実に腹立たしいことだ。弟が相続人に指定した若い親戚に近衛兵《このえへい》の少尉の株を買い与え、十分な額の小遣いまで与えていると考える理由がなければ、弟の無関心も少しも気にならないのだけれど。オーガスタがそう夫にこぼすと、ジェヴィントン卿《きょう》はこう答えた。自分には息子に十分な小遣いを与えるだけの財力があるのだから、息子が叔父から小遣いをもらういわれはない。したがってアルヴァストークにグレゴリー・サンドリッジの両親の反発を買うような金品の援助を控えるだけの良識があるのはたいへん結構なことだ、と。たしかにそのとおりだが、そもそもアルヴァストークに叔父らしい気持ちが少しでもあれば、ただの親戚ではなく最年長の甥を相続人に指定すべきではないか。長姉の息子を差し置いてとこの子を相続人にするなんて、とんでもなく不当なことだ。

ルイーズも、甥のグレゴリーが自分の長男よりも優遇されるのは見たくないが、エンディミオン・ドーントリーを嫌っている点では姉と同じだった。エンディミオンはふたりの願いを妨害する邪魔者でしかない。だが、エンディミオンに対する憎しみが、未亡人である彼の母親を嫌っているせいなのか、それとも本人のハンサムな容貌と立派な体格のそばではどちらの息子も霞《かす》んでしまうせいなのか、ふたりともそれを突きつめて考える気はなかった。

理由はともかく、エンディミオンが弟の爵位に値しないことだけはたしかだ。そこでオーガスタとルイーズは社交界にデビューする美しい令嬢たちを、毎年根気よく弟に紹介しつづけた。

だが、なんでもかんでもあっというまに退屈するという弟の欠点には、どちらも勝てなかった。これまで弟が次々に美女を相手にしてきたことを思うと、女性の魅力に鈍感だとは思えない。が、持参金のたっぷりある由緒ある家柄の美しい娘を紹介し、彼が憎からず思いはじめたように見えても、ふたりとも手放しで喜ぶほど愚かではなかった。アルヴァストークはほんのいっときそのレディを愛情の対象にしたあとで、突然興味を失い、その存在すら忘れてしまうからだ。弟が適齢期の娘を持つ世の思慮深い親たちから危険人物だとみなされ、胡散臭《うさんくさ》い目で見られていることに気づくと、ふたりは弟に妻をめとらせようとする努力を放棄し、そのエネルギーをもっとらくな仕事、つまり怠惰で身勝手な弟を非難し、耳に入ってくる彼の不道徳な行状を咎《とが》めることに振り向けた。ふたりの妹でアルヴァストークのすぐ上の姉、エリザだけはこれに加わらなかった。が、すばらしい相手からの申し込みを次々に断ったあと、意にかなった田舎の地主と結婚した変わり者で、めったにロンドンにやってこないエリザは数のうちに入らない。オーガスタもルイーズも、〝可《か》哀想《わいそう》なエリザ〟のことはほんのときどきしか思いださず、弟がこの姉を好きなことはわかっていたが、彼の結婚にこの妹の手を借りようとは思いもしなかった。たとえ頭に浮かんだとしても、即座に却下したに違いない。成人してからのアルヴァストークはまったく傲慢で、誰の助言も聞こうとしないと確信していたからだ。そしてこの確信には十分な根拠があった。

だが、今回ルイーズが弟を呼んだのは、説教をするためではなかった。それどころか、弟を怒らせるようなことは何ひとつ言うつもりはない。とはいえ、苦い経験にもかかわらず弟の訪れを聞いて芽生えた希望は、客間で待つあいだに反発に変わっていた。緊急の呼びだしに五日もたってからやってくるとはアルヴァストークらしいこと！　実際に急ぐ用事だったらどうするの？　だが、ルイーズは苦労して愛情深い歓迎の表情を作り、もっと苦労して、使用人の案内を待たずに部屋に入ってきた弟を心から嬉《うれ》しそうに迎えた。苛立《いらだ》ちを押し隠し、ルイーズは片手を差しのべた。「まあ！　嬉しい驚きだこと」

「どうして驚くのかな？」彼は黒い眉を上げた。「来てくれと頼んだのは姉さんだよ」

昼の微笑はどうにか保ったものの、答える声がほんの少し尖《とが》った。「ええ、たしかに頼んだわ。でも、ずいぶん前のことだから。街を出ていたの？」

「いや、ずっといたよ」アルヴァストークは姉のこわばった笑みに、甘い笑みを返してきた。

そんな笑顔で騙《だま》されるものですか。自分を怒らせようとする弟の意図を無視して、ルイーズはソファのすぐ横を叩《たた》き、そこに座れと招いた。だが、アルヴァストークはそのまま進んで暖炉の前に立ち、両手を火にかざした。「長居はできないんだ。何をしてほしいんだい？」

時間をかけて巧みに話を持ちかけようと考えていたルイーズは、このあからさまな質問にまごついた。弟が顔を上げ、鋼のような光をたたえた灰色の瞳で問いかける。

さいわい執事がトレーを手に入ってきて、彼女は時間を稼ぐことができた。執事が重いトレーをサイドテーブルに置き、シェリーのほかにマウンテンも用意したことをまるで内緒話でもするようにアルヴァストークに告げているあいだに、ルイーズは作戦を立て直し、ついでに弟のブリーチズとトップコートというくだけた服装に苛立った。ヘシアンブーツはぴかぴか、襟元を飾るクラヴァットも美しく結ばれ、一流職人の仕立てた上着は手袋のようにぴたりと体に合っている。弟が装いに無関心な男なら、姉に相応の敬意を払うのに、朝の訪問にふさわしい服装で来る必要を感じなくても許せるが、常にエレガントな装いから見てとれるように、アルヴァストークは社交界の服装のしきたりに無関心ではない。実際、流行に関心のある大勢の紳士たちが彼のスタイルを真似《まね》るくらいだ。弟があまりにも服装に気を配りすぎるので、あるとき、あなたは服のことしか頭にないのと非難すると、彼は少し考えてから、憎たらしいことにこう答えた。服装は当然ながら非常に重大な問題だが、馬にもちゃんと気を配っている、と。

執事が立ち去ると、アルヴァストークはサイドテーブルへ向かい、とびきり甘い声で尋ねた。「シェリーかい、ルイーズ？」

「わたしが決してシェリーを飲まないことは、よく知っているはずよ」

「そうだったかな？　ぼくの記憶力は驚くほど悪くてね」

「覚えていたいことは、ちゃんと覚えているくせに」

「ああ、それはそうだ」アルヴァストークは姉の引き結んだ口と怒りに赤くした顔を見て笑いだした。「まったく！　姉さんほど簡単に垂らした釣り糸に食いつく魚は見たことがないよ。何にするんだい？　マラガ酒かい？」

「わたしのために注いでくれる気があるなら、ラタフィアをグラスに半分ほどいただくわ」

「わかった。姉さんのために注ぐのは本当はいやだが、ぐっとこらえて仰せに従うよ。しかし、この時間にラタフィアとは！　まあ、どんな時間でもだが」彼はそうつけ加え、しなやかな筋肉を思わせる優雅な足運びでグラスを姉のところに運んだ。「さあ、今度はなんだい？　遠まわしに言うのはやめてくれないか。馬に風邪を引かせたくないんだ」

「座ってくれればいいのに」

「いいとも。しかし、頼むから短くしてくれ」彼は暖炉の反対側にある肘掛け椅子を選んだ。

「実は、大事なお願いが……」ルイーズは切りだした。

「やっぱりそうか。あの手紙を読んだとき、いやな予感がしたんだ」アルヴァストークは優しい声で言い返した。「もちろん、姉さんの呼びだしが叱るためだという可能性もあったが、とても愛情深い言葉で書かれているのを見たとたんに、その疑いは消えた。そうなると残る可能性はひとつ、何か頼み事があるに違いない」

「わたしの手紙を思いだしてくれて嬉しいこと」ルイーズは弟をにらみつけた。

「どういたしまして、と言いたいところだが、ほかの男の名誉を盗んだと言われるのはごめんだ！　思いだしたのはトレヴァーのおかげだよ」

「なんですって？」ルイーズは問いつめた。「秘書がわたしの手紙を読んだの？」

「彼を雇っているのは、手紙を読んでもらうためだからね」

「あなたの最も近い、最も愛する相手の手紙は違うわ！」

「ああ、それはもちろん違う」彼はあっさり同意した。

ルイーズは怒りに胸を波打たせた。「なんという……」彼女は言葉を切り、超人的な努力で唇に笑みを浮かべると、どうにか軽い調子に切り替えた。「恥知らずなの！　いちいち目くじらを立てるべきではないのでしょうね。実はジェーンのことを話したかったの」

「ジェーン？　それはいったい……ああ、わかった。姉さんの娘のひとりだ」

「わたしの長女よ。あなたの姪《めい》でもあるわ！」

「ひどいな。わざわざ教えてもらう必要はないよ」

「今年、社交界にデビューさせるつもりなの」ルイーズは弟の抗議を無視した。「もちろん、女王陛下が謁見をなされば、お目見えさせるわ。でも、健康がすぐれないという話だから――」

「ジェーンがぼくの思っている娘なら、あのそばかすをなんとかしたほうがいい」彼はさえぎった。「シトロン水を試してみたかい?」

「あなたを呼んだのは、ジェーンの外見を批判されるためではないわ!」

「だったら、なんのためだい?」

「あの子のために舞踏会を催してほしいの。アルヴァストーク邸で!」ルイーズは早口に言った。

「何をしろだって?」

「ええ、そう言うと思ったわ。でも、考えてみて! 姪のためよ。アルヴァストーク邸のほかにお披露目の舞踏会にふさわしい場所があって?」

「この家がある」彼は即座にそう言い返した。

「ああ、そんなひどいことを言わないで! ここでは三十組以上は踊れないわ。しかも、そのために費やす労力と手間を考えてみて」

「ああ、ぼくもそれを考えているんだ」

「でも、それとは比べ物にならないわ! この家で舞踏会を催すには、客間からすべての家具を移し、夕食には食堂を、コート置き場には居間を使わなくてはならない。アルヴァストーク邸なら、すばらしい舞踏室があるんですもの。あそこはわたしが育った家でもあるのよ」

「ぼくの家でもある。ぼくの記憶はあてにならないこともあるが、あそこで催されたオーガスタと姉さんとエリザのための舞踏会のとき、どんなに大騒ぎで大忙しだったかは、とてもよく覚えているよ、ぼくの答えは〝ノー〟だ」

「あなたには叔父らしい気持ちがこれっぽっちもないの?」ルイーズは悲痛な声で叫んだ。

アルヴァストークはポケットから琺瑯《ほうろう》の嗅ぎ煙草《たばこ》入れを取りだし、その蓋の絵をじっと見つめた。「ないな。まったくない。これを買ったのは間違いだったかな? そのときは気に入ったんだが、少しありふれている気がしてきた」ため息をついて親指で弾《はじ》き、箱を開けた。「それにこのブレンドは間違いなく嫌いだ」彼はほんの少しつまんで、嫌悪を浮かべて指を払った。「姉さんなら、メンドルシャムを信用して彼の好みを押しつけることを許したぼくがばかだったと言うだろうね。まったくそのとおりだ。何をどれくらい混ぜるかは、常に自分で決めるべきだ」彼は立ちあがった。「用件がそれだけなら、これで失礼するよ」

「待ちなさい!」ルイーズは赤い顔で叫んだ。「こうなると思ったわ」

「たぶんね。でも、それならなぜぼくの時間を無駄に――」

「一生に一度くらいは多少とも……思いやりを見せてくれればと願っていたのよ。家族が必要としているものを理解してくれれば、とね! 可哀想なジェーンに愛情を示してくれるかもしれない、とさえ……」

「でも、姉さんが何年も嘆いてきたように、ぼくには思いやりが欠けているんだ。それに姉さんの可哀想なジェーンには、これっぽっちも愛情など感じないな。どこかで会っても、見分けもつかないくらいだ。そもそもバクステッド家がぼくの家族だという話は初耳だ」

「わたしはあなたの家族ではないの？」ルイーズは食ってかかった。「あなたは自分の姉を忘れたの？」

「まさか。まだ忘れるチャンスを与えられたことがない。ほらほら、そんなに怒るなよ。自分がどう見えるか、わかってるのかい？　バクステッドがわずかな金しか残していなければ、姉さんがぼくの袖にすがるのも仕方がないと思っただろうね。そう考えれば少しは慰めになるかい？」彼はからかうような顔で姉を見下ろした。「わかってるよ。六ペンス一枚さえないと言うつもりだろう？　だが、本当はとても裕福なんだ。それなのに、ぼくの知っている誰よりもひどい倹約家だ。そうやって、ぼくに愛情があるふりをすることはないよ。ぼくと同じように、姉さんもぼくのことが嫌いなんだから」

　この直撃にかなり動揺して、ルイーズは口ごもった。「ひどいわ。どうしてそんなことが言えるの？　昔からとても可愛《かわい》がってきたのに！」

「自分を騙しているよ、姉さん。好きなのはぼくの財布だろう？」

「ひどいわ！　それに裕福だなんてとんでもない。浪費家のあなたが知ったら驚くでしょうけれど、わたしは倹約せざるをえないのよ！　どうしてバクステッドが死んだアルベマール通りの美しい屋敷を出て、こんな辺鄙《へんぴ》な場所に住むことにしたと思うの？」

アルヴァストークはにやっと笑った。「そんな必要はまったくなかったことを考えれば、倹約好きが高じたに違いないな」

「それが経費を節約せざるをえなかったという意味なら――」

「いや、姉さんはそうしたい誘惑に勝てなかったんだ」

「でも、五人の子どもを残されて――」弟のまたそれかという表情を見て、ルイーズは言葉を切った。この話題を続けるのはまずい。

「そうだね」彼は同情するように言った。「さてと、そろそろ失礼するかな」

ルイーズは怒りを抑え、低い声で言った。「あなたは誰よりも意地悪な、冷たい人間に違いないわ。エンディミオンが頼めば、喜んで引き受けたでしょうに」

敵意に満ちたこの言葉に、アルヴァストークは一瞬凍りついた。が、すぐに気を取り直し、かすかになだめるような調子で、気分が静まる薬でも飲んで横になってはどうかと勧めた。「姉さんはひどく取り乱しているよ。それにもしもエンディミオンが彼のために舞踏会を催してくれと頼んできたら、誓ってもいい、彼を監禁してもらうとも!」

「まあ、いやな人!」ルイーズは叫んだ。「そういう意味では……どういう意味かちゃんとわかっているくせに。わたしが言ったのは――」

「いや、説明する必要はない」彼はさえぎった。「まったくない。姉さんのことはよくわかっている。もう何年も前からね。姉さんは、それにたぶんオーガスタ姉さんも、ぼくがエンディミオンを不当にえこ贔屓《ひいき》していると思いこみ――」

「あの、あの大間抜け！」

「姉さんは厳しすぎるよ。ただ頭の回転が少し遅いだけさ」

「そうよ！　でも、あなたはあの男の容姿にすっかり目が眩《くら》んで！」ルイーズは手にしたハンカチをもみしだきながら叫んだ。

長いリボンの端をつかんで片眼鏡を振っていたアルヴァストークは、この言葉にそれを目に当て、怒りで顔を真っ赤にした姉をじっと見た。「それはまた、ぼくの言葉に奇妙な解釈を加えたものだな」

「やめてちょうだい」ルイーズはぴしゃりと決めつけた。「あなたの大切なエンディミオンはなんでも望みしだい。ところが実の姉たちが頼むことは――」

「姉さんの言葉をさえぎって申し訳ないが」アルヴァストークはつぶやいたが、少しもそう思っていないのは明らかだった。「それはきわめて疑わしいと思うね。ぼくはそれほど寛大ではないよ」

「ええ、彼には小遣いなどあげていないでしょうよ」

「なんだ、それが気に入らないのか。忙しい人だな！　いま家族にひどい仕打ちをすると罵倒したかと思うと、今度は相続人に対する義務を果たしていることを非難する」

「あの図体《ずうたい》のでかい愚か者！」ルイーズは叫んだ。「あんな男が一族の長《おさ》になるなんて、耐えられないわ！」

「その点を悔しがるのは無意味だよ」彼は勧めた。「姉さんがそれを耐える必要はまずない。ぼくより年上だから、先に死ぬ確率が高い。五年は早いと思うな」

ルイーズは言葉につまってわっと泣きだし、すすりあげながら弟の冷たさをなじった。だが、涙でかき口説くつもりだったとすれば、とんだ計算違いだった。アルヴァストークを退屈させるものは数多いが、女性の涙はそのなかでも上位を占めている。加減が悪いとわかっていたらべつの日にしたのにとおざなりの同情を示すと、少なくともあなたが応分の報いを受けるのをこの目で見るまでは決して死なないと叫ぶ姉をあとにして、彼はさっさと立ち去った。

弟がドアを閉めたとたん、ルイーズは泣きやんだ。そしてそのままひとりでいれば多少の落ち着きを取り戻したに違いない。だが、折悪《おりあ》しく長男が入ってきて、嘆かわしい鈍感さで、叔父は訪れたか、母の申し出にどう答えたかと尋ねた。そして恐れていたように侯爵は冷たい男だと母がこぼすと、真剣な顔でべつに残念だとは思わない、よく考えると、この計画はさほどよいものではなかったと思う、と言ってのけた。

レディ・バクステッドことルイーズは愛すべき女性とは言えなかった。弟と同じくらい利己的なうえに、その短所を認めるどころか気づいてもいない分、弟よりもはるかにひどい。彼女はもう長いこと、自分は父親を失った子どもたちに人生を捧《ささ》げている、と自分を納得させてきた。そして、ふたりの息子と三人の娘を様々な形容詞で呼びながら、愛情深い口調で――必ずしも彼らに向かってではないが――彼らのことを話し、自分の頭にあるのは子どものことだけ、ほかにはなんの野心もないと人々に伝えてきた。そしてとくに批判的ではない人々には、献身的な母親として知られていた。

いちばんのお気に入りは長男のカールトンで、彼にはしょっちゅう〝愛する長男〟という言葉を使った。子どものころから感情の起伏に乏しかったカールトンは、これまで一度として母親に気をもませたことはなく、母の言葉を額面どおりに受け入れる責任感の強い立派な若者に育った。真面目そのものの彼は、自分よりも活発ないとこ、グレゴリーのように厄介な問題を引き起こすこともなく、グレゴリーや自分と同年代の若者の浮かれ騒ぎやいたずらの何が面白いのかもまったく理解できなかった。彼の理解力は中程度、ひとつのことをきわめてじっくり考えるたちだが、そのことを自惚《うぬぼ》れるわけではなく、自分の良識を誇り、弟の頭のよさを妬《ねた》むどころか、むしろ機転の利く弟を誇りにしていた。そして母には自分の不安を口にしたことはないが、弟のように情熱的な気性が徳の道から外れやすいことを心に留め、弟が学校を終えたあとはその行状にそれとなく目を光らせるつもりでいた。カールトンは母に相談を持ちかけたことも、母と言い争ったこともない。妹のジエーンにすら、母を批判するような言葉を口にしたことはなかった。

一度として母の考えに反対したことのない二十四歳の長男が、叔父に資金を出してもらい、叔父の家で舞踏会を催すべき理由が自分にはわからない、と意見を述べたのは、ルイーズにとって不快な驚きだった。それを聞いたとたんに長男への愛情はたちまち薄れ、すでに悪化していた怒りに再び火がつきそうになった。カールトンはそれを見てとり、思慮深く客間から撤退した。

まもなくカールトンは妹も母と同じ考えだと知って心を痛め、わずか数百ポンドの費用を出し惜しみする叔父はけちだ、思いやりがなさすぎると罵る妹に、真剣な表情でこう言った。「叔父上にそんな法外なことを望むのは間違いだぞ、ジェーン」

「ばかなことを言わないで」ジェーンは怒って叫んだ。「どうして要求してはいけないの？　父親のいない姪の舞踏会を催すのは、叔父様の義務よ」

苛々させられたときの常でカールトンは唇をへの字に曲げ、抑えた声で言った。「おまえががっかりする気持ちはわかるが、よく考えてごらん、この家で舞踏会を催すほうが、ゲストの半分は会ったこともないアルヴァストーク邸の盛大な舞踏会よりも、はるかに楽しめると思わないか？」

自分のデビューを控えている二番目の妹マリアは、姉同様腹を立て、兄がゆっくり話しおえるのが待ちきれぬように、なぜそんなばかげたことを言うのかと食ってかかった。

「せいぜい五十人しか呼べない狭苦しいこの家の客間でお披露目するよりも、アルヴァストーク邸でするほうがずっとすてきよ。兄さんは頭がどうかしているわ！　それにお母様がどんなか知っているでしょう？　うちで開く舞踏会は、世界一みすぼらしいものになるに決まっているんだから！　でも、叔父様が開いてくれたら、どれほどすばらしい舞踏会になることか！　社交界の名士が何百人も集まるし、ロブスターやアスピックゼリー、シャンテリーにクリームも――」

「ロブスターも舞踏会に招かれるのかい？」カールトンがつまらない冗談を言った。

「それにシャンパンも！」ジェーンは兄を無視して言った。「わたしは薔薇《ばら》の蕾《つぼみ》で縁取りした白いサテンのドレスにピンクの紗《しゃ》と花冠をつけ、ママと叔父様にはさまれてあの広い階段の上に立つの！」

この美しい光景を思い描き、ジェーンは涙ぐんだ。だが、マリアとカールトンはとくに心を動かされなかった。マリアはそばかすと砂色の髪の姉はとんでもなく愚かしく見えるに違いないと言い、カールトンはそういう世俗的なパーティに価値を置くべきだろうかとつぶやいた。ジェーンもマリアもこの言葉を完全に無視したが、侯爵が舞踏会のことをきっぱり拒否してよかったと兄が言ったとたんに、母親と同じように怒り狂い、はるかに大きな声でわめきたてた。カールトンが早々に退散したあと、姉妹は兄の愚かさを罵り、薔薇の蕾とピンクの紗について言い争い、叔父は思いやりがないかもしれないが、舞踏会を断ったのは、おそらく母が怒らせたせいだろうと推測した。ふたりともこの最後の結論に関しては、これっぽっちも疑っていなかった。

2

一方、自宅に戻ったアルヴァストーク侯爵は、窓のあいだにある一対の黒檀《こくたん》と金めっき製のテーブルの手紙に真っ先に気がついた。華やかな字体で彼の名が大きく書かれている。淡いブルーの封緘《ふうかん》紙が破られていないところを見ると、有能な秘書であるチャールズ・トレヴァーは、この手紙が一時的に主人の気まぐれを満たしている美女のひとりから届いたことに気づいたのだろう。アルヴァストークは帽子と手袋と、姪《めい》のキティが賞賛したケープを重ねた乗馬用コートをかたわらに控えている使用人に渡し、手紙をつかんで図書室に向かった。封緘を破り、紙を広げたとたん、竜涎香《りゅうぜんこう》のにおいが立ち上り、鼻孔を満たした。顔をしかめ、手紙を持った手をできるだけ遠ざけて片眼鏡を捜すと、ざっと目を通してから火のなかに落とす。ファニーは耐えがたいほど退屈になりはじめている。まばゆいほど美しい女性だが、多くの美女と同じで満足するということがない。今度は馬車を引くクリーム色の馬が二頭欲しいと言ってきた。先週ダイヤのネックレスをねだられて、買い与えたばかりだというのに。あれは別れの贈り物にするとしよう。

ファニーが手紙に染みこませたむせるような香りが残っている気がして、注意深く指を拭っていると、秘書が入ってきた。この若者が竜涎香のにおいに気づいて驚いたのは、アルヴァストークがこの香りを嫌いだと知っているからだ。

トレヴァーは何も言わなかったが、彼の気持ちは顔に表れていた。

「何も言うな。きみが考えていることはわかっている。そのとおり、美しいファニーはお払い箱にする潮時だな」アルヴァストークはため息をついた。「一緒にいるのは楽しいが、あまりに強欲がすぎる」

トレヴァーはこれにも沈黙を守った。彼はこういう〝デリケートな問題〟が苦手なのだ。女性を大切に扱うように育てられた道徳観念の強いトレヴァーは、雇い主の生き方に批判的で、美しいファニーを気の毒に思った。だが、主人がどれほど寛大だったか知っているだけに、ファニーには不満を言う理由がひとつもないことを認めざるをえなかった。

トレヴァーがこの仕事を得たのは、いまは亡き侯爵の家庭教師として雇われ、長きにわたる大陸巡遊旅行につき添った父親の口ききだった。亡き侯爵はトレヴァーの父に対して敬意を払いつづけ、長男の名付け親となった。そのため息子のヴァーノンは、ローレンス・トレヴァーは侯爵家の保護を受けるべきだという漠然とした考えを抱いて育った。

そこで秘書の仕事にはチャールズ・トレヴァーが最適だとローレンス牧師から勧められると、現侯爵はあっさりチャールズを受け入れた。聖職につく気はないとはいえ、真面目で道徳心の篤《あつ》いチャールズは、侯爵のもとで働くのは気が進まなかった。アルヴァストーク侯爵に関して耳に入ってくる噂《うわさ》からすると、この仕事が楽しいものになるとは思えなかったのだ。だが、良識のある、孝行息子の彼は、さして裕福ではない教区牧師の父が六人の息子を育てるのは並大抵の仕事ではないこともわかっていた。そこで懸念を隠し、期待に応えるよう最善を尽くすと父に約束して、こう自分を慰めた。侯爵家に住みこむほうが、田舎の牧師館で苛々《いらいら》して待つよりもすばらしいチャンスが訪れるに違いない、と。

チャールズ・トレヴァーは政治に関心があるが、願ってもない好機はまだいまのところ訪れてはいなかった。アルヴァストーク侯爵は政治にはとんと関心がないからだ。そのため、貴族院にもたまにしか顔を出さないが、侯爵が短い演説をする必要があると感じたときには、その原稿を書かせてくれる。それにときどき自分の政治的信念も語ってくれた。

それだけではない。すべてにおいて寛大で、たいへん友好的な侯爵を嫌うのは不可能だった。しかも、決して尊大すぎることはない。似たような状況で働いている友人は、雇い主からアフリカ人の奴隷と上級使用人の中間のように扱われるという。アルヴァストークは身分をわきまえない成りあがり者を鼻であしらうこともあるが、トレヴァーが間違いをおかしたときには、平等の立場で彼を厳しく追及する。トレヴァーの友人は命令を投げつけられるが、トレヴァーは礼儀正しく要請される。しかもほとんどの場合、魅力的な笑顔付きで。チャールズ・トレヴァーはいつしかアルヴァストークに親愛の情を抱き、主人の見事な乗馬の腕前やスポーツ全般に関する能力を賞賛するようになっていた。

「そうしてためらっているところを見ると」侯爵はかすかに愉快そうな笑みを浮かべた。

「またしてもぼくに何かをさせるのが義務だと思っているようだな。ひどく薄情な男だと激怒されたくなければ、やめたほうがいいぞ」

トレヴァーの生真面目な顔に笑みが広がった。「あなたはそんなことなど決してなさいませんよ。それにこれは義務ではなく……ただ、お知りになりたいだろうと思いまして」

「そうか？　ぼくの経験では、その言葉のあとにはたいてい知りたくないことが続くが」

「ええ」トレヴァーは率直に言った。「ですが、この手紙をぜひ読んでいただきたいのです。実を言うと、読んでいただくと、ミス・メリヴィルに約束したんです」

「で、ミス・メリヴィルというのは誰かな？」

「ご存じのはずだと言っていました」

「やれやれ、チャールズ。ぼくがこれまで会ったすべての女性の名前を……」侯爵は言葉を切り、眉根を寄せて考えこむような顔になった。「メリヴィル？」

「あなたとなんらかの関係がある、ということでしたが」

「非常に遠い親戚だ。で、その女性は何が望みだって？」

トレヴァーは封をした手紙を差しだした。「このまま暖炉に投げこめば、安請け合いしたきみにはよい薬になるな」アルヴァストークは厳しい声でそう言ったものの、封を切り、折りたたまれた便箋を開いた。内容を理解するにはいくらもかからなかった。彼は手紙の最後まで読むと、けげんそうにトレヴァーを見た。「きみは加減でも悪いのかい？」

「いいえ、べつに」

「では、どうして突然、頭がおかしくなったんだい？」

「いいえ！　わたしはべつに――」

「きみと知り合ってから三年になるが、もっとしつこい親戚にすら、ぼくの言い訳を伝えそこねたことは一度もなかった。こういうずうずうしいたかりを奨励する――」

「彼らはそういう人々ではないと思ったのです。裕福ではないかもしれませんが――」

「いや、そういう連中だ」侯爵はぴしゃりと言い返した。「ぼくの姉によれば、グロヴナー・プレイスは辺鄙《へんぴ》な場所だそうだ。だとすればアッパーウィンポール街の家はどういうことになる？　それにもしも……」彼はちらりと手紙を見た。「このミス・フレデリカ・メリヴィルが遠縁のひとりで、どこかで顔を合わせたことがある男の娘だとしても、それを盾にして、おそらく何かをねだるつもりに違いない」

「いいえ、とんでもない！　わたしはそのような人間を奨励するほどばかではありません」

「ぼくもそうだ」侯爵は片方の眉を上げた。「きみの友人かい、チャールズ？」

「今日初めて会った方々です」トレヴァーは硬い声で答えた。「わたしは自分の立場を利用して、友人をあなたに紹介するなど、はなはだしく無作法なことだと考えております」

「腹を立てることはない。侮辱するつもりはなかったんだ」侯爵は秘書をたしなめた。

「ええ、もちろんです」トレヴァーは気持ちを和らげた。「失礼しました。ただ、その……ミス・メリヴィルにどんなふうに会ったかを説明したほうがよろしいと存じます」

「ではそうしたまえ」

「ミス・メリヴィルはその手紙をご自分で届けに来られたのです」トレヴァーは打ち明けた。「わたしが家に入ろうとすると、馬車が停まりました。今日の仕事がほんの少ししかなかったので、クラヴァットを買いに出かけても反対なさらないと思ったものですから」

「ほう、どうしてそんな考えが浮かんだのやら」

生真面目な顔にまたしても笑みが浮かんだ。「あなたがそう言われたのですよ。とにかく、階段を上がっていると、その馬車からミス・メリヴィルが手紙を手にして降り――」

「なんと！　使用人がいないのだな。それは辻馬車《つじばしゃ》だったのかい？」

「さあ、そこまでは……とにかく、わたしはあなたの秘書だと告げ、何かご用かと尋ねました。そして少し話しこみ……手紙をあなたに渡すと申してでたんです。そして……」

「わたしに読ませると約束した。その魅力的なご婦人を描写してみたまえ、チャールズ」

「ミス・メリヴィルですか？」トレヴァーは困ったように顔をしかめた。「実は、彼女にはとくに注意を払っていませんでしたから。とても礼儀正しくて、気取りがなく……たかりと呼ぶような女性でなかったことはたしかです」トレヴァーは彼女の顔を思いだそうとして口をつぐんだ。「そういう方面はよくわかりませんが、エレガントに装っているようでした。かなり若いと思います。といっても、今年が最初のシーズンではありません。二度目のシーズンでもない、と思います」トレヴァーは深く息を吸いこんで畏敬の念を浮かべた。「わたしが目を引かれたのは、もうひとりの令嬢のほうです」

「ほう?」アルヴァストークはおかしそうに目をきらめかせた。

トレヴァーは自分が感じていることを表現するのに苦労しているようだったが、やがて天使を思い描いているような目で言った。「あれほど美しい女性は見たことも、想像したことすらありません。あの瞳ときたら! 大きくて、真っ青で。髪はきらめく黄金のような色でした。愛らしい小さな鼻、夢のように美しい肌! 鈴を鳴らすような声――」

「だが、くるぶしはどんなだった?」

トレヴァーは赤くなって笑った。「くるぶしは見ませんでした。馬車に乗ったままだったので。とくに心を打たれたのは優しさと甘い声でした。実際、彼女には感染するような何かがありました……わたしが何を言いたいかわかっていただければ!」

「かなりよくわかる」

「ええ。それで、彼女が身を乗りだして微笑《ほほえ》み、手紙をあなたに渡してくれと頼むと、きっとそうすると約束していたんです。あなたの不興を買うのはわかっていましたが」

「それはひどいな、チャールズ。正直な話、ミス・メリヴィルにはとくに会いたい気持ちにはならないが、もうひとりには会ってみたい。で、彼女は誰なんだい？」

「さあ……たぶんミス・メリヴィルの妹さんだと思います。顔立ちはまったく違いますが……ミス・メリヴィルは彼女をカリスと呼んでいました」

「やはりぼくの嫌いなタイプだな。カリーという愛称ほど、ぞっとするものはない」

「違います！　あなたの聞き違いです。彼女の名前はカリーではありません。ミス・メリヴィルははっきり〝カリス〟と言いました。なんとふさわしい名前だ、と思ったものです。ギリシャ語で〝優美〟という意味ですからね」

「ありがとう、チャールズ。きみがいなければ、ぼくは途方に暮れるだろうな」

「その、お忘れかもしれないと思ったもので。あなたの記憶力はひどいですから」

侯爵は形のよい手を上げた。「チャールズ、それはあんまりだぞ」

トレヴァーは侯爵が怒らなかったことにほっとして言葉を続けた。「ミス・メリヴィルはアッパーウィンポール街を訪れてもらいたそうでした。出かけるおつもりですか？」

「ああ、出かけよう。美しいカリスがそこにいることをきみが請け合ってくれれば」

それを請け合うことはできなかったが、侯爵をせっつくのは逆効果であることがわかっているトレヴァーは、黙って引きさがった。そのあと、トレヴァーはカリスがアルヴァストークの目に留まるのは、好ましくない結果をもたらすかもしれないことに気づいた。侯爵はどれほど美しくても、良家の若い娘を誘惑することはめったにない。だが、カリスのことが気に入れば、甘い言葉で娘心をくすぐり、足しげく訪れる気になるかもしれない。そうなったら、カリスは侯爵が自分に恋をしていると誤解するのではないか？　トレヴァーは天使のような優しい笑みと甘い表情を思い浮かべた。つれない仕打ちでカリスの心を引き裂くのは、とても簡単なことに違いない。そう思うと良心がうずいた。だが、考えてみればカリスは天涯孤独の身の上ではないはずだ。両親が侯爵の悪名高いたわむれから守ってくれるだろう。姉のほうは心配ない。十分自分を守ることができそうだ。妹の美しさに目が眩《くら》んでよく覚えていないが、ほんの少しカーブした鼻に、和やかな自信に満ちた態度の、とても冷静な女性だったという記憶がある。甘い言葉や優しい態度に簡単に騙《だま》されるようには見えなかった。そもそも、あの侯爵が姉のほうに惹《ひ》かれるとは思えない。女性の美に関しては好みのうるさいアルヴァストークのことだ、ちらっと見ただけで彼女には興味を失うに違いない。そうとも、侯爵が姉に心をときめかすなどまったく考えられない。

それから数日間、侯爵はミス・メリヴィルと彼女の頼みにはひと言も触れなかった。無視することにしたのか、それとも忘れてしまったのか？　後者であれば、思いださせるのがトレヴァーの務めだったが、彼は黙っていた。続けざまに意に染まぬ訪問客の相手をするはめになった侯爵が、ひどく不機嫌だったからだ。そのせいで侯爵家の者はみな、腫れ物に触るように気を使っていた。「ミスター・ウィッケン、機嫌が悪いときの侯爵はまったく手に負えんな」侯爵の側近の従者ですら執事にこうこぼしたくらいだ。

「それくらい承知しているとも、ミスター・ナップ」執事は言い返した。「あの方のことは、揺りかごにいるときから存じあげているんだ。そういう点は父君にそっくりだ。もちろんきみは亡き侯爵を知らないだろうが」彼はこれみよがしに嘆かわしい顔でつけ加えた。侯爵はたしかにひどく苛立っていた。決して負けを認めようとしない姉が、長女を連れて見え透いた口実を理由にアルヴァストーク邸を訪れたのだ。しかもその長女ときたら、どんなに機嫌を取っても叔父の気持ちが変わらないと、わっと泣きだした。ジェーンは泣くほどに美しく見える幸運な女性のひとりではなかったから、侯爵はその涙にも、姉が説明する窮乏にも心を動かされなかった。愛するジェーンをロンドンの社交界にデビューさせるという何より重要な務めに弟の助力を頼まざるをえないのは、娘に満足なことをしてやれるだけの財力がないからよ、とルイーズは言った。だが、彼がこのうえなく優しい声で、お金がないのではなく、使うのが惜しいのでしょうと口をはさむと、癇癪《かんしゃく》を起こし、廊下に控えていた従者のジェイムズですら呆《あき》れるほど汚い言葉で弟を罵倒した。

二番目に訪れたのはルクレティア・ドーントリー夫人だった。いとこのルイーズと同じく夫に先立たれた彼女も、残された子どもたちの面倒を見るのは一族の長《おさ》たる侯爵の義務だと確信しているが、ふたりが似ているのはそこまでだった。ルイーズは頻繁に汚い言葉を斧《おの》代わりに使うが、〝弱い女〟であるドーントリー夫人は、憂いに満ちた顔で降りかかるすべての試練に気高く〝耐える〟。若いころは評判の美人だったが、伝染性の病気に負ける傾向があり、自分は病弱だと信じこんで、結婚後まもなく、〝いんちき療法〟――オーガスタとルイーズの意地悪い表現を借りれば――を試しはじめた。夫の早すぎる死がこの傾向に拍車をかけ、神経の不調に悩まされるようになると、山羊《やぎ》の乳清のような素材を含む一連の治療や食事療法のせいで幽霊のように細くなった。そして四十歳になるころには長患いの状態にすっかり慣れて、よほどのことがないかぎり貧しい親戚のひとりを話し相手に、すぐ横のテーブルにシナモン水や吉草根、阿魏《あぎ》のドロップ、樟脳《しょうのう》を入れたラベンダー酒など、友人に勧められたり広告を見て買ったりした鎮痛剤や強壮剤を置いて、一日の大半をソファに寝そべって過ごすようになっていた。ルイーズとは違い、ドーントリー夫人は癇癪持ちでもけちでもない。ふだんから悲しそうな弱々しい声は、願いを拒まれると消え入るようになる。そして子どもと自分のために散財する。不幸にして、寡婦給与金――オーガスタとルイーズに言わせれば十分な額の――だけでこれまでの生活を維持するには上手な管理と倹約が必要だが、病気がちの身ではそれもできず、家計は常に赤字だった。そのためドーントリー夫人はもう何年もアルヴァストークから月々お金をもらっていた。侯爵の寛大さに頼らず、自分の収入だけで暮らしたいのは山々だが、彼女のハンサムな息子が侯爵の相続人であることを考えれば、ふたりの娘を援助するのも彼の義務に違いない。

ドーントリー夫人はまもなく十七歳になる長女のクロエを、今シーズン社交界にデビューさせるつもりはなかったのだが、侯爵がミス・ジェーン・バクステッドのために大がかりな舞踏会を催すという噂があちこちから耳に入ると気が変わった。自分は弱い女性かもしれないが、愛する子どものためとあれば雌ライオンになってみせよう。今日はそう決意して気付け薬入れ《ビネグレット》を持参で出かけてきたのだった。

　彼女は何ひとつ要求しなかった。そして侯爵が客間に入ってくると、ショールとドレスをなびかせて歩み寄り、すみれ色のキット革の手袋に包んだ手で彼の両手を取った。「親愛なる、アルヴァストーク！」彼女は落《お》ち窪《くぼ》んだ大きな目を上げ、切なげな笑みを浮かべた。「親切な後ろ盾！　あなたには感謝してもしきれないわ」

　侯爵はいとこの左手を無視して、右手を握った。「何を感謝するんだい？」

「あなたらしい言葉ね」ドーントリー夫人はつぶやいた。「あなたはご自分の寛大さを忘れたかもしれないけれど、わたしは忘れないわ！　ハリエットにはひどく叱られたの。それに娘たちにも。こんな寒い日に外出するなんて、とね。でも、せめてこれくらいはしなくては。あなたはあまりにも親切すぎるんですもの！」

「うむ。そう言われることはめったにないな」彼は言った。「座ってくれ、ルクレティア。そして……静かな声で教えてくれないか。この訪問は何を感謝するためだい？」

　ドーントリー夫人の聖人のような声と態度を乱すものは何ひとつ存在しない。彼女は優雅に腰をおろした。「とぼけないで！　あなたのことはよく知っているのよ。感謝されるのが嫌いなことも。もしもわたしがすべての親切や支えにお礼を言いはじめたら、死ぬほど退屈することもね。クロエはあなたを、〝妖精のように優雅な名付け親〟と呼んでいるくらい」

「ずいぶん詩的な表現だ」

「あなたのことを世界一すばらしい男性だと思っているんですもの」ドーントリー夫人はそう言って静かに笑った。「あなたはあの子の初恋の相手なのよ」

「心配する必要はない。そのうちぼくのことなど忘れてしまうよ」

「ひどい人。そうやってわたしの感謝を逃れようとしてもだめよ。今日はそのために来たんですもの。あの美しい馬！　色合いまで完璧だそうね。本当に親切がすぎるくらい」

侯爵は皮肉な笑みを浮かべた。「そんな愚かな用事で外出する必要などなかったのに。エンディミオンに馬を贈ったのは彼が入隊したときの約束を果たしただけのことだ」

「なんて寛大な人！」ドーントリー夫人はため息をついた。「エンディミオンもとても感謝しているわ。愛する夫を奪われたあと、あなたの援助がなければとても試練を乗り越えてこられなかったでしょうね」

「きみのことだ、すぐさまほかの誰かの援助を取りつけたに違いない」同じように甘い声で答えると、アルヴァストークはかすかな笑みを浮かべて彼女が唇を噛《か》むのを見ながら、嗅ぎ煙草《たばこ》入れを開けた。「で、いまはどんな試練に直面しているんだい？」

ドーントリー夫人は大きく目をみはり、混乱したように言った。「親愛なるアルヴァストーク、どういう意味かしら？　この忌まわしい病気以外は何もないわ！　それに病気のことは話題にしないことに決めているの。いつもの愚かな痙攣《けいれん》の発作が起きたのかと気の毒なハリエットが心配しはじめる前に、失礼しなくてはね。馬車のなかで待っているのよ。ひとりで出かけると言っても聞かないんですもの。わたしの面倒をそれはよく見てくれるの。みんなでわたしを甘やかして」ドーントリー夫人は立ちあがり、ショールの前をかき合わせながら片手を差しだした。だが侯爵がそれを取ろうとすると、いけない、と叫んで手をおろした。「忘れるところだったわ。相談にのってもらいたいことがあったの。どうか助言してちょうだいな、アルヴァストーク。どうすればいいかわからないのよ」

「そうこなくちゃね。ぼくはよくきみを失望させるが、きみは決してぼくを失望させない」

「まあ、冗談がお上手ね！　真面目に聞いてちょうだいな。クロエのことなの」

「だったらぼくの手に余るな。女学生のことはまったくわからない」

「あら、あなたもクロエのことをまだそんなに若いと思っていたの？　実際、あの子が大人になったなんて信じられないわ。でも、もうすぐ十七歳になるのよ。社交界にデビューさせるのは来年にしようと思っていたんだけれど、みんなが先に延ばすのは間違いだと言うの。女王陛下の健康がすぐれないでしょう？　いまにもお亡くなりになるかもしれない。

そうでなくても、来年はもうお目見えの謁見は無理でしょうね。これは心配よ。クロエを拝謁させたいもの。でも摂政皇太子のいるカールトンハウスではしたくないの！　この先どうなることか。グロスターの女公爵が戴冠なさるのかしら？　昔から彼女を贔屓《ひいき》にしていらした摂政皇太子はそれをお望みでしょうね。とにかく、いまと同じというわけにはいかないわ。それに、あの嫌悪すべきレディ・ハートフォードが女王になったら？」

その可能性はまずないが、侯爵は同情をこめて相槌《あいづち》を打った。「ああ、そうだね」

「だから、どんな犠牲を払っても、クロエを今年デビューさせるのがわたしの義務だと思うの」ドーントリー夫人は言い募った。「じっくり計画を練って、来年は立派なお披露目をするつもりでいたけれど、今年となるとそうはいかないわ。可哀想《かわいそう》に、クロエにはわたしのドレスを着てちょうだいと言ったのよ。あの子が望むようなドレスを新調するのは、わたしの力ではとても無理ですもの。クロエはとても物わかりがよくて、ぐちひとつこぼさないの。可哀想で見ていられないわ。とてもきれいな子だし、できるだけのことはしてやりたいけれど、今年お披露目をするとしたら、とても無理！」

「では、来年まで待てばいい」侯爵は答えた。「女王陛下の拝謁をあきらめるか、せっかくの社交界デビューを不満足な形でするか、どちらかひとつを取るんだね」

「まあ、そんな！　どうしてそんな可哀想なことができて？」彼女は言い返した。「なんとかしてクロエを今年の春拝謁させなくてはならないわ。お目見えの舞踏会も催してやらなくては。でも、わたしのように非力な女がどうすれば……」ドーントリー夫人は突然よい考えが閃《ひらめ》いたかのように言葉を切った。「ルイーズは今年ジェーンをデビューさせるのかしら？　そばかすだらけの可哀想な子！　ルイーズはジェーンを美しく見せるために努力するでしょうけれど、あんなに倹約家だから、一ペニーでも出し渋るに違いないわ。噂では」彼女は低い声で笑った。「あなたがジェーンのために舞踏会を催すそうね」

「そうかい？　だが、シェイクスピアも言うように、噂とは疑心暗鬼と妬《ねた》みが吹き鳴らす笛だ。それはとにかく、ここで催される舞踏会の招待状が送られることがあれば、クロエの名前もそこに入れるとも。さあ、馬車まで送ってあげよう。忍耐強くきみを待っている献身的なハリエットのことが気になりはじめた」

「待って！」ドーントリー夫人は、またしてもべつの閃きを与えられたようだった。「ルイーズとわたしが費用を持ち寄って、娘たちのために舞踏会を催すというのはどう？　美しいクロエのそばでは、気の毒なジェーンは霞《かす》んでしまうでしょうけれど、それで多少とも倹約できれば、ルイーズは気にしないと思うわ」ドーントリー夫人は祈るように両手を合わせ、ずるさと甘さが絶妙に入り混じった声でつけ加えた。「ねえ、親愛なるヴァーノン、ルイーズがこの計画を気に入ってくれたら、わたしたちにここのすばらしい舞踏室を使わせてくださる？」

「いや、だめだな、親愛なるルクレティア」侯爵は即座に答えた。「だが、心配はいらない。その案がルイーズの気に入るはずはないよ。わかっているとも、ぼくはきみが気絶したくなるほど思いやりのない男だ。急いで、忠実なハリエットを呼んでこようか?」

これにはおとなしいドーントリー夫人もさすがに腹を立て、亡きジョシュア・レイノルズ卿《きょう》が悲劇の女神として描いたシドンズ夫人に匹敵するほどのポーズで、非難をこめて彼をにらむと、何も言わずに立ち去った。

アルヴァストークの三人目の客は長姉のオーガスタだった。彼女は弟に頼み事をしに来たのではなく、ルイーズのしつこい懇願に負けるなと言いに来たのだ。オーガスタは慎重に言葉を選び、もったいをつけて言った。自分はアナのお披露目でアルヴァストークの助けを期待もしなければ、頼みもしなかった。それなのに、名付け娘のアナ——オーガスタはこの点を強調した——にもしなかったことを、ジェーンのためにするようなことがあれば、自分を故意に軽んじているとしか思えない。それにもしも、あの女の娘であるクロエのデビューを助けるつもりなら、今後は姉弟の縁を切る。

「姉さんにそこまで言われると、かえってしたくなるよ」アルヴァストークは言った。甘い笑みをともなったその言葉に、オーガスタはかっかしてそれ以上ひと言も言わずに部屋を出ていった。

「やれやれ」侯爵は秘書に言った。「これで片付いた。きみの被保護者の要求が、舞踏会のことでないといいが!」

3

自分以外の誰かを喜ばせるべきだとめったに感じたことのないアルヴァストークが、ミス・メリヴィルの頼みに応える可能性はあまりなさそうだ。チャールズ・トレヴァーも主人の記憶を呼び起こそうとはしなかった。だが、好奇心からか、それともある日たまたまその通りの近くにいることに気づいたからか、アルヴァストークはミス・メリヴィルを訪ねることにした。

ドアを開けたのは、年配の執事だった。老執事は重々しくお辞儀をすると、先に立って狭い階段を上がり、二階にある客間へと侯爵を導いて、見るからに古めかしいその部屋の戸口に立って主人に客が来たことを告げた。

侯爵は戸口で立ちどまり、すばやく部屋を見まわした。思ったとおり、この遠縁の娘たちは明らかに貧しい。部屋の調度は上品と呼ぶにはほど遠く、少しばかりみすぼらしくさえ見える。経験のない侯爵は見過ごしたが、さほど恵まれた環境にない者なら、この家が最も安手の家具しか置いていない、シーズン用の借家のひとつであることを見てとったに違いない。

そこには女性がひとりしかいなかった。窓辺に直角に置いた小さな机に向かって書き物をしている。彼女はすばやく振り向いて、驚きながらも値踏みするような目で侯爵を見た。まだかなり若い。二十三か四ぐらいだろう。きれいな体に立派な顔立ちをしている。率直な灰色の瞳、少しばかり自分を主張している鼻、それに意志の強そうな口元と顎。淡褐色の髪をディドン風に編んでいるのがよく似合う。縞《しま》の短い上衣《スペンサー》の下に着ているドレスは上等のキャンブリックで、高い襟が喉を隠し、二重の縁取りが裾まわりを飾っている。女性のドレスに目の効くアルヴァストークは、ひと目でこのドレスが粋でもなければ高価でもないが、きちんとした仕立てであるのを見てとった。この女性がめかしこんでいるとは誰も言わないだろうが、その一方で、野暮《やぼ》ったいと言う者もいないはずだ。彼女は地味なドレスに個性を吹きこんでいた。

彼を見ても落ち着いているところを見ると、もっと年上なのかもしれない。若い未婚の女性を、男性がいきなり訪問することはめったにないことだから、見知らぬ男が入ってきたら、少しばかりうろたえるのがふつうだが、ミス・メリヴィルはこの事実にも、彼の遠慮のない視線にも、少しも動じる様子はない。赤くなるでも、目を伏せるでもなく、乙女らしい混乱のしるしはこれっぽっちも見せずに、思慮深い、きわめて批判的な目で——アルヴァストークは愉快な気持ちでこれに気づいた——彼を見ている。

侯爵はいつもの優雅なゆったりした足取りで前に進みでた。「あなたがミス・メリヴィルかな?」

彼女は立ちあがり、アルヴァストークに歩み寄って片手を差しだした。「ええ、そうですわ。はじめまして。こんな格好でごめんなさい! この訪問は思いがけないものでしたの」

「では、謝らねばならないのはこちらのほうだ。ぼくに会いたがっているという印象を持っていたものだから」

「ええ。でも、おいでいただけないとあきらめていましたの。驚きはしませんでしたわ。あなたにとってはただの厄介な義務ですもの。それも、たぶん厚かましすぎるお願いで――」

「とんでもない」侯爵はいかにもそうだと言わんばかりの声でつぶやいた。

「いえ、本当ですわ。ただ、ヘレフォードシャーで生まれ育ったわたしには、ロンドンの慣習がまだすっかり呑《の》みこめなくて」灰色の瞳をきらめかせ、彼女は自信たっぷりにつけ加えた。「何年も家事に明け暮れてきた女性にとって、正しい作法に従うのがどれほど難しいか、あなたにはおわかりになりませんわ」

「とんでもない」侯爵は繰り返した。「うんざりするほどよくわかっている」

ミス・メリヴィルは笑った。「あら、そうですの? では、なぜわたしがおいでいただきたいとお願いしたか説明するのは、それほど難しくないかもしれませんわね」

「巧みな言いまわしだね。そらで覚えているのかな？　ぼくには〝お願い〟ではなく、呼びだしに思えたが」

「まあ」彼女は顔をしかめた。「そう見えないように、十分注意をしたつもりだったのに！」

「だがそのつもりだった？」

「ええ……でも、仕方がないんです。わけをご説明しますわ。でも、どうかお座りくださいな」

アルヴァストークはかすかに頭をさげ、暖炉の片側に置かれた椅子へと近づいた。ミス・メリヴィルはその向かいに腰をおろし、つかのま彼を測るように見たあとで、少しばかりおぼつかなげに言った。「手紙ですべて説明するつもりでしたの。でも、わたしの文章ときたら、弟のハリーの言葉を借りれば、〝ひどくへぼ〟なもので、結局、なんとかして直接会ってお話しできたらそのほうがいい、と思ったんですの。最初は父の親戚に力を借りるつもりはありませんでした。伯母のスクラブスターを頼れると思っていたんですもの。あんなに簡単に騙《だま》されるなんて、わたしがどれだけ無知だったかという証拠ですわね。伯母は母の長姉で、わたしたちには手紙ひとつくれませんでしたが、自分が送っている流行の暮らしを自慢し、妹とわたしを上流の人たちに引き合わせることができたらどんなに嬉《うれ》しいか、といつも妹のセラフィーヌ伯母に書いてきたんです」
「決して自分の言葉を果たせとは言われない、そう信じていたからだね」
「ええ」ミス・メリヴィルは温かい笑みを浮かべた。「おそらく、そうしたいと思っても
わたしたちを社交界の上流階級の輪に紹介することなどできないんだと思いますわ。伯父
は東インド会社の商人で、財産は商いで築いたものですもの。申し分なく立派な仕事だけ
れど、上流とはみなされませんわ。とにかく、それで困り果てて、良心の呵責《かしやく》を抑え、
この目的に最もかなう父の親戚に頼ることを思いついたんです」
「で、ぼくに白羽の矢が立ったわけは？」彼は皮肉っぽく口元をゆがめた。
ミス・メリヴィルは率直に答えた。「良識を働かせた結果ですわ。ひとつには、あなた
がいちばん立派な親戚だと父がよく言っていたからですの。もっとも、これまで耳にした
噂《うわさ》からすると、〝立派〟なのが人柄でないことはたしかですわね。ご存じでしょうけれど、
父がメリヴィル家の望んだすばらしい女相続人ではなく、母と結婚して以来、メリヴィル
一族は父を勘当したので、わたしたちはメリヴィル側のいとこや伯母には会ったことがあ
りませんの。正直に言えば、生涯会うことはないと思っていました。そのひとりに助けを
求めるなんて、とても考えられなかった」彼女は言葉を切り、暗い顔でつけ加えた。「そ
れに、彼らにはわたしが必要とする助けは与えられない。とても退屈で、野暮で、ロンド
ンには来たこともないような人たちですもの。新しい流儀にはなんでもかんでも反対する

ような。あなたを選んだのはそのせいもあるんですわ」

彼は眉を上げた。「ぼくが新しい流儀に批判的ではないと思った根拠は?」

「ひとつもありませんわ。つまり、あなたのことは何も知らなかったの。でも、問題はそれではないんです! あなたがとても流行に敏感な人だということは、見ればわかるけれど……まあ、少なくともわたしにはそう見えますけれど」

「ありがとう! そうあるべく努めているよ」

「ええ。とにかく重要なのはあなたが上流社会に身を置いていること。それがあなたを選んだ理由のひとつなんです」彼女は親しみのこもった笑みを浮かべた。

「それはそれは。だが、なんのためかな? ぼくに推測させる気かい?」

「推測はつくでしょうね。愚かな人には見えませんもの。ただ、もっと年上だと思っていましたの。その点は残念だけど、仕方がないわ。なんとか役に立ってもらえるでしょう」

「ぼくは三十七歳だ」侯爵は少しばかり冷たい声で言った。「それにこれも言っておくべきだろうが、決して誰の役にも立つつもりはない」

ミス・メリヴィルは驚いて彼を見た。「絶対に? でも、どうして?」

彼は肩をすくめた。「純粋に利己的だからかな。それに退屈させられるのは嫌いなんだ」

ミス・メリヴィルは心配そうに彼を見た。「わたしをレディ・アルヴァストークに紹介して、手を貸してくれるように頼んでくださるのは、そんなに退屈なこと?」

「たぶん違うだろうが、その質問は的外れだ。母は何年も前に死んだからね」

「いいえ、わたしが言ったのはあなたの奥様――」

「ぼくは結婚していない」

「まあ。なんて腹立たしいこと！」

「ああ、意地が悪い男だな」彼は同情するように言った。

「いいえ、そうは言えませんわ。あなたが結婚していたらとわたしが願っていたことを知る術《すべ》はなかったんですもの」ミス・メリヴィルは親切にも彼のために弁護してくれた。

「それを知っていたら、結婚しているべきだったということかい？」

彼女は頰を赤く染め、不安げに彼を見た。「どうか怒らないで！　厚かましいことを言うつもりはなかったの。奥様がいなくても、わたしたちはなんとかできると思いますわ」

「わたしたち？」

アルヴァストークはとびきり尊大な調子でそう言ったが、口の端がひくつき、半分落としたまぶたの下で灰色の瞳がきらめくのを抑えられなかった。彼女はこのどちらもすばやく見てとったらしく、安堵《あんど》のため息をついた。「よかった。怒らせてしまったかと思ったわ。ええ、怒るのももっともよ。ひどい言い方をしたんですもの。ただ、面と向かって話すことさえできれば、この状況を説明するのは簡単だと思っていたものだから」

「で、その状況というのは？」

ミス・メリヴィルは一、二秒口をつぐんだ。その表情からどう話せば引き受けてもらえるかを考えているのは明らかだ。「一年前に父が死んでから生まれたと言ってもいいでしょうね。その前も考えなかったわけではないのよ、もちろん考えたわ、でも父が生きているあいだは、わたしにできることは何もなかった」

「お父上が亡くなられたのはお気の毒だった」アルヴァストークは口をはさんだ。「しかし、このさい話しておくべきだと思うが、彼とはただ自己紹介をした程度の知り合いで、つながりと言っても、祖母の家族の婚姻関係から派生した、ほとんど親戚とも言えない遠いものだ」

「でも、父はあなたと親戚だと言っていましたわ！」彼女は言い返し、アルヴァストークが黙っていると、ややあってこう言った。「つながりは間違いなくあるのよ。大きな聖書にある家系図には、ちゃんとあなたの名前があるもの」

「ふたつの結婚を通して、だ」彼はそっけなく応じた。

「なるほど。あなたはわたしたちを認めたくないのね。だったら、状況を説明する必要もないわね。わざわざおいでいただいて申し訳なかったわ」

この訪問をできるだけ手短にすませるつもりでいたアルヴァストークは、そう言われると長引かせたくなった。気持ちが和らいだのは、ミス・メリヴィルが愉快な人柄だったからか、自分の拒否がまったく抵抗なく受け入れられたことが珍しかったからか、自分でもよくわからない。だが、理由はともかく、アルヴァストークは突然笑いだし、こう言って彼女を驚かせた。「プライドの高い人だな。いや、そんなふうにぼくを鼻先から見下ろすのはやめたほうがいいぞ。きみには似合わない！　きみたちを姻戚だと認めることにはなんの支障もないよ。親類だということも否定しない。だが、きみの計画が何にせよ、それに手を貸すという約束はできないな。それで、きみはぼくに何をしてほしいんだい？」

ミス・メリヴィルは肩の力を抜き、感謝をこめて微笑《ほほえ》んだ。「ありがとう。大したことではないのよ。わたしの妹を社交界に紹介してほしいの」

「きみの妹を社交界に紹介してほしい、って？」

「どうかお願い。これはあらかじめ警告しておくべきでしょうけれど、たぶんわたしのことも紹介しなくてはならないわ。わたしがそんなことを望んでいないと、妹が納得してくれさえしたら！　ふだんは誰よりも従順な子なのに、わたしと一緒でなければどんなパーティにも行かないと宣言しているの。まったくうんざりだけど、優しい気持ちから出ていることだから――」

アルヴァストークはそっけなくさえぎった。「それは真面目な話かい？　きみは本気でふたりともぼくの後ろ盾のもとに社交界デビューを果たすべきだと思っているの？　必要なのは、きみたちにつき添う既婚夫人だよ。独身の男など論外だ！」

「ええ、だから独身だと知ってがっかりしたの。でも、父があなたを後見人に指定したことにしてはどうかしら？　もちろん、全員の、ではないのよ。ハリーは成人に達したところだし、わたしは二十四歳ですもの。でも、ほかの三人の」

「大いに反対だな！」

「どうして？　お願いしたいのは、カリスを、それとたぶんわたしを社交界に紹介することだけよ。これは当然だけれど、わたしたちに関するほかのことに関心を持ってもらおうとは思わないわ。実際、そんなことはごめんよ」ミス・メリヴィルは率直につけ加えた。

「その心配はまったく必要ない。だが、ぼくが後ろ盾になっても、上流の連中の輪に入るのは無理だよ」

「どうして？　侯爵ならどこでも常に受け入れられるのではなくて？」

「いや、それはどの侯爵かによる」

「ああ！」ミス・メリヴィルはようやくアルヴァストークの言いたいことに気づいた。

「父がよくあなたはまさしく雄鶏《おんどり》だと言っていたけれど、不道徳な人だということ？」

「救いがたいほどね」

ミス・メリヴィルはくすくす笑った。「やめてちょうだい。そんなこと信じないわ！亡き父でさえ、そこまでひどくなかったわ」

「亡き父上でさえ！」アルヴァストークは片眼鏡を見つけ、それを目に当てて、珍種の動物にでくわしたかのように、それを通してミス・メリヴィルをじっと見た。

ミス・メリヴィルは動じるどころか、落ち着き払って彼を見返した。「ええ。お母様に会う前はずいぶん奔放だったそうよ。正直に言えば、母と駆け落ちしたのも恥ずべきことだわ。母がそれに同意したことが、とても奇妙に思えたものよ。母はとても立派な女性だったし、とてもよい人だったから。でも、情熱的な恋をしている人たちは、とんでもないことをしでかすものだわ。母はとても従順に見えたもの。といっても、あまりよく知らないの。フェリックスが生まれてまもなく死んでしまったから。カリスは母にそっくり。それにとても従順なの」彼女はため息をついた。「もちろん、父も母もとても若かったわ。父が成人したのは、わたしが生まれるわずか一週間前だったんですって。どうやって家族を養うことができたのか、想像もできないわ。父方の祖父には六ペンス一枚さえ与えられずに放りだされ、お金をもらえるような仕事についたとも思えないのに。でも、母と結婚したあと、父はそれまでの放蕩《ほうとう》ぶりとは打って変わって真面目になったの。母方の両親がそのせいでどんなに気をもみ、恥ずかしい思いをしたかを考えたら、父方の家族が母を家族の一員として歓迎しなかったのは、本当にひどい仕打ちだったわ」

侯爵は如才なく沈黙を守った。彼が数年前に会った亡きミスター・メリヴィルの印象は、改心した男と言うにはほど遠かったのだ。

「父方の祖父とその相続人だったジェイムズ伯父が、ふたりともチフスで同じ日に亡くなったのは、きっとその罰が当たったのよ。そのために父がメリヴィルを相続することになったの。それもハリーが生まれる直前に！　だからあの子はグレイナードで生まれたのよ。そのあとは、もちろん、カリスとジェサミーとフェリックスが生まれたの」侯爵が目をぱちくりさせるのを見て、ミス・メリヴィルは微笑んだ。「ええ、そのとおりよ！　ほかはふつうの名前なのに、ハリーだけはひどい名前でしょう？　母がこの名前にしたいと言って聞かなかったの。わたしが生まれたときは父にちなんでフレデリカと名づけた。ハリーはもちろん母のハリエットという名前をもらったの。カリスの名前を選んだのは父よ。この子は世界一優美な赤ん坊だから、とね。ジェサミーは名付け親にちなんだ名前で、フェリックスは母が思いついたの。わたしたちはとても幸せな家族だったから！　実際、母が死ぬまではそうだった」ミス・メリヴィルはつかのま口をつぐんだものの、悲しい記憶を振り落とすように小さく頭を振り、明るい声ですぐに続けた。「だから、わたしたちは愚かしい名前で最善を尽くすしかないの。でも、ジェサミーとは絶対にジェシーやフレディと呼ばない、ほかの人にもそう呼ばせないという誓いを交わしているのよ」

「そして成功しているのかい？」

「ええ。ほとんどの場合は。正直に言うと、フェリックスはときどきジェシーと呼ぶわ。でもそれはジェサミーが得意そうに何かをひけらかすときだけ。それにハリーはときどきわたしをフレディと呼ぶけど、意地悪をするためじゃないの。ジェサミーのことは決してジェシーとは呼ばない。ジェサミーがどれほど気に障ることをしてもね。ハリーは四歳年上で家長であるばかりか、いつでも投げ飛ばせる弟にけんかを売るのは卑怯《ひきょう》だと思っているから。でも、べつにジェサミーがいたずらばかりしているというわけではないの。ハリーが言うには……まあ、いやだ。どうしてこんな話になったのかしら？　何ひとつ必要なことを話さないで！　どこまで話したかしら？」

「母上が死んだことは聞いたが」

「ええ、そうね！　母が死んだあと、父はすっかり取り乱して、まわりが正気を疑うほどだった。わたしはまだ若かったけれど、父が長いこと寝込んでいたのは覚えているわ。少なくとも、わたしにはそう思えた。そしてようやく回復したときには、それまでの父と同じではなかった。実際、まるで知らない人間になったようだった。ほとんど家にいつかなくなって……母がいない家に耐えられなかったのね。そのころのわたしは父が再婚してくれたら、と願ったものよ。実際にそうなっていたら、気に入らなかったと思うけど……父は嘆かわしいほど頼りにならなかったの。わたしの言う意味がわかる？」

「ああ、それはわかる。だが、父上がきみたちを放っておいたとは信じられないな」

「いえ、もちろん母が死んだあと、母方のセラフィーヌ伯母が一緒に住むようになったの」

「ロンドンにも一緒に来たのかい？」

「もちろんですとも！　わたしたちだけでロンドンに来るのは不適切ですもの」

「失礼なことを聞いたね。だが、彼女の話はいま初めて聞いたものだから。どこにも姿がないようだし。きみはつき添いなしですますことにしたという印象を持っていたんだ」

「そこまで過激ではないわ！　どうしてそんな……ああ！　わたしがつき添いなしであなたの訪問を受けているから？　ロンドンの社交界の作法については、伯母のスクラブスターに警告されていたけれど、わたしは学校を卒業したばかりではないのだし。それに、わ、わたしたちはセラフィーヌ伯母の振る舞いに慣れているけれど、あなたは気に障ると思うの。伯母はとても耳が遠いのよ。それに少し変わっているの。もしも伯母が来ても、どうか言い争わないでくださる」

「もちろんだとも。短気な人なのかい？」

「いいえ。ただ殿方を憎んでいるの」ミス・メリヴィルはそう説明した。「若いころ失望させられたのだと思うわ。おそらくあなたの姿を見たら、さっさと部屋を出ていくでしょうね」

「理想的なつき添いとは言えないな」

「ええ。昔はとてもハリーを可愛《かわい》がっていたのに、近頃は彼のことも嫌いになりはじめているの。父のことは憎んでいたわ……でも、それはわかるのよ。父は無礼なだけでなく、ひどい振る舞いをしたし、恐ろしいほどの浪費ぶりだったの。さいわい、家族が路頭に迷う前に、発作を起こしてくれたわ」

「それは幸運だった」彼は真面目な顔を保って同意した。

「ええ、ほんとに。というのも、その後回復したけれど、手足の動きと脳には少し損傷が残ったの。理性を失ったわけじゃないのよ、ただ忘れっぽくなって……とにかく、それまでとは違っていた。荒れ狂うことも出かけることも苛々《いらいら》することもなくなった。それに少しも不幸せではなくなったわ。実際、この父はそれまでの何倍も好ましかったくらい。父が領地も含めてすべての務めをわたしに任せてくれたから、サルコム弁護士の助けを借りて、破産を防ぐことができたの。それが五年前のことよ。もしもハリーが何年かこの状態を維持できれば、その後はかなり快適な暮らしができるはず。ジェサミーとフェリックスに必要な費用を賄うこともできるはずよ。ハリーはそのつもりなの。父が遺書を作っていなかったために、何もかも自分ひとりが相続するのをすまないと言って」

「それはたいへんだ。きみと妹さんはどうなるんだい？」

「わたしたちは問題ないわ。母の遺産は娘たちに遺《のこ》されたんですもの。だから、各々五千ポンドずつ持っているの。あなたには大した額には思えないでしょうけれど、おかげで独立できる。カリスも一文無しの花嫁にはならずにすむわ」

「すると、彼女は婚約しているんだね？」

「いいえ、まだよ。だから、一年前に父が死ぬと、カリスをロンドンに連れてくることにしたの。グレイナードでは、あの子は生きながら埋められているようなものですもの。気軽に行ける範囲には温泉場もないのに、どうやって独身の殿方と知り合えばいいの？　せっかくの美貌が無駄になってしまう。わたしがそう思うわけは、カリスに会えばわかるわ。カリスはそれは美しいの！それに気立てもとても優しくて、決して怒ったり、ぐちっぽくなったりしないの。すばらしい結婚相手を手にする資格がある子よ！」

「ああ、そうらしいね。秘書から聞いた」アルヴァストークは皮肉混じりに言った。「だが、立派な相手と結婚するには、それなりの持参金が必要だよ」

「必ずしもそうとはかぎらないわ！」ミス・メリヴィルはすばやく言い返した。「ガニング姉妹の例もあるもの。莫大《ばくだい》な相続財産などなかったけれど、姉妹のひとりはふたりの公爵と結婚したのよ。カリスのそばではそのどちらも霞《かす》んでしまう、と父はよく言っていたわ。いえ、公爵を結婚相手に望んでいるわけではないの。貴族でなくてもかまわない。もちろん、望まれればべつだけど。ただ、よい相手を見つけて、幸せに暮らしてほしいだけ。きちんとした形でお披露目することができればきっとそうなるわ！　今年デビューさせることは決めていたの。でも、どうやって？　それで行きづまっていると、サルコム弁護士に一年間家を貸す気はないかと打診されたの。退職したばかりの人が、ヘレフォードシャーに家を買おうとしたが、手ごろな物件が見つからず、一年の一部だけを借りることにしたのだ、と。ロンドンからすっかり離れてしまうのではなく、ゆっくりしたいときにしばらく過ごせるように。でも、これまでの申し込みは、どれも気に入らなかったんですって。

わたしがふたつ返事で承諾したことは想像がつくでしょう？」

「ああ、つくね。だが、きみの弟はその件に異存はなかったのかな？」

「ハリーはまだ成人に達していなかったもの。でももちろん、わたしの一存で決めたりはしなかったわ。ハリーは最初、渋ったのよ。たぶんプライドが傷ついたのね。正直に言うと、わたしもそう。でも、微々たる収入で暮らしているのに、プライドにしがみつくのは愚かだわ。いまのところは、精いっぱい切りつめてなんとか暮らしていける程度の収入しかないの。ミスター・ポースに家を貸してはどうかという話が舞いこむまでは、カリスをロンドンに連れてくるお金を捻出できるあてなどなかったの。たとえ母がわたしに遺してくれた五千ポンドを使ったとしても……いいえ、それを使ったら、弟に一生面倒を見てもらわなくてはならないわ」ミス・メリヴィルは真剣な顔で侯爵を見た。「それだけはだめ。ハリーはみんながグレイナードに住みつづけるのがとても自然なことだと思っているけれど、一、二年のうちには結婚したいと言いだすかもしれない。そうなったら、花嫁が夫の姉妹と同居することをどう思うかしら？　わたしたちだってとても居心地が悪いわ！」

「たしかに」アルヴァストークはうなずいた。「そういう状況では、彼と結婚したがる女性が見つかる可能性は薄いだろうな」

ミス・メリヴィルは低い声で笑った。「ええ、わたしが采配をふるいつづけたいと思われるわね。実際、そうしたいかもしれない。長いことそうしてきたし、習慣はなかなか捨てられないものよ。ええ、カリスは似合いの相手と結婚し、弟たちと伯母とわたしは、ハリーが婚約すると同時に自分たちの家を探すのがいちばんいいの。もう何年も前からそう決めているのよ。差し迫った問題は、カリスの相手を見つけること。あんなに美しい子が結婚もせずに老いていくのは、とんでもなく間違っているもの。でも、ずっと妹につきまとってきた近隣の恐ろしく退屈な若い人たちから結婚相手を選べばともかく、そうなることは目に見えているわ。だからミスター・ポースの申し出は願ってもない幸運だと思ったの。考えてみてちょうだい！　彼が借りたいのは屋敷と自家用農地だけ。しかも法外なお金を払ってくれるのよ。ようやくまた利益を上げはじめた残りの農地は、こちらで管理しつづけることができるの。それに、何よりもありがたいのは、家政婦と執事以外の使用人をそのまま使いたいと言ってくれたことよ。これもすばらしい幸運のひとつだったわ。なぜかというと、ハーリー夫人と愛する老バドルは、グレイナードに残ってメリヴィル以外の誰かの下で働くことに同意するはずがないんですもの。おかげでふたりをロンドンに連れてくることができたの。ふたりともロンドンが嫌いで、なんとひどい家だ、家具も安物で、使用人は怠け者ばかりだ、とぐちをこぼしつづけているけれど、あのふたりが一緒でとても安心できるの」彼女は率直につけ加えた。「実際、ここはひどい家よ。しかも流行の地域にあるわけでもない。ロンドンに来たことがないものだから、スクラブスター伯母に家具付きの家を借りてほしいと頼んだの。それが間違いだったわ。伯母はハーリー通りに住んでいるのよ。来てみてわかったのだけれど、このあたりに住んでいる人々は、ほとんどが商いをしている人たちなの。でも、メイフェアの借家には目の玉が飛びでるほどの家賃を取られるんですって。しかも入居時に払う負担金はべつ。だから、不満は言わないわ。わたしがおかした最悪の間違いは、伯母にわたしたちを社交界に紹介する力と意志があると思いこんでいたこと」彼女は微笑んだ。「わたしの舌はバイオリンの弓のように動くでしょう？　子どものいない伯母夫妻は、社交界の人々と交わろうとしたこともなかったのよ。気の毒にアメリア伯母はロンドンに出てくるというわたしの決心を聞いて、青くなったに違いないわ。あなたに助力をお願いするはめになったのは、そういうわけなの」

アルヴァストークは考えこむような顔で叩《たた》いていた嗅ぎ煙草《たばこ》入れを開け、かすかに眉をひそめながら葉をつまんだ。ミス・メリヴィルは期待をこめて彼を見ている。彼はケースを閉じると、長い指についた葉を払い、まだ顔をしかめながらようやく彼女を見た。「きみは社交界の最も上流の輪よりも下の人々で満足すべきだな」

「わたしたちにはその資格がないから？」

「生まれから言えばある。ほかの点ではない。どれほど金をかけるつもりかぼくにはわからないが――」

「お金は十分あるわ！」

「妹さんを女王にお目見えさせたいと思っているとしたら、それは取っておいたほうがいい。相当な金がかかるからね」

「ええ。でも、その気はないの」

「だったら、何が望みだい？」

ミス・メリヴィルは膝の上で手を組み、少し息を弾ませて言った。「オールマックスの舞踏会よ！」

「ずいぶんと望みが高いね、ミス・メリヴィル。ぼくの紹介では、あの誰もが越えたがる戸口を横切る助けにはならない。それにはしかるべき既婚夫人の知り合いが必要だ」

「そんな知り合いはないわ。いればあなたの助けを求めたりしない。でも、あきらめるものですか。なんとかするわ。見てらっしゃい」

侯爵は立ちあがった。「幸運を祈る。だが、温泉地に行くほうが成功の確率は増すだろうね。バースかタンブリッジ・ウェルズなら、きみの望みに関心を示してくれる人が見つかるに違いない」

ミス・メリヴィルも立ちあがり、答えようとすると、急いで階段を上がってくる足音が聞こえ、ずんぐりした少年が部屋に駆けこんできた。「フレデリカ、あれは嘘《うそ》だったんだよ！　いろんなところを探していろんな人に聞いたけど、誰も知らなかった！」

4

フレデリカはこの妨害に少しも騒がず、弟を見た。三時間ほど前に出かけたときはきちんとしていた服装が、くしゃくしゃになり、襟元が汚れて、南京木綿のズボンには泥がはねている。「まあ、ほんと？ 残念だったわね。でも、嘘《うそ》のはずはないわ、フェリックス。ミスター・ラシュベリーがあなたを騙《だま》したりするもんですか」

そのころにはフェリックスも客がいることに気づいたものの、かまわず午前中の冒険を姉に話して聞かせようとした。が、年上の少年がすぐあとに入ってきて、厳しい調子で弟をたしなめた。彼に従ってきた雑種らしい毛の長い大型犬が、兄のほうが自分たちの非礼を詫《わ》びているあいだに、アルヴァストークに近づいた。犬が飛びつきたそうに太い尻尾を左右に振っているのを見て、猟犬のことをよく知っている侯爵は、前足をつかんでその場に留《とど》め、顔をぺろぺろ舐《な》められるのも、泥だらけの前足で上等のコートを汚されるのもうまく避けた。「うむ、いい子だ。だが、顔を舐めるのは断る」

「座れ、ルフラ！」ジェサミーがさきほどより厳しい声で命じた。「申し訳ありません。

姉がお客様をもてなしていると知っていたら、犬を連れてこなかったんですが」

「かまわないとも。犬は好きなんだ」アルヴァストークは、犬が自分でかけない背中の箇所を撫《な》でながら答えた。「なんという名前だって?」

「ルフラです」ジェサミーは髪のつけ根まで赤くなった。「でも、ぼくがつけたわけじゃありません! 姉たちのばかげた考えなんです! ウルフとつけたのに姉たちはルフラと呼ぶのをやめず、結局ウルフと呼んでも応えなくなって。この犬は雌でもないんですよ!」

侯爵がこの説明に戸惑っているのを見てとり、フレデリカが説明を加えた。「ルフラは『湖の乙女』に出てくる犬なの。アーサー王が〝雄々しい雄鹿を放した〟くだりをご存じでしょう? そして〝ダグラス側からの買収も脅しも分かつことができない、北の国一俊足の猟犬、勇敢なルフラは、それを見るなり前に飛びだし、王家の猟犬たちを引き離して獲物に飛びつくや、鋭い歯をその脇腹に沈めた――〟」

「そしてあふれる血を飲んだ!」フェリックスが嬉《うれ》しそうに結んだ。

「うるさい!」兄がうなるように言う。「雄鹿なんかじゃなかったんです。ただの若い雄牛だったんだ。ぼくらはちっとも危険だと思わなかったんですよ。それに〝あふれる血を飲んだ〟というくだりは……完全なでっちあげです!」

「ええ。でも、雄牛の角で突かれそうになったあなたをルフラが救ったのは事実よ」フレデリカはそう言ってアルヴァストークを見上げた。「想像してみてください！　ルフラはまだ子犬だったのに、さっと駆け寄って雄牛の鼻面に飛びつき、ジェサミーがゲートを越えて安全なところまで逃げるあいだ、そこにぶらさがっていたの。骨を差しだされても、この子はジェサミーから離れないと思うわ。そうでしょう、ルフラ？」

この賞賛に気をよくして、忠実な猟犬は耳をぺたりとはりつけ、尻尾を振りながらひと声鳴いて、フレデリカの足元に座った。犬の主人であるジェサミーが恥じ入って弟と飼い犬を連れ、客間から出ていこうとすると、フレデリカは呼びとめた。「いいえ、逃げださないで。アルヴァストーク侯爵に紹介するわ。弟のジェサミーとフェリックスよ」

侯爵は軽く頭をさげたふたりに鷹揚《おうよう》にうなずきながら、自分がふたりに値踏みされていることに気づいた。ジェサミーは十六歳ぐらい、それより三、四歳下のフェリックスは子ども特有の無頓着な目であからさまに彼を見つめている。ふだん相手を観察することに慣れている侯爵は、この珍しい体験に愉快な気持ちで自分も少年たちをじっくり見た。

ジェサミーは姉を誇張したような顔立ちだった。髪もフレデリカより濃く、もっと鷲鼻《わしばな》で、口と顎は見るからに強情そうだ。まだ少年の面差しが残るフェリックスはしし鼻でぽっちゃりしているものの、やはり意志の強そうな顎をしている。ややあって、フェリックスが沈黙を破った。「ねえ、キャッチ・ミー・フー・キャンを知ってる？」

「そんなもの知るわけないだろ！　失礼なことを訊《き》くなよ」兄が叱った。「すみません、侯爵。弟の頭には風車タービンしかないんです」

「風車タービンじゃなく機関車だ」アルヴァストークはそう言ってフェリックスを見下ろした。「そうだろう？　蒸気機関車だね？」

「うん、それ！」フェリックスは勢いこんで答えた。「トレヴィシックが発明したの。道を走るパフィング・デヴィル号じゃないの。あれは焼けちゃったんだ」

「そうさ、ありがたいことに」ジェサミーがさえぎった。「道に蒸気エンジンだなんて！馬が怖がって逃げだすぞ」

「そんなことないよ！　馬はすぐに慣れるさ。それに、ぼくが言ってるのはレールの上を走るやつだ。時速二十四キロかそれ以上で！」フェリックスは再び侯爵を見た。「ロンドンに運ばれたのはわかってるの。名付け親のミスター・ラシュベリーが教えてくれたもの。一シリングで誰でも乗れるんだよ。ニューロードの北、モンタギューハウスの近くにあるんだ」

「たしか、そのはずだ」アルヴァストークは答えた。「ぼく自身は訪れたことはないが、発明した男が……なんという名前だったかな？」

「リチャード・トレヴィシック。彼が作った最初の蒸気機関車は五つの荷車付きで、ウェールズで十トンの鉄を運んだんだ。時速はわずか八キロだったけど。ここにあるのは、客車がひとつで――」

「いい加減にしないか、このおしゃべり」ジェサミーがさえぎった。「そんなふうに一方的にしゃべりまくったら、侯爵が口をはさむ暇もないじゃないか」

この叱責に狼狽《ろうばい》して、フェリックスは急いで謝った。だが、フェリックスのおしゃべりを楽しんでいたアルヴァストークは首を振った。「気にしなくていいよ、フェリックス。ぼくはその気になればいつでもさえぎれる。そういう機関車はあったが、残念ながらいまはもうない。トレヴィシックはフィッツロイ広場の近くに土地を借りて囲いを作り、円形のレールを敷いたんだと思う。かなり話題になったが、見物人は多くても、乗りたがる人間はごくわずかだった。それに、レールが壊れて脱線したあとは誰も乗りたがらず、放棄せざるをえなかった。もう十年も前だったと思う」侯爵は少年のがっかりした顔を見て、励ますように微笑《ほほえ》んだ。「残念だったね。きみは機関車にそんなに興味があるのかい？」

「うん！　エンジンに！　蒸気の力や圧縮した空気に！　ねえ、空気圧を使ったリフトを見たことがある？　ソーホーの工場にあるんだ」

「いや。きみはあるの？」

「見せてくれないんだ」フェリックスは悲しそうに言った。それから何か閃《ひらめ》いたらしく、侯爵の顔をじっと見て、低い声で尋ねた。「あなたが見たいと思ったら……見られる？」

さきほどの椅子に戻っていたフレデリカが言った。「いいえ、フェリックス！　アルヴァストーク卿《きょう》は見たいと思わないわ。連れていってくれとねだったりしてはだめよ」

彼女の言うとおり、アルヴァストークは空気圧で動くリフトにはまったく関心はなかった。だが、訴えるように見上げる目を無視することができず、彼は椅子に戻ってあきらめたような笑みを浮かべた。「できると思うが。それには、もっと詳しく話してもらわないと」

弟にこういう言葉をかけたらどうなるか知りつくしているジェサミーが、困ったように姉を見る。フレデリカはかすかにうなずいたものの、末の弟を黙らせようとはしなかった。実際、黙らせようとしても無理だったかもしれない。フェリックスがほとんどの人々には理解できない退屈な話題に関して、詳しく話せと勧められることはまずなかったからだ。彼は目を輝かせて椅子を引いてくると、そのリフトの原理を説明しはじめた。そこから同じ工場にある送風機からの空気で動く原型エンジンへと話は進み、あっというまに侯爵は振動シリンダー、ピストンロッド、クロステール、バルブギア、送風管の話を聞かされていた。これらの謎に関するフェリックスの理解は、当然ながら不完全だったから、その説明にはわからない部分が多く、それを知りたいという少年の渇望で彼は質問攻めにあった。侯爵は、フェリックスを満足させることはできなかったものの、さいわい、姉や兄たちのようにひどい無知をさらけだし、彼をぞっとさせぬ程度の知識はあった。そのため侯爵はただのお客から最もお気に入りの人間にフェリックスに格上げされることになった。侯爵はフェリックスが出会った人々のなかで最も教養のある本物の紳士だったから、「実は、エンジンより馬のほうが詳しいんだ」という本来なら許しがたい謝罪さえ、大目に見てもらうことができた。

この告白でフェリックスの目から見た侯爵の輝きはほんの少し翳《かげ》ったものの、ジェサミーの侯爵に対する評価は即座に上がった。ジェサミーは通りで待っている馬車は侯爵のものかと尋ね、そうだとわかると、弟を押しのけてすぐれた馬車用の馬を選ぶときに留意すべき点について侯爵と話しはじめた。

最初からふたりの少年と三十分も話せと言われたら、アルヴァストークは即刻立ち去っていたに違いない。だが、いまの彼は退屈していなかった。堅苦しい両親の末っ子でひとり息子だった彼は、こういう家族的な雰囲気を味わうのは初めてのことだった。彼と会うときはよそ行きを着せられ、礼儀正しく振る舞わなければあとで罰を与えると警告された甥《おい》たちも、愚かで口べたで少しも面白くなかったから、若いメリヴィルたちは思いがけなく愉快な驚きをもたらした。ふたりの姉がここにいたら、メリヴィル一家の率直で打ち解けた態度も遠慮のない振る舞いも非難するに違いない。だが、彼らは決して行儀が悪いわけではなかった。侯爵はふたりの少年がすっかり気に入って、彼をよく知る人間が見たら驚くほど忍耐強く相手になった。

とはいえ、その忍耐にも限度がある。そこでフェリックスがジェサミーを肘で押しのけ、パイプ式ボイラーや反動エンジンについて説明しようとすると、彼は笑って立ちあがった。

「親愛なるきみ、蒸気船のことを知りたければ、それに乗ってテムズ川を下るんだね。ぼくに訊くのはお門違いだ！」だが、侯爵がフレデリカに別れを告げようとすると、客間のドアが開き、ふたりの女性が入ってきた。そちらを振り向いたとたん、アルヴァストークの口から出かかった言葉が消えた。

ふたりとも散歩用のいでたちだが、似ているのはそれだけだった。ひとりは年齢不詳の厳しい顔をした痩せた女性。もうひとりは思わずため息が出るほど美しい。これがカリス・メリヴィルに違いない。トレヴァーの表現は決して誇張ではなかった。

金色にきらめく巻き毛から、キッド革の靴に包まれた愛らしい足の先まで、どんな男も息を呑《の》む美しさだ。優美な姿態、可愛《かわい》いくるぶし、なめらかな肌は薄紅色とも、熟した桃のような色とも表現できる。唇はこの世のものとは思えないほど甘く、まっすぐの鼻は申し分なく愛らしい。それにかすかな笑みを浮かべた無垢《むく》な青い瞳ときたら！　質素な帽子も青いカージミア織りの外套《がいとう》も、その美しさを少しもそこなっていない。侯爵が反射的に片眼鏡を手探りするのを見て、フレデリカは満足そうな笑みを浮かべ、まず伯母に紹介した。

ミス・セラフィーヌ・ウィンシャムは、甥たちに大きな声で侯爵の名前を繰り返させ、敵意に満ちた目でじろりとにらんで冷ややかに言った。「もう！　出ておいき、いますぐに！」この言葉は自分のまわりを跳ねているルフラに向けたものだと解釈し、アルヴァストークは軽く頭をさげた。ミス・ウィンシャムはこくんとうなずき、いっそう敵意をあらわにすると、フレデリカに思ったとおりだったと不機嫌な声で告げ、さっさと部屋を出ていった。

「まあ！　伯母は機嫌が悪いみたい。何かあったの、カリス？　あら、ごめんなさい。アルヴァストーク侯爵よ。これが妹なの」

「はじめまして」カリスは甘い笑顔で片手を差しだしてから、姉の問いに答えた。「とても礼儀正しい若い人が、フッカム図書館で届かない場所にあった本を取ってくれたの。そしてとても親切に、自分のハンカチで埃《ほこり》を払ってくれたのよ。伯母様はそれが気に入らなかったみたい。『オーモンド』がなかったから、『聖ヨハネ団の騎士』を借りてきたわ」

カリスは声も柔らかく、なめらかで、毎年多くの美女を批判的な目で見てきた侯爵ですら、ひとつも欠点を見つけられなかった。何よりも驚異的なのは、彼女が自分の魅力に気づいてすらいないらしいことだ。何年も結婚市場で最高の掘りだし物だと言われ、自分を罠《わな》にかけようとするあらゆる技巧に慣れている侯爵は、カリスの無頓着な態度に新鮮な魅力を感じながら、ロンドンはお好きですか、と尋ねた。カリスはこれにも「ええ、とても」とおざなりに答えただけでとくに会話を続けたそうな様子は見せず、弟を穏やかな声で叱った。「まあ、フェリックス、またコートのボタンをなくしたの？」

「ボタンなんかどうでもいいよ」フェリックスは苛々《いらいら》して言い返した。

カリスはうなずいた。「ええ。でも、フレデリカが仕立て屋からもうひと揃《そろ》い買ったのよ。覚えているでしょう？　いらっしゃい、すぐにつけおわるわ。そんなだらしない格好では、表を歩けないもの」

フェリックスがいまのままで表を歩くことになんの問題も感じていないことは明らかだったが、アルヴァストークのほうを懇願するようにちらりと見たあと、姉に逆らわずに答えた。「いいよ」だが、出ていく前にこう言わずにはいられなかった。「ソーホーに連れてってくれるよね？」

「ぼくがだめなら、秘書に頼んでおくよ」アルヴァストークは答えた。

「ありがとう！　でも、あなたが一緒に来てくれたほうがいいな」

「誰にとって？」フェリックスはついそう訊いていた。

「ぼくにとって」フェリックスは率直に答えた。「あなたなら、見たいものをなんでも見せてくれると思うんだ。公爵の次に偉い人だって、本に書いてあったもの。だから――」

だが、うんざりした兄に部屋を押しだされ、その先は続けられなかった。侯爵に弟の非礼を詫びてから、ジェサミーも部屋を出ていった。ルフラがそのすぐあとに続き、にっこり笑ってカリスが別れを告げると、彼は再びフレデリカと残された。

「考えてみると、フェリックスと一緒に行くのは秘書の方よりあなたのほうがいいような気がするわ。あの子はとても活発で、ときどきとんでもないことを思いつくの」

「チャールズは行儀よくさせる方法を心得ているよ」侯爵は無関心に答えた。

フレデリカは不服だったが、それ以上何も言わなかった。侯爵は口の端に奇妙な笑みを浮かべて、何かに気を取られているらしく、向かいの壁をじっと見つめている。その笑みがやがて顔中に広がり、彼は笑い声をあげながら言った。「よし、そうしよう！」

「何をそうするの？」

侯爵はフレデリカの存在を忘れていたらしく、彼女の声にくるりと振り向き、問いに答える代わりに出し抜けに尋ねた。「彼らはここで何をしているんだい？　きみの弟たちは。学校に通っているべきだろうに」

「ある意味では、あなたの言うとおりよ」フレデリカは答えた。「でも、父は息子たちを寄宿学校へ送るのを嫌ったの。父も家で教育されたのよ。もちろん、これはあの子たちに同じ道をたどらせる立派な理由にはならないわ……実は、わたしもそう思ったの。でも、人は常に公平な考え方をしなくてはね。そして父が自分の……過ちが育ち方にあったと考えるのは不公平よ。父の過ちがその育ちにあったかどうか、わたしにはわからない……メリヴィルの人間はどちらかというと感情の起伏が激しいの」

「そうかい？」彼は唇をゆがめた。「するとジェサミーとフェリックスには家庭教師を雇っているんだね」

「ええ、何十人も！」侯爵が驚くのを見て、フレデリカは急いでつけ加えた。「いえ、一度にではなく、次々に。それがどんなに苛立たしいことか、あなたには想像もつかないわ。あまり年配では、ふたりともいやがるの。運動をさせてもらえないから。でも、若い家庭教師は一、二カ月もするとどこかの学校に就職してしまうか、大学に行ってしまう。それに、もっと腹立たしいのは、彼らが例外なくカリスに夢中になること！」

「それは容易に信じられるな」

フレデリカはうなずき、ため息をついた。「ええ。問題はカリスがきっぱり拒否できないことなの。あまりにも優しすぎて、人を苦しめることができないのよ。最後の家庭教師だったとても不器用で、内気で、赤い髪に大きな喉仏のミスター・グリフのような人はとくに。いまはふたりとも休日を楽しんでいるところよ。でも、ロンドンの観光が終わり、この街に慣れてきたら、新しい家庭教師を見つけるつもり。ジェサミーは毎朝二時間勉強しているのよ。ハリーより一年早く、十八になったらオックスフォード大学に行こうと決めているから」

「するとハリーはオックスフォードにいるのかい？」

「ええ。二年になるわ。一年間ロンドンに滞在するのにちょうどよいチャンスだと思ったのは、それもあるの。グレイナードに落ち着く前にロンドンを見聞するのは、ハリーにはとてもよいことだと思うわ。きっと楽しいに違いないもの」

「それはたしかだな」侯爵はそう言って、何やら思惑のありげな目でフレデリカを見下ろした。「ところで、さきほどの話だが、実はこの数週間のうちに舞踏会を催すつもりでいる。姉が姪《めい》を社交界にデビューさせたがっていてね。妹さんはそれに来て、ぼくの姉に社交界の面々に紹介してもらってはどうかな？　きみたちはきっとその場でほかの舞踏会や夜会に招かれるだろう。そうしたら姉につき添ってもらえばいい。実は、いとこのドーントリー夫人もぼくの舞踏会で娘をデビューさせたがっているんだ」

フレデリカは目をきらめかせ、唇をひくつかせた。「ありがとう！　カリスがあなたに会えるように帰ってきたのは、幸運だったわ！」

「ああ、そうだね。さもなければ、あのダイヤモンドのような女性を田舎で埋もれさせるのが、どれほどの浪費か気づかなかっただろうな」

「そのとおりよ。お宅の舞踏会で社交界のデビューを飾れるほどすばらしいことはないわ。本当にありがとう。でも、わたしまで招いてくださる必要はまったくないのよ」

「するときみは引きこもるつもりかい？」

「いいえ、でも――」

「だったら、きみもぼくの舞踏会に出席する必要がある。伯母さんも一緒に来るべきだと思うね。きみたちは姉の家に滞在しているわけではないから、適切なつき添いがいなければ、とても奇妙に見えるだろう。伯母さんが変わり者だということを気にしているのなら――」

「気にしてなどいないわ！」フレデリカが口をはさんだ。

「心配はいらない。変わっているのは流行《はや》りなんだ」

「流行りでなくても気にしないわ。でも、あなたのお姉様がその計画に同意してくださるかしら」

侯爵の目の光が強くなった。「同意するとも」

「どうしてわかるの？」

「信じてくれ。とにかくわかるんだ」

「たったいま思いついた計画なのに？」フレデリカは遠慮なく指摘した。「そうやって尊大に決めつけるのは結構だけど、姪御さんも〝ダイヤモンド〟ならともかく、娘をカリスと同じ舞踏会でデビューさせたいと思う母親など、どこにもいないはずよ」

アルヴァストーク侯爵の口元に笑みが浮かんだ。が、彼がフレデリカの言葉を聞いていたしるしはそれだけだった。彼は嗅ぎ煙草《たばこ》の葉をつまんで、ケースを閉じながら言った。

「きみたちが遠縁のいとこだということを受け入れよう。だが、それだけでは十分ではないな。きみは下の三人の後見人だという触れこみにしてはどうかと言ったね。いいとも。きみの父上はきみたちをぼくに託した。だが、なぜ彼はそうしたのかな？」

「父はあなたが親戚のなかでいちばん地位の高い人物だと言っていたわ」

「それは使えないな。これは保証するが、メリヴィルとの縁などほぼなきに等しいことは、姉たちもよく知っている。ふたりの好奇心を満足させるには、もっとましな口実が必要だ」

フレデリカはいまやすっかり乗り気になり、調子を合わせた。「父は昔あなたに、ある便宜を図ったと言ったことがあるわ。でも、あなたはまだその借りを返していないのよ！」

「どんな便宜だい？」侯爵の声が懐疑的になった。

「それは」フレデリカは落ち着き払って答えた。「知られたくないことよ。とくにお姉様には！」

「それはいい！」フレデリカを不安にさせた侯爵の目の光が、愉快そうな笑みに変わった。「ぼくは彼に借りがあった。だから子どもたちの後見人役を引き受けた」フレデリカの目に抜け目のない表情が浮かんだのを見て、彼は眉を上げた。

「たったいま思いついたのだけれど、子どもたちの後見人になるとしたら、ジェサミーとフェリックスの家庭教師はあなたが見つけてくれたほうがいいわね」

「ぼくはそういう事柄にうといんだ。それに後見人役は非公式なものだよ」

「あなたはそうしておきたいでしょうけれど、あなたが役に立つべきではない理由が見つからないわ」

「ぼくはきみたちを社交界にデビューさせる。ぼくの役目はそれで終わりだ！」

「いいえ。後見人役を引き受けるとしたら、カリスとわたしを舞踏会に招く以外にも何かする必要があるわ。もちろん、そのことはとても感謝しているのよ。たとえカリスの美しさに度肝を抜かれなければ引き受けてくださらなかったとしても。でも――」

「カリスはとても美しい女性だ。おそらくぼくがこれまで出会った誰よりも美しい。だが、ぼくが彼女に心を奪われたから、きみたちを舞踏会に招くことにしたと思っているなら、的外れもはなはだしいぞ、親類のフレデリカ」

「そうでないことを願いたいわ」フレデリカは少しばかり顔を曇らせた。「あなたはカリスの相手には年を取りすぎているもの」

「そうとも！　カリスはぼくには若すぎる」

「ええ。だったらなぜ突然わたしたちを招待してくれることにしたの？」

「そのわけを話すつもりはない」

フレデリカは眉をひそめながら侯爵をじっと見て、そこに何かを読みとろうとした。彼女には侯爵のことがよくわからなかった。第一印象は、実を言うと、あまり好ましくなかった。外見はすばらしいし、着ているものも申し分ない。それに顔立ちもハンサムとは言えないまでもとても際立っている。だが、物腰があまりにも尊大で、灰色の目が冷たすぎる。その冷ややかな目には、ときおり口元に浮かぶ人を見下したような笑みすら届かなかった。だが、フレデリカが面白いことを言ったとたん、鋼のような光が消え、愉快そうなきらめきに変わった。すると嘲《あざけ》るような表情が一変し、彼は一瞬にして尊大な貴族から、ユーモアのセンスがある、かなり魅力的な物腰の、気のおけない紳士に変わった。それからまもなく、また冷たい目に戻ったものの、フェリックスが駆けこんでくると、彼とジェサミーの質問に忍耐強く、機嫌よく答えた。セラフィーヌ伯母の無関心には侯爵という地位にふさわしい尊大な態度で接したが、カリスを見るときの目は、真の美を理解しているようだった。侯爵が考えを変えたのはカリスに対する賞賛の念であることは間違いない。ただ、何が侯爵の目に自分を不安にさせる光をもたらしたのか、見当がつかなかった。

疑わしげな顔のフレデリカに、侯爵は眉を上げて問いかけた。「どうする?」

「わたしが未亡人だったらよかったのに」フレデリカは苛立たしげに叫んだ。「これっぽっちでも良識があれば、そうなっていたはずよ」

侯爵の目からあの信用ならない表情が消え、またしても笑みが浮かんだ。「心配はいらない。いつかはそうなるさ」

「いつかでは役に立たないわ」彼女はじれったそうに言い返した。「いま未亡人なら」フレデリカは目をきらめかせて言葉を切った。「まあ、なんてことを言うのかしら! わたしには長女として世話をすべき家族がいるけれど、独裁者でも意地悪な女でもないつもりよ」

「ああ、違うとも」彼はなだめるように言った。「きみは申し分なく一家を治めている。

そしてこれっぽっちでも良識があれば、未亡人になっていた。だが、どうやって？　それになぜ未亡人になりたいんだい？　どこかにご主人を隠しているのかい？」

「まさか！　未亡人のふりをすべきだったと言ってるのよ。それなら、自分でカリスのつき添いができたわ。あなたのお姉様をこれに巻きこむ必要はなかった」

「ぼくはそうすることに少しも異議はないよ！」

「ええ。でもお姉様はあるはずよ。わたしたちとは面識もないんですもの」

「それはなんとでもなる」彼は片手を差しだした。「そろそろ失礼するよ。だが、一両日中には連絡する。いや、呼び鈴を鳴らす必要はない。ぼくはもう家族のようなものだからね。送ってくれる必要もない。自分で出ていくよ」

だが、フェリックスが廊下で待ち伏せていて、とても礼儀正しく馬車まで同行し、ソーホーにある工場へ連れていくという約束を取りつけようとした。

「心配はいらない。工場は見学できるようにするとも」

「ありがとう！　でも、秘書ではなく、あなたがぼくと一緒に行ってくれる？」

「どうしてぼくが行くべきなんだい？　ミスター・トレヴァーのほうがそういう謎についてはぼくよりはるかに詳しいはずだ」

「うん。でも……とにかく、あなたが来てよ！　そうすれば鬼に金棒だもの！」

アルヴァストークは自分がありきたりのお世辞に心を動かされることはありえないと思

っていた。実際お世辞は聞き飽きている。だが、あからさまな崇拝を浮かべた十二歳の少年の訴えるようなまなざしは、鉄壁の防御を突き崩した。彼はどんな女性のお世辞も冷ややかに撃退し、どんなおべっか使いも冷たくあしらうことができる。だが、自分を慕ってまとわりつく子犬を蹴れないのと同じで、この少年の願いをはねつけることはできなかった。たとえソーホーの工場で死ぬほど退屈な思いをすることがわかっていても。

そこでフェリックス・メリヴィルは、階段を駆けあがり、客間に飛びこんで、フレデリカに勝ち誇ってこう報告することになった。「親戚のアルヴァストーク侯爵が、空気リフトを見学しに連れてってくれるって！　ほんとにいい人だね！」

5

翌日トレヴァーは、軽いショックに見舞われた。侯爵の主任事務官がいつものように分厚い報告書と帳簿を置いていったあと、さっそくその量を侯爵が目を通す気になる程度に減らす仕事に着手した。すると、それから二十分もせずに侯爵がオフィスに入ってきてこう尋ねたのだ。「おはよう、チャールズ。ソーホーにある工場のどれかを知らないか?」

「工場ですか?」トレヴァーは思いがけない質問に驚いて訊《き》き返した。

「金属の鋳造に関する工場だと思うが」侯爵は説明しながら机に散らばっている書類に片眼鏡を向けた。「これはひどい。どうしてきみは働きすぎだと言わなかったんだ。ここにあるのは、いったいなんの書類だい?」

「今日は今季の支払勘定日ですよ」トレヴァーは笑いながら言った。「コールフォードが持ってきたんです。このままあなたに提出したら、ひとつも読んでもらえないことがわかっていますからね。しかし、工場とは……工場の情報をお望みなんですか?」そう言ったとたんにある可能性が閃《ひらめ》き、彼は目を輝かせて尋ねた。「議会で何か質問を提起されるのですか？　それに関して演説をなさるとか？」

「よしてくれ、きみはとんでもないことを思いつく男だな」侯爵は言った。「ぼくがそんなことをしたいと思う理由があるかい？」

「いいえ。実際、侯爵が工場に関心をお持ちとは存じあげませんでした」

侯爵はため息をついた。「虚飾に満ちた男だと思われているのはたびたび感じていたが」

「ええ。いえ、もちろん、そんなことはありません！」トレヴァーは急いで訂正した。

「嘘《うそ》を言うな。それにぼくはそのとおりの男だ」侯爵は悲しげに言った。「いや、工場にはまったく興味はない。しかし、不足を補うのに遅すぎることはない。ぼくはこれから工場に興味を持つつもりだ。いや、待ってくれ。考えてみると、興味があるのは工場ではなく、空気圧で動くリフトのほうだ。それについて何か知っているかい？」

「いいえ。まったく。しかし、あなたがわたしをからかっていることはわかります！」

「それは誤解だ。ソーホーに空気圧で動くリフトを使っている工場があるはずだ。ぼくはそれを見学したい。この嘆かわしい書類からなんとか離れて、その手配をしてくれないか」

「かしこまりました」トレヴァーは反射的に答えた。

「正直言って、きみがその手のリフトについて無知だと知って少々失望したよ。きみを頼りにしていたんだが。ひょっとしてボイラーやプロペラのことは学んでいるかな？」

なんという奇妙な質問だ！　トレヴァーは言葉もなく侯爵を見つめながら首を振った。侯爵は咎《とが》めるように舌を鳴らした。「きみも学ぶべきだぞ。時代に遅れぬように努力しないで、どうやって名を上げるつもりだい？　蒸気船で川をくだり、勉強したまえ」

トレヴァーはようやくショックから立ち直り、勢いよく反撃した。「お言葉ですが、わたしはエンジニアではありません。ボイラーのことを学びたいとも思いません。蒸気船に乗るのは、ごめんこうむります！」

「ぼくもエンジニアではない。それに蒸気船に乗るのもごめんだ。だが、きみは違うことを願うよ。なぜかというと、もうすぐそれがきみの仕事になる予感がするからだ」

すっかり当惑したトレヴァーは半分笑いながらこう言った。「しかし、なぜです？　冗談を言っておられるのはわかっていますが――」

「冗談なものか！　ぼくの最も新しい知人、実は若い親類だが、彼に会えば、これがたんなる冗談などではないことがわかる」

「新しい親類ですか？」トレヴァーは口ごもった。「それはどういう……？」

侯爵は戸口で足を止め、謎めいた笑みを浮かべて振り向いた。「頭のめぐりが悪いぞ、きみ。彼の姉たちのところに行けとぼくをけしかけたのはきみじゃないか。したがって、きみはぼくの親類のフェリックスと蒸気船に乗るんだ。当然の報いさ。だが、きみの言ったとおりだったよ。カリスは実に美しい女性だ！」

ドアが閉まり、トレヴァーはこの事態に対処するために残された。彼にできることは大してなかった。侯爵がカリス・メリヴィルの美しさに打たれ、彼女を自分の征服リストに加えるつもりでいることは容易に信じられるが、どれほど想像力を酷使しても、カリスの関心を買うためにその弟の機嫌を取ることなど考えられない。侯爵は魅力的な女性の心を捉えるのに、とくに努力する必要すらめったにないのだ。これはトレヴァーには遺憾なことだが、女性たちはこぞって侯爵の心を射とめようとする。仮に袖にするような変わり者がいるにせよ、侯爵はただ肩をすくめ、次に移る。彼が女性とたわむれるのは楽しむためで、たまに何がしかの愛情を感じる相手が現れても、その愛情は永続するものでも、深いものでもなかった。だが、どうやら侯爵は、いまその努力をしているようだ。彼のことをかなりよく知っているつもりでいたトレヴァーは、すっかり煙に巻かれていた。侯爵が子どもの一途《いちず》な願いにほだされた可能性は、頭に浮かばなかった。たとえ浮かんだとしても、ばかげていると即座に否定したに違いない。

一方、侯爵はグロヴナー・プレイスへ馬車を走らせ、ちょうど姉と上の娘ふたりが家の前に止めたランドー馬車に乗りこもうとしているときに到着した。「よかった！　五分だけ出発を遅らせてくれないか、ルイーズ！」

弟に負けた悔しさがまだ胸にわだかまっているルイーズは、冷ややかに朝の挨拶をすると、なぜわざわざ出かけてきたのか見当もつかない、とけんもほろろにつけ加えた。

アルヴァストークは使用人を先頭の馬へと走らせ、ひざ掛けを取り、軽々と馬車を降りて姉を見た。「無理もないよ。すてきな馬車だね。襟のラフもとてもよく似合っているよ」軽薄な弟のお世辞には批判的なルイーズだが、この言葉に自尊心をくすぐられ、顎を支えている小さなラフに手をやった。彼女の好みを弟が褒めることはめったにないのだ。「このひだ襟《フレーズ》のこと？　あなたの眼鏡にかなったと知って嬉《うれ》しいわ」

彼は当然だというようにうなずき、ふたりの姪《めい》に声をかけた。「ジェーンと、マリアだね？　きみたちは馬車のなかで待っておいで。ぼくの用事はすぐにすむ」

ルイーズは少しのあいだ弟を冷たく追い返したい気持ちと好奇心のあいだで迷った。結局、好奇心が勝ったものの、五分しか割けないと意地悪く釘《くぎ》を刺し、踵《きびす》を返して家のなかに戻った。彼は何も言わずに姉に従って家の前の階段を上がり、食堂に入った。姉は椅子を勧めようともしなかった。「で、なんなの？　今日はたくさん買い物が――」

「ぼくの話を聞けば、その買い物のリストはさらに長くなるはずだ。長女を仕立て屋に連れていって、舞踏会のドレスを作るといい。ただし、頼むから白はやめてくれよ。淡いブルーも、ピンクもだめだ。そばかすがますます目立ってしまう。琥珀色《こはくいろ》か黄水仙か金色にするんだね」

この命令にあきらめていた望みがこみあげ、弟が長女のそばかすを非難したこともあっさり見逃すことができた。ルイーズは驚きのあまり息を呑《の》み、どうにかこう言った。「アルヴァストーク！　つまり、ジェーンのために舞踏会を催してくれるの？」

「ああ、そうだ」彼はつけ加えた。「だが、いくつか条件がある」

ルイーズはほとんど聞いていなかった。「ああ、愛するヴァーノン、あなたを頼りにできると思っていたわ！　はねつけるふりをしてからかっていたのね！　ひどい人！　でも、それがあなたのやり方ですもの、叱っても仕方がない。ジェーンがどんなに喜ぶことか！」

「では、あの子に話すのはぼくが帰ってからにしてくれ」アルヴァストークは冷ややかに言い返した。「姉さんの喜びも抑えてもらいたいね。いまみたいな姉さんより、小言を言ってる姉さんのほうがまだましだ。座ってくれないか。姉さんにどうしてほしいか話すから」

ルイーズはつかのま、鋭く言い返しそうになった。が、盛大な舞踏会でジェーンを社交界にデビューさせることができる、しかも自分の財布からは半ペニーも出さずにすむという見通しのおかげで、弟の無作法もいつもほど腹が立たなかった。彼女は緑茶色の外套《がいとう》の前を開き、腰をおろした。「まず日取りを決めなくてはね。早めのほうがいいと思うけれど」

「だったら幸運だな。舞踏会は来月にする。いまから三週間後だ」

「四月ですって！　早すぎるわ！　盛大なパーティがいちばん多いのは五月よ！」

「ああ。だから五月は舞踏会や夜会、あらゆるたぐいのパーティが目白押しだ。そうだろう?」

「ええ」ルイーズは顔をしかめた。「でも、三週間後では、シーズンが始まったばかりだわ!」

「では、シーズンはアルヴァストーク邸で始まることになる」彼は冷ややかに言った。「客の数が少ないのを恐れているなら、その心配はまったくないよ」

弟が社交界のリーダーのひとりであることは、ルイーズも承知しているが、この尊大な言葉にいつもの癖で弟をへこましてやりたくなり、それを抑えるのに苦労した。「どうすればたった三週間で支度ができるの! ありとあらゆる仕事が——」

「いや、姉さんは何もする必要はない。招待客のリストをトレヴァーに渡すだけでいい」

ルイーズは少々尖《とが》った声で言った。「娘の舞踏会ですもの。女主人役はわたしの務めよ!」

アルヴァストークは姉を見た。「もちろんだ。姉さんは女主人になる。だが、この舞踏会はジェーンだけのためではないよ。ルクレティアも長女を——」

「クロエを!」ルイーズは体をこわばらせた。「つまり、こういうこと、アルヴァストーク? あなたはあの女の甘言で考えが変わったの?」

「いや、ぼくの考えが変わったのは、思いもよらなかった、実に厄介な状況のせいなんだ。

フレッド・メリヴィルを覚えているかい？」

ルイーズは弟を見つめた。「フレッド・メリヴィル？　彼にはどんな発言権もないはずよ」

「ないよ。悲しいことに彼は死んだ」

ルイーズの顔に血がのぼった。「わたしをからかうのはやめてもらいたいわね、アルヴァストーク。彼が死んでいようと生きていようと、わたしにはなんの関係もないわ！」

「不幸にして、ぼくにはある。彼は自分の家族をぼくの……保護下に委ねたんだよ。しかもその家族は全部で五人も――」

「フレッド・メリヴィルがあなたを彼らの後見人に指定した、ですって？」

「いや、ありがたいことにそこまでひどくない。彼は家族をぼくの世話に委ねた。ふたりは成人に達しているが――」

「なんてこと！　あの男は頭がどうかしていたに違いないわ！　よりによって、あなたに家族を託すなんて。いったいどうしてそんなことを思いついたのかしら？」

「さあ」アルヴァストークは自分の身持ちの悪さを仄《ほの》めかした。「一族でぼくがいちばん話のわかる男だと思ったのかな？」

「ふん」ルイーズは鋭く言い返した。「ありそうなことね！　あなたに輪をかけた道楽者で、浪費家で、自分勝手な男だったもの。ええ、彼のことは覚えているわ。ハンサムだけれど、ろくでなし。両親にどれほど散財させたことか！　考えただけでぞっとするわ！　それに耐え、願ってもない良縁を見つけて結婚の段取りを整えたのに、あの男はどうしたと思う？　どこかの田舎娘と駆け落ちしたのよ！　そのあと勘当された。当然の報いね。両親には一度も会ったことはないけれど、一時は相当なスキャンダルになったものよ。その後フレッドは一家の相続人になったらしいわ。でも、きっとギャンブルで何もかも失ったのね。あげくに家族をあなたに託すなんて、あの男らしいわ。そんな願いは絶対に拒むべきよ！」

「ああ、そうしたいのはやまやまだが、実はできない事情があるんだ」彼はなめらかに答えた。「フレッドには借りがあったんだよ。返す機会のなかった借りが」

「メリヴィルにお金を借りたですって！　ばかばかしい。あの男は六ペンス一枚すら持っていなかったわ！」

彼はうんざりした声でさえぎった。「姉さんは商人と結婚すべきだったな。そうすれば、ご主人にどれほど賞賛されたことか。だが、ぼくはしない。姉さんは金のことしか考えないのかい？　この世には金銭より重要な義務もあるだろう？」

弟の軽蔑に満ちたまなざしを避け、ルイーズは目をそらした。「ええ、あなたはそうやって尊大にしていられるわ。莫大《ばくだい》な資産があるんですもの！　わたしの立場になれば、物事は違うふうに見えてくるはずよ」

「ばかなことを言うのはやめてもらいたい。ぼくがバクステッドの遺言執行人のひとりだったのを忘れたのかい？　彼は十分な資産を遺《のこ》して死んだ。いや、汚い言葉を投げつけるのはやめてくれ。今日来たのはけんかをするためじゃないんだ。姉さんがメリヴィルの件に手を貸してくれたら、ぼくもジェーンのデビューに手を貸そうじゃないか。姉さんは女王陛下の客間のひとつで、ジェーンをお目見えさせたいんだろう？」

この言葉が喚起した美しい光景に、ルイーズは怒りを呑みこんだ。これはアルヴァストークが驚くほど高価な宮廷用ドレスの費用も持つ用意があるという意味に違いない。弟は昔から、いったんこうと決めれば、金に糸目をつけない人間だ。ルイーズはすばやく頭のなかで計算し、自分がお目見えのときに着たような宮廷用のドレスの費用を弟が出してくれれば、浮いたお金でデビューしたばかりの娘がオールマックスに着ていくのにふさわしいクレープとモスリンのドレスを何枚も賄えることに気づいた。それは弟に対する反発を完全に拭い去らないまでも、舌の先をくすぐっている愚かな言葉を呑みこむ役には立った。

「あなたがメリヴィルにどんな借りを作ったのか、見当もつかないわ」

「それは……あまり言いたくないな」アルヴァストークは目をきらめかせ、こうつけ加えた。「姉さんたちにはとくに」

ルイーズは観察力の鋭い女性ではないが、このとき彼を見ていなかったのは幸運だったかもしれない。「おそらく彼はあなたがみっともない苦境から抜けだすのを助けたんでしょう。そのせいで、あなたは子どもたちの世話を押しつけられた。何にせよ、自分の義務を認めるのは、生まれて初めてのことね！　もっとあなたに近い、もっと要求する権利のある、恩恵を受けてしかるべき人間がほかにいくらでもいるというのに。何人子どもがいるんですって？」

「五人だ。息子が三人に娘がふたり。いまは伯母とアッパーウィンポール街に住んでいる。十年ほど前にメリヴィルが妻を亡くしたあと、子どもたちの世話はその伯母さんがしてきたそうだ。長男は成人してオックスフォードにいる。だが、ぼくの間違いでなければ、家族を支配しているのは長女だな。彼女は二十四歳で――」

「みんなしてあなたの袖にぶらさがるつもりなのね！　せいぜいその義務を楽しむといいわ。家族全員を養うつもりなの？」

「養うつもりはまったくないよ。そんなことは頼まれてもいない。それがどんなに新鮮な経験か、姉さんには想像もつかないだろうな。弟たちのことは何ひとつしなくていいんだ。ぼくが頼まれたのは、彼女と妹を社交界に紹介する手伝いをすることだけだ」

ルイーズは目を細めた。「あらそう？　ミス・メリヴィルはとても美しいに違いないわね」

「たしかに器量は悪くないが、美しいとは言えないな」彼は無関心に答えた。「でも、それはどうでもいいんだ。彼女は結婚相手を見つけようとはしていないそうだから。妹に立派な相手を見つけるのが目的なんだよ。ふたりのうちでは、妹のほうが美しいが、持参金が雀《すずめ》の涙程度だから、この望みがかなうかどうかは疑わしいな。だが、それはぼくには関係ない。姉さんの助けを得てふたりを社交界に紹介すれば、借りは返せる」

「でも、わたしに何をしろと言うの？」

「大したことじゃない。舞踏会でふたりをいとことして紹介し、ジェーンをオールマックスに連れていくときに、ふたりにつき添ってくれればいいんだ。そして――」

「オールマックスですって！」ルイーズは叫んだ。「月に行きたがるようなものだと、言ってやらなかったの？　それともあなたがそのふたりのチケットを入手するつもり？」

この皮肉もアルヴァストークの鎧《よろい》をかすっただけだった。「いや、ぼくには無理だ。だが、姉さんにはできる。姉さんがよく噂《うわさ》する親友に頼んでくれれば――」

「フレッド・メリヴィルの娘たちのために？　冗談じゃありませんよ！　アッパーウィンポール街にいる、いとこでもなんでもない貧乏な娘たちのために、そこまでする義理はないわ！　ジェーンの舞踏会にその娘たちを含めるだけでも法外なのに。オールマックスに連れていくなんて。いいえ、ヴァーノン、あなたの言うとおりにしたいけれど、とても――」

「親愛なるルイーズ、それ以上言う必要はない」アルヴァストークは姉の言葉をさえぎり、帽子をつかんだ。「無理やり頼むつもりはないんだ。さっき言ったことは全部忘れてくれ。

実際、今日来たことも忘れてもらってかまわない。失礼するよ」

ルイーズは癇癪《かんしゃく》を抑えようとしながら立ちあがった。「待って」

「いや、長居しすぎたくらいだ。ふたりとも馬車のなかで待ちくたびれているに違いない」

「そんなことはどうでもいいわ」

「たしかに。だが、ぼくの時間を無駄にするのはいやだね。朝の日課に疲れ果ててソファに横になる前にルクレティアに会いたいから――」

ルイーズは指がくいこむほど強く弟の腕をつかんだ。「いいえ。あの女に舞踏会の女主人役を務めさせるなど、わたしが許さないわ――！」

「腕を放してくれないか」彼は軽い調子で応じた。「姉さんの脅しぐらいじゃ、ぼくの気は変わらないよ。なぜ変えるべきなんだい？」

「あなたを決して許さないからよ！　ただ、少し考えさせてちょうだい。その娘たちがわたしとどんな関係があるの？　なぜ――？」

「なんの関係もない」アルヴァストークは冷ややかに答えて姉の指をこじあけた。

「会ったこともないのよ」ルイーズは言い募った。「ほんとに、なんて憎らしい弟なの！」

アルヴァストークは笑った。「ああ。だが優柔不断じゃないことはたしかだ。姉さんほどはね。さあ、どっちにするか決めてくれ。ぼくの頼みを聞くか、聞かないか」

ルイーズは弟を見上げ、そこに優しさを見つけようとした。アルヴァストークは微笑していたが、この笑みのことはよくわかっている。「もちろん、あなたの頼みを喜んで聞くわ」ルイーズは顎をつんと上げ、歯ぎしりしながら言った。「会ったことも聞いたこともないふたりのために、オールマックスのチケットを入手できるかどうかは約束できないけれど……見苦しくない娘たちなら、なんとかなると思うわ」

これを聞いて弟の笑みはずっと感じよくなった。「さっきよりはましだな。ジェーンにはとびきりエレガントなドレスを作ってあげるんだね。請求書はぼくに送ってくれ。詳しいことは知りたくない。舞踏会の前にミス・メリヴィルを連れてくるよ。あんがい気に入るかもしれないよ。良識も決意もひと一倍ある女性だから。忘れずに、トレヴァーに招待客のリストを届けてくれ」

この忠告を最後に、アルヴァストークは姉に別れを告げた。頭のよいミス・メリヴィルに反対されずに、若いほうのミス・メリヴィルを舞踏会の前に姉と会わせないためにはどうすればいいか、それを考えねばならない。

だが、この問題は彼が思ったよりも早く解決した。神の思《おぼ》し召《め》しか、二日後、愛犬ルフラをともなったフレデリカが、カリスを連れずにアルヴァストーク邸を訪れたのだ。それも早起きの習慣がないアルヴァストークにとっては喜ばしくない時間に。

毎朝自主的に勉強している弟の決断を尊重し、ふたりの姉はルフラの散歩を引き受け、毎朝、ロンドンの探索もかねて長時間歩いた。ルフラが革紐《かわひも》の先をこれほど必死に引っ張らなければ、あるいは革紐を外してやったときにもっと慎重に行動してくれれば、ふたりともこの散歩を心ゆくまで楽しむことができたに違いない。田舎育ちとあって、歩くことには慣れていたから、それはいっこうに苦にならなかった。ロンドンのすべてが珍しく、天気が許すかぎり、フレデリカがルフラの革紐を握り、カリスがポケットガイドを手にして、ふたりは大きな建物や記念碑、大邸宅を外から眺め、シティにまで足を踏み入れた。そこでは人々の注目を浴びたが、一度として声をかけられることはなかった。不謹慎な伊達男《だておとこ》すら、大きな口のなかの立派な歯を見せて、革紐をぴんと引っ張っている大型犬に恐れをなし、ふたりの女性に近づこうとはしなかった。

だが、アルヴァストークがグロヴナー・プレイスで姉と一戦交え、勝利した日の二日後、カリスは喉の痛みと咳《せき》で目を覚ました。そして朝食にはおりてきたものの、三度目のくしゃみで伯母に風邪をひいたに違いないと診断されて、肺炎を起こしたくなかったらいますぐ寝なさい、とベッドへ追い返された。

カリスがおとなしく横になり、伯母がコックにパンプディングと糊《のり》のようなお粥《かゆ》を作るように指示して、自分は塩を入れた水薬作りにかかると、フレデリカはこっそり家を出た。犬の散歩に行くと伯母に言えば、ロンドンでもヘレフォードシャーと同じように自由に行動できると思ったら大きな間違いですよ、と叱られて、メイドかフェリックスをお供につけられるに決まっている。だが、フレデリカはつき添いが必要な年齢を過ぎていたし、ロンドンのメイドは早足で長いこと歩くのが好きだとは言えなかった。バドルに行き先を告げると、老執事は首を振り、舌を鳴らしたものの、フェリックス坊ちゃまとご一緒すべきですよ、と言っただけで止めようとはしなかった。でも、毎日十一時から三時まで開館しているマーリンの機械博物館の入場料として、フェリックスにすでに半クラウン銀貨を渡していたフレデリカは、弟を誘えというバドルの提案に首を振った。

今日の行き先はグリーンパークだった。ポケットガイドには、平和を祝うお祭りの一部として、一八一四年にコンコルディア神殿が建てられたとあるが、この仮の建造物は解体されていたため、カリスは訪れる価値がないと判断したのだった。

でも、フレデリカはこの公園にある数箇所の〝気持ちのよい遊歩道〟は、ルフラを遊ばせるには格好の場所だと考えた。ハイドパークのような流行《はや》りの場所には、ぶらぶら歩いている男たちが多すぎる。

ルフラにぐいぐい引っ張られ、少しばかり汗ばんで門のひとつに着いたときには、ほっとした。これでようやくルフラが少しも慣れてくれない革紐を外すことができる。ルフラは飛び跳ねながら走っていき、尻尾を高く上げ、兎《うさぎ》の跡を見つけようとあちこちを探検しはじめた。フレデリカが公園の北東の角にある貯水池をまわっていると、ルフラは棒をくわえてきて、水のなかに投げてくれとねだった。そして彼女がこの遊びを断ると、少し離れたところでボールで遊んでいる子どもたちを見つけた。子どももボールを追うのも好きなルフラは、喜びいさんで尻尾を振り、期待に満ちて近づいた。だが、大きな犬が勢いよく自分のほうに駆けてくるのを見た幼い少女は、怖がってわっと泣きだし、公園管理人の事務所を囲んでいる灌木《かんぼく》の陰で、友人とおしゃべりを楽しんでいた子守りのほうへ走っていった。ルフラは一瞬戸惑ったものの、残ったふたりのうちボールを持っている年下の少年に注意を向け、早く投げろと吠《ほ》えた。いきなり見知らぬ大型犬に吠えられたジョン坊やは、男の子のプライドをあっさり捨ててボールを落とし、丸々とした短い脚が許すかぎりの速さで妹のあとを追った。が、兄のほうは歯をくいしばってその場に留《とど》まった。ルフラはボールに飛びつき、それを高く上げて、くわえ、このがっしりした少年の足元に落とした。これを見たフランク坊やはためていた息を吐きだし、弟と妹に向かって叫んだ。「弱虫、この犬は一緒に遊びたがってるだけだよ！」彼は用心深くボールを拾い、できるだけ遠くに投げた。大して遠くとは言えなかったが、ルフラは喜んでボールを追いかけ、フランクの足元に持ってきた。だいぶ大胆になったフランクが頭をそっと撫《な》でると、ルフラは彼の顎を舐《な》めてこれに答え、その場で前途有望な友情が結ばれた。だが、それを見た子守りはフランクにその猛犬に触るなと金切り声で叫び、驚いたジョンがつまずいて顔から倒れ、大声で泣きだした。フレデリカが駆け寄るころには、子守りが金切り声で叫び、下のふたりがわんわん泣きつづけ、フランクは生まれの卑しい遊び相手のそばを離れるのを断固拒否して、大騒ぎになっていた。

フレデリカの命令に応え、ボールをくわえたルフラが走ってきた。フレデリカはボールを受けとると、大世帯を何年も切りまわしてきた女主人の声で、わめきたてる子守りをさえぎった。「いい加減にしなさい！　少しは自分の立場をわきまえたらどうなの！」それからジョンを見た。「転んだときにけがをしなかった？　もちろん、わたしの犬があなたと一緒に遊ぼうとしたから泣いたわけじゃないのは、わかっているわ。だって、あなたは男の子ですもの。さあ、ルフラと握手して、無礼な振る舞いをするつもりはなかったことを教えてあげてちょうだい。ルフラ、お座り。お手！」

片手を頭に置かれたルフラがおとなしくこの命令に従うのを見て、ジョンはぴたりと泣きやみ、驚いてルフラを見た。「ワンちゃんも握手するの？」

「もちろんですとも」

「ぼくも！」フランクが要求した。「ぼくはちっとも怖くないもん」

ジョンは傷ついて、この犬はお兄ちゃんと握手したくないと言いはった。どちらが先に握手するかという問題が片付くころには、やきもちをやいたミス・キャロラインが、あたしも握手する、と申しでた。フレデリカはボールをフランクに返し、明日もその犬を連れてきてと頼む子どもたちと子守りの冷たい視線に送られ、その家族と別れた。

彼女はこの出来事にも少しも取り乱さずに散歩を続け、母親が甘やかしている小さな愛玩犬しか知らないロンドンの子どもたちを気の毒に思いながらロッジの周囲の灌木をまわりこんだ。そして突然、ポケットガイドが自分を裏切ったことに気づいた。目の前にいる牛の群れと乳搾り女のことは、そこにはまったく載っていなかったのだ。あとでわかったことだが、牛の群れはグリーンパークではよく知られた名物だった。それは都会人の目に魅力的な田園風景を提供するだけではなく、昔ながらの乳搾り女の服装に身を包んだ女たちが、たいへん適切な金額を支払う人々に、搾りたての生ぬるい牛乳をグラスに入れて差しだしてくれるのだ。

フレデリカが気づいたときには、彼女より先に牛を見つけたルフラが群れに向かって走りだしていた。ルフラが群れのすぐそばで耳を立て、毛を逆立てて止まるのを見て、ルフラからわずか一、二メートルしか離れていない牛が脅すように頭をさげた。ルフラはこの挑戦を受けてたち、血も凍るような声を放って戦いに飛びこんだ。

6

気の弱い女性なら、この時点でルフラを運命に委ねて逃げだしていたに違いない。そのあとはたいへんな騒ぎになったからだ。乳搾り女と、子守りと、数人の年配の女性の悲鳴が響きわたるなか、ルフラは乳牛を追いまわした。今回は、名前の由来となった英雄的行為を繰り返したわけではなく、ただ逃げる牛を追い散らし、ロンドンで初めて与えられた仕事を楽しんだのだ。

フレデリカの頭には逃げようなどという考えはよぎりもしなかったが、牛飼いの男と公園管理人代理の下で働く使用人ふたりの助けを借りて、まったく悔いている様子のないルフラをつかまえるころには、この一件は彼女の手には負えなくなりかけていた。周囲はまさに修羅場だった。年配の女性のひとりはヒステリーを起こし、もうひとりは即座に警官を呼べといきりたった。牛飼いの男がその頭の上で毒づき、公園の管理人たちは揃《そろ》ってルフラを手渡せと要求している。さらに悪いことに、さきほどルフラが遊んだ子どもたちの子守りが騒ぎに引かれて駆け寄ってくると、ルフラが子どもたちに襲いかかって子どもたちを怯《おび》えさせ、ボールを盗んだ。ジョン坊ちゃまが顔から転んで両手をすりむき、ズボンを汚したのはあの犬のせいだ、と訴えた。

「でたらめもほどほどにしてちょうだい！」フレデリカは怒って子守りをにらんだ。

牛飼いも公園の管理人たちも、子守りの証言には大して注意を払わなかった。牛飼いは牛の群れのことしか頭になく、公園の管理人たちはルフラが嬉《うれ》しそうに尻尾を振り、耳をぺたりとつけて子どもたちを迎えたのを見てとったからだ。彼らはルフラが育ちすぎの訓練の行き届いていない雑種犬で、まだいたずらが大好きな盛りだと気づいた。ほかの場合であれば、今回のいたずらに寛大な処置を取ったに違いない。だが、ロンドンの公園の規則は厳しい。それに警官を呼べとわめきたてている尖《とが》った顎の年配の女性と、まだ神経性の痙攣《けいれん》がやまない女性、ほかにも二、三の市民がこんな危険な猛犬を野放しにすべきではないとわめき立て、どこかの子守りが良家の子どもたちの神経を永遠に引き裂いた獰猛《どうもう》な犬に復讐《ふくしゅう》を求めていた。この出来事を管理人代理に報告するといきまく複数の市民対、使用人もメイドも連れずに散歩していた若い女性の飼い犬となれば、管理人としての義務は一目瞭然だ。ルフラはわれわれに引き渡してもらわねばならない、ふたりのうち年長の管理人がフレデリカにそう告げた。その後治安判事がその運命を決めることになる、と。

ルフラはこの声の調子と、フレデリカに近づいてくる男の様子が気に入らず、立ちあがって毛を逆立て、フレデリカを攻撃したら、ただではおかないぞ、となって警告を発した。この好戦的な態度に、牛飼いがすぐさま犬を始末しろと要求し、管理人はフレデリカに「その犬を連れてこい！」と命じなくてはならなかった。

集まった人々のなかで、フレデリカを除けばこの牛飼いほどルフラの罪がどれほど許しがたいかを知っている者はひとりもいない。怒りに燃える牛飼いをひと目見て、この男に懇願するのは無駄だと確信したフレデリカは、不安にかられながらもこう言った。「言葉に気をつけなさい。これはとても高価なアルヴァストーク侯爵の犬なのよ。この犬に何かあれば、侯爵がたいへん立腹されるわ」

犬には詳しい若いほうの管理人はルフラを雑種だと判断していたから、そっけなく言い返した。「ばかばかしい！　侯爵がこんな犬を飼うものか！　ただの雑種だ！」

「雑種ですって?」フレデリカは叫んだ。「いいこと、この犬は途方もない費用をかけてこの国に運ばれてきたバルセロナコリーの純血種よ。牛を追い散らしたことは申し訳ないと思うわ。でも、この子はただ群れを集めようとしていただけなの。スペインではそのために使われるの。英国の牛にはまだ慣れていないのよ」

「集めようとした、だと?」牛飼いが仰天して叫んだ。「生まれてこの方、わしは牛を集めようとしたことなどねえ。でたらめをこくな！」

若いほうの管理人はためらわずにこの評決を支持し、でたらめもほどほどにしろ、とフレデリカに注意した。それにバルセロナコリーのことは何も知らないが、雑種を見ればわかる。侯爵がこんな犬を飼うはずがない。

「まあ、あなたは親戚のアルヴァストーク侯爵をご存じなの？」尖った顔の女性が口をはさんだ。「侯爵を親戚呼ばわりするなんて！　ひとりで街をほっつき歩いてる女が！」

若いほうの管理人は尖った顎の女性を支持し、牛飼いは侯爵だろうがなかろうが、自分がこうむった損失は払ってもらうと繰り返した。みんなをなだめようとして必死に努力する年長の管理人を見て、煙草《たばこ》色のフロックコートを着た体格のよい市民が、この女性の話が本当かどうか侯爵に尋ねてはどうかと提案した。

「すばらしい解決法だわ」フレデリカは心から言った。「いますぐ侯爵邸に行きましょう。このすぐ近くにあるのよ。バークリー広場に」

侯爵の裁量で事がおさまるなら、この段階で年長の管理人はルフラを放していたに違いない。もしもこの若い女性が侯爵邸に行くつもりなら、本当に侯爵の親戚なのだ。彼はこんなことで侯爵の手を煩わせるのは気が進まなかった。法的に言えば、侯爵が飼い主なら、ミスター・ビールの牛飼いが要求する損害の代金を支払うのはむろんのこと、罰金を科せられる可能性もある。だが、貴族を相手にするときは用心が必要だ。若いほうも年長者のこの言葉に、考えこむ顔になった。しかし、牛飼いは女王陛下が飼い主でも、自分には損害を請求する権利があると厳しい顔で言い張り、尖った顎の女性は目から火を噴かんばかりに、管理人が自分たちの義務をわきまえていなくても、自分はわきまえている。この件は必ず管理人の耳に入れずにはおかないとわめきたてた。こうなったら若い女性と一緒に行くしかない。管理人が決断を下すと、尖った顎の女性は自分も行くと、そしてもしも侯爵が現れれば、彼に自分の意見を述べずにはおかない、ときっぱり言いきった。

アルヴァストーク邸の玄関の扉を開けた使用人はよく訓練された若者だったが、外に並んでいる雑多な人々を見て、目玉が飛びだしそうなほど驚いた。フレデリカはにこやかにこう言った。「おはよう。侯爵はまだお出かけではないわね?」

使用人はもごもごと答えた。「ええ、ミス。つまり、その――」

「よかった」フレデリカはさえぎった。「わたしの姿を見て驚くのは無理もないわ。こんなに大勢の人につき添われているんですもの。わたし自身も驚いているの。どうか侯爵に、親戚のフレデリカ・メリヴィルが話したがっていると伝えてちょうだいな」

それから彼女は家のなかに入り、〝つき添いたち〟についてくるよう肩越しに告げた。その確信に満ちた態度に使用人は反射的に横に寄り、侯爵はまだドレッシングルームにおられます、と口ごもりながら、奇妙な取り合わせの男女が侯爵邸に入るのを許した。

「では、緊急の用事だと伝えてちょうだい!」

「閣下の秘書にお会いになりますか?」使用人はまだ半信半疑で尋ねた。

「ミスター・トレヴァー? いいえ、結構よ。とにかく、いまの言葉を侯爵に伝えて」

この使用人は親戚のメリヴィルについて聞いたこともなかったが、彼女がトレヴァーの名前を口にするのを聞いて安心した。たしかにこの女性は侯爵様の親戚に違いない。だが、こんな奇妙な連中と何をしているのか？　なぜ公園の管理人や田舎者をアルヴァストーク邸に連れてきたのか？　ジェイムズというこの使用人は、彼らをどうすればいいのか見当もつかなかった。フレデリカと女性のつき添いは客間に通すべきだろう。だが、侯爵か、それよりもはるかに恐ろしい執事のウィッケンが男性の〝つき添い〟も客間に通したことを知ったら、喜ぶとは思えない。

そのとき当のウィッケンが現れ、この窮地から彼を救ってくれた。ジェイムズはこの恐ろしい師を見て初めてありがたいと思いながら、急いで親戚のフレデリカ・メリヴィルが、閣下にお会いになりたいとおっしゃっています、と報告した。

ジェイムズはフレデリカのことを聞いていなかったかもしれないが、ウィッケンはそこまで無知ではなかった。執事である彼は、侯爵付きの従者、家政婦、馬丁頭とともに、メリヴィル一家のことをすべて知っていた。実際、ここ数日この一家は、もっぱら彼らの話題の中心だったのだ。それにウィッケンはこれしきのことで動じる男ではなかった。彼はフレデリカに頭をさげると、残りの男女をじろりと見て、廊下を横切って図書室のドアを開けた。「閣下にお知らせしてまいります。よろしければ、ここでお座りになってお待ちいただけますか？　そちらの方もどうぞ」彼は丁重にそうつけ加えると、家庭教師か、雇われ話し相手《コンパニオン》だとにらんだ尖った顎の女性に適切なお辞儀を与えた。

「ほかの人たちにも入ってもらってはどうかしら？」フレデリカが言った。

「マダムがお望みでしたら、よろしゅうございますが」ウィッケンは答えた。「彼らは廊下のほうが居心地がよかろうと存じます」

この意見には牛飼いすら大きくうなずいたが、フレデリカは承知しなかった。「いいえ、彼らも侯爵と話をしたがっているのよ」彼女は尖った顎の女性に椅子を勧めた。ウィッケンはまばたきすらせずにドアを押さえ、残りの一行が図書室に入るのを許した。

一方、ジェイムズは侯爵のドレッシングルームへと階段を上がり、できるだけそっとドアをノックした。侯爵は午前中に部屋を訪れる者に冷淡なことで知られているのだ。ジェイムズはもう一度、もう少し大きな音でノックすると、神を冒涜《ぼうとく》したと言わんばかりの顔で閣下付きの使用人がドアを開け、なかに入れとも言わずに、怒りのこもった低い声でなんの用だと問いただした。

「緊急事態です、ミスター・ナップ」ジェイムズはささやいた。「ミスター・ウィッケンから閣下に伝えろと申しつかりました」

思ったとおりこの言葉は通行手形のような役目を果たし、ジェイムズはなかに入ることを許された。ナップはまだ小声でドアのそばを離れるな、音をたてるなと命じ、侯爵がクラヴァットを結ぶという重要な仕事に没頭しているドレッシングテーブルのところに静かに戻った。

ふたりの姉はアルヴァストークを伊達男《だておとこ》だと非難するが、アルヴァストークは社交界の愚かな若い紳士のように流行の先端を追ったことはない。伊達男として一世を風靡《ふうび》したボー・ブランメルがまだロンドンの流行の決定者であれば、そういうこれみよがしの装いにうんざりしたに違いない。ブランメルはあさましい状況により祖国を追われ、いまでは大陸でひっそりと暮らしている。だが、同じ世代の賢い者たちは、彼が敷いたレールから外れなかった。彼よりも三歳若い侯爵は、とかく華美になりがちな青年時代にブランメルと出会い、即座に色鮮やかなベストや派手なタイピン、その他もろもろの小物をひとつ残らず処分した。人の目を引く服装は立派な身なりとは言えない、ブランメルはそう言った。清潔な麻、完璧な仕立てのコート、美しく整えられたクラヴァットが、上流階級の紳士の特徴だ、と。アルヴァストークはそれ以来この素朴なルールに従い、忍耐強い実践により、いまではロンドンで最もエレガントな紳士のひとりと言われている。視界をさえぎり、首を動かすこともできないほど高く尖った襟のシャツや、クラヴァットの数学結びや東洋結びのような手のこんだ結び方を嫌い、彼は独特のスタイルを編みだした。優雅で控えめなこの結び方は、当然ながら若い世代の羨望の的となっている。

ジェイムズもそのことを知っていた。紳士に仕える紳士の地位になりたいとひそかに願う彼には、ナップの警告は必要のないものだった。こういう大事なときに、侯爵の邪魔をするようなことは考えもしなかったからだ。ジェイムズは侯爵が真剣な顔で朝の重大な行事を遂行するのを見守り、もう少し早ければ三十センチ幅のモスリンを襟に巻く器用な手つきを見られたのに、と残念に思った。ナップが予備のモスリンを六、七枚捧《ささ》げ持っているところを見ると、どうやら侯爵は一度で成功したらしく、天井を見上げていた。ジェイムズは侯爵がゆっくり顎をおろし、雪のように白いモスリンに顎で形を作るのをうっとりと見守った。あるとき打ち解けた気分のナップがこう言ったことがある。閣下は四、五回顎を落とすだけで、あの美しい結びを完成させるのだ、と。これは言葉にするとたやすく思えるが、たいへん難しい技に違いない。主人が顎を上げてはおろすあいだ、ジェイムズは息を止めていた。そして侯爵が手鏡で結び目のでき具合をじっくり調べ、「よし、これでいい」と言って初めて、息を吐きだした。

アルヴァストークは立ちあがり、ナップが広げているベストに腕を滑りこませながら、ジェイムズを見た。「どうした？」

「実は、ミス・メリヴィルがいますぐ閣下に会いたがっておいでです。緊急の用件で」

侯爵は少し驚いたようだった。「すぐに行くと伝えてくれないか。ナップ、上着を頼む」

「はい、閣下。図書室でお待ちです」

こうして異常な出来事に関する責任を首尾よく自分の肩からおろすと、ジェイムズは静かに部屋を出た。ナップはハンカチを振り開いて侯爵に手渡しながら、なぜウィッケンはミス・メリヴィルを客間に通さなかったのでしょう、とつぶやいた。だが、侯爵は片眼鏡を取り、長いリボンを首にかけると、その理由があったのだろう、と言っただけだった。

数分後、藍色の上着と淡い色の長ズボン、ぴかぴかに磨いたヘシアンブーツというぱりっとしたいでたちで、侯爵は階段をおり、待っていた執事に尋ねた。「なぜ図書室に通した、ウィッケン？ ぼくの親戚には客間がふさわしいと思わないのか？」

「もちろんそう思います。ですが、ミス・メリヴィルはおひとりではございません」

「当然だろうな」

「いえ、女性のつき添いのほかにも三名おりまして、彼らには客間より図書室のほうが適切かと」

幼いころからウィッケンの有能な仕事ぶりを見ている侯爵は、未知の三人が専門職の紳士たちだとみなす間違いはおかさなかった。ウィッケンのことをよく知らない人間なら彼の表情から何かを読みとるのは不可能だが、彼は執事がミス・メリヴィルの〝連れ〟を不快に思っているのを見てとった。「うむ。その三人とは誰だ？」

「どうやら、ふたりは下級役人のようです」

「なんと！」

「ええ、閣下。犬もおります。たいへん大きな、わたくしの知らない血統の犬です」

「犬だと！ いったい――」侯爵は言葉を切った。「どうやら図書室には危険が待ち構えているようだな、ウィッケン」

「いえ。あれは獰猛な犬ではないと存じます」

執事はそう言いながらドアを開け、かすかなショックに襲われた。飼い主の足元に寝そべっていた犬が、戸口に立って〝客〟を見渡している侯爵に気づき、のっそり立ちあがってかん高い声で鳴きながら、侯爵に向かってきたのだ。ウィッケンが犬の意図を誤解したのはほんの一瞬だけだったが、尖った顎の女性はルフラが夢中で尻尾を振っていることに気づかず、金切り声で叫んだ。「ほら、獰猛だと言ったはずよ！」

侯爵はルフラの愛情表現を抑えた。「ありがとう。だが、もう十分だ。座りなさい、ルフラ！」

侯爵が犬の名前を呼ぶのを聞いた公園の管理人たちは顔を見交わした。間違いない。これは侯爵の犬だ。フレデリカはルフラがさきほどの悪ふざけを贖《あがな》ったと感じながら、立ちあがり、侯爵に歩み寄った。「あなたが在宅で本当によかったわ。この苛立《いらだ》たしい犬ときたら、わたしをたいへんな目にあわせてくれたの。もう二度と散歩させるのはごめんよ！」

侯爵はこの言葉をまばたきもせずに受けとめ、しゃがみこんでルフラを撫《な》でながら言った。「こいつは何をしたんだい、フレデリカ？」

三人がいっせいに説明を始め、侯爵は「一度にひとりずつ頼む」と彼らをさえぎった。

フレデリカと牛飼いは口をつぐんだ。だが、尖った顎の女性は遠慮なく申し立てた。

「バルセロナコリーですって？　そんなもの、わたしは信じませんよ。獰猛な犬に攻撃されずに公園を散歩することもできないことを、その筋に報告させてもらいますからね」

侯爵は片眼鏡を目に当ててその女性をじっと見た。こうされると、肝の据わった男たちでも青ざめることで知られているのだ。尖った顎の女性は青ざめこそしなかったが、残りの言葉は舌の上でしぼんだ。「失礼、マダム。ぼくの記憶力は嘆かわしいほど悪いものだから。しかし、あなたとお知り合いになる光栄には浴してしないと思う。フレデリカ、紹介してくれないか？」

フレデリカはこの侯爵に対する第一印象を急速に修正しながら答えた。「それは無理よ。この人が誰なのか、なぜ一緒に来たのかも知らないんですもの。あなたが本当にわたしの親戚かどうか疑っていたようだから、それを確かめたかったのならべつだけど」

「それだけでは、必ずしも適切な理由とは言えないが、ぼくには隠されているなんらかの理由で、確認したいのであればそうしよう。ミス・メリヴィルとぼくは親戚ですよ」

「そんなことはかまいやしません！」尖った顎の女性は赤くなった。「ここに来たのは、市民の義務だと思ったからですよ。ミス・メリヴィルが侯爵の親戚だと言ったとたんに、このふたりのおべっか使いときたら、猛犬を放すつもりになるんだもの！　公園のみんなを攻撃できるように！」

公園の管理者たちがかすかな抗議の声をあげたが侯爵は無視した。「この犬がそれほど危険だとは思いもしなかった。どこかけがをされたのですか、マダム？」

「わ、わたしを襲ったとは言いませんでしたよ。でも――」

「ルフラは誰も襲ってなどいないわ」フレデリカが口をはさんだ。

「あらそう？　どこかの坊ちゃんを押し倒し、子どもたちを怖がらせなかったというの？」

フレデリカは笑った。「ルフラはそんなことしなかったわ。たしかに三人とも最初は怖がったけれど、一緒に遊びたいだけだとわかると、明日も連れてきてくれと頼んだくらい」

「こいつが襲ったのはわしの牛だ！」牛飼いが申しでた。「スペインで牛を集めてる犬だと？　とんでもねえ話だ！　スペインなんぞ行ったことはねえし、行きたいとも思わねえが、どこの国でも牛は牛だ。どんな邪悪な異端者でも、牛の群れを追い散らすために犬を訓練するわけがねえ！　侯爵閣下の前ですがね、ここにいるミスター・マンスロウと違って、わしゃこいつが雑種だと断言はしねえが、バルセロナにしろなんにしろコリーじゃねえことはたしかだ」

若いほうの管理人は両手で帽子をもみしだき、おそるおそる侯爵を見ながらつぶやいた。

「こちらの令嬢はバルセロナコリーだとおっしゃったが、これは雑種ですよ。わたしはそう思います。たとえ百歳まで生きたとしても」彼は決意を固めるように息を吸いこんだ。

「誰がそうだと言ってもね」

「そのはずだ。ルフラはコリーではない」アルヴァストークはうんざりした声でフレデリカに言った。「何回言ったらわかるんだい？　ルフラはコリーではなく猟犬だ。それにぼくはバルセロナではなく、バルチスタンと言ったんだよ。バルチスタンだよ、フレデリカ！」

「あらまあ。たしかにそうね。わたしったら……なんてばかなのかしら」

公園の管理人たちは侯爵の説明に納得したようには見えなかったが、年長のほうは如才なく、それで説明がつく、と言い、若いほうはスペインの犬でないことは最初からわかっていた、とつぶやいた。しかし牛飼いは不満そうで、尖った顎の女性は鋭く言った。「そんな場所があるものですか！」

「あるとも」侯爵は窓のほうに歩いていき、ふたつある地球儀のひとつをまわした。「ここに来て、自分の目で確かめるがいい」全員がこの招きに従った。

フレデリカは口を尖らせた。「アジアにあると言ってくれれば！」

「ああ、アジアね！」年長の管理人が言った。「インドの犬か何かだな」

「正確には違うの」フレデリカが応じた。「アジアはこのあたりよ。ほとんど未開の場所で、この犬はこっそり持ちだされたの。住民が敵意を持っているから。だからたいへん珍しい犬だと言ったのよ。実際、この国にいるバルチスタン犬はルフラだけよ。そうね、いとこ殿？」

「ルフラだけであることを心から願うね」侯爵は皮肉たっぷりに答えた。

「なんというひどいことを！」尖った顎の女性が言った。「未開の国から連れてきた犬を公園で放すなんて。ぜひとも税関に報告しなくては！」

「残念ながら、そういうものはないんだ」侯爵は申し訳なさそうに言うと、ゆったりした足取りで暖炉のそばに戻り、片手を伸ばして呼び鈴を鳴らした。「郵便のサービスもない。使いの者を送ることはできるだろうが。相当な費用がかかるし、使いが殺される確率が高い。そういう場合にどう助言すべきかは非常に難しいところだ」

「わたしが言ってるのは、この国の税関ですよ、閣下！」彼女は侯爵をにらみつけた。

「ああ。それはまったく役に立たないだろうな。ぼくはこの犬を密輸したわけではない。ただ、バルチスタンからこっそり運びだしただけだ」

その女性は怒りに震える声で言い返した。「とにかく、野蛮な国の犬を公園で放す権利など、あなたにはありません。適切な機関にきっと報告しますからね！」

「親愛なるマダム、あなたが愚か者だとばかにされるような真似《まね》をすることが、ぼくにどんなかかわりがあるのかな？　ついでに言えば、あなたがこの不幸な出来事にどんな関係があるのかも、まったくわからない。さきほど、ぼくの地位を知ったとたん、この〝おべっか使いたち〟が、ルフラが公園でみんなに襲いかかるのを放置しそうだったからついてきたと言ったが、この犬がそんなことをするはずがない！　あなたはよけいなお節介を焼いているとしか思えないね。この件について誰かに説明を求められたら、公園の管理人が、適切にもぼくの犬のいたずらを報告しに来て、革紐《かわひも》を外さないように注意していった、と言うだろうね。そしてこうつけ加えることになる。どういう理由で来たのか知らないが、非常に腹立たしい女性が同行し、マナーにも良識にも欠ける態度で不正に当局の権威を振りかざした、と」侯爵は開いているドアをちらっと見て、重々しい顔でそこに立っているウィッケンに命じた。「このレディに帰ってもらいなさい。そしてミスター・トレヴァーを呼んでくれたまえ」

侯爵の演説にフレデリカは畏敬の念に打たれ、管理人たちは大きくうなずき、尖った顎の女性も何やらもごもごつぶやいた。こんな侮辱は受けたことがない。彼女はそうわめこうとしたが、侯爵はすでに彼女に関心をなくし、嗅ぎ煙草の葉をつまんでいた。ウィッケンは口ごもる女性にまったく人間の感情を排除した声で言った。「こちらです、マダム」

尖った顔の女性は頬を真っ赤にして踵《きびす》を返し、足音も荒く立ち去った。彼女が無条件に降伏したのを見ても、ウィッケンはもちろんのこと、誰ひとり驚かなかった。若いほうの管理人は、そのあと年長者にしみじみこう言った。「やっぱ侯爵様は違うな。あのばあさんに立ち向かうには、よほどの肝っ玉が必要だ」

小うるさい女性が立ち去ったことにはほっとしたものの、牛飼いはまだ怒りをおさめていなかった。彼はルフラのいたずらを侯爵に説明し、牛が怖がり、乳が出なくなる可能性がある、牛がほんの少しでもけがをしていれば、持ち主が彼にその損害を弁償しろと言ってくるだろう、と訴えた。

「あなたの話を聞くと、まるでルフラが牛を街中追いまわしたように聞こえるわ！　それに、牛の群れを公園に置けば――」

「いや、きみは口を出すな」侯爵はぴしゃりと決めつけた。「ぼくはハイドパークにしろと言ったはずだぞ。この嘆かわしい出来事の責任はきみにある」

フレデリカはハンカチの陰に隠れようとしながら、震える声でそのとおりだと認めた。

「心配はいらない」侯爵は牛飼いに言った。「この件は適切に調停できるとも。おお、やっと来たか。入ってくれ、チャールズ」

トレヴァーは図書室にいる顔ぶれを見て驚きながら尋ねた。「お呼びでしたか？」

「ああ、呼んだ。いとこ殿が散歩に連れていったぼくのこのバルチスタン犬が、厄介なことをしでかしてくれたのだ。グリーンパークの牛のなかで、ついわれを忘れてしまったらしい」

いきなりそう言われてショックを受けたものの、トレヴァーは決してばかではない。侯爵が半分落としたまぶたの下から警告のまなざしを送らなくても、驚きを表に出さずに、それは遺憾なことでした、と応じたことだろう。興味深そうにトレヴァーの脚のにおいを嗅いでいるバルチスタン犬を見下ろしたときも、口の端をほんのかすかにひくつかせただけで重々しい表情を保った。

「まさにそのとおり！　きみがショックを受けるのはわかっていたが、この件はきみの手に委ねてもかまわないだろうな？」侯爵は微笑して低い声でつけ加えた。「きみは頼りになる男だよ、チャールズ」それから牛追いに言った。「ミスター・トレヴァーがすべてきみの満足のいくように決めてくれる。彼のオフィスへ行くといい。それと、管理人代理の下で働いているふたりと、牛飼いも頼む」

彼は三人の男たちに行けと手を振った。彼らは侯爵の言葉を正しく理解し、気前のよい額の弁償を期待して喜んで図書室を出た。それに侯爵閣下よりもトレヴァーを相手にするほうがまだ気が楽だ。

彼らが廊下に出ると、トレヴァーはつかのまドアロに立ってフレデリカを見た。「その犬はどの程度の損害を与えたんですか、ミス・メリヴィル？」

フレデリカはハンカチの陰から顔を出し、笑いながら答えた。「牛は無傷よ。けがをさせる前につかまえたんですもの」

「では――」

「いや、チャールズ！」侯爵がさえぎった。「こういうことは、さっさと片付けるのがいちばんだ。けちけちせずに、たっぷり出してやりたまえ」
「ご心配なく。片付けますとも」トレヴァーは明るい声で言って出ていった。
「まあ、なんてすばらしい人かしら!」フレデリカが言った。

7

「そのとおり」アルヴァストークは答えた。

フレデリカは彼を見上げた。「ええ。それにあなたも。さっきはとても見事だったわ。本当にありがとう！　こんなことに巻きこんでごめんなさい。でも、彼らがルフラを閉じこめると脅すものだから。そのあとがどうなるかは目に見えているもの。だからつい、あなたの犬だと言ってしまったの」彼女はそう言って笑った。「長靴をはいた猫みたいに」

「なんだって？」

「〝わたしの親戚のアルヴァストーク侯爵〟よ！」彼女は説明した。「わかるでしょう！」

「どうやらぼくはよほど頭のめぐりが悪いらしい。だが……」彼は言葉を切った。「ああ！　カラバ侯爵か！　〝わが主人のカラバ侯爵〟だな」

「そうよ！　効果はてきめんだったわ。あなたにお説教したあの恐ろしい女性以外には。まあ、結構楽しめたわね」フレデリカはまた笑った。「〝バルチスタン犬だ〟と侯爵が言ったときには、もう少しで噴きだすところだったわ。悪い子ね、ルフラ！」

ルフラは嬉《うれ》しそうに後ろ足で立ち、フレデリカの顔を舐《な》めた。

彼女は前足を膝からおろして立ちあがった。「この恥知らずの雑種犬！」ルフラにそう言って、侯爵を見上げると、微笑《ほほえ》みながら片手を差しだした。「ありがとう！　そろそろ失礼するわ。ミスター・トレヴァーがあの男たちにいくら払ったか、教えてくださるわね？」

「待ってくれ。どうしてひとりで歩いていたのか、その説明がまだだぞ」

「ええ。でも、それがあなたにどういう関係があるのか、説明されていないもの」

「喜んで説明するとも。ヘレフォードシャーの慣習がどうあれ、ロンドンで同じことは通用しない。きみの年齢と育ちの女性はつき添いなしに街を歩くものではないんだ」

「ふだんはしないのよ。カリスには絶対にさせないわ。でも、わたしはもう若い娘ではないもの。あなたには若く思えるでしょうけれど、〝若い令嬢〟と呼ばれる年はとっくに過ぎているわ。そもそも、わたしの行動をあなたに説明する必要はないわ」

「いや、あるとも」アルヴァストークは言い返した。「ぼくの手を借りて社交界にデビューしたいなら、社交界のルールに従わねばならない。ぼくが言ったことを守れなければ、手を引かせてもらう。社交界をきりきり舞いさせたいなら、ほかの後ろ盾を探すんだな」

フレデリカは怒りに頬を染め、口を開いた。だが、どんな辛辣な答えを投げつけるつもりだったにせよ、それを呑《の》みこんで唇を閉じ、自嘲の笑みを浮かべた。「今日のような出来事のあとでは、手を引きたくなっても当然ね」

「いや。それを負い目に感じる必要はないよ」

「感じないわけにはいかないわ。とてもいやだけど。だって、思ったことを言えないのは死ぬほどつらいんですもの」フレデリカはため息をついた。「あなたに言い返したいけれど、わたしはあなたほどひどい人間ではないわ！」

「ほう、どうしてそんなことを言うんだい？」彼はこの争いを楽しみはじめた。

「わたしが言い返す気にならないのを承知で、さっきぴしゃりとやりこめたからよ」

彼は笑った。「その気になればできたと思うのかい？」

「もちろんできたわ！　かっとなったときには、とても辛辣なことが言えるの」

「受けて立とうじゃないか」

フレデリカは首を振り、えくぼを見せた。「いいえ。もう怒っていないもの。正直に言うと、ひとりで出かけてきたのは、伯母があなたとまったく同じことを言ったからだと思うの。自分が間違っていることを指摘されるほど腹立たしいことはないでしょう？」

「さあ。考えたことがないな」

フレデリカは驚いたように彼を見たが、それ以上追及しなかった。「もうあなたを困らせないようにするわ。実は、カリスが風邪をひいたの。ジェサミーは毎朝勉強するのよ。だからカリスとわたしがルフラを散歩に連れだすの。ルフラはたくさん運動する必要があるのに、可哀想《かわいそう》に、ロンドンではそれができないんですもの」

「だったら、なぜフェリックスと出かけなかったんだい？　さもなければメイドと」

「メイドはいないのよ。わたし付きのメイドはいないの。いるのはハウスメイドだけ。それも全員が街育ちで、一緒に歩くのはとても退屈なの。とても遅いし、すぐに足が痛いと言いだすんですもの。フェリックスは機械博物館に行きたがっていたから、無理やり散歩に連れだせば、帰るまでふくれ面をされるわ。顔をしかめないで！　二度としないから」

「きみは従者が必要だ」彼はまだ眉をひそめながら言った。

「なんですって？　わたしを守るために？　その役目はルフラで十分よ」

「雑用をするためだよ。小包を運んだり、手紙を届けたり」

「重みを増すために必要だということ？」

「それもある」

　フレデリカは考えこむような顔になり、やがて少し悲しそうに微笑した。「執事のバドルの言う、立派な見せかけを作るためね。バドルはピーターをロンドンに連れてきたがったの。でも、グレイナードに残してきたのよ。ひとつにはミスター・ポースがピーターを雇いたがったから。それに必要のない費用に思えたんですもの。でも、実はこっちに来てみて、わたしも従者が必要だと感じているの。バドルのためよ。彼はあの恐ろしい家をひとりで切り盛りするには年を取りすぎているわ」

「費用が問題なのかい?」アルヴァストークは率直に尋ねた。

「いいえ! 従者を雇うことにするわ。そうすれば家にいるときはバドルを手伝えるし、エスコートの役も果たせるもの」

「人選はぼくに任せてくれ。この街で従者を雇うのは、きみには荷が重すぎる」

「ご親切にありがとう。でも、そんなことをお願いしては申し訳ないわ」

「ぼくが探すわけではないよ。チャールズに言って適切な男をバドルのところへ送らせよう」

「では、彼に感謝しなくては」フレデリカは片手を差しだした。「そろそろ失礼するわ」

「いや、まだだ。急な用事があるのでなければ、これから一緒に姉を訪問しないか? 舞踏会の前にきみに会っておきたいそうだ。ちょうどいい機会だと思うが」

突然そう言われ、フレデリカは驚いた。「でも、カリスが……妹も一緒のほうがいいでしょう? 舞踏会でカリスを紹介してもらうのに、事前に引き合わせないのは失礼ですもの」

「いや、事情を聞けば納得するさ。それより、この儀礼的な訪問を遅らせるほうが無礼だ」

「でも、カリスは二、三日もすれば元気になるわ」

「ああ、心からそう願っているとも。だが、ぼくは明日ニューマーケットに出かけ、一週間ほど戻らない。帰ってからでは、姉を訪問するのは早くて舞踏会の二週間前になる。それでは間違いなく姉の不興を買うだろうな」

フレデリカはうろたえた。「たしかにそうね。どうしましょう。きっとレディ・バクステッドに礼儀知らずだと思われるわ。でも、この格好ではとても……」

アルヴァストークは片眼鏡を目に当てた。フレデリカは褐色の外套《がいとう》にオレンジの綾織《あやお》り木綿のハーフブーツ、一本のダチョウの羽根がつばの上からたれている小さな帽子を頭にのせている。彼は片眼鏡をおろした。「十分適切だと思うが」

「あなたにはそう見えるかもしれないわね。レディ・バクステッドがわたしを田舎娘だと決めつけるのをあてにしているんでしょう？　この外套はもう二年も着ているのよ！」

「姉にそれを報告する必要はないさ」

「報告しなくても、ひと目見ればわかるわ！」フレデリカは鋭く言い返した。

「ぼくがわからないのに、どうして姉にわかるんだい？」

「女性だからよ！　まったく、なんてばかなことを訊《き》くの？」

アルヴァストークは愉快そうに目をきらめかせた。「きみはぼくを過小評価しているぞ。ぼくは姉よりもはるかによく女性のファッションに通じているんだ。証明してみせようか？　いいとも！　その外套は最新の流行とは違う。靴は綾織り木綿でキッド革ではない。帽子を飾っている靴とお揃《そろ》いの羽根は、自分でオレンジ色に染めたものだ。どうだい？」

フレデリカは好奇心に満ちた顔で彼をじっと見た。「ええ正解よ。セラフィーヌ伯母も正しかったようね」

「ぼくのような嘆かわしい道楽者に気をつけろと警告されたのかい？　だが、きみがぼくを恐れる必要はまったくない」

フレデリカはまたしてもくすくす笑った。「それはわかっているわ。わたしはそれほど器量よしではないもの」彼女は澄んだ瞳で彼を見つめたまま、眉間にうっすらとしわを寄せた。「カリスは美しいけれど」フレデリカは考えこむような顔になった。「あなたは妹を誘惑するような真似《まね》はしないわ」

「ほう？　どうしてそれがわかる？」

「道楽者のことはあまりよく知らないの。でも、あなたが紳士だということはわかるわ。ときどきとても無礼だし、不適切なことを口にするけれど。そういう不注意は、きっと侯爵家の跡とりという生まれと育ちのためね」

アルヴァストークはこの言葉に意表を突かれ、つかのま黙りこんだ。それから皮肉な笑みを浮かべた。「そう言われても仕方がないようだな。その点は謝る。これで、姉の家にエスコートさせてもらえるかな？」

「レディ・バクステッドは本当に……いいえ、だめ！　ルフラをどうするの？　お姉様の客間にこの犬を引いて入っていくことはできないわ」

「もちろんだ。ルフラはきみの家に届けさせよう。すぐに手配するよ。座って待っていてくれ」

そう言いながらアルヴァストークは図書室を出ていった。それから二十分後、フレデリカは侯爵の馬車に乗りこんだ。ジェイムズに革紐《かわひも》をつかまれたルフラが必死に吠《ほ》えていたが、フレデリカはどうにか無視し、不安そうに言った。「ジェイムズに何があっても革紐を離さないように言ってくれた？」

「ぼくも言ったし、きみも言った」侯爵はそう答えて隣に腰をおろし、馬丁に命じた。

「グロヴナー・プレイスへ行ってくれ、ロックストン」

「ルフラは往来の激しいロンドンの通りにまだ慣れていないの。歩道からおりてはいけないことがわからないのよ。通りの向かいに猫か犬を見つけようものなら、いきなり通りに飛びだして、荷馬車や馬車のあいだを横切り、馬を怖がらせ、ひどい騒ぎを引き起こすの」

「その光景は容易に想像できるね。どうしてあの犬をロンドンに連れてきたんだい？」

フレデリカは驚いて彼を見た。「ほかにどうすればよかったの？」

「誰かに、庭師とか、猟場か農場の管理人にでも預けられなかったのかい？」

「とんでもないわ！　どうしてそんなひどいことができて？　ルフラはジェサミーが命の恩人だということがわかっているみたいに、あの子の命を救ってくれたのに。ええ、カリスはルフラがわかっているというの。水に入るのをちっとも恐れていないから、わたしは何も覚えていないと思うけれど。でも、ルフラがまだ生まれたてのころ、可哀想に、村の悪がき三人が煉瓦《れんが》を首にくくりつけて川に放りこんだのよ。で、ジェサミーはそのあとに飛びこんだ。ルフラを抱いて家に入ってきたときのあの子ときたら。あんなひどい格好は見たことがなかったわ。ずぶ濡《ぬ》れで鼻血のせいで血だらけで、目のまわりを黒くして！」

「けんかっ早い子なのかい？」

「いいえ……でも、そういう弱い者いじめを見ると頭に血がのぼるの。そしてハリーに言わせれば、虎みたいに猛然と飛びかかる。拳闘はハリーほど好きではないし、それに〝よいサイエンス〟もないと思うわ。わたしの言う意味がわかる？」

アルヴァストークはこの高貴なスポーツがとりわけ得意だったが、この言葉の説明を求めた。

フレデリカは眉根を寄せて言った。「つまり、たんなる運動神経ではなく技術のこと。それに、姿勢とか。競うこととか。それに快活さも。殴り合っているのに、どうして〝快活〟でいられるのか見当もつかないけれど。ハリーはそういうタイプよ。性格的に明るいの。でも、ジェサミーは違うわ。ええ、あの子は違う」

フレデリカはジェサミーのことを考えているらしく、黙りこんだ。アルヴァストークはとくに関心はなかったものの、ややあって尋ねた。「ジェサミーは生真面目なタイプなのかい？」

「生真面目？」フレデリカの眉間のしわが深くなった。「いいえ、真面目というのとは少し違うわ。いまのあの子はよくわからないの。アンスデル司祭は、ジェサミーには激しさがあるというのよ。しばらくすればずっと理性的になる、心配はいらない、と。ジェサミーは聖職につくつもりなの。でも、それは堅信礼を受けたばかりだからで、そのうち考えが変わると思うわ。もちろん、牧師になるのが反対というわけじゃないけれど、あの子が牧師になるとは思えないもの。少し前までは誰よりも冒険の好きな子で、危ないことばかりして、すり傷やひっかき傷が絶えなかったものよ。狩りが大好きで、ハリーも乗馬は得意だけど、彼よりも上手なの！　ハリーが言うには、ジェサミーは馬が飛べる塀を見ると、それを飛ぶことに全力を注ぐんですって。これは身贔屓《みびいき》ではないのよ。乗馬に関するかぎり、教官もジェサミーは南へレフォードシャー一だと太鼓判を押しているんですもの」

アルヴァストークはミス・メリヴィルの弟たちにさほど関心があるわけではなかったから、彼をよく知る人間なら退屈しはじめていることがわかる声でつぶやいた。「そういえば、彼と知り合う光栄に浴したときに、狩りはともかく、馬に夢中だという印象を受けたな」

「ええ、そう！　ときどき昔のように奔放になるの。でも、昔と違ってそのあと良心の呵責《かしゃく》に苦しむのよ」フレデリカはため息をついたが、一瞬後、微笑を浮かべて謝った。「ごめんなさい。埒《らち》もないことをぺらぺらしゃべって」

「そんなことはないさ」アルヴァストークは礼儀正しく応じた。

「いいえ。弟のことに関心などないでしょうに。でも、もうそんなことはしないわ」

そう言われると、自分の態度にちくりと良心が痛み、アルヴァストークはさきほどより は温かい声で言った。「きみの弟たちは、きみをとても心配させるのかい？」

「とんでもない。ときどき……少しだけよ。あの子たちにはわたしのほかに誰もいない。それにわたしはただの姉で、女だわ。でも、ふたりともふだんはとてもいい子よ」

「男の親戚はいないのかい？ 保護者か保管人、いや、弁護士の話をしていたじゃないか」

「ミスター・サルコムのこと？ ええ、彼はとても親切でいろいろ助けになってくれるわ。でも、後見人ではないの。父は誰も指定しなかったのよ。一時は弟たちが裁判所の保護下に置かれるのではないかとずいぶん心配したものよ。でも、その危険はミスター・サルコムのおかげで回避できたの。弁護士はぐずぐず引き延ばすという不満をよく耳にするけれど、わたしはそれを心から感謝しているわ！ 彼はハリーが成人し、弟たちの親代わりができるようになるまで裁判所に手紙を送りつづけ、法的な観点を様々な角度から論じつづけてくれたの。弟たちの保護者の問題は何カ月も続いたのよ。でも、彼は楽しんでいるようだったわ」

「だろうな。彼はきみたちを親身に心配しているようだ。手綱を握ってはいないのかい？」

「弟たちを抑えられるか、ということ？　いいえ、それはだめなの。ミスター・サルコムは子どもを理解できるタイプの人ではないのよ。独身で、とても几帳面《きちょうめん》で、古風な人。弟たちは〝退屈なじいさん〟と呼んでいるわ。とても恩知らずなあだ名だけど……まあ……わかる？」

侯爵はにっこり笑った。「ああ、とてもよくわかる」

「それに男性の親戚は、スクラブスター伯母のご主人だけなの。彼のことはほとんど知らないも同然だけど、弟たちを導く役には立たないわ。とても立派な人だけど、街育ちだし、関心があるのは商いのことだけですもの」

「残念だな。だが、そのうちハリーがきみの肩代わりをしてくれるよ」

「ええ、もちろん」だが、そう答える前にフレデリカはかすかにためらった。

馬車がバクステッド邸の前に止まるのを見てアルヴァストークはほっとした。彼はフレデリカのためらいに気づいていた。おそらく、弟たちの件では、そのうち助言を求めてくるに違いない。彼女のことだ、弟を導く仕事を押しつけてくる可能性もある。そう思うと憂鬱だった。いつもの冷ややかな態度でフレデリカの願いを暗に拒否することはできるが……それは最後の手段だ。彼のまわりには、フレデリカのような女性はひとりもいない。

彼女はとてもよい気晴らしになる。アルヴァストークは彼女が気に入っていた。美しくはないが、落ち着きがあり、育ちのよさがにじみでている。ダイヤモンドのように光り輝くカリスのデビューを手伝うことも、少しもいやではない。カリスはさぞ大きな波を立ててくれるだろう。それを思うと舞踏会が待ち遠しいくらいだ。

　姉のルイーズはふたりの娘と客間にいた。執事がアルヴァストークとフレデリカの訪れを告げると、威厳に満ちた態度で立ちあがり、ゆっくりと刺繍《ししゅう》の枠を横に置いて、フレデリカを迎えるために前に出た。そしてにこりともせずに指を二本差しだし、冷たい声で声をかけた。「はじめまして」

　フレデリカは少しも不安を見せず、小さく膝を折ってその指に触れ、率直な笑みを浮かべた。うむ、上出来だ、と侯爵は思った。「はじめまして、奥様。アルヴァストーク侯爵がお宅を訪問するために連れてきてくれましたの。ぜひお会いして、ご親切に感謝しなくては、と思っていたところでした。妹もお邪魔したかったのですが、折悪《おりあ》しく風邪をひいて寝込んでしまい……くれぐれもお詫《わ》び申しあげてくれ、と申しておりました」

　ルイーズはほんの少し表情を和らげた。彼女はすでにフレデリカの外見のあらゆる詳細を目に留めていた。フレデリカは弟が嘆かわしくもいつもあれほど惹《ひ》かれる女盛りの華やかな美人ではなかった。それにさほど若くもない。それを見てとると、目の前の娘を公平な目で眺め、正しく評価することさえできた。この女性なら社交界の友人たちに紹介しても、恥ずかしいことは何ひとつない。服装もきちんとして適切だし、マナーも申し分なく、育ちのよさがにじみでている。そこでルイーズはとても寛大な気持ちで娘たちに〝親戚〟を引き合わせ、三人の若い女性たちが滞りがちの会話を続けようと努めているあいだに、弟を脇に引き寄せて行儀のよい女性のようだから自分にできることはする、と約束した。

「でも、結婚相手を見つけてあげるつもりはありませんよ。持参金もなく、とくに美しいわけでもないのだから、そこそこの相手以上はとても期待できない。上流の人々に紹介してもらって、そこで相手をつかまえようとしているなら、望みが高すぎるわ」

「その必要はないよ。姉さんはジェーンの相手を見つけるだけで手いっぱいだろう？」

この無礼な発言に、ルイーズは鋭く言い返しそうになったが、ジェーンのドレスやその付属品の勘定がすでに相当な額に達しているのを思いだし、軽くにらんだだけで弟から離れてソファに腰をおろし、フレデリカをその隣に招いた。

この訪問はわずか三十分で終わった。ルイーズはフレデリカに次から次へと質問を浴びせたものの、終始堅苦しい態度で、お茶も出さず、フレデリカが立ちあがっても引きとめようとはしなかった。彼女は舞踏会の前に、カリスを連れて訪ねてくるようにとも言わず、そのうちミス・ウィンシャムを訪ねる時間を作らなくては、とつけ足しのようにつぶやいた。フレデリカは、親切心よりも好奇心から出た質問に落ち着いて答え、唇に笑みを浮かべて危険なきらめきを目に宿し、伯母がそれを聞いたらどれほど喜ぶことか、と応じた。

アルヴァストークはくすくす笑って低い声でつぶやいた。「一本取られたな、ルイーズ」

　それからアルヴァストークは深々と頭をさげ、彼がこんなに平凡な女性に関心を持ったことに驚いている姉とふたりの姪《めい》を残し、フレデリカに従って客間をあとにした。

「あんなことを言うべきではなかったわ」フレデリカは隣に座った侯爵に言った。

「なぜだい？　きみは見事にしっぺ返しをしたじゃないか！」

「カリスを社交界に紹介してくれる方なのよ。それもしぶしぶと！」フレデリカはいつもの率直な目で横にいる侯爵をまっすぐに見た。「お姉様には……無理強いしたの？」

「そんなことがどうしてできるんだい？」彼は訊き返した。

「さあ。でも、あなたにはできると思うわ。お姉様は善意から承諾したわけでも、あなたを喜ばせたいわけでもないと思うの。なぜかと言えば――」

「きみは間違っている」アルヴァストークは皮肉な笑みに口の端を持ちあげてさえぎった。「姉はとても熱心にぼくを喜ばせようとしているんだ」

　フレデリカは探るように彼を見つめ、ややあって言った。「とにかく気に入らないわ。それにカリスを見たら彼女も気に入らないでしょうね。ジェーンのように不器量な娘を持った母親はみなそうよ！」

「では、取りやめるかい？」

　フレデリカはしばらく考えたあと、決意に満ちた声で言った。「いいえ。わたしだけのことなら取りやめるわ。でも、カリスにチャンスを与えてやりたいの。お姉様のことをけなしてごめんなさい。あれこれ詮索されて腹が立ったんですもの。もう何も言わないわ」

「ぼくに遠慮することはないさ。姉とぼくは犬猿の仲なんだ」

「なんですって?」フレデリカは目をみはった。

「愛情などお互いにまったくない。それより、ヘレフォードシャーではワルツを踊るのかい?」

「なかには踊るお宅もあるわ。でも、それほど多くはないわね。カドリールはまったく踊らないの。だからステップを教えてもらうためにダンスの教師を雇ったのよ。田舎者に思われて、あなたとお姉様の顔をつぶしたくないもの」

「それを聞いてほっとしたよ」

「ええ、そうあるべきね。本当はどうでもいいみたいだけど」

「とんでもない。ぼくの評判がどれほど落ちるか考えてごらん」

フレデリカは笑ったものの、彼の言葉に首を振った。「それも少しも気にしていないわ。ひょっとすると、気にかけていることなど、ひとつもないのかもしれない」

彼はまたもや意表を突かれたが、ほとんどためらわずにこう答えた。「あまり深くはね」

フレデリカは眉根を寄せて考えこんだ。「まあ、そうすればとても快適でしょうね。誰のことも、何に関しても気にしなければ、憂鬱になることも、ひどく不安になることも、いても立ってもいられないほど気をもむことさえないでしょうから。でも、至福《オーアンジュ》の喜びも味わえない。わたしはそんなのいやだわ。あまりにも退屈すぎるもの」

「ぼくはよく退屈する」彼は認めた。「しかし、我慢できる程度に自分を楽しませようと努力しているよ」

「ええ、でも、それは……」フレデリカは頬を染めて言葉を切った。「ごめんなさい！　黙っていられればいいのに！」

侯爵はその言葉を無視して、皮肉な笑みを浮かべた。「ぼくを軽蔑しているんだね」

「いいえ！」彼女は急いで否定した。「あなたはわたしを世間知らずだと思っているようだけど、それは間違いよ。それにばかでもないわ。あなたにふさわしいあらゆる贅沢《ぜいたく》を命令ひとつで実現できるのに、どうして退屈になれるの？　それに、ひとり息子としてご両親にはずいぶんと甘やかされたに違いないわ」

アルヴァストークは父の冷たい堅苦しさを思いだした。彼の在学中に死んだ、いつもちらりとしか姿を見せなかった美しい母のことを思いだすのは少しばかり苦労した。「たしかにそのとおりだ。ぼくは靴下と靴をはいて生まれてきた。そして両親にとってはあまりに大切だったから、ぼくのために特別な計らいがなされたんだ。ぼくはハロー校に入るまで、子守りや従者、馬丁、家庭教師の注目を一身に浴びて育った。ああ、それに金で買えるあらゆるものを楽しんだよ」

「まあ、お気の毒に！」フレデリカは反射的に叫んでいた。

「気の毒なことがあるものか！　欲しいものは即座に与えられたんだ」

フレデリカは言い返しそうになったが、どうにか抑え、ややあってこう言った。「とにかく、これで大きな借りができたわ。貴重な教訓も得られたわ」

「ほう？　それは何かな？」

「金持ちを羨むな、よ。地位と財産と容姿に恵まれて生まれるのは、さぞ幸せなことに違いない、と思っていたけれど、死ぬほど退屈だということがわかったわ」馬車が侯爵邸に近づくと、フレデリカは笑みを浮かべて片手を差しだした。「ごきげんよう。お姉様に紹介してくださってありがとう。今朝の騒動のことも感謝するつもりだったけれど、それはやめるわ。侯爵の権力を振りかざせるチャンスを手にして、あなたも楽しんだようだから」

彼はフレデリカの手を取って彼女の膝の上に戻した。「いいや、別れを告げるのはまだ早すぎる。ついでにきみを家まで送る権利も行使するつもりなんだ」

「まあ、礼儀正しい方！」

「ああ、そうとも。これも教訓にするんだね。厚かましい女狐《めぎつね》め！」

フレデリカは機嫌よく笑った。が、借家の玄関の前で再び片手を差しだしたときは、侯爵を見上げてこう言った。「怒らせてしまったかしら？　本当はあんなに見事にわたしを救ってくれたことをとても感謝しているのよ。それに厄介な出来事に巻きこんでごめんなさい」

「ぼくの立派なマナーは、指を一本触れただけでたちまち崩れてしまうのはよく知られていることだから、きみをお荷物だと仄《ほの》めかしたことを謝罪はしないよ、フレデリカ」

彼女はまた笑った。アルヴァストークは微笑んでその頬を軽く弾《はじ》くと、若い女主人のためにドアを開けたバドルの非難するようなまなざしの下、階段をおりて馬車へと向かった。バドルは適切な距離を保つように、とフレデリカをたしなめた。侯爵は父親と言ってもいいくらいの年齢よ、と指摘しても無駄だった。揺りかごのときから自分を知っている――しかもそれをたびたび指摘する――献身的な執事を鼻であしらうのは不可能だ。「口答えはおやめください！」バドルは厳しい声で言った。「あなたのために申しあげているのです。それがわたしの義務ですから。ロンドンではこれまでと同じように振る舞うことはできない、と何度申しあげたらおわかりになるのですか。世間から身持ちの悪い女だと思われたらならなんとします！」

一方、アルヴァストークはバークリー広場に戻ると、フレデリカに邪魔される前の予定どおり、手に入れたばかりの四頭のあし毛を試すことにした。以前の持ち主が〝驚くほどの脚力〟だと表現し、彼に競り負けた紳士をして実に買い得だと言わしめた、血統も姿形も申し分のない馬たちだ。リッチモンドかウィンブルドンまでなら、いまからでも十分往復できる。だが、四頭立ての四輪馬車《パーチ・フェートン》をすぐさま館の前にまわすように命じて馬車を降り、館に入ったとたん……喜びと要求と悲しげに訴える鳴き声に迎えられた。階段のいちばん低い手すりに革紐を結ばれたルフラが、女主人との唯一のつながりである彼に熱烈な挨拶を送ってきたのだ。

8

ルフラの声がうるさすぎて何を言っても誰にも聞こえず、侯爵は執事に説明を要求する前に、忠実な猟犬を安心させねばならなかった。紐《ひも》を解かれたルフラはぴかぴかな革靴の表面を従者ががっかりするほどよだれで曇らせながら、安堵《あんど》と懇願の入り混じった声をあげた。侯爵は怒りを抑え、穏やかに言った。「なぜこの犬がまだここにいるんだ？」

彼は冷ややかな目を執事に向けたが、震えあがったのはジェイムズとウォルターだった。このふたりよりはるかに肝の据わったウィッケンは、落ち着き払って答えた。「たしかに承り、そうすべくあらゆる努力をいたしました。不幸にして、その動物はウォルターやジェイムズとこの館を離れることを拒みまして。まことに遺憾ながら、無理やり連れだそうとすると、このわたくしにさえ歯をむきだす始末。そこで手すりにつなぎ、閣下のお帰りを待つのがよろしいと判断いたしました。さもなければ」ウィッケンは侯爵の冷ややかさを凌《しの》ぐ調子で言った。「図書室のドアを引っかき倒したことでしょう」

「おまえはなんと忌まわしいやつだ！」

侯爵がルフラに向かってそう言うのを聞いて、ふたりの従者は内心胸を撫《な》でおろした。

「いや、やめろ、飛びかかるな！　チャールズはどこにいる？」ちょうどそのとき、奥にあるオフィスから秘書が出てきて、にやけ笑いのようなものを浮かべて騒ぎのするほうを見た。「ああ、そこにいたか。この忌まわしい雑種をなんとかしないか！」

「雑種ですか？」トレヴァーは驚いたような声で応じた。「わたしはまた――」

「図に乗りすぎるなよ、チャールズ。なぜこの犬を買い主のところへ届けさせなかった？」

「精いっぱい努力いたしましたが、わたしとも一緒に行こうとしなかったのです」

「きみもこいつが噛《か》みつこうとしたが、あらゆる手立ては尽くした、と言うつもりか？」

「いいえ、しゃがみこんだだけです」秘書はにこやかに報告した。「おかげで力ずくで引っ張っていく途中、ショックを受けた三人もの女性に罵声を浴びせられました。デイヴィス通りに達するころには、力尽きて、引き返す潮時だと思ったのです」

「なぜ抱えて辻馬車《つじばしゃ》に乗せなかった？」

「乗せようとはしました。四人がかりで。しかし、口輪でもはめないかぎり、これを抱えるのは不可能です！　ウォルターが噛まれたのはそのときでした。必死になれば乗せられたかもしれませんが、一緒に乗りたがる者がおりませんでした。おそらくご主人が戻ってくるまでここに留《とど》まる決心をしていたのでしょう」トレヴァーはまったく表情を消して侯爵を見た。「何しろ、バルチスタン犬は忠実なことで知られておりますから」

「ほう！」アルヴァストークは怖い顔で言い返した。

「そう記憶しております」トレヴァーはルフラが前足で熱心に侯爵に何かをねだるのを見て、ふと閃《ひらめ》いた。「閣下となら、一緒に行くことに同意するかもしれません」

「冗談もたいがいにしたまえ！　ぼくがこの卑しい雑種に引かれてロンドンの通りを歩くと思っているなら、きみはどうかしているぞ！」侯爵はさっと振り向き、にやけ笑いを消しそこねた従者たちをひとにらみして凍りつかせた。「どちらか……いや、おまえはけがをしているのだな、ウォルター？　では、ジェイムズ、アッパーウィンポールに行き、ジェサミー・メリヴィルにすぐさまこの犬を引き取りに来てもらいなさい！」

そのとき玄関のノッカーが思わずたじろぐほど荒々しい音をたて、ウォルターが扉を開けると、彼を突き飛ばさんばかりの勢いで当のジェサミーが弟を従えて入ってきた。

「飼い犬を受けとりに来たんだ。侯爵はご在宅か……座れ、ルフラ！　ああ、侯爵、そこにおられましたか。申し訳ありませんでした！　何が起こるか見当がついたので、姉に聞いてすぐに馬車に飛び乗ったんです。姉は何を考えていたんだか！　ルフラが知らない人間におとなしく従うはずはないのに。でも、女性は愚かですからね！　どうかお許しください！」

「気にすることはない。いいところに来てくれた。きみを呼びに行くところだったのだよ。

誰ひとりルフラをこの家から連れだすことができなくてね」

「当然です！　誰にも噛みつかなかったでしょうね？　獰猛《どうもう》ではないんですが、誰かが自分を誘拐しようとしていると思ったら――」

「ああ、そういうわけか。誤解があったようだな。だが、悪いのは誘拐する気などないことを理解させせなかったウォルターだ。きみ、そんなに心配そうな顔をすることはない。ウォルターは大型犬に噛まれるのが好きなのだ。ウィッケンもだ。そうだな、ウィッケン？」

「あの動物はわたくしを噛んではおりません」ウィッケンが威厳に満ちた物腰で答えた。

「そういう呼び方をしていると、そのうち噛まれるぞ。フェリックス、きみはどうしてここに来たのかな？」

「あなたに会いたかったんです！」フェリックスはにっこり笑ってアルヴァストークを見上げた。

「それは恐ろしい！」

赤面したウォルターが大丈夫、骨まで達してはいないから、と請け合うのを聞いて、ジエサミーは侯爵に向き直った。「弟を連れてくる気はなかったんですが、来ると言って聞かないんです。歩道で押しやれば、通りに落ちて馬車にひかれるかもしれないので、馬車に乗せるしかなくて。姉が悪いんです。あなたが明日ニューマーケットに行くなんて言うから――」

フェリックスは兄をさえぎり、くだらないおしゃべりはよせとたしなめて、天使のような目で侯爵を見上げた。「空気圧で動くリフトを見に連れていってくれると約束したでしょ。もし忘れていたら、思いだしてもらったほうがいいと思ったんだ」

侯爵はそんな約束をした覚えはないと答えた。すると若い賞賛者はすぐさまこう言い返した。「したよ！〝わかった〟と言ったもの。これは約束したのと同じだよ！」

ジェサミーは弟を揺すぶった。「違うさ！ 黙らないと、胡椒《こしょう》を食べさせるぞ！」

「ふん。やれば？ その代わり朝食に気をつけたほうがいいよ！」

ジェサミーの顔が怒りに染まるのを見て、侯爵は口をはさんだ。「殴り合いをする前に、図書室でおやつを食べないか？ ウィッケン、何か見繕って持ってきてくれ」

ジェサミーはいっそう赤くなった。「ご親切にどうも。でも、ルフラを引きとり、この犬が捕獲されるのを助けるためにかかった費用を払いに来ただけで……おやつは結構です」

「結構じゃないよ！」フェリックスが抗議して、天使のような瞳でお腹《なか》をすかしていることを訴えるように執事を見ると、礼儀正しく言った。「どうかお願いします！」

「フェリックス！」

だが、侯爵同様少年の手管に弱いウィッケンは、厳《いか》めしい表情を和らげた。「いいですとも。図書室にケーキとレモネードをお持ちします。ただし、閣下をいじめないように」

「うん！」フェリックスは真顔で応え、侯爵を見た。「そのあとで、工場に連れていってくれる？」

後ろでトレヴァーが喉のつまったような声をもらすのが聞こえ、アルヴァストークは振り向いて偽りの笑みを浮かべた。「きみのことを忘れていたよ！　一緒に図書室に来てくれ。ぼくの……被後見人を紹介しよう。ジェサミーとフェリックス、ミスター・トレヴァーだ」彼は少年たちが頭をさげ、トレヴァーと握手するのを待って、一行を図書室へと導き、ドアが閉まるとすぐにこう言った。「フェリックス、きみは幸運だったぞ。ミスター・トレヴァーはそのリフトのことを、ぼくよりもはるかによく知っている。工場に連れていくにはもってこいの人物だ」

「それは褒めすぎですよ、閣下」トレヴァーは即座に言い返した。

「だが、ぼくよりも知らないことはありえない」侯爵は棘《とげ》を含んだ低い声で言い返した。

「でも、あなたが連れていってくれると言ったよ、アルヴァストーク侯爵！」

ジェサミーが困惑し、侯爵が行きたくないことは見ただけで明らかだ、侯爵を困らせるのをやめろと弟を説得にかかった。するとフェリックスは悲痛な顔で責めるように侯爵を見て、深く傷ついた声で言った。

「あなたも行きたがっていると思ったんだ。だってこの前――」

「もちろん、行きたいとも！」侯爵は急いでさえぎった。「だが、これから新しい馬を試すのに、リッチモンドまで行くんだ。工場ではなく、それに一緒に行かないか？」

「いやだよ！」フェリックスは首を振った。

ジェサミーはたまりかねて叫んだ。「この間抜け！　つまらない工場見学より、さっき館の前に来るのを見たあし毛を走らせるほうが、はるかにすばらしいじゃないか！」

「ぼくは馬より機械のほうが好きなんだ」フェリックスはそっけなく言った。

平和を保つために、侯爵はまたしても介入した。「うむ、趣味の違いはいかんともしがたいな。どうしても工場に行きたいなら、そうしよう。あのあし毛をよく見たいかい、ジェサミー？　よかったら馬丁と話しておいで！　ついでに今日は必要ないと言ってくれないか」

「ありがとう！　ぜひじっくり見たいです！」ジェサミーはぱっと顔を輝かせ、弟にルフラを頼んで図書室を出ていった。彼が戻るころには、フェリックスはプラムケーキを次々に食べながらレモネードを流しこみ、送風管と安全弁について語っていた。侯爵はにやにやしながら安楽椅子にゆったりと座り、トレヴァーが蒸気エンジンの原則に関する基本的な知識を記憶の隅から掘り起こし、必死にその話についていくのを見ていた。

ジェサミーが戻ると、会話の内容はがらりと変わった。彼は侯爵を退屈させるなと弟を叱り、熱をこめてあし毛を賞賛した。「色合いまでそっくりだ。それに胸が広く、厚みがあって、首が細く、飛節はまっすぐだし、体の四半分《クオーター》がとても長い。あれほどそっくりの四頭は見たことがありません。きっとよく走るでしょうね！　馬丁が広場をぐるりとまわってくれたんですが、脚を前へ繰りだすのがとくによかった！　脚を高く上げる馬はバルーシュやランドーには適しているが、フェートンやカーリクル、さもなければただのギグにさえ向きません。ぼくは脚を前へ繰りだす馬が好きです」

「ぼくもだ。レモネードを飲みたまえ」

「ありがとうございます」ジェサミーは秘書からグラスを受けとり、ケーキは断った。

「おいしいよ！」フェリックスが寛大にも兄と分かち合おうとそう言った。

ジェサミーは弟を無視してレモネードを飲んだ。「あの、公園から来た男たちにはいくら払われたんですか？」

「それは忘れたまえ」アルヴァストークは答えた。「明日ニューマーケットに出かけたら、一週間ほど留守にするが、ロンドンに戻ったらあのあし毛を試すつもりだ。一緒に来たいかい？」

「ぜひ！」この申し出に、ジェサミーは頬を染め、目をきらめかせたが、その一瞬後、顔をこわばらせて堅苦しい調子で言った。「そうしたいのは山々ですが、ルフラのために払ってくださった金額をお返ししなくてはなりません」

　この言葉に侯爵はこれまでにない状況に直面した。彼の一族はひとりとして、彼が折に触れて支出するどんな費用も返す義務を感じたことはなかった。それどころか、彼らのほとんどが、法外な金額を当然の権利として要求してくる。わずか二時間前にフレッド・メリヴィルの息子たちにはどんな責任も負うまいと心に誓ったばかりだった。だが、おそらくは慎《つつ》ましい小遣いのなかから、トレヴァーがルフラのために支払った金額を返そうとしている若者から金を受けとることは、彼にはできなかった。「それはまったく必要ないことだ。ルフラのためにどれだけ払ったか、ぼくは知らないし、知りたくもない。あまりしつこいと、手に入れたばかりのあし毛を走らせるときに連れていかないぞ」

緊張をはらんだ沈黙のあと、ジェサミーはさきほどの喜びが消えた厳しい顔で静かに言った。「かまいません。どうか、いくらかかったか言ってください」

「いや、言うものか、この頑固者が！」

「申し訳ありませんが、ぼくの犬の不始末をあなたが尻拭いする理由がありません」

「ぼくはきみの父上から……きみたちのことを頼まれたのだ」アルヴァストークはついそう答えていた。

「姉もそんなことを言っていましたが」ジェサミーは眉根を寄せた。「でも、そんなはずはないんです。父は遺書を遺《のこ》さなかったんですから」

「この件はお父上とぼくだけの取り決めだから、きみが知っていたら驚くね。そのことで悩む必要はないよ。ルフラのいたずらの件はもう聞きたくない。ただ、二度とグリーンパークには連れていかないことだ」

アルヴァストークはわざと尊大な調子でそう言い、願ったとおりの効果を引きだした。ジェサミーは納得したようには見えなかったが、自分が地位も年齢も上の相手に対して無礼を働いたのではないかという恐れに口ごもった。「はい……侯爵。ありがとうございます。どうか怒らないでください！　ただ借りを作るのがいやなだけで……でも、あなたがぼくたちの保護者なら……」

侯爵が微笑《ほほえ》むのを見て、ジェサミーはほっとした。侯爵がその笑みの裏で自分の愚かさを嘆いていることや、メリヴィルの後見人だと認めたいま、どんな退屈な思いをさせられるかと恐れていることがわかったら、おそらくひどい屈辱を感じたに違いないが、親戚にはいっさい関心を持たないことにしている侯爵の習慣を知らないジェサミーは、馬車でリッチモンドまで行ける見通しに、上機嫌でアッパーウィンポール街へと戻っていった。ひょっとすると、途中で手綱を取らせてもらえるかもしれない！

アルヴァストークは、彼の横を飛び跳ねながら、午前中マーリンの機械博物館で見た様々な展示物について説明し、次はスイスの機械工、マイヤデのオートメーションが展示されている、スプリングガーデンに行くつもりだと話すフェリックスとともにウォーダー街へ向かった。彼らはまだ大英博物館には行ったことがないようだった。フェリックスに言わせると、あそこには剥製《はくせい》の鳥のコレクションを除けば、ジェサミーみたいな人たちが喜びそうなかび臭い古いものしかないらしい。

途中、何人かの知り合いがアルヴァストークとすれ違ったため、この件はクラブで大きな話題になった。有名な伊達男《だておとこ》で、シティのある東から昇り、西に沈むため、社交界ではアポロと呼ばれている投資銀行家のトマス・レイカーは、ちょうど侯爵邸と同じくバークリー広場に面した自宅を出たときに、少年を連れて歩いているアルヴァストークを見て驚愕《きょうがく》した。ルファス・ロイドはボンド街で侯爵と会い、どこへ行くのかと尋ねたため、侯爵の行き先はソーホーの工場だった、と驚きに満ちて話すことができた。が、これを聞いた人々は、ほとんどが懐疑的だった。この〝レッド・ダンディ〟よりも頭の切れるヘンリー・ミルドメイ卿《きょう》は寛大だが明らかに優越感に満ちた笑みを浮かべてためらわずに言った。「きみはからかわれたのだよ、ルファス」最も正解に近かったのは、アルヴァストークの幼馴染《おさななじみ》であるピーターシャム卿のこの言葉だった。「甥《おい》のひとりを工場見学に連れていったのだろうよ」

ボンド街でアルヴァストークと会ったエンディミオン・ドーントリーもその場にいたら、ピーターシャム卿が正しいと請け合ったかもしれない。エンディミオンは侯爵が少年を連れていても、さほど驚かなかった。ギリシャ彫刻のモデルにもなれそうな体格に端整な顔立ちのエンディミオンは、彫ったような唇と、きりっとした眉の上で波打つ褐色の巻き毛のすこぶる魅力的な若者だった。行き交う人々の目を引かずにはおかない美しさに恵まれた彼は、理解力が並み以上で会話に面白みがあれば、あらゆる女性にもてたに違いないが、残念ながら天は二物を与えなかった。エンディミオンは人好きのする礼儀正しい男だが、頭の回転がよくない。想像力がとぼしく、なんの閃きもない彼は、人と話すのが苦手で、雄弁になるのは危険な八キロコースの障害を首尾よくクリアした話や、自分が楽しむスポーツの話のときだけだった。仲間の将校たちは、愛情をこめて彼を〝どうへんぼくのドーントリー〟と呼んでいた。エンディミオンは少しも腹を立てずに、ただおとなしく微笑して、自分は昔から頭の回転が速いほうではなかった、と認める。彼は親孝行な息子で、優しい兄であり、侯爵からの小遣いを——少尉の株や馬も——喜んで受けとり、これらの贈り物に感謝していたが、それ以上の金品をねだることはめったになかった。

ボンド街で侯爵を見かけると、エンディミオンは即座に通りを渡り、喜びに顔を輝かせながら片手を差しだした。「ヴァーノン！　妹を舞踏会に招いてくれてなんと感謝したらいいか！　母もとても喜んでいます」

「きみも出席するつもりかい？」アルヴァストークは尋ねた。

「もちろん！　きっと大勢が集まるでしょうね」

「ああ、大勢来る」

「ええ！　母が言うには、アルヴァストーク邸で舞踏会が催されるのは、エリザのデビュー以来だとか。みんなが押し寄せるに違いありませんよ」かたわらにいるフェリックスがこの会話に退屈し、侯爵の袖を引っ張っているのに気づくと、エンディミオンはオリンポスの神のような高みから少年を見下ろし、ほんの少し驚いて、侯爵に問いかけるような目を向け、フェリックスがフレッド・メリヴィルの末っ子だと知らされた。「へえ、フレッド・メリヴィルの！」それから少しばかり無神経にもこうつけ加えた。「ぼくは記憶力がひどく悪くて！　フレッド・メリヴィルって誰でしたっけ？」

「ぼくの親戚だ」侯爵は冷ややかに言った。「不幸にして亡くなった。ぼくよりも少し年上だから、きみは会ったこともないだろうな」

「実を言うと、初めて聞く名です」エンディミオンは正直に言った。「だが、これで覚えましたよ。そういえば、あなたは子どもたちの後見人になったそうですね。母から聞きました。どうしてなのか、母は気に入らないようでしたが」彼は苛々《いらいら》しているフェリックスに再び目をやり、眉をひそめた。「ただ、まあ……きみは舞踏会に出たいわけじゃないよな？」

「出たくない！　ぼくは工場に行きたいんだ！」

「ああ、行くとも」侯爵は皮肉な笑みを浮かべて自分の相続人を見た。「一緒に来るかい、エンディミオン？」

機械はまったくだめなんです、ちんぷんかんぷんで。そう言ったあと、工場というと、なんとなく銃を連想するエンディミオンは、こうつけ加えた。「大砲の？　いや、ぼくの手には余ります」

　エンディミオンは、母や堅苦しいルイーズを苦しめている不安も驚きもまったく感じないで、未知のメリヴィルに関する侯爵の説明を素直に受けとめ、侯爵に別れを告げた。

　工場に入るのを断られるかもしれないというかすかな望みは、あえなく打ち砕かれた。気の利く秘書が、すでに工場に連絡を入れていたのだ。そのため侯爵が名刺を取りだしたとたんに入口の扉が大きく開き、これまで様々な貴族を迎えてきた工場長が侯爵を建物の隅々まで案内することになった。この非常に有能な男は、侯爵の訪問を光栄に思う、工場にある現代的な機械のすべてに関する詳細を喜んで説明させていただく、と述べた。アルヴァストークはこれに穏やかな好奇心を覚え、フェリックスはトレヴァーのつき添いを拒否したのは間違いではなかったと確信した。「これがミスター……シンガミーだったら、彼は決してこんな親切にしてくれなかったよ！」フェリックスは勝ち誇ってささやいた。

　幸運なことに、工場長は大家族の長《おさ》だったが、彼の息子はひとりとして機械に関する自分の才能を受け継いでいなかった。メリヴィル家の末息子と五分も話すと、彼はフェリックスが自分と似た者同士であることに気づき、ありがたいことに、そのあと侯爵は、何も言わずに夢中で話すふたりに黙ってついていけばよいだけになった。工場見学の退屈さはフェリックスが救ってくれた。アルヴァストークはこの少年に興味を持った。送風機や空気圧で動くリフトのことはほとんど知らないし、関心もなかったが、まもなく彼はフェリックスの質問が、専門家の尊敬を引きつけるだけの知識に裏打ちされていることに気づいた。そしてこの少年には、最初に思ったよりももっと何かがあるかもしれないと思いはじめた。ツアーが終わり、工場長からフェリックスの驚くべき理解力を祝福されると、アルヴァストークは奇妙な誇らしさを感じた。

フェリックスは思いもかけない待遇に有頂天で、自分が得たばかりの情報を消化するので忙しく、もごもごとお礼を言い、侯爵も楽しんでくれたならいいが、と心配そうにつけ加えた。「ジェサミーはあなたが本当は来たくないと言ったけど、そんなことないよね?」

「もちろんないとも」侯爵はためらわずに嘘《うそ》をついた。

「それに、たとえ最初はいやだったとしても、興味を持ったでしょう?」フェリックスはそう言ってにっこり笑った。

侯爵はこれにも同意した。それから馬車をつかまえ、フェリックスを乗せて、御者にアッパーウィンポール街へ送るように命じると、フェリックスにギニア金貨を一枚与えた。この気前のよい褒美に驚いたフェリックスは、御者が馬に鞭《むち》をくれ、馬車が走りだすまで口もきけず、それからあわてて窓から危険なほど身を乗りだし、自分の後ろ盾に大声で礼を言った。

9

侯爵がニューマーケットで毎日レースを楽しみ、自分の前途有望な雌の若駒ファイアブランドが、強力なライバルを相手に勝つのを見守っているころ、メリヴィル家の女性たちはアルヴァストーク邸の舞踏会に出席する支度でおおわらわだった。が、一度だけ弟の冒険心に気をもむことになった。ジェサミーが勉強に没頭し、ふたりの姉がフリルなどの飾りに囲まれているのを見て、フェリックスは自分で面白いことを見つけに出かけ、蒸気船に乗って海辺のリゾート地マーゲイトへ行くなら、トレヴァーにつき添ってもらうべきだ、と侯爵が言っていたのを思いだした。だが、トレヴァーにこの約束を思いださせようとアルヴァストーク邸を訪れると、残念ながら侯爵の秘書は街を出ていた。それで、せめて川まで行って蒸気船を眺めようと思ったんだ、と彼はあとになって説明した。この日が上天気でなければ、水をかいてまわる車輪があれほどすばらしくなければ、それにマーゲイトまでの船賃が思ったより安くなければ――一般客のキャビンで我慢すれば、だが、ただ眺めるだけにしていたに違いない。だが、三拍子揃《そろ》った状況と、ポケットに入っている硬貨に、最初の決心はたちまち崩れた。侯爵のくれたギニー金貨がそっくり残っているわけではないが、潔癖な兄が庶民と呼ぶ、ふだん見慣れた人々とはまったく外見の違う人たちで混みあった蒸気船に、何時間も乗って川を下る特権に必要な九シリングを払うことはできる。桟橋で蒸気船のエンジニアと知り合いになると、知識を広げられるこのまたとないチャンスをみすみす逃すのは、神を冒涜《ぼうとく》する行為に等しいような気がした。フレデリカもそんなことは絶対に願わないはずだ！

実際、彼は一般客のキャビンにはほとんどいなかった。彼の真剣な熱意と、どこへ行こうと友達を作る特技がここでも役に立った。それに蒸気船の会社は実に温かく彼を扱ってくれた。これはたしかに幸運だったと、翌日がっしりした男が弟を送ってきてくれたときに、フレデリカも気づいた。さもなければ、マーゲイトに宿を取るだけの所持金を持たない弟は砂浜でひと晩過ごすはめになっていただろう。フェリックスは船長に――これもがっしりした不愛想な男だった――働きたいと申しでて、ひとしきり叱られたあと、船に残ることを許され、密航者としてロンドンに送り返されて、この経験を存分に楽しんだ。

フェリックスは家族に心配をかけたことを謝り、どんな罰でも受けると姉に言った。だが、マーゲイトからラムズゲイトに行く途中で船酔いにかかったことや、頭のてっぺんから足の先まで油と汚れにまみれるという特権も含めて、この休日が彼にもたらした喜びは、どんな厳しい罰にも勝っていることが一目瞭然だったから、フレデリカは罰を与えず、フェリックスに目を光らせているようにジェサミーに頼んだだけだった。ひと晩中眠れずにフェリックスが帰るのを待ちながら、弟を見舞ったかもしれない恐ろしい事故を思い描いていた繊細なカリスと違って、フレデリカは――多少の不安はもちろん感じたが――外見は落ち着いているように見えた。カリスにそれを咎《とが》められると、彼女はフェリックスが自分たちを気が狂いそうなほど心配させたあげく、ぞっとするような冒険からかすり傷ひとつせずに戻った数えきれないほどの例を挙げた。伯母のウィンシャムが言うように、フェリックスはまるで猫のようだ。どんなにきつく放り投げられても、ちゃんと着地する。

弟の冒険に非難とひそかな賞賛の両方を感じていたジェサミーは、自分に課された責任を引き受け、穏やかに叱っただけで弟を驚かせた。ロンドンで過ごす時間をできるだけ有意義に過ごそうと決意しているフェリックスは、この大都会が差しだす冒険を味わいたくてたまらないのだ。姉に頼まれそのフェリックスのお守り役となったジェサミーは、机を離れて自分も冒険する口実ができた。彼はひとり六ペンスの料金を払い、フェリックスを引っ張って、大火記念塔の三百四十五段の階段を上がり、トラヤヌスの記念柱よりも七メートル以上も高いてっぺんの鉄製のバルコニーに立って、これは忘れられない一週間の最初にして最後の教育的外出だと弟に告げた。強力な蒸気エンジンとガス灯のある、新たに建て直された造幣局を訪れるには特別の許可が必要だとわかると、フェリックスはエクセター取引所の上階にある動物園にライオンや虎を見に行くという、あまり先進的とは言えない見物にも進んで出かけるようになった。サリー劇場の騒々しいメロドラマや、セント・マーティン街にあるファイヴズコートの拳闘試合も楽しんだ。だが、この試合観戦で、ジェサミーの良心が頭をもたげた。名付け親の家でクリスマスに上演されるシェイクスピアよりも面白い芝居を見たことのない彼は、メロドラマに夢中になり、サリー劇場に弟の感じやすい心を堕落させる危険があるという良心の呵責《かしやく》に耳をふさいだ。だが、ファイヴズコートに集まった人々を見て、良心を無視することはできなくなった。こういう場所に出入りしては、弟ばかりか自分もロンドンの悪に染まる危険がある。セントポール大聖堂や、ロンドン塔、ブロックの博物館は、フェリックスが聞いただけで顔をしかめると、ジェサミーはグランドジャンクション運河を渡し船でアクスブリッジに行くパディントン盆地からの旅を提案した。ピアレスプールを見つけなければ、フェリックスはそれを承知したかもしれない――蒸気船の旅を楽しんだ彼にとっては、死ぬほど退屈だったが。ガイドブックによれば、屋内浴場と、ローンボーリング用の芝生、図書室、魚の池などの施設が揃った大きな池が、ムアフィールズのベツレヘム病院の裏にあるのだ。ロンドンに詳しくなりはじめていたジェサミーは、場所からすると紳士のリゾートではないかもしれないと思ったが、泳いでいた人々が何人も死んだことから、昔は〝危険な池〟と呼ばれていたことを知ると、そこを訪れることに反対する気をなくした。ジェサミーは自分が最初に試して、安全だと確認するまではフェリックスを決して水に飛びこませないことに決め、そこを訪れた。だが、危険な池は、とうの昔に安全な池に改造されていたため、結局ふたりはもう少し暖かくなるまで泳ぐのは延ばすことにした。

フェリックスはピアレスプールのこと、自分とジェサミーがもっと暖かくなったら、またそこに行くつもりだということを姉たちに話した。だが、ジェサミーとふたりきりになると、ファイヴズコートに行ったことを話すつもりはない、と打ち明けた。「女がどういうものか、知ってるだろ！」フェリックスは言った。「立派な拳闘の試合を観《み》るのが害になるみたいに、ぎゃーぎゃー言うんだから！」

弟のこの言葉がジェサミーの良心には最後のくさびとなった。弟の言葉に、自分もファイヴズコートやサリー劇場のことを意識的に黙っていたばかりか、フェリックスに——自分自身の手本で——姉たちを欺くことを教えたのだと思い知らされたからだ。姉を不安にさせる厳しい表情をさらに厳しくして、ジェサミーは唇を引き結び、弟にこう言った。

「そうだな。だが、おまえをあそこに連れていったのはぼくの間違いだった。フレデリカにそのことを話すつもりだよ。拳闘を観ること自体に害はないけど、ほかの観客や賭けは、まあそれはどうでもいいが、おまえをあんな場所に連れていったのは、たいへんな間違いだった」

「ばかなこと言うなよ、ジェシー！」フェリックスがうんざりして抗議した。

けんかをする覚悟があったが、ジェサミーは弟をにらみつけたものの、〝ジェシー〟と呼ばれた侮辱を無視して背中を向けた。

ジェサミーの告白を聞いたフレデリカは、彼の過ちを大目に見ることにした。ジェサミーはそのメロドラマには明らかに不道徳な面があったと言ったが、十二歳の少年が面白いメロドラマを見たり、拳闘の試合を観たりしても、堕落につながる危険があるとは思えない。そこで彼女は常識を働かせて言った。「少しばかり扇情的なシーンがあったとしても、フェリックスはそれにほとんど注意を払っていなかったと思うわ。あの子が楽しんだのは冒険の部分よ。もちろん、そういう芝居に頻繁に連れていくのはよくないわね。でも自分を責めるのはやめなさい。あなたはちっともフェリックスに害を与えてはいないわ。拳闘の試合はとても恐ろしいと思うけれど、紳士たちが楽しんでいるスポーツよ。あなたの名付け親の――」

「害になるのは拳闘そのものではなく、そこに集まってくる人々だよ！」ジェサミーは言った。「もちろん、ああいう人々が集まることは知らなかったけど、予想すべきだったんだ！　牧師になるつもりなのに、弟を悪の道へ導こうとするなんて！」

ハリーが〝殉教者〟と呼ぶ表情を見て、フレデリカは急いで言った。「ばかばかしい！　些細《ささい》な事柄を大げさに考えすぎるわ。あなたは周囲の人たちに気づいたかもしれないけれど、フェリックスは試合に夢中だったに違いないもの」

「ロンドンに来てから、姉さんはカリスが舞踏会で着るドレスのことしか頭にないみたいだ。そういう世俗的なことしか！」

「でも、わたしが考えなければ誰が考えるの？」フレデリカは言い返した。「誰かが考えなくてはならないわ。さもないと、どういうことになると思う？　道徳的なことはもういいから、少し世俗的なことに関心を持ったらどう？　たとえば、隣人がわたしたちにまとわりつかないようにするとか！」

「まとわりつくって？」ジェサミーは顔をしかめて繰り返した。「彼は友好的だし、親切で――」

「いいえ！　カリスにつきまとっているのよ！　まったく苛立《いらだ》たしいったら」

「それがいやなら、どうしてカリスに適切な距離を保てと言わないんだい？　ぼくに彼を追い払わせるなんてひどい仕打ちだよ。彼はカリスに対してとても礼儀正しいじゃないか。それに、彼と知り合いになったのはぼくのほうがカリスよりずっと先だ。彼はぼくの友人だよ！」

フレデリカは目をきらめかせて重々しく答えた。「ええ、そうだったわね」

「それに、彼のお母さんも姉さんを訪ねてきた。これはとても親切で、礼儀正しいことだと喜んでなかった？　どうして急に堅いことを言いだしたんだい？　それに彼のお母さんが食事に招いてくれたとき、どうして断ったのさ？　彼女は立派な人じゃないの？」

「とても立派な人よ。でも、あの家族と懇意にするのはよくないの。友人になるのも。率直に言うわね、ジェサミー。彼らは善良で、立派な人たちかもしれない。でも、わたしの目的にはかなわないの。ナトリー夫人との友情は、なんの結果ももたらさないどころか、むしろ害になるのよ。彼女のマナーは立派なものではないし、バドルの話では、ご主人はあまり紳士的ではないそうよ」

「バドルか！」ジェサミーはうんざりして叫んだ。

フレデリカは微笑《ほほえ》んだ。「ジェサミー、バドルが苛立つときは、それなりの理由があるのよ。お父様が昔、よい執事は寝台の柱の光り具合で庶民を嗅ぎつけると言ったことがあるわ。若きナトリーは、両親よりも立派なマナーの持ち主だけど、彼はえせ地主よ」

「善良で立派な人なら、ぼくにはほかのことはどうでもいい」

「まあ、驚いた！」フレデリカは叫んだ。「あなたはわたしたちのなかでいちばんそういうことにこだわる人間だったのに。教官ですら、二年前にグランジ一家が雇ったあの哀れで善良な人にそこまで厳しくなかったわ。でも、あなたは彼を押しの強い、成りあがり者で――」

「二年前の話じゃないか！」彼は赤くなった。「いまはもっと賢くなったと思いたいな！」

「ええ、わたしもよ」フレデリカは率直に言った。「牧師になるつもりなら、立派な人を無知のせいで押しの強い人だとか、貪欲だと決めつけるべきではないもの」

この言葉にジェサミーは怒って出ていき、フレデリカはそのためにロンドンに出てきた世俗的な事柄に戻った。

これに関しては、フレデリカの野心の中心人物であるカリスはとくに熱心に協力してはくれなかった。女性の職業としての結婚を忌み嫌っているウィンシャム伯母もそうだ。もっとも彼女は、カリスのように美しいがとくに賢くない女性が生きていくのは、それがいちばんいい方法だと認めていた。カリス自身は穏やかな喜びを感じながらロンドンのシーズンを待っているように見える。これまでヘレフォードシャーから一歩も出たことがなく、娯楽といえば夏のピクニックやガーデンパーティや、小規模なダンスパーティ、時折行われる素人芝居しか知らない娘にとっては、ロンドンの舞踏会やベニス風の朝食、夜会やにぎやかな集まり、芝居やオペラ、オールマックスのパーティすら、胸のときめく行事に違いない。だが、フレデリカが最後の一ペニーまで自分のドレスに使おうとしているのを知ると、カリスは断固として拒んだ。ふだんは誰よりも従順な娘だが、ときどき手に負えないほど頑固になる。そしてフレデリカがアメリア伯母の控えめな仕立て屋にアルヴァストーク邸の舞踏会で着るドレスを注文するつもりでいるのを知ったとたん、美しく優しい妹はラバのように強情になり、アルヴァストークがフレデリカに教えたブラトン街のエレガントな店の高価なドレスはひとつ残らず気に入らないと宣言した。

フレデリカは侯爵がこの種の問題には立派な判断力を持っていることは疑う余地はない

と冷ややかに感謝した。だが、侯爵が意地悪く尋ねたとき、マダム・フランチョットに自分の名前を出すだけでいい、と言うと「ええ、そうするわ。もしもハイフライヤーだと思われたければ！」と答えた。

「きみはハイフライヤーという言葉の意味を知っているのかい？」侯爵は笑みをこらえた。

「なんとなくだけど。父は凝ったモスリンの――」

彼女は急いで言葉を切ったが、侯爵がそのあとを続けた。「そうとも、モスリン布をクラヴァットに使う者たちだよ。きみの保護者として、ぼくは深いショックを受けた。今後、少なくとも公の場では、ぼくを赤面させるようなことは言わないと約束してもらいたい！」

「ええ、もちろん言わないわ！　つまり――」フレデリカは彼の顔を見て、笑いだした。「あなたはとても意地悪ね！　頼むから、わたしの高価な注文にふさわしい帽子屋を教えて」

「いいとも。コンデュイット街にあるミス・スタークの店を訪ねるといい。彼女のセンスはすばらしいよ」

「ありがとう！　きっととても高いでしょうけれど、カリスがレディ・バクステッドの紹介でデビューすると知ったら、お安くしてくれるかもしれないわ」フレデリカは抜け目なくそう言った。

さいわい、事は彼女の見込みどおりに運んだ。店主のミス・スタークが作る帽子のほとんどは、ぱっとしない顔、あらの目立つ顔を美しく見せるためのものだった。しかも、とうに盛りをすぎた顧客が、デビューする娘のためにデザインされた帽子を買いたいと言い張ることも多い。そんな彼女にとっては、カリスは夢のような顧客だった。たくさんの美しい女性のために帽子をデザインしてきた彼女は、誰にどういう帽子が似合うかちらりと見ただけで判断する。だが、きらめく髪にそっとのせたあらゆる帽子がこれほどよく似合う顧客を迎えたのは初めてのことだ。カリスは帽子を引き立たせ、それを作った者以外は見向きもしなかった白糸のネットで作られたアングレームすら、五人のうち四人の優しい母親がそういう帽子を娘に買いたいと思うような帽子に変えてしまった。直立したへりが高く伸び、くるくる巻いた羽根飾りを滝のようにあしらった帽子を頭にのせたカリスを一歩さがって惚《ほ》れ惚《ぼ》れと眺めながら、ミス・スタークは涙ぐみ、チーフアシスタントを振り返った。ミス・スロックリーときたら、彼女の才能を疑い、いっぱしの批評家気取りで、この帽子はあまりにも流行の先を行きすぎている、これをかぶれる女性はいない、と断言したのだ。いまはなんと言うか聞いてみたいものだ！

ミス・スロックリーは、帽子をかぶったお客をうっとりと見てこう言った。こう申しあげてはなんですが、これの似合う女性はほとんどいないんですよ、とにかくほかのお客様がかぶったときには、耐えがたいほどでしたわ、と。

フレデリカは、熱心にこの言葉に同意しているミス・スタークをさえぎり、値段を尋ねた。そしてそれを聞くと、笑みを浮かべて立ちあがり、首を振った。「残念だけれど、高すぎるわ。妹にはいくつか帽子が必要なの。たしかにこれはとてもすてきだわ。でも、山が平らで花を飾ったヴィレジャーの帽子もすてきだった。いらっしゃい、カリス、ミス・スタークの時間をこれ以上無駄にしては申し訳ないわ！　それにわたしたちの時間もね！たいへん残念だけれど、同じように気に入る帽子を探せるはずよ」

「ええ、もちろん」カリスは自分の帽子のリボンを左耳の下で結びながら言った。「わたしはボンド街の店に飾ってあったサテンと麦わらの帽子でも、ちっともかまわないのよ。あれをもう一度見てみましょうよ」

だが、ふたりのやりとりを聞きながら、店主はすばやく頭を働かせていた。そしてカリスが手袋をはめようとすると、アシスタントに値段を間違えた罪をなすりつけ、いくつか買ってくれる客には思いきって割引しているのだとフレデリカに告げて、どうかもう一度座ってくれ、レディ・バクステッドのお知り合いにはとくに割引させていただく、と請け合った。

実のところ、彼女はレディ・バクステッドの帽子をひとつも作ったことはなかったが、レディ・バクステッドのことは知っていた。野暮《やぼ》ったい女性だが、あの夫人は社交界の上流に属している。その上流の人々に美しいカリスを紹介するのだ。すばらしい帽子に縁取られた魅力的なカリスを見たら、娘の結婚相手を探している母親たちが群れをなしてコンデュイット街に押し寄せてくるのは間違いない。フレデリカに、誰かにカリスの帽子をどこで買ったか訊《き》かれたら、この店のことを話してくれと仄《ほの》めかす必要すらなかった。カリスを見て、すてきな帽子をどこで買ったのか尋ねない母親はまずいないだろう。そしてこの美しいうぶな娘は喜んで答えるに違いない。その答えはクラリモンドの店でも、ニューボンド街でもなく、ミス・スタークの店でなければならないのだ。

まもなく、侯爵の秘書が選び、バドルが同意した、信頼できる使用人オーウェンが御者台におさまっている馬車には、三つのすてきな帽子が運びこまれた。

「よかったわね！」フレデリカはすばらしい勝利に目を輝かせた。「ほとんどひとつの値段で三つも買うことができたんですもの」

「フレデリカ、ひとつだけでも、驚くほど高かったわ！」

「あれくらいは払えるわ。驚くほど安いとは言えないけど、帽子は重要な小物よ。値段のことなど気にしないで！　さあ、今度は舞踏会に着るドレスを決めなくては。マダム・フランチョットの店で見たドレスで、気に入ったものはないの？　ロシア風の胴衣の前に青いサテンを使ったドレスはすてきだったじゃない？」カリスが首を振ると、フレデリカはがっかりしてこう言った。「とてもよく似合うと思ったけど……まあ、あなたが嫌いなら……ピンクの胴衣の上に白いサテンを重ねた可愛《かわい》いドレスは？」

「あれはお姉様にちょうどいいと思ったわ。昔からピンクが似合うもの」

「カリス、いまはわたしのドレスの話をしているんじゃないのよ。たとえそうだとしても、若い娘用にデザインされたドレスなど着られないわ。ミス・チベトがわたしの望みどおりのドレスを作ってくれているの。あなたも知っているでしょう？　オレンジ色のイタリア製ケープと、ペチコート用のサテンを買ったとき、あなたも一緒だったんですもの」

「ええ。わたしも自分がどんなドレスを着たいかよくわかっているわ」

「でも――！」フレデリカは叫んだ。「もちろん、好きなドレスを着ていいのよ。まるで似合わないものを選ばないかぎり。着るものに関するあなたのセンスはすばらしいから、そんなことはありえないけれど。そのドレスはどこで見たの？」

「もうすぐ見せるわ」カリスはそう言って姉の手をぎゅっと握り、フレデリカがどんなに尋ねても、愛らしい唇をぎゅっと結んでそれ以上言おうとはしなかった。そしてアッパーウィンポール街に着くと姉を自分の部屋にともなった。ベッドの上には婦人雑誌の最新号の、優美なドレスを着たすらりとした女性のページが広げてあった。「ねえ、これをどう思う？」カリスはそう言って心配そうに姉を見た。

薔薇《ばら》形にあしらった真珠で真ん中を止めた柔らかい白絹を、白いサテンのペチコートに重ねたそのスケッチから、フレデリカは頭のなかで暗紫色のショールと、ティアラ、黒いレースのベールといった小物を取り除き、妹の勘は当たっている、と結論をくだした。カリスは背が高い。二メートル以上ありそうに見えるこのスケッチの女性ほど高くはないが、サテンに重ねた白絹の長いなめらかな線は、とてもよく似合うに違いない。「とてもすてきね！　シンプルなデザインだけど、ありきたりではないわ。カリス、あなたにぴったりよ！　この柔らかい、優雅なペチコートのひだがとくにすてき。それに裾にひだ縁も縁取りもないのがいいわ」

「そう言ってくれると思ったわ」カリスがほっとしたようにつぶやいた。

「ええ、でも――」フレデリカは眉根を寄せて、懇願するように自分を見つめている甘いブルーの瞳と目を合わせた。「マダム・フランチョットがこれを作ってくれるかしら？　よくわからないけど、ロンドンの仕立て屋は自分のデザインしたものしか作らないかも――」

「違うの！」カリスは珍しく激しい調子で否定した。「自分で作るつもりなの！」

「いいえ、それはだめ！」フレデリカはきっぱり首を振った。「デビューの舞踏会に手作りのドレスで行くつもり？　とんでもないわ！　あなたをあらゆるすばらしいもので飾ってデビューさせるのを、どれほど長く夢見てきたか――」

「ええ、その夢は実現するわ、大好きなお姉様！」カリスはそう言ってフレデリカを抱きしめた。「わたしは賢くもないし、本の虫でもない。絵も描かないし、ピアノも弾かないわ。でも、縫い物は得意だと、伯母様さえ言ってくれる！　裁断もできるし、袖もつけられるのよ！　地主さんのパーティ用に作ったドレスを覚えているでしょう？　伯母様がロンドンに注文したのか、ロスかヘレフォードの仕立て屋を使ったのか、みんなが知りたがったわ。手作りだなんて誰も思わなかった。レディ・ピースモアですら騙《だま》されたのよ。マリアンに一流の仕立て屋がデザインしたに違いないと言ったんですもの。それにドレスを作るのはとても楽しいの。知ってるでしょう、フレデリカ！」

カリスは実際、縫い物がとても上手だった。でも、決め手になったのは、伯母がお気に入りの姪《めい》である彼女とふたりになったときに言った言葉だった。「作らせておやり。頭はそれほどよくないけれど、あの子はあなたよりもはるかに器用ですよ。たとえ立派なドレスができなくても、忙しくしていられるわ。そうすれば、うるさくつきまとう隣の気取り屋とも、あまり顔を合わせなくてもすむというものよ！」その点に関しては、フレデリカにも異存はなかった。

10

姪《めい》たちのつき添いをルイーズに肩代わりしてもらえるのは、社交嫌いのセラフィーヌ伯母にとっても好都合なことだったから、メリヴィル姉妹は舞踏会の夜、ふたりで出かけた。最後の瞬間、セラフィーヌ伯母が窓をぱっと開けてハンカチを持ったかと尋ね、バドルがふたりのスカートが踏み台をかすめないように注意を払い、オーウェンが優しくふたりの手を取って馬車に乗せた。ふたりは楽しい夜を過ごせるという期待に胸を躍らせていた。社交界に初めて紹介される若い女性につきものの不安は、どちらもまったく見せなかった――感じなかった、というほうが近いかもしれない。なんの野心もなく、自分が受ける盛大な賛辞に心を動かされたこともないカリスは、パーティで楽しめることを確信していた。どんなパーティでもみんなが親切で、とても楽しいひと時を過ごせるからだ。いつもすべてのダンスに誘われるため、その点でもまったく不安は感じなかった。たとえ誰かに、みんなが誘ってくれるのは、ヘレフォードシャーには知り合いが多いからだ、まったく知り合いのいないロンドンでは、たくさんのつき添いのあいだに座って過ごすことが多くなると警告されたとしても、落ち着いて受けとめたに違いない。

フレデリカには野心はあったが、それは自分自身の野心ではなかった。手作りのドレスがマダム・フランチョットの最も高価なドレスと比べてもひけを取らないほどの出来栄えであることを自分の目で確かめ、それを着たカリスが華のように美しいのを見ると、彼女の不安は消えた。カリスの美しさと落ち着きが、間違いなく成功をもたらしてくれるはずだ。フレデリカ自身は盛りを過ぎ、本人によればオールドミスと呼ばれる年に達している。彼女の唯一の願いは、カリスの姉として恥ずかしくないように振る舞うことだけだった。それは簡単なことだ。父の家を何年も切り盛りしてきたフレデリカは、それなりに世間の知恵もついている。ミス・チベトが作り、カリスが器用な指で少しばかり変化をつけてくれたオレンジの花の色のドレスは申し分のない仕上がりだった。行き遅れたという印象を与えずに適齢期を外れていることを示し、喉を飾る亡き母の形見のダイヤが重みを加え、妹の反対を無視してつけたアレクサンドリア帽が、未亡人たちと同列に加える仕上げをしている。

フレデリカは上流社交界のパーティのしきたりに精通しているわけではないが、舞踏会が始まる時間よりも早く自分とカリスを夕食会に呼ぶことで、侯爵が自分たちに敬意を表していることは理解できた。秘書の几帳面《きちようめん》な筆跡で書かれた金縁の招待状の裏に彼が走り書きした数行が、侯爵の動機を明白に語っていた。彼は長姉と役に立ちそうな何人かのゲストにふたりを紹介するつもりだから、招待状にある時間よりも少し早く来てもらいたい、と命令するように頼み、明らかに邪悪な意図をこめ、わざわざ下線を引いていた。この短いメッセージは少しばかり独裁的でフレデリカは気に入らなかったが、侯爵がカリスのために道をつける努力をしていることを考慮し、見逃すことにした。

実際、アルヴァストークは自分の被後見人たちのための夕食会に、二、三の例外を除けば、ふだんは避けるか、まったく目に留まらない人々を呼ぶという、ふだんの彼からは考えられないほどの努力を払ったのだった。前者のカテゴリーには、長姉とその夫、二番目の姉のルイーズ、美しいドーントリー夫人と、友好的な笑みと態度にもかかわらずその冷たい目が彼を苛立《いらだ》たせるレディ・セフトンが入る。後者にはふたりの甥《おい》とふたりの姪、アルヴァストークのいちばん上の姪と婚約しているひどく退屈なミスター・レドミューア、侯爵の相続人とその妹のクロエ、最近侯爵自身と噂《うわさ》があり、それ以前にも何人かの紳士と噂があった黒髪の美人とその夫アルフレッド・パラコームだ。侯爵の姉ふたりの名前が走り書きされたリストにその美人の名前があるのを見て、トレヴァーは少しばかりめまいを覚えた。が、侯爵にその意図をただすほど愚かではなかった。パラコーム夫人は、侯爵が〝このパン生地のすべて〟とざっくり表現したものの、パン種だからだ。ほかにもジャージー卿《きょう》夫妻、さらには侯爵の幼馴染《おさななじみ》であるダーシー・モレトンがパン種を提供することになる。トレヴァーは並んでいる名前を見た驚きから立ち直り、もう一度それを検討して、ひとつ欠点を見つけた。「数が合いませんよ。十人の女性に対して、男性は九人です」

「きみを含めれば十人だ」侯爵は言い返した。「きみは逃れたいだろうな。無理もないよ。だが、ぼくがひとりでこの退屈きわまりない夕食会の主人役を務めると思っているとしたら、きみはぼくという人間を正しく理解していないぞ」

トレヴァーは赤くなりながら笑い、口ごもった。「たいへん光栄です。ありがとうございます。舞踏会に出席したほうがよろしいですか?」

「もちろんだとも。留守のあいだに、席順を決めておいてくれ」

「正直に申しますと」トレヴァーはリストを見ながら言った。「どなたも満足するように席順を決めるのは、至難の業だと思います」

「よくわかっているとも。ぼくはとうの昔に、全員を満足させるのは不可能だという結論に達したよ。ベストを尽くせばそれでいい。姉のオーガスタをぼくの向かいに頼む。ルイーズは立腹するだろうが仕方がない。ルイーズを長姉よりも上座にするのは非常に不適切なことだからね。この件では、作法を念頭に置くべきだと思う」

トレヴァーはパラコーム夫人の名前を頭に置いて、硬い表情でうなずいた。「はい、閣下」

侯爵はからかうような目で言った。「ではよろしく。これをきみの手に委ねたからには、安心してニューマーケットに発《た》てる。そうだ、その前にオーガスタに手紙を書き、夕食会の女主人役を頼むとしよう。そうすれば、ルイーズが舞踏会のゲストを迎える名誉を受けることがわかったときの苛立ちを多少は和らげられるだろう。まったく、こういう手配はなんとも面倒なものだな。留守のあいだに誰かが訪ねてきたら、貸借契約を更新するために領地に出かけていると言ってくれ。あとはきみが最善だと思うとおりにするがいい。ただし、節約の熱意は抑えてくれたまえよ。舞踏会をテントの行事に変えては困る」

「ピンクのシルクを何ヤードも使ったテントですか！　そんな気は毛頭ありません。よろしければ、大広間を生花で飾りたいのですが」

「いいとも」侯爵は心から言った。「きみのことだ、抜かりはないと思うが、どうかぼくに仕事を残さないでくれ。いつものように、それがぼくの目標だ」

トレヴァーはあり余るエネルギーと、物事を組織する明らかな能力と、侯爵の執事や従者頭のような嫉妬深い人間の協力を勝ちとる如才のなさを発揮して、この希望的観測を実現させた。侯爵がトレヴァーの手配に見つけた落ち度はひとつだけだった。トレヴァーに注意深く決めた夕食会の席順の予定を見せられた彼はふたつの名前を入れ替えた。その結果トレヴァーはカリスの隣に座ることになった。これは喜んで同意できる変更だったが、代わりにエンディミオンがいとこのジェーンの隣に座ることになる。エンディミオンはいやがるのではないか？

「ああ、たぶんきみの言うとおりだろう。実際、まさしくそのとおりだ。しかし、なぜぼくがエンディミオンの願いを気にする必要がある？」

侯爵のこういうところは、トレヴァーにとっては予測不能だった。侯爵が家族に示す冷たい無関心ほどトレヴァーの心に反発を引き起こすものはないが、自分の秘書の願いに対しては実に思いやりがある。侯爵は恐ろしいほどの非情さで、姉たちが道徳的な怒りにかられる女性をゲストに含めることができる。かと思えば、秘書にパーティに出席するという名誉を与えてくれる。まるでそれが秘書の義務だというような口調だが、実際はただ準主人役として、舞踏会や夕食会を楽しみ、副官のような役目を果たせばいいだけなのだ。大規模な舞踏会に呼ばれることはめったになかったから、トレヴァーは侯爵の思いやりに感謝した。しかも、侯爵が席を変更してくれたおかげで、いまや期待に胸をときめかせて夕食会を待つことができる。

最初に到着したのは、ジェヴィントン夫妻で、レドミューアをその後ろに従えてきた。珍しくとても立派だが醜いダイヤモンドのティアラを着けて、威厳に満ちたオーガスタは、珍しく寛大な気分だった。そして「姉上、チャールズを紹介する必要はないと思うが」と侯爵が言うと、即座にトレヴァーに片手を差しのべ、かすかな優越感のにじむ笑みを浮かべた。

「もちろんよ！　チャールズ、ご機嫌いかが？　お父様とお母様はお元気？　もう久しくおふたりに会っていないわ。ぜひどうしているか聞かせてちょうだいな」

バクステッド家と、続いてドーントリー夫人とクロエが到着し、トレヴァーはこの社交辞令に答える必要から救われた。いつものように、細い体によく似合うまとわりつくようなドレスを着たドーントリー夫人は、驚くほど美しく見えた。このドレスは金貨五十枚はしたわ、ルイーズはひそかにそう値踏みした。姉のオーガスタは薔薇色《ばらいろ》のサテンに蜘蛛《くも》の糸を織ったようなすみれ色の布地を重ねたこのドレスを、もっと高く見積もった。彼女もダイヤのティアラを着けていたが、こちらは代々伝わる家宝のような威圧的なものではなく、その上からレースのベールをかけていた。すみれ色のキッド革の手袋――ルイーズはフランスもので、金貨五枚はくだらない、と見て、怒りを覚えた――で腕を覆い、絵付きの扇を手にして、小さなバッグを手首にかけている。彼女は空いているほうの手をアルヴァストークに差しのべ、つぶやいた。「親愛なるヴァーノン！」すると彼はその手に唇を当て、ふたりの姉を激怒させた。ドーントリー夫人は落ち窪《おくぼ》んだ目をそのふたりに向け、愛情深い甘いかすかな笑みを浮かべたが、ふたりのどちらも女主人として認めるようなそぶりはまったく見せなかった。「親愛なるヴァーノン！」彼女は繰り返した。「遅れたかしら？　困った癖だわ！　でも、許してくださるわね。昔からあなたを崇拝しているクロエよ、クロエ、マイダーリン！」

三日前に十七歳の誕生日を迎えたばかりのクロエは、ハート形の顔に驚きと用心深い表情を浮かべ、女学生のようにちょこんと膝を折り、不安そうに母を見た。侯爵はそれを見てとり、愛想よく言った。「なんと言っていたかな、ルクレティア。クロエ、きみがぼくに憧れてから、どれくらいたつかな？　それとも、憧れたことはなかったかな？」

「ええ」クロエは率直に答えた。それからまっ赤になり、口ごもった。「あなたのことはあまりよく知らないんです」

アルヴァストークは微笑した。「そうだね。ぜひきみと知り合いたいものだ」それからクロエの戸惑いを哀れに思ってトレヴァーに彼女を手渡した。クロエは年の近い彼との気《か》のおけない会話にまもなく落ち着きを取り戻した。彼はそんなクロエを見て言った。「可愛《かわい》い娘だ。もっと魅力的になりそうだな。きみではなく、父親に似たのは可哀想《かわいそう》だったな、ルクレティア。美人と呼ばれるようにはならないだろうが、魅力的だ。すてきなドレスだね、きみが選んだに違いない！」

ドーントリー夫人はこの賛辞に気をよくした。実際、褒められる資格はある。クロエのドレスに関してはたっぷり時間をかけて考えたあげくに、大金を払ったのだ。彼女は見事なセンスを発揮して淡い黄色のモスリンを選んだ。これは伝統的に若い娘にふさわしいとされている白や淡いブルーやピンクよりも、クロエの大きな褐色の瞳と褐色の髪によく映える。白や青ではクリームのような肌が病的に見えただろう。体はまだ成熟していないし、長身でもないが、クロエはどこへ行っても可愛い娘だと思われるに違いない。これに比べ、嘆かわしいほどごてごてと飾りのついたドレスを着て頭にピンクの薔薇のリースをのせた姉の娘のジェーンは可愛いとはお義理にも言えなかった。母親の助言にもかかわらず、ジェーンは薔薇を飾り、ピンクの紗《しゃ》を着ると言って聞かなかったのだ。母の性格を受け継いだジェーンは、いったん機嫌をそこねたら、何日も機嫌が直らない。そのためレディ・バクステッドは、娘の願いどおりにさせたのだった。ジェーンのわざとらしいくすくす笑いに苛立ち、侯爵は嫌悪を浮かべて姪を見た。不器量な娘だ。おそらくあっというまに不機嫌な顔の女性になるだろう。ルイーズが結婚相手を見つけられるとは思えない。

ルイーズとオーガスタは頭を寄せ合っていた。メリヴィル姉妹のことを妹に尋ねたオーガスタは、妹がふたりのつき添いの役目を果たすと知って少しばかり驚いた。「それがわたしの義務だと思ったの」ルイーズは言った。「アルヴァストークが途方に暮れていたんですもの。家族全員を彼に押しつけるなんてフレッド・メリヴィルらしいわ！　わたしが助けてあげなければ、メリヴィル姉妹はどうなると思うの？　ロンドンに同行してきた伯母はずいぶん変わり者らしくて、社交界を嫌っているんですって」

「まあ、ほんと」オーガスタはこの説明を鵜呑《うの》みにしようとはしなかった。「アルヴァストークはあなたにさぞ感謝しているでしょうね。で、どんな姉妹なの？　さぞ美しいに違いないわね」

「いいえ、ちっとも。わたしが会ったのは長女だけなのよ。なかなか器量よしだけれど、美人とは言えないわ。妹のほうがきれいらしいの。アルヴァストーク、カリス・メリヴィルはきれいだと言わなかった？」

「たぶん言ったと思う」彼は答えた。「ぼくはきれいだと思った。姉さんはどう思うか教えてもらいたいな」

そのとき、ウィッケンがメリヴィル姉妹の到着を告げた。カリスをどう思うか、ルイーズは弟に告げる必要はなかった。彼女の顔に明白に書かれていたからだ。

フレデリカは妹よりも少し先に入ってきて、つかのま足を止め、さっと部屋を見まわした。彼女はエレガントな女性だという印象を与えた。頭にのせた小さな帽子があっても、未亡人には少しも見えない。オレンジの花の色のクレープと、オーストリア風の胴衣、肘まで覆っているオールバニー紗のショール、喉のまわりを飾ったダイヤのきらめきと、何よりも静かな自信が、彼女がもう若い娘ではないこと、自分でもそれを承知していることを示し、どちらかというと既婚女性のような印象を与えた。

彼女が侯爵の親戚の詮索するような視線を浴びたのはほんの数秒だった。続いてカリスが入ってくると、会話がぴたりとやみ、部屋のなかが静まり返った。誰もが驚愕《きょうがく》し、息を呑んだ。ほとんど感情を表に出さないカールトンですら、話の途中で言葉を切り、ジェヴィントン子爵ですら自分はアルヴァストーク邸のパーティにいるのか？　それとも夢を見ているのだろうかと思ったくらいだ――彼はあとになって謹厳な妻にそう打ち明けた。

ただの女性にすぎないオーガスタは、夫を責めなかった。カリス・メリヴィルは間違いなく夢の化身だったからだ。真っ白なドレスを着て、きらめく髪に白百合《しらゆり》のリースをのせたその姿は、ほっそりした雪の乙女そのものだった。金色の巻き毛と紺碧《こんぺき》の瞳、薄紅色に染まった頬と唇以外は白一色だ。男性が天女を見ているようだと思ったとしてもとても責められない。それになんとすばらしいドレスだろう！　象牙色のサテンに重ねた、白絹――彼女は知らないが、パンテオン市場の店で買ったものだった――のドレスの優美なこと。カリスの唯一の装身具は母の形見の一連の真珠の首飾りだったが、それがまたデビューする娘にふさわしく、オーガスタはますます好意を持った。弟が年甲斐《としがい》もなく熱をあげるのも無理からぬこと。それに自分の息子の移り気なグレゴリー・サンドリッジがあんぐり口を開け、食い入るように見つめているのも責められない。カリス・メリヴィルはどんな基準に照らしても美しかった。娘のアナを婚約させたオーガスタは、すっかり弟に騙《だま》されて、愚かにもぎらつく目と赤らんだ頬で怒りを暴露しているルイーズに同情した。もちろん、弟がメリヴィル一家の後見人になったわけはこれでよくわかった！　カリスは弟にはあまりに若すぎるだけでなく、あらゆる意味で不釣り合いだが、その点を心配する必要はない。アルヴァストークのことだ、おそらく一カ月もすれば飽きてしまうだろう。グレゴリーにしても、長続きする関係を築くまでには、まだしばらく恋しては冷めるのを繰り返すに違いない。そしてカリスの魅力がグレゴリーのスポーツへの情熱よりも強いとしても、母親である自分には息子をあの娘から切り離すだけの力がある。だが、生真面目なカールトンがフレッド・メリヴィルの娘に夢中になれば、気の毒なルイーズは当然の報いを受けることになる。でも、ルイーズの執念深さや憎むべき癇癪《かんしゃく》に加え、一ペンスのお金も出し渋り、日頃から何かというと弟に不当な要求を突きつけている癖を思えば、これほどひどく彼女を騙したことで誰が弟を責められよう?

侯爵が進みでて、被後見人たちを迎えた。クロエがカリスを見つめてつぶやいた。「なんて美しい人なの！　妖精のプリンセスみたい！」

トレヴァーは彼女を見下ろしてにこやかにうなずいた。

「やあ、子どもたち」アルヴァストークはまるで父親のようにそう言った。

灰色の瞳に笑いをきらめかせながら、フレデリカは落ち着いて答えた。「ごきげんよう」そしてすぐさま侯爵の姉の前に移った。「ごきげんよう。妹を紹介させていただけます?カリス、レディ・バクステッドよ。今夜はわたしたちの保護者になってくださるの」

どうにか自分を取り戻したルイーズは作り笑いを浮かべ、小さく膝を折って優雅にお辞儀するカリスに片手を与えた。「お許しくださいな、マダム。姉がお宅にお邪魔したときに同行できずに申し訳ありませんでした」カリスは柔らかい声で謝った。

「風邪で寝込んでいたのでは仕方がないわ。姉を紹介させていただくわね、レディ・ジェヴィントンよ」ルイーズは堅苦しい調子で応じながら歯ぎしりする思いだった。どれほどひどくわたしが騙されたか気づいて、オーガスタはこの狼狽《ろうばい》ぶりを楽しんでいるに違いない。メリヴィル姉妹を迎えた姉の寛大な態度がこれを裏付けている。ルイーズは、あの女もこの天使のような美人を見たときに、自分と同じくらい悔しい思いをしているはずよ、と自分を慰めようとした。

　だが、怒りや反発という愚かな感情を決して見せたことのないドーントリー夫人は、オーガスタよりも寛大に姉妹を迎え、クロエを呼んで新しいいとこたちに紹介し、そのあと部屋の奥にある小さなソファで話しこんでいるカリスとクロエに侯爵の注意を引いて、オーガスタとルイーズに聞こえるほど近くで、ふたりを〝この部屋にいるいちばんきれいな娘たち〟だと描写して、自分を目の仇《かたき》にしているオーガスタとルイーズに一矢報いた。

ドーントリー夫人は悲しげな笑みを浮かべてつけ加えた。「ふたりを比べるつもりはないのよ。わたしの偏った目にさえあなたの美しいカリスはまばゆさで霞《かす》んでしまうわ。親愛なるアルヴァストーク、ロンドンの半分が彼女の足元にひれ伏しそうね」彼女は笑いながらいらずらっぽい目で侯爵を見上げた。「娘の結婚相手を探している母親たちは、さぞあなたを憎むでしょうね！　わたしのクロエがこれほど若くなかったら、わたしだって憎むわ！」

「賞賛すべき、親愛なるルクレティア！」侯爵が深く感謝してこう言ったとき、セフトン夫妻が到着した。

　最後に着いたのはエンディミオンだった。彼は罪をあばかれた育ちすぎのハンサムな学生のように、ちらっと部屋を見まわしながら遅れたことを侯爵に謝った。「警備についていためた……」そう言ったとき、カリスが目に入り、あとの言葉が続かなくなった。レディ・ジャージーとレディ・セフトンはすでに知っているわね、と言う冷ややかなオーガスタの声にようやくわれに返ったエンディミオンは、髪のつけ根まで赤くなり、意味不明の言い訳をつぶやきながら、レディたちに頭をさげた。さいわい、どちらも怒らず、鷹揚《おうよう》に微笑《ほほえ》んだ。さいわい、と言ったのは、レディ・セフトンは些細《ささい》なことに腹を立てるような女性ではなかったが、レディ・ジャージーはうるさ型だったからだ。とはいえ、エンディミオンは生真面目で、誰もが自分の催す舞踏会や集まりに来てほしいと思う、育ちのよい、ハンサムな若者だ。さらにフェイン家とドーントリー家は――彼女に言わせれば――大昔からの知り合いでもある。知り合いといえば、レディ・ジャージーが子どものころ最も親しかったのは、ただのミスター・ケントメアと結婚し、ロンドンの社交界から消えたアルヴァストークのいちばん下の姉だった。アルヴァストークはこのすばらしいサリー・フェインのわずか四歳しか年下ではないのに、彼女も彼女の財産も熱心に所望したことは一度もなかったが、サリー自身は率直に言って、彼に優しい気持ちを抱いており、彼を最も古い友人のひとりだとみなしていた。アルヴァストークはジャージー伯爵よりも十歳ほど若いが、伯爵とはよく知る間柄で、ふたりともハロー校の出身であり、競馬と狩り場ではライバル同士。ロンドンにいるときは、どちらもバークリー広場の邸宅を使う。したがって、レディ・ジャージーに言わせれば、彼らは隣人だった。しかし、そのため、侯爵邸の正式なパーティに呼ばれるたびに、地位にふさわしく馬車で行くべきか、それとも不適切に見えるのを覚悟で五十メートル歩くべきか、という厄介な問題に直面する。

　レディ・ジャージーは、特定の人々には皮肉をこめて〝寡黙な人〟と呼ばれているが、絶えまなく続く軽いおしゃべりを聞いて、彼女のおつむが空だと思うのは大きな間違いだ。彼女はたいへん教養のある女性で、鋭い観察力の持ち主でもあった。実際、部屋に入ってきたときから、まもなく行われる王室の結婚式、古代の彫像が発見されたというニュース、戦って決着をつける権利があったと主張して人殺しが絞首台を逃れたことなど、驚くほどたくさんの話題について話していたが、そのあいだも、様々なことを心に留めていた。アルヴァストークが若い親戚たちの後ろ盾になり、姪のために催す舞踏会に招待して、ふたりを社交界にデビューさせようと努力していることを彼女はすでに知っていた。オールマックスの役員のひとりであるバレル夫人が、レディ・バクステッドから直接聞いたと教えてくれたのだが、彼女はこれに大いに好奇心をくすぐられたのだった。バレル夫人よりもはるかによくアルヴァストークを知っているレディ・ジャージーは、彼がジェーンのために、あるいはほかのどの姪のためにも舞踏会を催す気になるとは信じられなかった。だとすれば、この舞踏会は未知の被後見人たちをデビューさせるためでしかありえない。カリスを見たとき、この娘はアルヴァストークの最も新しい恋愛対象に違いないと思ったが、一瞬後にはその可能性を否定していた。美しい娘だが、アルヴァストークの好みではない。

それが自分の被保護者であることをべつにしても、開きはじめたばかりの無垢《むく》な蕾《つぼみ》には刺激がなさすぎる。美しいが頭は空っぽ、レディ・ジャージーはカリスをすばやくそう判断した。アルヴァストークが知り合って五分もしないうちにうんざりするタイプだ。古い友人、ドラモンド・バレル夫人に対するルイーズの説明では、侯爵はフレッド・メリヴィルの子どもたちの面倒を見る義務を感じているという。でも、彼はそんな義務を感じる男ではない。だとすると、なぜ……？　この疑問に対する答えはすぐさま浮かんだ。オーガスタを見れば、この答えが正しいのは明らかだ。侯爵が美しい被保護者をこの舞踏会に招いたのは、ルイーズを罰するために違いない！　おそらくルイーズは自分の不器量な娘のために舞踏会を催すのが叔父である彼の務めだと、アルヴァストークを責め立てたに違いない。これはその仕返しなのだ。なんて悪い男！　でも、ルイーズは仕返しをされても仕方がない。彼女の要求は留《とど》まるところを知らないのだもの。しかも、弟にこれっぽっちの愛情も持っていないのに。その点では、ドーントリー夫人も同じだった。そしてもの悲しげな甘い笑みを浮かべてはいるが、心のなかではルイーズと同じように激怒しているに違いない。いえ、もっと怒っているかもしれないわ。レディ・ジャージーはそう思った。娘のクロエの存在が翳《かげ》ってしまっただけでなく、大切な息子がまるで間抜けのようにカリスを見つめているのだもの。

それからパラコーム夫妻もいる。いえ、パラコーム夫人も、と言うべきだろう。夕食と自分が所有する数多い競走馬のこと以外は何ひとつ関心のない、資産はあるが愚かで鈍感な彼女の夫は数に入らない。アルヴァストークは、いったいどういうわけで彼女をこの夕食会に招いたのか？　この数カ月、彼の名前はキャロラインと密接に結びつけられていた。キャロラインは移り気なうえにとても所有欲が強い女性だが、そういえば、最近は以前ほど頻繁にふたりでいる姿を見かけない。アルヴァストークが明らかに被後見人たちのために催した夕食会に彼女を呼んだのは、彼女の支配が終わったことをそれとなく知らせるためだろうか？　ええ、彼はそういうことができる嫌味《いやみ》な男だ！　気の毒なキャロライン。でも、彼に思わせぶりな態度を取ったのがいけないのよ！　彼をものにしたのはたしかに誇ってもいいけれど、同時にほかの愛人たちともつき合うなんて、とんでもなく愚かなことだ。アルヴァストークの愛情がライバルを押しのけたいと思うほど深かったことは一度もないのだから。自分が――たとえいっときにせよ――愛を捧《ささ》げることに決めた女性が、ほかの取り巻きにも流し目をくれれば、彼は肩をすくめるだけで離れていく。その女性が大して気にかけてはいないにせよ、ほかの男と分かち合う気もないからだ。火遊びの相手がほかの男性と一緒にいる姿を見かけるようになったら、侯爵が相手に飽きて、なおざりにしはじめた証拠だとレディ・ジャージーは思っていた。

だとすれば、彼は少し前からキャロラインに飽きはじめたに違いない。彼女は美しく、愉快で、礼儀を破るすれすれまでいくが、危険をおかすことはない。アルヴァストークは高級娼婦《しょうふ》の心を持った高貴な生まれの女性に魅力を感じ、情熱が続くあいだは慎重な密通を楽しんだ。でも、彼の情熱はあまり長く続かなかったと見える。彼女の官能的な美しさは彼の欲望をかき立てたが、冷たい心に愛の火花を散らすことはできなかったのだ。自分も愛や優しさとは無縁で、そっけなくそれを振り払うキャロラインは、それを知っていた。そして賢い彼女は愛人の関心が薄れてきたことに社交界の人々が気づかないうちに、自分のほうが彼に飽きたのだと意思表示して見せたのだろう。

レディ・ジャージーほど賢くないキャロラインは、美しいミス・メリヴィルが侯爵の新しい恋人に違いないと思ったものの、彼にカリスを紹介されても落ち着いた笑みを浮かべて屈辱に耐え、さりげなくつぶやいただけだった。「気をつけたほうがいいわよ。あなたの年の殿方が女学生のような娘に熱をあげるようになったら、老いたしるしだと思われるわ！」

「ご忠告ありがとう」アルヴァストークはそう言って笑みを返した。

トレヴァーはエンディミオンがジェーンの隣に座るのを喜ばないだろうと侯爵に警告したが、まもなくこの席順の被害を受けたのはジェーンのほうだと気づいた。トレヴァーとカリスはジェーンとエンディミオンに向かい合って座っていた。エンディミオンはすっかり心を奪われたのか、とくにジェーンに礼儀正しくする必要を感じないのか、ほとんどの時間向かいに座った美しいカリスをうっとりと見つめていた。自分の美しさをとくに気にせず、常に話している相手に注意を傾けるカリスは、あまり賞賛のまなざしに気づかない。そして見つめられていることに気づくと、喜ぶどころかはなはだしく無礼な人間だと感じ、自分の顔に吹出物ができはじめているのか、汚れでもついているのかと気になりはじめる。だが、顔を上げてエンディミオンの褐色の目があがめるように自分を見ているのに気づいたときは、このどちらの不安も頭をよぎらなかった。カリスは赤くなって、すぐさま目をそらした。そして見つめないでほしいとは思ったが、夢のようにハンサムな若い紳士だったから、彼が恐ろしく無礼だとは思わなかった。セラフィーヌ伯母に言わせれば、バラッド詩やロマンス小説の表紙にしか存在しない、あらゆる英雄の化身のようだ。彼が自分を見つめていなければ、こっそり盗み見ただろうが、彼が見ているのを知っていたから、育ちのよい娘であるカリスは二度と彼を見なかった。少し離れた席に着いているフレデリカは、深い関心を装って領地の管理の詳細を教えるカールトンの言葉に耳を傾けている。テーブルの向かいで伏せたまつげの下からメリヴィル姉妹を見ていたレディ・ジャージーは、突然言った。「たいへん結構ね、アルヴァストーク！　ふたりとも気に入ったわ。おおらかで素朴な姉妹ですもの。美人の妹が慎《つつ》ましいのがとくに魅力的ね。この夕食会にわたしを招いたのは、オールマックスのチケットが欲しいからなの？」

鋭い一瞥《いちべつ》とともに投げつけられたこの言葉に、侯爵は少しもたじろがず、左側にいるレディ・セフトンがミスター・モレトンと話しこんでいるのに満足して落ち着いた声で答えた。「いや、退屈をしのぐためさ、サリー！　チケットはルイーズに頼んである」

「彼女が手に入れてくれるものですか。バレル夫人に断られたと言うに決まっているわ。それにいまはとてもエミリー・カウパーには頼めない。お母様のレディ・メルボーンが亡くなったばかりですもの」彼女はテーブルの下座のほうに目をやり、しのび笑いをもらした。「ルイーズのあの口惜しそうな顔！　ええ、わたしが都合するわ！　あなたがパーティに顔を見せるだけでも、その価値があるというものよ」

「それはどうかな。ぼくは侮辱に身をさらすのはごめんだ。それともきみたちが侮辱するのは公爵だけかい？」

レディ・ジャージーは鈴のような笑い声をあげた。「ウェリントン？　でも、彼はわたしたちの規則をおかしたのよ。あなたは決してそんなことはしないわ！」

「そう思うなら、ぼくの姉たちに聞いてみるといい」

「その必要はなくてよ。答えはわかっているもの。オーガスタとルイーズにはどれほど頭ごなしにけなされたことか！　ふたりが若かったころ、わたしはまだ発育不良の女学生だったから！　わたしがあなたの被後見人の後ろ盾になったら、あのふたりは死ぬほど悔しがると思う？　ええ、もちろん！　マリア！」

レディ・セフトンはこの横柄な呼びかけに、にこやかな顔で友人を見た。

「アルヴァストークの被後見人をオールマックスに招待しましょうよ？」

「ええ、わたしもそうすべきだと思うわ。とても行儀のよいお嬢さんたちですもの。それも気の毒なフレッド・メリヴィルの忘れ形見。ええ、ふたりのためにできるだけのことをすべきだと思うわ！」レディ・セフトンはそう言ってミスター・モレトンに顔を戻した。「これで決まったわ」レディ・ジャージーはアルヴァストークに顔を戻した。「いけない！　わたしとしたことが自分から言いだすなんて！　これが招かれた目的なのかどうかわからなくなってしまったわ！」

「気にすることはないさ」侯爵は慰めるように言った。「姉たちを果てしなく苛つかせるのが、どれだけ楽しいか考えてごらん」

「ええ、ほんと！」彼女はまたしてもそちらに目をやった。「あの美女はもちろん引っ張りだこになるでしょうね。姉のほうが落ち着いているわね。でも、ふたりの持参金は？」

「まずまずだ」

レディ・ジャージーは顔をしかめた。「それは残念なこと。でも、これぱっかりは蓋を開けてみなければわからないわ。あれだけ美しければ、少なくともふさわしい相手が見つかるはずよ。どんなことになるか楽しみだわ！」

11

少なくとも、レディ・ジャージャーの予言の一部は、あっというまに成就した。ミス・カリス・メリヴィルは一夜にして引っ張りだこになった。アルヴァストークとその姉のルイーズが最後の客を迎えるずっと前に、カリスのあらゆるダンスは予約され、流行《はや》りの服に身を包み遅めに到着した若い紳士たちは、彼女の腰に手をまわしてワルツを踊るという至福の喜びはおろか、カントリー・ダンスでリードすることさえできなかった。カリスは誰とも二度以上は踊らなかったが、ふたりは親戚だから、少しも不適切ではないとエンディミオンに熱心に説得され、彼が軽食の席にエスコートするのをしぶしぶ許した。「姉上に一緒に来てもらおうか？　若きグレゴリーとあそこにいるよ」

「ええ、ぜひ。そのほうが落ち着けるわ。それに、どうかあなたの妹さんもね！」

この提案はエンディミオンにとってはあまり気に入らなかった。クロエはちょうど若きレンソープ卿《きょう》につき添われていたからだ。レンソープは遅く到着して、カリスのダンスを予約できなかったひとりで、さきほど自分をひそかに出し抜いたこすからいろくでなしたちを激しく罵っていた。それに無遠慮で活発なレンソープはどこへ行ってもレディたちに好かれる。「ああ、そうだね。でも、レンソープと一緒だから……」

「彼はわたしたちと一緒に食事をするのはいやかしら?」カリスは無邪気に尋ねた。「あなたのお母様がさっき紹介してくださったのよ。とても感じのいい、面白い人。ダンスを申しこまれたけれど、断るしかなかったの。お母様の話では、あなたのお友達だそうね」

「そうさ！　とてもいいやつだ！」エンディミオンは答えた。「ただ、きみは……身内だけのほうがいいかと思ったものだから」

だが、そのとき、やはり気のおけない同士で楽しく軽食をとろうと思いついた〝とてもいいやつ〟が、クロエとやってきて、エンディミオンからこの件に関する決定権を奪った。新しい親戚がすっかり大好きになり、もっと親しくなりたいと望むクロエも嬉《うれ》しそうに賛成した。エンディミオンが身内だけでと口ごもると、無頓着な友人は、他人が混じらず身内だけだと何かとぎくしゃくするものだ、と明るい声で言い返した。エンディミオンは不実な友に「急げよ、間抜け。さもないとロブスターのパテがなくなってしまうぞ！」と急《せ》き立てられて、フレデリカとグレゴリーを呼びに行くはめになった。

わずか三週間の予告しかないうえ、シーズンの様々な催しが出揃《でそろ》う前とあっては、ゲストが十分ではないかもしれない。ルイーズはそう言って弟を脅したが、軽食に座るころには、今夜の催しが今年のどの大夜会や舞踏会をも凌《しの》ぐ、立派なものになるのは明らかだった。ルイーズはそれを誇らしく思う気持ちと、それに対する反発のあいだで揺れ動いた。いまいましい弟が予測したとおり、彼が指を一本上げただけで社交界の面々がアルヴァストーク邸に押し寄せた。それが彼女の望みだったとはいえ、腹立たしいことに変わりはない。重要なゲストが出席を拒否していたら、弟にはよい教訓になっただろうに。この舞踏会はジェーンを上流貴族や最も洗練された人々に紹介するチャンスを与えてくれたとはいえ、弟の目的はメリヴィル家の姉妹を人々に紹介することだったのだ。そして弟はそれを見事にやってのけた。ルイーズは、すでに六人以上から、ぜひともあの魅力的な被保護者たちをパーティに連れてきてほしいと懇願されていた。被保護者なものですか！ ルイーズは叫びたかった。しかも、サリー・ジャージーがオールマックスのチケットを約束し、このわたしに、ふたりにつき添ってくれと頼んできた！「もちろんあなたのジェーンも連れてきてね。たしか、ジェーンだったわね？」サリー・ジャージーは耳を引っ張ってやりたくなるほど恩着せがましくそう言った。「ジェーンのチケットも送るわ。ええ、そうしますとも。もしも忘れたら、遠慮なく催促してちょうだいな。わたしがどんなに忘れっぽいか、あなたもご存じでしょう？」

　ルイーズは生意気な学生だったサリー・フェインを昔よく頭ごなしに怒鳴りつけたものだった。そのサリーにあんな言われ方をするなんて！ それを思うと、フランス人のコックが腕によりをかけたせっかくの軽食も、灰のようだった。昔のようにサリーをへこましてやれたら、どんなに胸がすっとすることか。だが、ふくよかな胸のなかでどんな怒りが渦巻いているにせよ、ルイーズはそのせいで願ってもないチャンスを逃すような愚か者ではなかった。レディ・ジャージーは、重要な結婚市場であるロンドンの最も特権的な社交クラブ、オールマックスの、誰もが認める女王だ。彼女を敵にまわすことはできない。食欲の失《う》せたルイーズは、サリーの口から出る弾むような声のように甘い、偽りの笑みを浮かべ、この申し出を承諾するしかなかった。

ただ、勝利と屈辱が入り混じったこの夜のひとつの救いは、アルヴァストークがふたりの被後見人と踊るのを見ないですんだことだった。興味津々で見守っていたほかの客は、侯爵が高貴なレディか年老いたレディだけしか誘わないのを見て、安堵《あんど》もしくは失望を味わった。彼は姉のほうの娘と短く言葉を交わしたものの、この夜は怠惰な彼には珍しく客のすべてに話しかけていたから、これは誰の目も惹《ひ》かなかった。

「満足かな、フレデリカ？」侯爵は尋ねた。

フレデリカはにっこり笑って即座に答えた。「感謝してもしきれないわ！　ええ、大満足よ。今夜は大成功！　カリスが歓迎されることはわかっていたの」侯爵が黙っていると、彼女は心配そうに尋ねた。「わたしの身贔屓《みびいき》ではないわね？　カリスは歓迎されたでしょう？」

「それは明らかだな。きみはカリスのことしか頭にないのかい？」

「とんでもない！」フレデリカはショックを受けて叫んだ。「ちゃんとみんなのことを考えているわ。でも、いまは弟たちよりもカリスのことをよけいに考えているの。あの子がいちばん差し迫った問題だから」

侯爵は好奇心を浮かべてフレデリカを見た。「きみ自身のことは？」

「わたしのこと？」フレデリカは眉をひそめた。「まあ、心配なことがあれば……もちろん考えるわ。でも、とくに――」

「きみに関すること、と言うべきだったな」侯爵はさえぎった。「カリスが人気者になったから今夜は成功だったと言ったが、きみも同じくらい頻繁にダンスを申しこまれていたように見えたぞ」

フレデリカは笑った。「ええ、わたしも楽しんでいるわ。おかげできりきり舞い。みんな礼儀正しく振る舞ってわたしに気に入られ、妹に紹介してもらいたいと願っているのよ」

「きみは奇妙な女性だな」カールトンがフレデリカをカドリールに連れだしに来ると、侯爵はかすかな笑みを浮かべて会釈し、離れていった。

侯爵の言葉がどういう意味なのかフレデリカにはよくわからなかったが、それを考えているゆとりはなく、二度目にダンスを申しこんできた紳士たちの目的も妹に近づくためなのかどうかについては考えもしなかった。明らかにカリスに目を奪われている男性は多いが、姉のほうが魅力的だと感じている紳士たちもいる、たとえ誰かにそう言われても、笑って首を振ったに違いない。

侯爵の親しい友人であるモレトンも、実はそのひとりだった。彼はアルヴァストークを肘でこづいて、何を企《たくら》んでいるのかと問いただした。

「企みなどないさ」侯爵は冷ややかに応じた。

モレトンはため息をついた。「それを信じろと……いや、断る！　きみがメリヴィルの娘たちの後ろ盾になった理由は聞いたが、まったく信じられないな、ヴァー。亡きメリヴィルに借りがあったって？　あの天女のようなカリスの美しさに身も心も奪われたって？冗談じゃない！」

「なぜ？　これまでぼくを虜《とりこ》にした数々の美女のことを考えてみろよ、ダーシー！」

「ああ、考えているさ。ひとり残らず熟れた美女だった！」

「まあな。しかし、あれほど完璧な容姿を持つ女性を見たことがあるか？」

「いや。たしかにあそこまで見事なヒドリガモはめったにいない」モレトンは容赦なくカリスを狩りの獲物にたとえた。「だが、おつむの弱い美人はあいにくと好みじゃないんだ。きみの好みでもないぞ！　姉のほうは思慮深いし、とてもユニークでぼくの好みだが、きみの好みではない。なぜあのふたりの後ろ盾になったんだ？」

「亡きメリヴィルに委ねられて、ほかにどうすればよかったんだ？」

「義務感からだというのか、ヴァー？　ばかばかしい！」モレトンは言下にその可能性を否定した。「そんなふざけた話があるか！　メリヴィルとは礼儀正しく挨拶を交わす程度の仲だったはずだぞ！」

「そうかもしれないが」侯爵はつぶやいた。「彼らを不憫《ふびん》に思ったんだ」

「なんだって？」侯爵の親友はあんぐり口を開けた。

「ぼくには同情心などないと思っているんだな？」侯爵は皮肉な笑みに口元をゆがめた。

「ひどいやつだ。もちろん頻繁にではないが、ときどきは同情ぐらいするさ」

「いや、友人のためなら、きみはなんでもする男だ。それくらいわかっているとも。気の毒なアシュベリーを苦境から引きだしたのはきみだと――」

「きみはわかっているらしいが、ぼくにはなんの話かさっぱりわからないね」アルヴァストークは辛辣な調子でさえぎった。「うるさいやつだな、おまえは。真実が知りたいなら教えてやる。ぼくがメリヴィルの娘たちのためにひと肌脱いだのは、ルイーズを苛立《いらだ》たせるためさ」

「そうだと思ったよ」モレトンは眉ひとつ動かさずにつけ加えた。「だが、子どもをどこかの工場に連れていったのはどういうわけだ？」

侯爵はこの問いに笑いだした。「フェリックスか！　きみもあの子に会えばわかるさ」

メリヴィル姉妹の姉のほうをすっかり気に入ったもうひとりの紳士は、若きバクステッド卿――カールトンだった。彼の母親はこれを複雑な気持ちで見守った。ルイーズは息子が――彼の愚かな親戚と違って――カリスを見たとたんにその美しさに魅せられなかったことにほっとしたものの、夕食会で珍しいほど活気づいてフレデリカと話していることに気づいて不愉快になった。そしてその後の息子の行動で姉のほうに対する敵意をかき立てられた。カールトンは二度のカントリー・ダンスでたっぷり一時間もフレデリカをリードしただけで満足せず、ダンスが終わるたびにフレデリカのそばに舞い戻っていく。これには相当な不安を感じたが、そのあと息子がフレデリカをたいへん良識のある、話しやすい女性だ、それに決して器量も悪くないと評するのを聞いて、こういう生ぬるい褒め言葉は、情熱的な賞賛とはほど遠い、とひそかに胸を撫《な》でおろした。

しかし、息子が〝奔放な夜〟――と、つまらない冗談を言った――のあとで、姉妹がどうしているかを確かめるために翌日アッパーウィンポール街を訪問したことを知ったら、もっと不安を感じたかもしれない。訪問者は彼ひとりではなかった。ほかにも数人の紳士がもっと見え透いた口実で姿を見せた。エンディミオン・ドーントリーはなんの口実も口にしなかった。彼は自分とメリヴィル姉妹が親戚であることを強調し、ふたりに叔父のように接すれば、それで十分だと考えたのだ。

アルヴァストーク邸の舞踏会のあとの一週間、メリヴィル姉妹はいくつも招待を受けた。伯母のミス・ウィンシャムは、名誉なことに約束どおりオールマックスのチケットを携えたレディ・ジャージーの訪問を受けた。彼女が来たのは好奇心が半分、アルヴァストークに貸しを作りたいのと、彼の姉のルイーズを怒らせたいのが半分だったが、執事に従って階段を上がるころには、自分の軽挙を悔やんでいた。気まぐれなだけでなく尊大でもあるレディ・ジャージーは、成りあがり者にはことのほか厳しく、彼らにはいっさい恩恵を施したことがなかった。みすぼらしい借家を見たとたん、レディ・ジャージーはフレッド・メリヴィルが名もない田舎娘と結婚したという噂《うわさ》を思いだした。いまさら踵《きびす》を返して帰ることはできないが、客間に入ったときにはミス・ウィンシャムとは適切な距離を保とうと固く決意していた。が、二分もすると、その決心は忘れ去られた。服装こそ古風だし、明らかに変わり者だが、メリヴィル姉妹の伯母であるミス・ウィンシャムは上品ぶった成りあがり者ではなかった。彼女はその少し前に訪れたオーガスタのときと同じように、社交界の女王の訪問もふだんと同じ態度で受けた。レディ・ジャージーはいつもの偉そうな気分で思いきり高飛車に出ることもできたが、代わりに楽しむことにした。そしてミス・ウィンシャムがロンドンの借家全般、とりわけ家具付きの借家について、結婚について、軽薄な洒落《しゃれ》者について、男性の根拠のない自己満足について辛辣な自説を述べるころには、すっかり彼女が気に入り、ミス・ウィンシャムはとても愉快で、〝インテリ〟で、辛口のユーモアにあふれ、意味のないお世辞はこれっぽっちも口にしない女性だと友人たちに報告する気満々で帰っていった。

レディ・ジャージーはすべての人々に好かれているわけではなかった。彼女の気取った態度と辛辣さに反感を持つ人々は、彼女を悲劇のジルと呼んでいた。彼女の怒りを買った不運な人々に対する〝ジル〟の無礼な態度は、バレル夫人やリーヴェン公爵夫人のような傲慢な女性たちにすらショックを与えるほどだったが、彼女の先導に従わない女性はほとんどいなかった。そのためミス・ウィンシャムは本来なら言葉を交わすことなどとうていかなわぬ高貴な女性たちの訪問を次々に受けることになった。そして姪《めい》たちにつき添ってしぶしぶ出向いたオールマックスのパーティではすっかり人気者になり、誰もが彼女の意見を聞きたがった。お世辞に弱い人間なら、自分は誰よりも機知に富んだ人間だと考えたに違いないが、社交嫌いのミス・ウィンシャムは軽いリューマチをひどい坐骨《ざこつ》神経痛だと偽って、つき添いの義務をルイーズとドーントリー夫人に振り分け、数多《あまた》の招待をすげなく断った。

ルイーズもドーントリー夫人もこの務めに乗り気とは言えなかったが、ふたりとも少なくとも外見上は喜んで引き受けたふりをしなくてはならない理由があった。ルイーズはきわめて冷酷な弟の不興を買えば、ジェーンの――それと、彼女自身の――ドレスやショール、帽子、手袋など、上流のあいだで恥ずかしくない外見を保つために欠かせないものを買いこむたびに増えていく仕立て屋への支払いを拒否されるのではないかという恐ろしい不安にさいなまれていた。一方のドーントリー夫人は彼女と違って長女の衣装に惜しみなく身銭を切ったものの、この先アルヴァストークの助けをあてにできないとなれば、途方もなく不愉快な倹約を強いられることになる。このふたりのうち、どちらがより気の毒かといえば、それはドーントリー夫人のほうだったかもしれない。ルイーズの息子カールトンはカリスに惹かれていなかったし、フレデリカに結婚を申しこむことなど頭に浮かびもしないほど良識がある――と母親は信じていた――が、ドーントリー夫人にはそういう慰めは与えられなかったからだ。エンディミオンはカリスをひと目見た瞬間に目を眩《くら》まされ、激しい恋に落ちて、愚か者のようにカリスのあとを追いかけていた。カリスをうっとりと見つめ、毎日のように彼女のもとに通いつめ、まるでいまにも求婚せんばかり。ドーントリー夫人は息子の良識にはまったく頼ることができなかったから、息子の情熱が、かき立てられたときのようにすぐさま薄れてくれることをひたすら願っていた。クロエがカリスとすっかり仲良くなったのも、状況を悪化させる一因となっていた。これはエンディミオンにアッパーウィンポール街を訪ねる格好の口実を与えてくれたからだ。決してまめではないが妹思いの兄から、一夜にして模範的な兄に変わったエンディミオンは、比較的らくな近衛兵《このえへい》としての務めが許すかぎり献身的に妹をエスコートしはじめた。彼はクロエをパーティに連れていき、これまでは少しも楽しくない上流貴族の集まりだとみなして避けてきたオールマックスにすら同行し、クロエを連れて公園を散歩し、妹がカリスを訪ねるときは、ほぼ必ずつき添った。クロエと妹のダイアナは子どものころから兄を慕い、賞賛してきたが、年が離れていることもあって、これまでは身近な兄というよりも、砂糖菓子をくれたり、ときどきアストリーの円形競技場や、サドラーズ・ウェルズ劇場のパントマイムに連れていってくれるハンサムな若い叔父のような存在だった。もう女学生ではなく社交界にデビューしたとはいえ、エンディミオンが自分にこれほど尽くしてくれるとは思ってもいなかったクロエは、心から感謝して、エンディミオンのようにハンサムで、優しい兄を持ったのは世界一すばらしいことだ、と母に言ったほどだった。「お兄様がパーティに一緒に来てくれて嬉しいわ！　それにダイアナや乳母と一緒ではなく、お兄様と散歩できるなんて！　あんなに優しいお兄様はどこにもいないわ！」

　ドーントリー夫人はつかのま葛藤したものの、子どもたちに対する深い愛情から、どうにか応えた。「ええ、本当にそのとおりね」だがそのあと、献身的に世話をしてくれるハリエットには、エンディミオンののぼせようを嘆き、無邪気なクロエがあんなにあっさり騙《だま》されているのを見ると、胸が張り裂けそうだわ、と心のうちを吐露した。「エンディミオンがわたしたちをパーティにエスコートするのは、いまいましいカリス・メリヴィルのあとを追いまわしたいからよ！　ああ、ハリエット、カリスはあの子に魔法をかけてしまったの。それにクロエにも。まったく、なんという腹黒い女かしら！」

　ミス・ハリエット・プラムリーは、こうした発言やこれと似たような発言に、なだめるような舌打ちと矛盾する慰めの言葉で応えた。そして未亡人にはそれが効果を発揮するようだった。ハリエットは、エンディミオンは魔法になどかかっていないわ、と言いながらも、そのそばから、エンディミオンがこれまで夢中になった様々な娘のことを思いださせる言葉を口にした。カリスは腹黒い娘だとは思えない、と言ったすぐあとで、おそらくレンソープ卿かディグビー・ミース卿の愛を勝ちとろうとしているのではないかと評した。あんなにすばらしい兄であるエンディミオンが、愛するクロエを舞踏会にエスコートするのによからぬ動機があるとは思えないと言いながらも、そういう場所でカリスに会える希望のおかげで、自分は少しも楽しくないし好きでもないが、妹が楽しみにしている舞踏会に喜んで行く気になるのだから、体の具合がすぐれない親愛なるドーントリー夫人にとっては、クロエを彼に託せるのはなんと幸運でありがたいことだろう、と慰める。

ハリエットが優しい声でそう言うのを聞いていると、ドーントリー夫人は不安がすっかり消えないまでも、和らぐのを感じた。そしてあなたは本当にメリヴィル姉妹に親切ね、ルイーズのひどい振る舞いと比べるとまるで聖女のようだわ、と褒められると、涙ぐんでこう言うのだった。「信じられる、ハリエット、あのひどい女ときたら、メリヴィル姉妹を〝可哀想《かわいそう》な娘たち〟と呼んで、ふたりにはなんの財産もないと触れまわっているのよ！　それも、ふたりに愛情を持っているふりをしながら！　もちろん、見せかけだけなのはわかっているわ。カールトンが惹かれるのを恐れているのね。でも、わたしはあんなカンタベリー・トリックは大嫌い。その真似《まね》をするには、善良すぎるわ！」

それはたしかね、とハリエットは言った。それに彼女は優しい女性で批判的ではないため、ドーントリー夫人が「あんなカンタベリー・トリックを真似るほど愚かではない」と言ったほうが真実に近いことは、頭に浮かばなかった。

実際、ドーントリー夫人はあらゆる未婚の紳士にカリスを紹介していた。そのうちのひとりが楽しい会話でカリスを虜にするか、立派な地位で彼女の目を眩ますことを願ってのことだ。彼女が貴族の夫をつかまえたがっていると確信し、レンソープ卿——無一物で生まれたことがよく知られている——の関心を促しただけでなく、自分の娘の夫にはとても歓迎できない御曹司にまで、かくべつ骨を折ってカリスを紹介していた。学校を終えたばかりで真剣な愛情を抱くには若すぎるクロエには、まだ適切な相手を釣りあげる必要はない。そもそもルイーズ・バクステッドに先を越されまいと決めていなければ、デビューも来年まで待ったはずだった。ドーントリー夫人はクロエをまだほんの子どもだとしか思わず、なんとしてもエンディミオンをカリスから離そうと必死で、クロエとチャールズ・トレヴァーの親密さが増していることにはまったく気づかなかった。

アルヴァストーク侯爵がふたりを華々しく社交界に紹介したことと、レディ・ジャージーとレディ・セフトンの後ろ盾、それに明らかな育ちのよさが相まって、メリヴィル姉妹のところには、とても多くの適切な招待が舞いこんでいた。ルイーズが作り笑いを浮かべてふたりが貧しいことを仄《ほの》めかしても、カリスの美しさに反発を感じている最も嫉妬深い母親たちを除けば、それを真に受ける人間はほとんどいなかった。カリスはとても優しい落ち着いた娘だ、自分の娘に魅力がないためにカリスのチャンスをそこなおうとするなんて、いかにもルイーズ・バクステッドらしい、というのが大方の見方だった。同い年の娘がいるドーントリー夫人が何も言わないのだから、ルイーズのヒントはこれっぽっちの真実もないとみなしても間違いではあるまい。たしかにメリヴィル姉妹が家を借りている場所は上品な地域とは言えないが、おそらくそれは変わり者のミス・ウィンシャムの責任だろう。ふたりが貧しいというしるしは、ほかには何もない。どちらも常にエレガントに装っているし、古くからメリヴィル家に仕えているすばらしい執事と、たいへん立派な使用人を雇っている。しかも――ドーントリー夫人によれば――ふたりの兄が相続したヘレフォードシャーの領地は相当な価値があるそうな。この話を聞いて何人かは、おぼろげにではあるが、フレッド・メリヴィルが放蕩《ほうとう》のかぎりを尽くして両親の髪に多くの白髪をもたらし、嘆きのあまり早死にへと追いこんだあとで、思いがけずメリヴィル家の領地を相続したことを思いだした。フレッドの父親も兄もロンドンではまったく知られていなかったため、その相続財産がどの程度の規模のものか正確に知っている人間はひとりもいなかった。ドーントリーの親戚さえ、誰ひとりグレイナードを訪れたことはなかったから、誰からも反駁《はんばく》される恐れはない。そこでドーントリー夫人は現在の所有者は資産家の若者で、彼の姉妹に気前よく持参金を払う用意がある、とそれとなく広めてまわった。

12

まもなくフレデリカは、父の相続財産について誇張された話が広まっていることに気づいた。どうやら自分とカリスには、女相続人とまではいかなくてもかなりの財産が分与されていると思われているらしい。初めて会ったときから好きになれなかったパラコーム夫人にグレイナードはどこにあるのかと尋ねられ、とても美しい邸宅だそうねと言われたとき、噂《うわさ》の出所はアルヴァストーク侯爵に違いないと確信した。使用人たちのゴシップを盗み聞きするという不愉快な癖のあるらしいジェーンから、パラコーム夫人がアルヴァストークの恋人のひとりだと聞かされていたからだ。そのときはジェーンをたしなめたものの、この話を疑う理由はなかった。侯爵がどんな人生を送っていようと、自分には関係ないが、このままでは自分たちが詐欺師のように思われかねない。そこでフレデリカはその責任が実際に侯爵にあるのかどうか、本人に問いただすことに決めた。

だが、そのチャンスはなかなか訪れず、ようやく訪れたときには、この質問を口にするには、はなはだ不都合な状況だった。侯爵はリッチモンドまでの遠出にジェサミーを連れていく約束を忘れておらず、実はジェサミーに非常に好意を持った馬丁長のカリーにそれを思いださせられたのだが、ある朝入手したばかりの四頭のあし毛が引く馬車で、ジェサミーを迎えにアッパーウィンポール街に立ち寄り、侯爵の招待を告げに上がってくるオーウェンに会ったフレデリカが、弟にそれを伝えに行くと、ジェサミーは良心と厳しく葛藤した末に、午前中は勉強すると決めたのだから誘惑に負けるわけにはいかない、と姉に告げた。だが、フレデリカがたいへん思慮深く、勉強は午後でもできる、と提案したとたん、ぱっと顔を輝かせて、侯爵にすぐおりていくと伝えてくれるよう、オーウェンに頼んだ。だが、このメッセージを侯爵に伝えたのはフレデリカだった。ついでに戻ってから少し時間を割いてもらえないかと侯爵に尋ねた。

侯爵は馬車のなかからフレデリカを見下ろした。「いいとも。何か重要なことかい？」

フレデリカはためらった。「ええ、あなたはともかく、わたしには重要なことよ」

「好奇心をくすぐられるな、フレデリカ。なんだか非難がこめられているようだぞ」

そのときジェサミーが階段を駆けおりてきて、フレデリカはこの質問に答えずにすんだ。ジェサミーは息を切らして待たせたことを謝り、そっけなく姉に別れを告げると、フェートンに乗りこんだ。弟のとても嬉《うれ》しそうな上気した顔を見て、フレデリカは侯爵の親切に対する感謝で胸のなかでくすぶっている怒りが和らぐのを感じた。

数時間後、遠出から戻ったジェサミーは深い満足を感じている様子で、侯爵を客間に案内した。「フレデリカ？　ああ、ここにいた！　どうぞお入りください、侯爵。ああ、フレデリカ！　とってもすばらしかった！　こんなに楽しかったのはロンドンに来てから初めてだ！　リッチモンド公園に行ったんだよ。侯爵はそこに入るチケットを持っているんだ。それにぼくにも手綱を握らせてくれて……ほんとに、なんと感謝したらいいか！　馬の姿勢を乱さずに角を曲がる方法や、先頭の二頭のさばき方を——」

「親愛なるきみ、感謝はもう十分だ。実際、しすぎたくらいだぞ」アルヴァストークは上機嫌で言った。「これ以上繰り返されると、退屈になる！」

ジェサミーは赤くなって恥ずかしそうに笑った。「ええ、すみません！　きっとすっかり退屈させてしまったでしょうね。でも、初心者のぼくにご指導ありがとうございました。手綱を握らせてくれたことも心から感謝します。ひどく不器用だったかもしれないのに！」

「そう思ったら、手綱を握らせたりしなかったよ」侯爵は真剣な顔を作って応じた。「まだ一流とは言えないが、筋がいいし、目もいい。それに先頭の馬を上手に導いた」

乗馬の名手から褒められたジェサミーはすっかり舞いあがって口ごもり、どうにかもう一度感謝して部屋を出ていった。そして自分の部屋で本を開いたものの、それから一時間は何も手につかず、目に入らなかった。

「わたしからもお礼を言うべきでしょうけれど」フレデリカは温かい笑みを浮かべた。

「やめておくわ。ジェサミーと一緒で退屈なさった？」

「奇妙なことに楽しかった。新しい経験だな。自分の技術を誰かに伝えようとしたのは初めてだが、ぼくはすばらしい教師らしい。さもなければ彼が驚くほど呑《の》みこみのいい生徒か。だが、上がってきたのは遠出の話をするためではないよ。何を怒っているんだい？」

「わからないの。つまり、腹を立てているのはたしかだけど、それがあなたのせいだという確信があるわけではないのよ」フレデリカは率直に言った。「実は、わたしとカリスは相当な資産を持っていると思われているらしいの。あなたがそんな噂を流したの？」

「いいや」侯爵はかすかに眉を上げた。「どうしてぼくがそんなことをするんだい？」

「ひょっとして、わたしたちを助けるためかしら？」

「害になりこそすれ、助けにはならないと思うが」

「ええ、そうよ！　それに、とても卑しい嘘《うそ》、まやかしだわ！　まるで妹の結婚相手を見つけるために、デマを流しているみたい。まるでそんないんちきが成功するかのように」

アルヴァストークは微笑《ほほえ》んだ。「成功すると思えば、そうするつもりがあるのかい？」

フレデリカはかすかな笑みを浮かべて首を振った。「まさか。そんな卑劣なことをするもんですか」

「たしかに。だが、きみはその卑劣なことをぼくがしたと疑っていた」

「だとしても、善意から出たことだと思ったわ」

「もっと悪いぞ。ぼくをそんな浅はかな男だと思っているのかい？」

フレデリカは笑った。「いいえ！　ごめんなさい。でも、あなたでないとしたら、誰かしら？　それにどうして？　わたしは財産があるという印象を与えるような言葉は、ひと言も口にしていないわ。カリスもしていないはずよ。実際、パラコーム夫人がグレイナードの話を出して、まるで侯爵邸でもあるかのようにぜひ行ってみたいものだと言ったときも、グレイナードはわざわざ見に来ていただくような館ではありません、と否定したくらい」

「なるほど、ぼくが疑われたわけがわかったよ」侯爵は吐き捨てるようにつぶやいた。

フレデリカは思いがけない侯爵の怒りに小さく息を呑んだ。

「社交界の連中にはいつも驚かされるな。平気でよからぬ噂を若い女性の耳に入れる」彼は嘆かわしい声で言った。

「あら、あなたもそういうことを平気で口にするわよ。絶えずショックを受けているわ」フレデリカは言い返した。「忌まわしい人！」

彼はため息をついた。「ああ、そうさ。反省して夜も眠れないくらいだ」

「そりゃ言いすぎだろ」フレデリカは思わず言い返し、侯爵が驚いたように眉を上げるのを見て、急いでつけ加えた。「ハリーがいつもそう言うの」

「だろうな。良家の女性の唇から出るにはふさわしくない表現だ」

まったくそのとおりだ。フレデリカが謝ろうとすると、侯爵の目がいたずらっぽくきらめいていることに気づいた。「まあ、ひどい人！　真剣に話しているのに」

侯爵は笑った。「いいとも。では、真剣になるとしよう。きみたちが金持ちだという噂を流したのが誰なのか、知りたいんだね」

「ええ。それにどう対処すればいいかしら？」

「何もすることはないさ。誰が噂を流したかについては、きみ同様、まったく心当たりがない。だが、とくに苛立《いらだ》つ必要もないだろう。真剣な話のついでに言うが、オラートンが妹さんとあまり親しくならないようにすべきだぞ」

フレデリカははっと顔を上げた。「どうして？」

「彼は俗に言う遊び人だ」

フレデリカはうなずいた。「教えてもらってよかったわ。わたしもそう思っていたの。とても礼儀正しいし、親切だし、なめらかな物腰にも育ちのよさがにじみでているけれど……ときどき少しばかりなれなれしくしすぎるんですもの。育ちのよい紳士のなかには、それ以上のことをする人もいるけど」

「ああ、たしかに。彼をきみたちに紹介したのは誰だい？」

「ドーントリー夫人よ。レディ・ジャージーのパーティで。だから彼に関するわたしの判断が間違っていると思ったの」

「ルクレティアが？　これは驚いた」侯爵の目が愉快そうにきらめくのを見て、フレデリカはそれが何を意味するか解釈しようとしたが無駄だった。彼は嗅ぎ煙草《たばこ》入れを開け、考えるような顔でひとつまみ吸いこんだ。「きみたちの後見人になったことで、これほど楽しませてもらえるとは。想像もしなかったよ」

「いいえ、予想していたはずよ」フレデリカは即座にそう言った。「最初はわからなかったけれど、いまは確信があるわ。わたしの願いを聞いてくれたのは、レディ・バクステッドを怒らせるためだった。違う？」

「そのことでぼくを責めるつもりかい？」

フレデリカは低い声で笑った。「ええ、本当はそうすべきね。それはともかく、これがあなたを楽しませてくれることは、最初からわかっていたのよ」

「お察しのとおりだ。そして実際にそうなった。もっとも、メリヴィル一家の将来にこれほど関心を持つとは思っていなかったが」フレデリカがこれに応じようとすると、彼は急に尋ねた。「昨日カリスと一緒にいたのは誰だい？　縞模様《しまもよう》のベストを着たきざな若者だ」

「ミスター・ナートリーよ」フレデリカは苦々しい声で答えた。

「それはいったい誰なんだ？」

「隣の人なの。とても立派な若者だけれど、カリスの結婚相手にはふさわしくないわ。でも、カリスに首ったけなの。花を贈ってくるほかにも、外で待ち伏せていて、カリスがオーウェンのエスコートで一歩でも外に出ると、話しかけてくるのよ」

「やれやれ。カリスは彼を憎からず思っているのかい？」

「とんでもない！　ただ、彼を突き放すことができないの。ええ、ずるずる引き延ばすよりもいまはねつけたほうが親切だけど、道理を説いてカリスを説得できると思っているなら、それはあの子を知らないからよ。妹は感受性が強いの。そして――」

「ずいぶんと愚かだ」彼は苛々してさえぎった。

「ええ、それもあるわ」フレデリカはため息をついた。「あんなに愚かでなければいいのに。誰でもつけ入ろうと思えば、簡単にできる。そのせいでいつも心配させられているの」

侯爵はうなずいた。「あの男と一緒にいるところを見られるのは彼女のためにならないが、あの男がカリスの優しさにつけこむことはない。そんなことはぼくが許さない」

「ありがとう。でも、彼を追い払う正当な理由はひとつもないのよ。だから……彼に何か言うのはやめてほしいの。苦情を言うだけの根拠はないんですもの」

「何も言う必要はないさ」アルヴァストークは皮肉な笑みを浮かべた。「世界の残りと同じで、あの男はカリスがぼくの保護下にあると思っている。しかし、ぼくが無関心な保護者だと思ってもいるかもしれない。それは改善できる。クルー家の集まりに行く予定なら、ぼくがエスコートして目を光らせるとしよう。ほかにもきみたちふたりを芝居に連れていくとか、みんなが散歩する時間に馬車で公園をまわるとか」

「まあ、ご親切ね！　とても名誉なことだわ」

「そのとおり。ぼくは女性をめったに乗せたことがないんだ」

「きっと死ぬほど退屈するわ」

「たぶん。だが、義務を果たしていると自分を慰めることはできる」

「どうせその新鮮さはすぐに失《う》せてしまうわ」

アルヴァストークの顔から皮肉な表情が消えた。「わかったよ。きみたちを乗せて公園をまわるのは、退屈だとは思えないな」

「ありがとう。でも、わたしにまで恩恵を施してくださる必要はないのよ。ときどきカリスを横に乗せてまわってくれれば、それだけで十分！」フレデリカはこらえきれずに笑いだし、魅力的な率直さでつけ加えた。「あなたの虚栄心をへこませることができれば、さぞ胸がすっとしたでしょうけど、ロンドンにこれだけ長くいれば、あなたの影響力がとても大きいことぐらいはわかるわ」

「うまくおだてたな」侯爵は満足そうに言った。「仕方がない。美しいがあまり機知に富んでいるとは言えない妹さんと馬車で公園をまわるとしよう。だが、ひとつ条件がある。ときどきはきみも同行して、その辛辣な舌で退屈を追い払ってもらいたい。ところで、噂が嘘をついているのかな？　それともきみの妹は、特定の誰かさんに思いをかけているのかな?」

「いいえ。その噂が本当ならどんなにいいか。でも、特定の誰かさんといえば、エンディミオンはカリスにひと目惚《めぼ》れしたようね。あんなにハンサムでなければいいのに。取り巻きのなかで、妹が気に入っているのは残念ながら彼だけなの。これほど不釣り合いな相手はいないのに。それにドーントトリー夫人もメリヴィルとの婚姻関係を望んではいないと思うわ」

「もちろんだ。いとこのルクレティアは、少しばかり厄介なほど頭のいい女性だからね」

「息子に有利な結婚を望んだとしても、それを責めるのは間違いよ」フレデリカは落ち着いてそう言った。「わたしがカリスに望んでいるのも同じことですもの。ただ……こう言っても怒らないでね、エンディミオンは適切な相手だとは思えないの。彼があなたの相続人なのはたいへん結構なことだけれど、その相続が実現するかどうか誰にわかるの? あなたはまだおいぼれているわけではないのよ!」

「ありがとう」アルヴァストークは老人の口調を真似《まね》て言った。

フレデリカは目をきらめかせたが、礼儀正しくこう言った。「どういたしまして。でも、エンディミオンがカリスのエスコートをしてくれるときは、安心していられるのよ。カリスをとても大事にしてくれるんですもの。まるで拝まんばかり」

「ああ、あいつは昔からとんまな男だ」彼は言った。「カリスも気の毒に。バクステッドいし、わたしを選ぶことにしたの」

「バクステッド卿《きょう》はわたしが何を話題にするのか見当もつかないな」

「それは気の毒に。だが、彼の

侯爵はこれを聞いて噴きだした。

「本当かい？　それは気の毒に。だが、彼の長所を考えることだ。長所を考えることだ。きみたちが何を話題にするのか見当もつかないな」

「あら、話題を見つける必要などないのよ。彼は話すことには困らないの。政治的な状況が話題になると、ご親切にもわたしが読んでいないかもしれない新聞記事について注意を喚起してくれる。それに、自分のことや領地のこと、様々なテーマに関する意見など、話しはじめたら何日でも続けられそうなほど」フレデリカはくすくす笑い、すまなそうに言った。「ばかにしてはいけないわね。とても親切だし、少々退屈な人にせよ良識もたっぷりある人だもの」

「退屈でまともな男だ。だが、きみが目当ての男は彼ひとりではないはずだぞ。水曜日の退屈な夜会でダーシー・モレトンが気の毒なオールドリッジをきみから引き離すのを見て、ぼくの胸は文字どおり血を流したよ」

「冗談ばかり！　そういうばかげたことを言わないでほしいわ。次はミスター・モレトンがわたしのたわむれの恋の相手だとでも言うつもり？　でも、それこそ彼に失礼よ。わたしだってそんなつもりはこれっぽっちもないわ」

「ふん、それを信じさせようと思っても無駄だぞ」

フレデリカは保証した。「わたしはたわむれの恋などしないの。夫をつかまえるつもりもないわ」

「そう、きみはカリスの夫をつかまえたいだけだったね。ロンドンのシーズンを楽しんでいるかい？」

フレデリカは反射的に答えた。「ええ、思いもよらなかったほど。実際、あまりにも楽しくて、自分で思っていたより死んだ父に似ているのではないかと不安になるくらい」

侯爵は自制心を総動員して平静を装ったものの、抑えた笑いで声がかすかに震えた。「それはたいへんだ。だが、まさかきみにかぎって……」

「だといいけど」フレデリカは真剣そのものだった。「いずれにせよ、ギャンブルは嫌いよ。わたしたちはみんな嫌い。ジェサミーは好きかもしれないけど。あの子は自分の主義をしっかり持っているから、心配はしていないの。フェリックスはどんな若者になるかまだ見当もつかないけれど、ギャンブラーにはならないと思うわ」

彼は笑った。「もちろんだ。あの子がギャンブルに興味を持つのは、カードそのものより、蒸気でカードを切る機械か、ディーラーの代わりをする機械を発明するためさ。ところで、彼は元気かい？　今日はどこにいるのかな？　まさかまた蒸気船に乗りに行ったわけじゃないだろうね」

「いいえ。でも、海を渡る蒸気船のプロジェクトに関心を持っているらしいわ。ラムズゲイトへ行ったときに誰かから聞いたそうよ。でも、発明したのはアメリカの人ですって。ありがたいわ！　いくらフェリックスでもアメリカまで行くのは無理だもの！」

「いや、安心はできないぞ。あの子のことだ、ちゃっかり船長とキャビンボーイになる契約を結んで、ある日ニューヨークから便りが届く、なんてことになりかねない」

「お願いだから、妙な考えを吹きこまないで！」フレデリカは笑いながらも半分本気でそう言った。「その気になると困るわ。でも、いまは屋根裏のひとつで実験の最中よ」

「なんだって？」彼はぱっと席を立った。「では火薬の樽《たる》に座っているのも同じだな。彼がこの家を吹き飛ばさないうちに失礼するよ」

フレデリカは笑った。「大丈夫。ここが借家だということは忘れないと約束したもの」

侯爵は好もしそうにフレデリカを見た。「自分の家なら吹き飛ばしてもかまわないのかい？　ずいぶん肝っ玉が据わった女性だ」

「ばかなことを言わないで。もちろんかまうわ。ただ、グレイナードには好きなことをできる作業場があるの」

「なるほど。で、フェリックスはそこをよく吹き飛ばすのかい？」

フレデリカは微笑した。「いいえ。一度火事を出しただけよ、新しいマッチを作ろうとして。火口《ほくち》がなくても火がつくマッチ。大した損害はなかったわ。自分の眉が焼けただけ」

「きみはとてもいいお姉さんだね、フレデリカ」

「ええ、そうありたいと努力しているのよ」フレデリカはかすかに頬を染めた。「伯母は、それに乳母だった女性はとても心配性だったの。ふたりとも男の子がするあらゆる冒険にやきもきして、小言ばかり言っているように見えたわ。でも、ちっとも効き目がなかった。ふたりともふくれて、聞いてもいなかったんですもの」

「きみの伯母さんがその心配をふたりの姪《めい》のためにとっておかなかったのは残念だな。こう言ってはなんだが、彼女はひどいつき添いだ」

「ええ。でも、伯母には伯母の言い分もあるの。本当はロンドンに来るのがいやだったのよ。あちこちのパーティに引きまわさないことが、一緒に来る条件だったの。わたしがカリスのつき添いになれる年齢だということを思いだしてちょうだい。実際、カリスがデビューして以来、ずっとそうしてきたわ」

「そんなおかしな話は聞いたことがない」

「少しもおかしくなんかないわ。でも、その点をあなたと議論する気はなくてよ。いずれにせよ、いまは伯母を責められないわ。スクラブスター伯父の具合がとても悪いの。気の毒なアメリア伯母は心配で気もそぞろで、セラフィーヌ伯母にすっかり頼りきっているんですもの」

侯爵は辛辣な返事を抑えるように眉間にしわを寄せ、唇を引き結んだ。が、ドアが勢いよく開いて興奮したフェリックスが駆けこんでくると、表情を和らげた。「窓からフェートンが見えたから、あなただと思ったんだ。どうして教えてくれなかったの、フレデリカ。ぼくが彼に会いたがってたのは知ってるのに。ひどいよ！」

「やれやれ。またどこかの工場に行きたいんじゃないだろうな、フェリックス」

「違うよ！　少なくとも厳密には違う。ぼくが行きたいのは新しい造幣局なんだ！　ガス灯と、ものすごく強力な蒸気エンジンがあるんだよ。ジェサミーと一緒に行ったんだけど、特別な推薦状がないと見学できないんだって。どうかお願い、ぼくのためにそれをもらってくれない？」

「だが、どうやって？　局長には一面識もないし、役職についている者も誰ひとり知らないのに」

「うん。でもあの工場長とも知り合いじゃなかったよ」

「あれはまたべつの話だ。造幣局はとくに厳しいんだよ。ぼくの推薦など少しも〝特別〟だと思わないだろうね」

フェリックスはがっかりした顔になったものの、すぐにまた顔を輝かせた。「嘘ばっかり。ほんとは大丈夫なんでしょ。ぼくをからかってるんだ！」

「まあ、なんてしつこい子！　侯爵を困らせるのはやめなさい！」フレデリカはたしなめた。

「困らせてなんかいないよ!」フェリックスは怒って言い返した。「推薦してって頼んでるだけで、一緒に行ってとは言ってないもの。今度はミスター・トレヴァーに頼むんだもん!」

「そうだな。彼の日頃の苦労に多少は報いてもいいころだ」

「もちろん、あなたが来てくれればいちばんいいけど……」

「いや、ぼくを甘やかすことはない」アルヴァストークは真顔を保って答えた。「ぼくはすでに一度、その光栄に浴している」

「うん」フェリックスはこの皮肉を素直に受けとめた。「ミスター・トレヴァーもあなたみたいにいい人だよ。それにわりとよく知ってる」

「ああ、彼の知識はかなり豊富だ」侯爵は重々しく同意した。「名誉を重んじる人間でもある。おそらくそのうち財務大臣になるぞ。だから仲良くしておいたほうがいい」

フェリックスはこの野心にあまり感心した様子はなかったが、無邪気にこう言った。

「うん! でも退屈な人じゃないよ。最初は退屈かと思ったけど、仲良くなったらとてもいい人だった」

フェリックスはそう言って客間を出ていった。アルヴァストークは片方の眉を上げてフレデリカを見た。「きみの弟は、どうやってチャールズと仲良くなったのかな?」

フレデリカはためらいがちに答えた。「ときどき日曜日に親しい友人を呼んで食事をするの。大げさなものではないのよ。ただの内輪のパーティ。正装の集まりにはあまり関心のない人たちのために、ジャックストローやビルボ＝キャッチ、スペキュレーションのようなゲームをして、のんびり過ごすだけ。ミスター・トレヴァーもときどきみえるの」

「カリスに会いに？」

「いいえ！」フレデリカは即座に否定した。

「よかった。彼女はトレヴァーにはふさわしくない」

「それを言うなら、彼もカリスにはふさわしくないわ！」

「ああ、たしかに。すると、彼が修道僧みたいな規則をゆるめる気になったのは……？」

「それは本人に訊《き》いてちょうだい」

「ぼくはそれほど野暮《やぼ》じゃないよ」

「彼がここを訪れるのは反対なの？」

「とんでもない。ただの好奇心さ。チャールズがきみの招きに応じるとしたら、相当強い動機があるはずだ。彼はあちこちから招待を受けるんだ。立派な家の出だし、人柄も申し分ないからね。しかし、メリヴィル一家がロンドンに来るまでは、そういう招待を受けることはめったになかった。好きな女性ができたに違いないな。何しろ、とても退屈な夕食会のことをぼくに思いださせるのを忘れたくらいだから。そんなことは初めてだ。だが、カリスでないとすれば……」彼は言葉を切った。「驚いたな！　クロエかい？」

「わたしからはなんとも言えないわ」

アルヴァストークは口元に笑みを浮かべ、ややあって言った。「ぼくの勘が当たっていれば、なかなか興味深い展開だ。クロエと知り合う必要があるな」

13

侯爵がこの言葉どおり、若い親戚とよく知り合う手段を講じたかどうか、フレデリカに知る手立てはなかったが、彼はまもなく自分が被後見人に関心を持っていることを社交界に示すための約束を果たしに立ち寄った。フレデリカが思ったとおり、悪名高い彼の物忘れは、たんなる〝ふり〟にすぎなかったようだ。彼は午後の適切な時間にアッパーウィンポール街を訪れると、カリスを乗せてハイドパークをまわり、友人と挨拶を交わし、何度かあし毛の手綱を絞ってカリスが崇拝者たちの挨拶に応えられるように馬車を停めた。カリスはとても優しく応じたものの、そこには思わせぶりな媚《こ》びはこれっぽっちも含まれていなかった。アルヴァストークは美しい女性を数多く知っているが、これほど自分の美貌に無頓着な女性はひとりも思いあたらなかった。しかも彼女は侯爵が自分に与えている名誉と、それがもたらした驚きや憶測にもまったく気づいていないらしく、馬車に乗せてくれたことには礼儀正しく感謝したが、アルヴァストークが尋ねると、ハイドパークよりもケンジントンガーデンのほうが好きだと答えた。「花壇がとても美しいし、すてきな散歩道があるの。まるで田舎に戻ったような気がするわ」

「ロンドンが好きではないのかい？」

「いえ、好きよ」カリスは静かに答えた。「いろいろあって。田舎ほど楽しくないけど」

「ふつうは田舎よりも楽しいと考えられているが」

「そう？」カリスは眉間にしわを寄せた。「どうしてかしら？」

「娯楽が多いからかな」

「ああ！　たしかに劇場やコンサートや、レヴューがあるわね。たくさんの舞踏会も。ただ、ロンドンのパーティはすばらしいけれど、田舎のパーティほど楽しくないわ」

「ほう、どうして？」

「説明するのは苦手なの」カリスは申し訳なさそうに言った。「わたしがいちばん好きなのは、知り合いしかいないパーティよ。つまり……その……たぶん街の生活に慣れていないからね。さもなければ、知らない人にじろじろ見られることに」

「たしかにじろじろ見られるのは非常に不愉快だ」侯爵は重々しく言った。「では、今日も田舎者しか住んでいない、郊外の孤立した場所に行くべきだったかな」

「でも、それにはずいぶん遠くまで行く必要があるでしょう？」

侯爵はこの会話に退屈しはじめ、皮肉混じりに応じた。「たしかにそのとおりだ」

カリスは黙りこんだ。ややあって彼はべつの話題を口にしたが、ほとんど自分の意見がないカリスにただ同意されるだけとあって、退屈は急速に増すばかりだった。そこで公園をもう一周すると、よく考えもせずにこの娘を保護下に置く約束をした自分を心のなかで罵りながら、カリスをアッパーウィンポール街へと連れ戻した。いつもの彼なら、相手を馬車から降ろしたとたんにその存在すら忘れてしまうのだが、せめてもう一、二度は連れだすべきだろう。そこでこの次はどこへ行きたいかと尋ねると、カリスは即座にこう言った。「まあ、なんてご親切なの！　フレデリカとふたりで、いつかぜひハンプトンコートに行きたいと願っていたの。ただ――」カリスは大きな瞳で彼を見上げた。

「ただ？」

「あの……わたしたちをエスコートしてくださる？　つまりわたしたちみんなを！　それとも、だめかしら？　ハンプトンコートには有名な迷路があると聞いたわ。弟たちがとても喜ぶと思うの」

そういうわけで、数日後、アルヴァストークはフォーハウス・クラブの会員によく知られているバルーシュで、メリヴィル一家をハンプトンコートへともなうことになった。会員のひとりが見たら、美しい馬車がこんな卑しい目的に使われていることにわが目を疑ったに違いない。侯爵はクラブの紋章をつけていなかったが、フェリックスと交代で御者台の彼の横に座ったジェサミーは、彼がこの特権的な乗馬クラブの会員であることは一目瞭然だ、と姉たちに報告した。

メリヴィル一家にとっては、この外出は最も喜ばしいものだった。機械のことしか頭にないフェリックスですら、迷路で迷子になるのを楽しみ、そのあとスターアンドガーター・ホテルで、彼の言う〝満足な〟食事をしながら、今日はラムズゲイトへ行ったときよりも楽しかった、と告げた。フェリックスが次々にジャムタルトをたいらげるのを見て、ジェサミーは弟を菓子パン泥棒と呼び、まるで飢え死にしかけていたみたいだぞ、とからかった。これに対してフェリックスは、朝の卵とマフィンとトーストとジャムのほかには、何ひとつ――軽いおやつにアイスをふたつと、ケーキを三、四個食べたことを除けば――食べていないのだから、ほんとに飢え死にしそうだったんだ、と機嫌よく答えた。

深慮を発揮し、迷路を迷わずに進むこつをあらかじめ学んでいた侯爵も、期待していたよりもはるかに気分よくこの日を過ごした。というのも、十分歩きまわったと判断するとすぐに、まだ真ん中に達しようと奮闘しているほかの三人を残し、フレデリカをともなって迷路を出たからだ。残された三人は、袋小路に達するたびに、まるですばらしい冗談を聞いたかのように嬉《うれ》しそうに笑った。疲れて歩けなくなった人々を出口に導くために、迷路全体が見渡せる場所に立っている係の男が、何度か近づいて案内を申しでたが、そのたびに怖い顔でにらまれた。三人とも自分は手がかりを見つけられると確信していたからだ。侯爵と並んで生垣のあいだを歩いていたフレデリカは、その小道が真ん中に通じていたのはたんなる幸運だとばかり思っていたが、彼が一度も迷わずに入口に戻るのを見て、笑いながら彼を見上げた。「秘密を知っているのね！　すっかり騙《だま》されたわ。なんて賢い人なの、と思いはじめたところだったのに」

「準備がいいだけさ。午後の大部分を見上げるような生垣のあいだで過ごすのは、とんでもなく退屈だからね」

フレデリカは微笑《ほほえ》んだ。「たしかに庭や〝荒れ野〟を歩くほうが楽しいわね。でも子どもたちは迷路の鍵を解くのに夢中だわ。あの子たちを連れてきてくれてありがとう。本当にご親切ね。死ぬほど退屈しているでしょうに」

「とんでもない。新しい経験にはそれなりの魅力がある」

「甥御《おいご》さんや姪御《めいご》さんと来たことはないの？」フレデリカは不思議そうに尋ねた。

「一度もない」

「彼らが小さかったときも？　奇妙だこと！」

「ぼくがそんなことをしたら、はるかに奇妙だ」

「そうかしら」

「そうさ。言っておくが、ぼくは従順でもないし、優しくもないんだ」

「たしかにお姉様たちには優しいとは言えないわね」フレデリカは率直に言った。「でも、それは責められない。少なくとも、そのすべてがあなたのせいではないわ。あのふたりはあなたを苛立《いらだ》たせることに喜びを見出《みいだ》しているようですもの。弟を〝つねる〟のは致命的な間違いだと気づかないのかしら？　それをべつにすれば、あなたは自分勝手な怪物どころか、とても親切な方よ。ジェサミーとフェリックスにこんなによくしてくれて」

「ふたりがぼくを退屈させれば、どうだかわからないよ」

「工場見学が退屈ではなかったと言うつもり？」

「いや。だから造幣局へはチャールズが連れていくんだ」彼は落ち着き払って答えた。

「でも、今日はなぜ彼に頼まなかったの？」フレデリカは笑みを含んだ声で尋ねた。「こういう外出も、造幣局に行くのと同じくらい退屈でしょうに」

アルヴァストークは口元に笑みを漂わせ、奇妙に気を取られているようなまなざしでフレデリカを見下ろした。

「彼には大切な馬を委ねられない、なんて言ってもだめよ。信じやしないわ」

「いや。たしかにそのとおりだが、その帽子はきみにとてもよく似合う、と考えていた」

たしかにそれはとても魅力的な帽子だった。淡いピンクの羽根がギャザーを寄せたシルクのへりの上で丸まっている。だが、これを聞いてフレデリカは笑いだした。「まあ、言い抜けるのが上手だこと！　どうしても自分勝手で忌まわしい人間だと思わせたいのね。人のよさにつけこまれるのが怖いの？　そんなことはしないと約束してよ」

「いや、そんな恐れは抱いていないさ」

「ええ、氷のような皮肉な一瞥《いちべつ》で、わたしは震えあがるわ」彼女は笑いながら言った。

「どうかな？　きみはすぐに立ち直る」アルヴァストークは答えながら都合のよい場所に置かれているベンチへと誘った。「ここで子どもたちを待とうか。それとも寒すぎるかい？」

　フレデリカは首を振り、ベンチに腰をおろした。「まるで思いやりがあるみたいに！」

「ひどいな。さっきの言葉もそうだ。ぼくがいつきみをそんな目でにらんだ？」

「初対面のときに！　とても傲慢な目で見下ろして、不愉快な態度を取ったわ」

「そうだったかな？　それは失礼した。だが、その罪は二度と繰り返さなかったぞ」

「ええ、たしかに」フレデリカは温かい声で言った。「わたしたちにはね。でも、それから二度ばかり……でも、わたしには関係のないことだわ。あなたはお礼を言われるのが嫌いだけれど、一度だけ言わせてちょうだい。心から感謝しているのよ！　期待していたよりも、はるかに親切にしてくださった。ルフラのことまで助けてくれたわ。あれが親切でなかったら、なんだというの！」

「だが、きみはぼくが助けるのをあてにしていたぞ」アルヴァストークは指摘した。

「あてにしていたわけではなく、願っていただけよ。そういえば、ルフラの身代金をいくら立て替えてくれたのか教えてくれなかったわね。どうか――」

「いや」彼はさえぎった。「いくらだったのかぼくは知らないし、気にも留めていない。しつこくすると……氷のようなひとにらみですくみあがらせるぞ」

「ありがとう。でも、助けを求めたとき、あなたの袖にすがるつもりはなかったのよ」

「そうなると、今日の外出で使った正確な費用も思いだすしかないな」アルヴァストーク は言った。「計算機を持ってくるんだった。まず、迷路のチケットが四枚に、いや、宮殿 の入場料も払ったね。合計すると――」

「少しは真面目になってほしいわ」フレデリカは笑いをこらえて唇を噛《か》んだ。

「真剣そのものさ。馬車代を取るつもりはないから、寛大でもある」

「やめてちょうだい」フレデリカは口を尖《とが》らせた。「わたしの借金を代わりに払うのと、 招待した遠出の費用を払うのは、まるで違うわ」

「だが、ぼくが招待したわけではないよ。カリスに頼まれたんだ」

　フレデリカは息を呑《の》んだ。「まあ、なんて……むかつくやつ！」彼女は思わず不適切な 言葉を叫んでいた。「何も言われないのに、カリスがここに連れてきてくれと頼むはずが ないわ」

「彼女はこう言ったんだよ。ぜひハンプトンコートに行ってみたい、ついでに姉と弟たち も――」

「いやな人」フレデリカは笑いをこらえながら言った。「いいわ。ルフラに関する費用の ことはもう言わない。感謝もしないわ！　ついでに妹がわたしたちを押しつけたことを謝 るべきかしら？」

「とんでもない。きみたちが断ったら、ぼくはたぶん緊急の用事を思いだした。カリスはとてもよい娘だが、必ずしも賢いとは言えない。彼女と会話するのは難しいばかりか、とても疲れる。何しろちょっとした冗談を言うたびに、どういう意味かと訊《き》かれるんだ」

フレデリカはこらえきれずに笑いだしたが、すぐさま妹を弁護した。「たしかにあの子は利口とは言えないかもしれないけれど、家事はとてもうまいし、縫い物も上手なの。ドレスを組み合わせて――とにかく、あらゆる役に立つことが得意なのよ」

「そういう徳は、残念ながら馬車で公園のなかをまわっているときは役立たない」

「たしかに妹はおしゃべりとは言えないわ」

彼は笑った。「ああ、それはたしかだ」

「紳士はおしゃべりな女性は好まないと思ったけど」

「それも本当だが、とりとめもなくしゃべることと、会話を維持する努力を相手に押しつけることのあいだには、ありがたい中道というものがある。いや、もう何も言わないでくれ。カリスが無類の美女だということも、人のよい、暮らしに役立つ徳のある女性だということも認める。だが――」侯爵は口をつぐみ、眉間にしわを寄せた。

「だが？」

彼は片手に持った手袋を見下ろしてから、かたわらのフレデリカを見て、珍しいほど優しい声で言った。「フレデリカ、きみがカリスのために計画している将来は、カリスが自分で選ぶものとは違うと思ったことはないのかい?」

「ないわ。違うはずがないもの。わたしがあなた方の言う〝玉の輿《たまのこし》〟を目指しているならべつでしょうけれど。そんなつもりはないわ。ただ、何不自由なく暮らせるようにしてあげたいだけ。節約や倹約をせずに、〝エレガントな〟生活を送れるように」フレデリカは侯爵が眉を上げるのを見て、つけ加えた。「あなたには大したことには思えないかもしれないわね。財布の紐《ひも》を締める必要など、一度もなかったでしょうから」

「ああ、なかった。それにカリスのことは、間違いなくきみのほうがよく知っているだろう。だが、ぼくのささやかな知識からすると、カリスは華やかな毎日を送るよりも、家事をしているほうが幸せなようだぞ。彼女はロンドンより田舎の舞踏会のほうが好きだそうだ」

「まさか。冗談に違いないわ。あの子はとても成功しているのよ。たくさんの花束が届くし、常に誰かが訪ねてくる。きっとあなたの聞き違いよ」

アルヴァストークはフレデリカが取り乱しているのを見て、軽い調子で答えた。「その可能性はあるな。いずれにしろ、きみが落胆する理由は何もないと思うが」

「でも、そのすべてがカリスにとってどうでもいいことなら、本人は立派な相手と結婚することなどとくに望んでいないとしたら、わたしがしたことはすべて無意味だわ」

「ばかばかしい。少なくともきみはロンドンの生活を楽しんでいるじゃないか」

「そんなことは関係ないわ」フレデリカは苛々して言い返した。「まるで自分の願いをかなえるために、弟たちをロンドンに引っ張ってきたみたいじゃないの」

「ジェサミーは家にいたがったかもしれないが、少し世の中を見るのは彼のためになる。フェリックスのほうは大満足だ。後ろめたく思う必要はまったくないよ。だが、なぜカリスがきみと同じ考えだと思ったんだい？」

彼女は首を振った。「そう思ったわけじゃないの。ただ、あの子が田舎に埋もれて、ロンドンのシーズンも経験せずに、若きラシュベリーかそれと似たような若者と結婚するはめになるのは可哀想《かわいそう》だと思っただけ」フレデリカはためらい、少し恥ずかしそうに言った。

「カリスを説得するのはとても簡単なのよ。あの子は何を提案されても同意するんですもの。自分の好き嫌いを抑えて、相手の意志に沿おうとするの。ときどきうんざりするわ」

「わかるよ。言い寄ってくるすべての若者の懇願に、あの甘い笑顔で耳を傾けたら！　彼女は彼らと恋に落ちるのかい？」

「まだその経験はないと思うわ」フレデリカは率直に答えた。「つまり、誰かを特別に扱ったことは一度もないと思う。カリスはとても愛情深い子なの。優しすぎて彼らをその気にさせてしまうのよ」

「あらゆる相手に寛大なんだね。気の毒なフレデリカ」

「他人事《ひとごと》だと思って！　たいへんな責任なのよ。カリスはそのうち誰かと結婚するでしょう。どうすればあの子を幸せにできるかまるでわかっていない相手を選んだら、どんなひどいことになると思う？　さもなければ、たかりと」

アルヴァストークは唇をひくつかせたが、重々しい声で答えた。「たしかに責任重大だな。だが、たかりは通常、女相続人をつかまえようとする」

フレデリカはうなずいた。「いまのはひとつのたとえよ。それにカリスが恋に落ちたことがないとは言いきれないかもしれない。わたしは経験がないから、本当のところはわからないの。恋をしているようには見えないと思うだけで」

笑みを浮かべながら聞いていた侯爵は、驚いて訊き返した。「一度もないのかい？」彼は信じられないというように繰り返した。「ただの一度も？」

「ええ、ないと思うわ。一度だけ優しい気持ちになったことはあるけど、若いころの話よ。あっというまに立ち直ったから、本物ではないと思うの。実際、彼が騎兵隊の軍服を着ているときに会わなければ、目に留まることもなかったはずよ」フレデリカは真剣につけ加えた。「殿方が颯爽《さつそう》とした軍服姿でパーティに来るのはルール違反だと思わない？　軍服には人を惑わす要素があるわ。翌週は夜会服だったから、結婚相手には不適切だとわかったものの……あのときは恐ろしいほどの幻滅を感じたわ！」

「その不幸な若者は誰だったんだい？」彼は笑いを含んだ目で尋ねた。

「名前など思いだせないわ。ずいぶん昔のことですもの」

「うむ。老いた猫になる前の話だな」

「老いた猫ですって！」フレデリカは笑いだし、それから少し寂しげな笑みを浮かべた。

「でも、考えてみると、そのとおりだわ」

「そうかな？　では言わせてもらうが、きみが〝若いころの話〟という表現を使うのは、愚かの極みだぞ」

「いいえ！　もう二十四歳ですもの。何年も売れ残っているのよ」

「悲しいことに」彼はからかった。

「ちっとも！　わたしが売れ残っていなければ、ほかのみんながどうなっていたと思う？」

「ぼくにはわからないし、関係ない」

「わたしにはわかるし、大きな関係があるわ。それに、いまの状態はとても気に入っているの。若い女性には制限が多すぎるわ。もしもわたしがまだ適齢期だとしたら、たとえば、つき添いなしにあなたとこうして座ることもできない。みんなにふしだらだと思われるもの。でも、リーヴェン公爵夫人が、バレル夫人ですら、ここを通りかかったとしても、ミス・ベリーを見るのと同じように、高慢な眉ひとつ上げないでしょうよ」

アルヴァストークはフレデリカが自分を六十五歳になる女性と比べるのを聞いて噴きだしそうになったものの、どうにか真顔を保って言い返した。「そのとおりだ。なぜぼくの頭には同じことが思い浮かばなかったのかな？」

「考えたこともないからね、きっと」

「うむ。たしかになかった」

「あなたは男ですもの。紳士はつき添いに煩わされずにすむわ」フレデリカはこれを羨むべき幸せな状況であるかのように言った。

「いや、つき添いにはしょっちゅう煩わされているよ。まったく腹立たしい存在だ」

フレデリカは笑った。「まあ、そんなことをレディに言うなんて」

「けしからん男だ。前もって警告しなかったかな？」

「してくれたかもしれないけど。ばかな冗談ばかり言うから、ときどき聞き流しているの」フレデリカは率直な目に笑みを浮かべた。「あなたときたら、恐ろしいほどひどい評判の持ち主ね。たくさんの人にあなたはとても危険だと警告されたわ。でも、親しくなりたいと思ってもいないのに、わたしたちにはこれまでとても親切だった。だから、ほかの人たちの批評など気にしないわ」

アルヴァストークは何を考えているかわからないような表情で、澄んだ目を見返した。

「そう言われると、本領を発揮したくなるな」

「わたしをからかうのはやめて！」フレデリカは言い返した。「それより、マーク・リネハム卿《きょう》について知っていることを教えてちょうだい」

「なんだって？　彼もカリスの取り巻きのひとりなのかい？　だが三十を超えているよ」

「ええ。でも、この前カリスが言ったことを考えると、年上の人と結婚するほうが幸せかもしれない。カリスを導き、あれこれ世話をやいて、たまに癇癪《かんしゃく》を起こしても決して妻に当たらないような人が。わたしの見るところ、若い夫はよく腹を立てるもの。カリスは争いが嫌いなの。弟たちのけんかにすら、みじめになるくらい。やんわり叱っても落ちこむ子なの。マーク卿はとても優しい人だわ。違う？」

「会釈を交わす程度の仲だから、なんとも言えないが、ぼくに言わせれば、彼はカリスを殺すか……ほかに慰めを求めそうな男だ。すぐにめそめそする女性にとって、あの男と結婚するほどひどい運命はあまり考えられないね」

「カリスはめそめそなどしないわ！　それにマークもほかに慰めを得るような人ではないはずよ。彼の評判は……非の打ちどころがないわ」

「そうかい？　昔から血のめぐりの悪い男だと思っていたよ」

「真面目だからって、必ずしもばかだとはかぎらないわ」フレデリカは言い返した。

「ああ、かぎらない。だが、その確率は高いな」

「信頼できる人から、マーク卿は若いころひどく失望させられたと聞いたわ。それ以来、ほかの女性に目を向けたことはないそうよ」フレデリカは冷ややかに言い返した。

「なんと！」侯爵は吐きそうな声で言った。「いや、それ以上は言わないでくれ。ぼくの胃はとても敏感なんだ」

「ええ、もう何も言わないわ」フレデリカは敵意に満ちた顔で彼をにらんだ。「あなたは礼儀というものがまったくわかっていないようですもの」

「そのとおりだ」

「自慢することではないわ！」

「自慢などしていないさ。それより、フレデリカ、ああいうおとなしいのがきみの好みなのかい？」

「そうよ！　真面目さは美徳ですもの！」

「ばかばかしい。ぼくを騙すことはできないぞ。青二才とはわけが違うんだ」

「賞賛すべき徳であることはたしかよ」

「そのほうがまだましだ。きみがその徳のかたまりに好意を持ったのかと思いはじめたところだったよ。だが、あの男はやめたほうがいい。きみには似合わない」

フレデリカは笑った。「いいわ、カリスの相手を盗むのはやめにする。それができたとしても」

「それよりもありえない事態はいくつも考えられる」

「だったらあなたは頭がおかしいか、思ったよりもひどい愚か者ね」フレデリカはそう決めつけた。

14

　フレデリカがもらした情報の断片は、意外にも忘れっぽい頭から抜け落ちなかったらしく、侯爵は次の日曜日の夜、アッパーウィンポール街に姿を見せて、客の一部を驚かせ、残りを狼狽《ろうばい》させた。毎日曜日にもたれるこの夕食会がくだけたものだと聞いた侯爵は、見事な仕立ての青いコートとトワリネット製の縞《しま》のベストに、ぴったりした淡い黄褐色の長ズボンという昼の礼装で訪れた。従者のひとりがほぼ専属で磨いている房付きのヘシアンブーツもいつものようにぴかぴかだった。甥《おい》のバクステッド卿《きょう》――カールトンは白いベストに黒い長ズボン、縞模様の長靴下という、一分の隙もない夜の装い、ふたりのとても若い紳士たちは頬を突き刺すほど鋭く尖《とが》った高い襟とひだ飾り付きのシャツに、呆《あき》れるほど幅の広いスカーフを巻き、懐中時計のリボンと、紋章と、指輪で飾っていた。何を着るか何時間も考え、たっぷり時間をかけて支度してきたこれら新進の伊達男《だておとこ》たちは、侯爵が客間に案内されてくるまでは、その努力の結果に満足していたが、長身で筋肉質の侯爵が戸口に立ったとたん、彼らの頭には恐ろしい疑いが浮かんだ。広い肩幅に恵まれた侯爵は、上着に芯やパッドを入れる必要はまったくなかった。彼はウエストを絞ったスタイルを好まず、襟の先は適度に柔らかく、クラヴァットは美しいがさりげなく結ばれている。飾りといえば、一条のリボンと紋章入りの金の指輪だけだが、侯爵は疑いの余地なくこの部屋の誰よりもエレガントだった。

執事のバドルが格調高く侯爵の訪れを告げると、にぎやかな会話がぴたりとやみ、客間は静まり返った。フェリックスが飛びあがるように立ってこの沈黙を破った。「ようこそ、アルヴァストーク！　元気だった？　来てくれてとても嬉《うれ》しいな！　お礼も言わなくちゃ！　あなたが手配してくれた、ってミスター・トレヴァーが教えてくれたんだ。ぼくらは今週、造幣局に行くんだよ！　あなたはほんとに行きたくないの？」

興味津々で見ていたダーシー・モレトンは、この温かい出迎えに友人がめったに見せない優しい表情を浮かべたのに驚いた。フレデリカが片手を差しだして近づくと、アルヴァストークは少年から目を離し、彼女に微笑《ほほえ》みかけた。それが彼が美女とたわむれるときの笑みではなく、もっと温かい親密な笑みであることに気づき、モレトンは深いショックを受けた。

一方、フレデリカは思いがけないゲストを礼儀正しく迎えた。「ご機嫌いかが、侯爵」それから声を落とし、「いったい全体、どうしていらしたの？」

「義務感からさ」彼はそう言って柔らかい声で挑発するように言った。「きみがよからぬ輩《やから》を近づけていないことを確認したくてね」

　フレデリカは喉をつまらせ、ちらりと彼をにらんでから向きを変え、明るい笑顔を浮かべた。「ほとんどのゲストとは顔見知りね。でも、ミス・アップコットとミス・ペンズビーは初めてかしら?」そして侯爵がふたりに向かってかすかに頭をさげるのを待ち、続いてふたりの若者を紹介した。侯爵は彼らに会釈で応え、流行の装いに目をやって片方の眉を上げると、小さな笑みを浮かべながら残りのゲストを見ていった。ダーシー・モレトンとおとなしいマーク・リネハム、それに残りの四人は彼のよく知っている人々だった。その四人、甥のカールトンとエンディミオンとクロエ・ドーントリー、秘書のチャールズ・トレヴァーは、程度は異なるものの、みな気まずそうだった。クロエがもじもじしているのは、揺りかごにいるころから、決して怒らせてはいけない人物だと教えこまれてきたためかもしれないが、残る三人は一様に後ろめたそうだ。トレヴァーはなんの申し開きもしなかったが、エンディミオンは不安を浮かべてクロエにエスコートを頼まれたのだと説明し、カールトンはレディたちのご機嫌うかがいに立ち寄ったのだと告げた。侯爵は非難も叱責もせずに申し分なく友好的な笑みで応じ、ミス・ウィンシャムが座ってフリンジを編みながら、ときおり厳しい顔で客をにらんでいる客間の奥の部屋へと向かった。侯爵の姿を見ると、彼女はいっそう険しい表情になって、優雅な挨拶に恐ろしいほどの敵意を示した。だが、アルヴァストークはかまわずすぐ横に座り、少しばかり一方的な会話をはじめ、言葉巧みに機嫌を取ったため、彼女はあとでフレデリカに、少なくとも侯爵のマナーは申し分ない、良識がある男のようだ、と言ったくらいだった。

彼は長居をせず、若いメリヴィルたちが持ちだした騒がしいスペキュレーションのカードゲームにも加わらず、もっぱらミス・ウィンシャムの相手に専念し、自分の親戚たちにはほとんど注意を払わず、若い伊達男たちには目もくれずに、まもなく立ち去った。が、その短い滞在のあいだに鋭く様々な事柄を見抜いていた。エンディミオンはカリスにくびったけ、カールトンはフレデリカの関心を射止めようとしていた。そしてトレヴァーは、控えめではあるが恋する男の兆候を示している。経験豊かな侯爵の目には、これは火を見るより明らかだった。しかもクロエもトレヴァーに惹《ひ》かれているようだ。が、これも明らかなことに、トレヴァーは雇い主のアルヴァストークに、この恋を蕾《つぼみ》のうちに摘みとられるのを恐れていた。エンディミオンもアルヴァストークの出方をかなり警戒している。甥のカールトンの不安な表情は、母に告げ口されることを恐れているためだろう。カールトンは叔父に雇われているわけではなく――このもったいぶった頭の悪い若者を公平に扱うなら、これまでは一度として叔父の不興をこうむるような真似《まね》をしたこともない。あんなに警戒する必要はないことを、教えてやりたいくらいだ。侯爵は自分の相続人の将来には大して関心がなく、カールトンの将来に至ってはまったく関心がなかった。このふたりより、秘書のほうが好きなくらいだ。そして彼の恋に水を差す気はないものの、クロエとの結婚に賛成だとは言えなかった。ふたりが似合いの組み合わせだとは思えなかったのだ。チャールズ・トレヴァーは有能な若者だが、財産がまったくない。政治家になりたいという野心を成就するには、慎《つつ》ましい持参金しかなく、有力なコネのないクロエは賢明な選択とは言えないからだ。彼はミス・ウィンシャムに話しかけながら、半分伏せた瞼《まぶた》の下からそれとなくクロエを見守った。美しい娘だ。すぐに赤くなるのは若さのしるし、それにトレヴァーを憎からず思っている証拠だろう。学校を卒業したばかりでまだ堅い蕾だが、あの思慮深そうな眉のあたり、生真面目な雰囲気には奇妙な魅力がある。彼は同じく生真面目な若者であるトレヴァーが、あの娘に惹かれたわけがわかりはじめた。この気持ちが長続きするようなら、彼に手を貸してやらねばなるまい。財産を持つ妻でも有力なコネを持つ妻でもないとすれば、政界に打ってでるには後ろ盾が必要だ。トレヴァーがある程度の基盤を築くまでは、十分な権力を持つ人間が支えてやらねばならない。金銭的な援助という意味ではなく――潔癖なトレヴァーのことだ、金は決して受けとらないだろうが、彼が政府の重鎮の下で働けるように段取りをつけてやる必要がある。あの若者の熱意と能力が認められ、迅速に出世できるように。適切な役職にさえつければ、そのほうは問題ない。それよりも彼ほど有能な秘書を見つけるほうが難しい。しかし、差し当たってその心配はなさそうだ。クロエはおそらくトレヴァーが最初に真剣になった相手。クロエのほうも初恋のようだから、若いふたりの気持ちが長続きしない可能性は大いにある。

カリスの気持ちがエンディミオンに傾いているかどうかを判断するのは、さほど簡単ではなかった。カリスは全員に対してひとしく優しいように見える。エンディミオンを見るときに大きな青い瞳に賞賛の色が浮かぶとしても、これは意外ではない。エンディミオンはとてもハンサムな男なのだ。

フレデリカがカリスの相手に理想的だと言ったのは、侯爵の嫌いな、哀愁を漂わせたロマンティックな紳士だが、彼に関しては並外れて静かだという印象しか受けなかった。彫像に求婚することなどありえないのと同じくらい、この男がカリスに結婚を申しこむとは思えない。マーク卿はカリスの注意を引こうともせず、ゲームにも加わらず、間の抜けた笑みを口元に浮かべ、ただうっとりと見つめるだけで満足していた。侯爵はミス・ウィンシャムのそばを離れ、マーク卿に近づいた。「ぼくの被後見人を賞賛しているのかい、リネハム？」

マーク卿はびくっとして顔を上げ、自分の物思いを破ったのがアルヴァストークだと知ると、立ちあがって頭をさげた。「ええ、閣下。まるでボッティチェリの絵のようだ。べつの時代に生まれていたら、『ヴィーナスの誕生』のモデルになったのではないかと思うくらいです。額に入れて、たえず鑑賞できないのが残念ですよ。いつまでも無垢《むく》で完璧であってほしいのに！」彼はため息をついた。「だが、これはかなわぬ望みでしょうね。この愛らしい無垢な状態はあまりに早く失われ、年齢と経験がその跡を残し、美しい顔にしわを刻む。そして――」

「顎が二重になる」愚かな白昼夢に我慢のならないアルヴァストークは、そう言ってさえぎると、さっさとマーク卿のそばを離れ、フレデリカに別れを告げに行った。彼女はカードテーブルを囲んでいる人々に魚を描いたカードと模造貨幣を配っていたが、その箱を妹に渡し、彼を階段の上まで送ってきた。「こんなに早く帰らないで、とお願いすべきではないわね。さぞ退屈されたでしょうから。でも、わたしたちが間違ったゲストを迎えてはいないことがわかっていただけたかしら？」

「うむ、たしかに」彼は言い返した。「だが、きみの言う夫の鑑《かがみ》は覇気のない男だぞ。永遠に鑑賞できるように、カリスを額に入れて壁に飾っておきたいそうだ」

フレデリカは驚いて叫んだ。「額に入れて！　まさか。そんなことを言うはずがないわ」

「聞いてみたらどうだい？」

フレデリカはうんざりして言った。「なんてばかなことを。そんなつまらない人だとは思わなかったわ」

「いや、ロマンティックなのさ。詩人の魂を持った、美を知る男だ」

「カリスを絵にしたがることにどんなロマンスがあるの？　あなたの言うとおり、彼は退屈な男ね」フレデリカはいつもの率直さでそう言った。

侯爵は笑った。「たしかに退屈だが、畏敬の念に満ちている。カリスの美を純粋で完璧なものだと思い、このままの状態に留《とど》めておきたがっているようだから」

フレデリカはつかのま顔をしかめ、きっぱりと言った。「つまり、妹にはこれっぽっちの愛情も持っていないのね。苛立《いらだ》たしいこと。いちばん可能性がありそうに思えたのに」

彼は笑いに目をきらめかせたものの、重々しくこう言った。「ほかの相手を探すほかないだろうな。よかったら手を貸そうか？　カリスには若い男は望ましくないと言ったね。では、やもめはどうかな？　反対かい？」

「ええ、反対よ。それに、わたしたちの問題に口をはさまないで。社交界に紹介してくれただけで十分役目は果たしてくれたわ。そのことはとても感謝しているけれど、これ以上あなたの手を煩わせるつもりはないの。実際、そんな必要はまったくないわ」

「そうかっかすることはないさ。せっかく興味深い楽しみを得られたと思ったのに」

「カリスにやもめですって！」

「ただの冗談さ」

「ちっとも面白くないわ！」

「それはすまなかった。では知り合いのやもめを妹さんに紹介するのはやめておこう。だが、ぼくの助けか助言が必要なら、いつでもそう言ってくれ」

フレデリカはこの言葉に驚き、いつもの皮肉な冗談だと思った。だが、彼の目には冷たい光はない。彼はフレデリカを見つめ返し、手すりに置いた彼女の手に自分の手を重ね、ぎゅっと握った。

「わかったね？　きみは良識もあるし、意志も強い。だが、少々騙《だま》されやすいようだ」

「ええ……たしかにそうね」彼女は口ごもった。「ご親切にありがとう。実際、もしも助言が必要になり、困ったことになったら、わたしには頼れる人がいないの。でも、これ以上あなたを巻きこむつもりはないわ」

そう言いながら手を引っこめようとしたが、彼はその手を口元に持っていき、軽くキスした。フレデリカは電気が走ったような奇妙なうずきとめまいを感じて、侯爵が立ち去ったあとも少しのあいだその場にたたずんでいた。既婚女性の手に唇をつける人々もいることはいるが、紳士がレディの手にキスをするのはもはやよく行われる習慣とは言えない。あれはどういう意味だったの？　フレデリカはそう思っている自分を、とくに意味はなかったのよ、と心のなかでたしなめた。それとも……退屈をまぎらすために、わたしにたわむれようとしたのだろうか？　アルヴァストークがやりそうなことだ。一度も恋をしたことなどないと打ち明けてしまったものだから、関心を持ったのかもしれない。これは気が重くなるような可能性だった。侯爵は安全な友人だとばかり思っていたが、そうではないとしたら、とてもぎこちない状況になる。もしも彼がわたしを新しい獲物にするつもりなら、悲しい間違いをおかすことになるわ。フレデリカはそう思った。たわむれの恋など嫌いだし、彼が捨てた女性のひとりになるつもりもない。

だが、三日後にボンド街でばったり顔を合わせたとき、侯爵は言い寄るそぶりはまったく見せず、顔をしかめてなぜひとりで歩いているのかと問いただした。「ロンドンでは、田舎の方法は通用しないと警告したはずだが」

「ええ！　その助言を胸に刻んだとは言えないけれど、今日はたまたま伯母と一緒よ」

「ほう、ミス・ウィンシャムは幾多の美徳に加え、透明人間になる徳まで身につけたのかな？」

フレデリカはつい噴きだし、それから努めて冷ややかに言った。「伯母はあの店で買い物の最中よ。まもなくフッカム図書館で落ち合うことになっているの。これで満足？」

「ちっとも。身持ちの悪い女性だと見られたいならべつだが、ロンドンのどんな場所でもつき添いなしで立っていてはだめだ。ボンド街ではとくに。高級娼婦《しょうふ》になることがきみの望みなら、べつの後ろ盾を探すんだな。それに、きみが適齢を過ぎた老女だというくだらない話でうんざりさせないでもらいたい。ヘレフォードシャーでは良識のある女性で通るかもしれないが、このロンドンでは、きみはまだまだ未熟な世間知らずだ」

侯爵の辛辣な言葉はフレデリカの胸に矛盾する感情をもたらした。最初に感じたのは、鋭く言い返したい衝動だった。こんな尊大な態度を取る男には当然の報いだ。だが、いまの言葉どおりメリヴィル一家から手を引かれたら、計画が台無しにならないまでも、きわめて不都合な事態が生じる。侯爵との気のおけない友情を失えば、いまの快適な状態も失われてしまうのだ。「たしかにそうかもしれないわね。あなたに指摘されるまで、ここがそういう場所だとは気づかなかったんですもの。愚かなことをしたものだわ。ボンド街の洒落男《しゃれ》のことはちゃんと聞いていたのに！　あなたも……気取って歩いているところ？」

「まさか。ぼくはジャクソンの拳闘クラブに行くところだ」

「まあひどい！」

「つい最近、〝よいサイエンス〟の意味を説明してくれた女性が、〝まあひどい〟だって？」

フレデリカは笑った。「ええ、ひどいわ。わたしよりはるかによく知っていたのに、わたしにしゃべらせて物笑いの種にしたんですもの。いやな人」

「とくに驚くべきことではないさ。良家の若いレディは、この点を心に留めておくべきだな」

「すでに叱責を受けて、わたしが悪かったと認めたはずよ！」

「ぼくをいわれなく侮辱するのが自分の間違いを認めたことになるなら――」

「いいえ、いわれはあるわ」フレデリカはさえぎった。

「そのうち」アルヴァストークは注意深く抑えた声で言った。「きみは当然の報いを受けるぞ。少なくとも、そう願いたいね」

「あら、ご親切に」フレデリカの瞳が笑いを含んできらめいた。だが、彼女はすぐに真剣な表情になった。「わたしたちはずいぶんな重荷になっているわね。ごめんなさい。この前も言ったけれど、こんなふうにすっかり巻きこむつもりはなかったのよ。もう二度と突然の苦境から救いだしてもらうつもりもないわ」

「してみると、きみの弟たちは、とくに危険な計画を温めてはいないんだね」

「まあ、ひどい言い方！　わたしはフェリックスを蒸気船から救出してくれとは言わなかったでしょう？　ジェサミーはひとつも問題など起こしていないわ」

アルヴァストークはこれを認めたが、それからまもなく彼を足踏み自転車の事件に巻きこんだのは、そのジェサミーだった。

これは実に工夫に富んだ機械で、斬新な仕掛けだと少し前から大いに話題になっていた。構造的にはたいへんシンプルで、ふたつの車輪とそのあいだに取りつけられた鞍《くら》からなる。乗り手は両足で道路を蹴って前進し、バーを使って前輪の向きを変える。絶妙のバランスを保って熟練者がこれを行えば、驚くほどの速度がつき、両足を上げて、驚嘆する通行人を尻目に歩道を疾走できるのだ。ジェサミーはそうした熟練者のひとりが公園で足踏み自転車に乗っているのを見て、即座に競争心をかき立てられた。ロンドンでは馬に乗れないことや、自分に強いている猛勉強に抑えつけられていた彼の冒険心が、激しい反乱を起こしたのだ。あれなら姉に余分の出費をかけずに、くすぶっているエネルギーを発散できるばかりか、危険な企てをもくろむ度胸があるのはいまいましい弟だけではないと示すことができる。街にはこの新しい技術を教える学校がいくつかあり、そこでは上達した生徒に足踏み自転車を貸しだしてくれることがわかった。彼がその段階まで上達するのに、さもなければ借りた自転車で学校の外にでるときは、あまり交通量の多くない通りまで行けるようになるのに、大して時間はかからなかった。そうした遠出には、ルフラが相棒となったため、ふたりの姉は弟が忠実な猟犬のために自分に課した厳しい規則をゆるめたのだと喜んだ。「結局ルフラをロンドンに連れてきてよかったのよ」フレデリカは笑いながら言った。「こうなってみると、グリーンパークで牛を追い散らしたのも結果的にはよかったわ。ジェサミーが女たちにルフラを任せておけないと思うきっかけになったんですもの。さもなければ、彼を机から離すのは無理だったわ」

ジェサミーはそのうち家族をびっくりさせたいと、新しい趣味のことは内緒にしていた。完璧にバランスが取れるようになり、足踏み自転車の名人になったら、家の戸口に乗りつけて、姉たちに自分の腕前を披露するとしよう。いまはまだサドルに座るのが少し難しいこともある。きちんと座りそこなったらまずいことになる。フェリックスが見物人のひとりである場合はとくに。そこで彼はこの技術を習得するのに時間を費やし、それから家族に披露する前の最後のテストとして、交通量の多い地域で試すことにした。そしてそれがとてもうまくいくと、両足を歩道から上げて、ピカデリーの長い坂を下りたいという誘惑に勝てなかった。この離れ業はたいへんな注目を集めた。賞賛に目をみはる者もいれば、呆れ返って憤慨する者もいた。そして最後はジェサミー自身が多くの注目を集める事態になった。

惨事を引き起こしたのは、毛の長いレトリーバーだった。ご主人様のあとにおとなしく従っていたこの犬は、奇妙な乗り物を見たとたんに大声で吠《ほ》え、噛《か》みつこうとしながらその横を走りだした。通過する乗り物を追いかける犬には慣れているジェサミーはとくに怖くはなかったが、いいにおいの元を探るために少し遅れていたルフラは、ご主人が攻撃されるのを見て救出に駆けつけた。その結果、二匹の犬が死闘を繰り広げるべく足踏み自転車に向かって突進し、バランスを取り戻そうとしたジェサミーは椅子を直していた男にぶつかった。彼は自転車ともども丸石を敷いた通りに投げだされ、もう少しで足を高く上げてランドー馬車を引いてくる二頭の馬のひずめに踏みつぶされそうになった。さいわい、御者がとっさに避けてくれたおかげで、かなりのショックを受けてはいたものの、どこの骨も折らずにあざと切り傷だけで立ちあがることができたが、気弱な少年なら、縮みあがるような惨状に直面するはめになった。馬車を引いた馬が突然横によれたせいで、通りの交通が乱され、聞いたこともないような冒涜《ぼうとく》的な表現の非難と脅し、それに対する無礼な怒鳴り声が周囲を満たしていた。ランドー馬車の未亡人は軽い怒りの発作を起こし、ジェサミーと同じく通りから立ちあがった椅子の修理屋は、ひどいけがをしたうえに椅子がばらばらだとわめきたて、レトリーバーの飼い主は二匹の犬を引き離すのを手伝ってくれと大声で叫んでいた。ジェサミーはこの要請に応えて苛立つ紳士を説得し、二匹を罵るのをやめさせると、自分の犬をしっかり抱え、すばやくもう一匹から離した。そして口ごもりながら謝ろうとすると、レトリーバーの飼い主がルフラに猛犬の烙印《らくいん》を押し、主人を助けようとした忠実な猟犬にすべての罪をなすりつけた。当然ながら、ジェサミーはそれを聞いて謝罪の言葉を呑《の》みこみ、すべての責任は自分を不当に攻撃してきたレトリーバーにあると言い返した。「あなたは主人を守ろうとした犬を非難するんですか？　ぼくは決してしません」

それからこのシーンは悪夢のような展開になった。あまりに多くの人々に弁償を迫られ、訴えると脅されて、名前と住んでいる場所を聞かれると、大勢のけが人がフレデリカのもとに押し寄せ、姉に巨額の弁償金を強要する光景が目の前にちらつき、彼は思わずこう口走っていた。「バークリー広場だ！　ぼくの……後見人……アルヴァストーク侯爵のところだ！」

姉を守りたい一心で口にした言葉は、魔法のような効果を発揮した。損害を賠償するという約束はすぐさま受け入れられた――それまでは全員がにべもなくはねつけていた。立腹した紳士は、侯爵には被後見人にしかるべき訓戒を与えてもらいたいものだ、と言いおいてさっさと離れていき、未亡人は怒りの発作から回復して厳しい声で説教をすると、この悪ふざけはきっと侯爵に報告する、と言って立ち去った。

そういうわけで、またしてもメリヴィルのひとりが不都合な時間にバークリー広場にある侯爵邸に到着し、侯爵にお目にかかりたいと告げるはめになった。だが、フレデリカと違い、ジェサミーはトレヴァーの尽力を断らず、侯爵がエレガントな昼着にたくさんのケープ付きの長いコートを着て階段をおりてきたときには、事の顛末《てんまつ》を猛烈な勢いでトレヴァーに説明していた。「今度はなんだい？　ウィッケンの話では――」彼は言葉を切って片眼鏡を上げ、ジェサミーの傷だらけの外見を眺めた。「いったいどうしたんだ？　粉ひき場にでもいたのかい？　なぜ手当をしなかったんだ、チャールズ？」

「傷の手当は必要ないと断られました」

「ほんのかすり傷です！」ジェサミーが早口に言って、額の切り傷から滴る血を拭った。「こんなのけがのうちに入りません。ぼくはただ、その、ここに来たのは、つまり……ああ、どうか気にしないでください！」

「じっとしていたまえ」アルヴァストークは頑固な顎を片手でつかみ、ジェサミーの顔を光が差してくるほうに向けた。

「粉ひき場にいたわけじゃないんです！　それにけがをしたのも当然の報いです！」ジェサミーは自分に苛立ち、押し殺した声でそう言った。

「ああ、そうだろう。だが、血を落とされてはわたしが困る。チャールズ、きみはこういう……いや、ぼくが自分でやろう。来たまえ。傷の手当てをしながら、話を聞こうじゃないか」

有無を言わせぬ調子にジェサミーはしぶしぶ侯爵のあとに従ったものの、広い階段を上がるあいだも、手当てを必要とするほどの重傷ではないと抗議し、ここに来たのは、自分の不当な行為を打ち明けて詫《わ》びるためだ、と言いつづけた。もうすぐいろいろな人々がここに押しかけ、被害を賠償しろと要求しに来る。それを警告するため、どうか立て替え、分割で返すのを承知してほしいと頼むためだ、と。

まもなくジェサミーは汚れと顔と手についた血を落とし、泥だらけのコートをナップの手に預け、たくさんのあざに軟膏《なんこう》をすりこまれ、眉のそばに膏薬をはってもらって、水で薄めたブランデーを飲まされていた。荒立つ神経が静まってくると、彼は侯爵に、抑えた声で自分の事故をかなりわかりやすく説明した。彼は鋭く自分を責め、侯爵のかすかに愉快そうな落ち着いた目をまっすぐに見返した。「あなたの名前を彼らに告げる権利も、ぼくがここに住んでいると彼らに思わせる権利も、ぼくにはまったくありません。それはわかっています。心から謝ります！　ただ、彼らがフレデリカのところに押し寄せるのが耐えられなかった、それだけなんです。いったいいくらかかるのか……たぶんかなりの金額でしょう。椅子だけでなく、足踏み自転車も壊れてしまったから！　とにかく、たとえいくらになろうと、姉ではなくぼくが払います。カリスにかかっている費用のことを考えると……絶対に姉には迷惑をかけたくないんです！」

ジェサミーは苦悩に満ちた声でそう結んだが、侯爵はこの〝悲劇的惨事〟にも少しばかり退屈そうな声でこう言っただけだった。「なるほど。で、具体的に何をしてほしいんだね？」

感情的な爆発の寸前でそこから引き戻されたジェサミーは、赤くなって唇を噛み、どうにか自制した。「できたら、必要なお金を貸していただきたいんです。小遣いからお返しします。いまは……あまり手持ちがなくて。レッスン代や、自転車の借り賃で……」

「心配はいらない。返済を催促するようなことはしないよ」

ジェサミーはさらに赤くなった。「それはわかってます。でも、どうか、返す必要がないとは言わないでください！　心配するなというのもやめてください！　ぼくは絶対に返済すべきだし、心配すべきです。最初のテストで誘惑に負けたんですから！　すっかり自《うぬ》惚《ぼ》れて！　もっと悪いことに、フェリックスより勝っているのを証明したくて！　これほど見さげ果てた行為が考えられますか？　聖職につくことなど考える資格もない——」

「それはどうかな」アルヴァストークはあっさり言った。「ただの事故を大罪のように考えるのはやめたまえ。きみはたんにあざとすり傷を作っただけだ。しかも、とくにきみが悪かったわけでもない。それほど反省する必要はないよ。むしろぼくは、きみがすり傷を作れる若者だと知って嬉しいくらいだ。十六歳で聖人になるより、人間の弱さを理解できるほうがずっとよい人間になれる」

ジェサミーはこの言葉に打たれたように眉根を寄せてしばし考えこんだ。「ええ。でも、固い決意をしたのに、誘惑を退けられなかったのは、性格が弱い証拠ではありませんか？」

「禁欲主義者のように振る舞おうという決意を固めたわけかい？　だとしたら鼻持ちならない道徳家ぶった人間になる危険が大いにあるぞ」アルヴァストークは容赦なく指摘した。「ぼくに助力を求めたのは、少なくとも、非常時には機転を利かせられるというしるしだろう。損害はぼくが弁償し、きみはできるときにそれを支払う。彼らの脅しについては、気にすることはない。馬車屋や椅子の修理、そのほか、きみの血を求めてここに来るだけの度胸のある者は、秘書が処理してくれる。だが、彼らが来ることはないと思うね」

「でも」ジェサミーの顔が曇った。「あなたの名前を出したのは、そのためではないんです。そんなことは考えもしませんでした！　ただ……アルヴァストーク公爵が後見人だと言ったとたん……」彼は言葉を切り、厳しい顔で侯爵を見た。「これも同じくらいあさましい行為です！」

「だろうね。しかし都合がいいこともたしかだ。世俗的な称号や地位の無意味さについて、教訓をたれるのはやめてもらいたい。それより、ぼくがこれから言うことをよく聞くんだ」

「はい、閣下」ジェサミーはそう言って姿勢を正した。

「きみは後見人としてぼくの保護を求めた。したがってぼくの決定に従ってもらうぞ。今後は勉強を適度にしたまえ。きみは机に座っている時間が長すぎる。毎日何時間かは体にとって必要な活動をすべきだ。きみが必要なのは足踏み自転車ではない、馬だ」

ジェサミーの暗い目がぱっと明るくなった。「ああ、馬がいたら！」彼は言葉を切り、首を振った。「でも、ロンドンでは維持費が高すぎて――」

「費用はかからない。ぼくの馬を毎日一頭運動させてもらいたい。そうしてくれれば、ぼくは大いに助かる」

「あなたの馬に……乗れるんですか？　ぼくに……ぼくを信頼してくれるんですか？」ジェサミーは口ごもった。「いいえ！　そんな申し出を受ける資格はありません！」

「これは申し出ではない、命令だ。きみには新しい経験だな、ジェサミー」喜びにきらめく目がアルヴァストークを見た。少年の唇が震えているのを見て侯爵は胸を打たれ、微笑みながら片手でジェサミーの肩をつかんだ。「しっかりしろ、きみは十戒のひとつを破ったわけではないぞ。もぐら塚を山にするのはやめなさい。ナップがきみの上着をきれいにしてくれたら、家まで送ってあげよう」

15

翌朝、侯爵はフレデリカから彼の親切な申し出を感謝し、ジェサミーがいろいろと迷惑をかけたことを詫《わ》びる手紙を受けとった。彼はそれをじっくり読み、その丁重さに隠された深い屈辱も読みとって、二日後にパーティで顔を合わせたときにそれとなく尋ねた。フレデリカは侯爵の責めるような視線にこう答えた。「怒っているわけじゃないの。ただとても恥ずかしいだけ。二度とご迷惑をかけないと誓ったあとで……本当に申し訳ないわ」

「ばかばかしい。きみが何をしたというんだ？」

「あらゆることよ！」フレデリカはため息をついた。「ジェサミーの意志に反して彼をロンドンへ連れてきた。それにカリスのことで頭がいっぱいで、あの子を放っておきすぎた」フレデリカは少し考え、率直につけ加えた。「まあ、わたしがしょっちゅうそばにいたら、いやな顔をするでしょうけど。あの子はひとりでいるのが好きなの。それもわたしの責任なのよ。せめてその癖を直す努力をすべきだったわ」

「時間を無駄にしただけさ。なぜよくあるちょっとした失敗をこれほど大げさに言うのか、説明してもらいたいものだな。あの年頃の少年がなんでも大げさに考えがちなのはわかるが、どうしてきみまでが……」

「いいえ！」フレデリカは急いで言った。「あなたではなくわたしに頼ってくれたら、喜んで後始末をしたでしょうに。あなたを巻きこんだことに腹が立つの。ええ、それにわたしが訊《き》くと、威張ってわたしの知ったことじゃない、自分の問題だ、と言うけれど、あの子が壊したものの代金は、あなたが払ったに違いないわ。それに我慢ができないの」

「彼もだよ。だからぼくは必要な額を貸しただけだ。少し机に向かう時間を少なくするという交換条件で。もちろん、きみはすぐさま弁済したくてたまらないだろう。だが、それはよけいなお節介だし、ぼくが達成したと自惚《うぬぼ》れているよい結果を台無しにするだけだぞ」

フレデリカは感謝を浮かべた。「ええ、とてもよいことをしてくださったわ。悪ふざけをしたときの常で、わたしは意気消沈するとばかり思ったのに、今度は落ちこむどころかとても幸せそうなの。あなたの馬でやってきて、このすばらしい馬を見てごらんよ、とわたしを呼んだときのあの子を見せたかったわ。それは誇らしげで嬉《うれ》しそうだった。お節介はしないけれど、せめて感謝だけはさせてちょうだい」

「いや、その話題にはそろそろ飽きた。それよりカリスといる威勢のいい若者は誰だい？」

フレデリカは快活な若い紳士とワルツを踊っている妹のほうに目をやった。明らかに流行の先端をいく装いで、もっと明らかにカリスの関心を買おうとしている。「ミスター・ピーター・ナヴェンビーのこと？　レディ・ジャージーのパーティで会ったの。カリスを見たとたん、紹介してくれと彼女にせがんだらしいわ。もちろんそれは珍しくないけれど、彼はほとんどカリスしか見ないのよ。これは重要だと思うわ。それにお母様を説き伏せて、訪問してくれたの。お母様はとても感じのいい方だった！　もっと重要なのは、カリスを気に入ってくれたこと。息子が資産家の夫をつかまえようと欲得づくの娘のえじきになるのを恐れていたようだった。でも、カリスがそういう娘ではないことを即座に見抜いたのよ」フレデリカは不安そうに侯爵を見た。「彼はよい相手になりそうでしょう？」

片眼鏡を通してナヴェンビーを見ていた侯爵はこう答えた。「若きナヴェンビーかい？　すばらしい相手だ。生まれも申し分ないうえに、相当な資産もある。これはもちろん、爵位を継いだあとの話だが。父親が長生きしないようにせいぜい祈ることだな」

「そんなことを祈ったりするもんですか！」フレデリカは怒りに顔を染めた。「いくらあなたでも、言っていいことと悪いことがあるわ」

「だが、きみはカリスを財産のある相手と結婚させようと決心しているんだろう？」

「いいえ。そんなことを言った覚えはなくてよ。わたしはカリスが快適《かいてき》に暮らせるようにしたいだけ。これは爵位と財産を狙うのとはまったく違うわ。わたしがカリスに望まないのは、あなたのいとこのように、脳の大きさと同じ程度の財産しかない、ハンサムだけれど愚かな男よ。彼の気持ちを蕾《つぼみ》のうちに摘んでくださったら、ありがたいわ」

アルヴァストークは愉快そうな顔をしたものの、こう言っただけだった。「ルクレティアは彼が文無しだと言ったのかい？　安心するがいい。エンディミオンは一文無しではないよ。かなり安楽な暮らしができるだけの相続財産がある」

苛立《いらだ》ちのあまり自分が言いすぎたことに気づいて、フレデリカはこわばった声で謝った。「あなたの親戚を、あんなふうに言うべきではなかったわ。ごめんなさい」

「いや、気にする必要はない」侯爵はそっけなく答えた。「エンディミオンにはほとんど関心がないんだ。彼の関心事に介入するつもりもまったくない。だから感謝する必要はないさ。それが少しは慰めになるかな？」侯爵はからかうようにフレデリカを見たが、彼女は唇を噛《か》んで目をそらした。「どうだい？」

「いいえ。あなたはわたしを怒らせたし、ひどいことを言ったわ。でも、わたしはあなたを怒らせるつもりはなかったのよ。そんな恩知らずにはなりたくないわ」

「ぼくは怒っていない、きみに感謝もしてもらいたくない」アルヴァストークの厳しい言い方に驚いて、フレデリカは迷いとかすかな狼狽《ろうばい》を浮かべて彼を見上げた。ややあって侯爵は笑みを浮かべ、いつものけだるい言い方に戻った。「感謝されるのは死ぬほど退屈だ」

「だったらわたしが感謝したくなる原因を作らないように気をつけるべきね」

侯爵は再びカリスに注意を戻した。「穏やかなマーク卿《きょう》に対する希望は捨てたのかい？」

「ええ、完全に。あなたの言うとおりだった。彼は空想家よ。ほら、見てごらんなさい。ポースカウル夫人と並んで、とんでもなく愚かしい笑みを浮かべてカリスを見ているわ。ナヴェンビーと踊っていることも、まるで気にしていない」

「たしかに」侯爵は再び片眼鏡を目に当て、部屋を見渡して目当ての相手を見つけた。「ぼくの愚かないとことは大違いだ」

「ええ、彼は実際に愚かだわ」

「否定したことは一度もないよ。同じことを言い返すことすら差し控えている」

フレデリカは魅力的なえくぼを浮かべたものの、重々しく答えた。「つまり、妹が……知的ではないと言いたいの……あまり賢くない、と……」

「そう言ってもいいだろうな。きみの妹は美しいがおつむが弱い」

正直者のフレデリカは、これを頭から否定できずにこう言った。「だからよけいすぐれた良識と判断力のある相手と結婚すべきなのよ」

「なるほど。で、ナヴェンビーはその条件にあてはまるのかな？　ぼくはそう思わないが、これもきみが正しいのかもしれない。知らない男を外見で判断するのは間違いのもとだ」

「これまで出会った忌まわしい人間のなかでも――」フレデリカは言葉を切り、硬い声で

「その先は言わないわ」と続けたものの、怒りを抑えきれずにつけ加えた。「でも、誰のことか想像はつくはずよ」

「いや、さっぱりだ。誰のことだい?」

フレデリカは笑って彼に背を向け、ちょうど近づいてきたダーシー・モレトンにほっとしながら挨拶した。侯爵は親友のモレトンとほんの二、三言交わしただけでそこを離れ、レディ・ジャージーのまわりに集まっている人々に加わった。彼は自分がメリヴィル姉妹の姉のほうと並んで座り、二十分も話しこんでいたことが、人々の注意を集めたことに気づいていないようだった。が、好奇心、嫉妬、嘲り、と理由は様々だが、何人かはそのあいだずっと観察し、彼がじっと妹のほうを見ていたのを見逃さなかった。彼があの美しい無垢《むく》な乙女を次の獲物に狙っているのは残念なことだと思う者もいたが、侯爵もようやく運命の女性に出会ったのかもしれないと考える者もいた。娘が侯爵の目に好ましく映ってくれることを願っていた母親たちは、一様に機嫌をそこねた。ルイーズはあからさまに弟をにらみつけていた。彼女は姉のオーガスタ同様、弟が適切な相手と結婚し、エンディミオンを相続人から外すことを何年も願っていたのだが、カリスを初めて見たときから、彼女はカリスを激しく嫌うようになっていた。ジェーンのデビューが成功しなかったのはあの娘のせいだ。その後どこに行っても〝被保護者〟の喜ばしいマナーやすばらしいドレスに関する褒め言葉にうんざりさせられて、まもなくルイーズはフレデリカのことも憎むようになった。いまはもうあのふたりとかかわらずにすむとはいえ、ふたりがいともたやすく社交界に受け入れられていくのを見ると、この喜ばしい状況も少しも喜べなかった。ふたりがあちこちのパーティに招かれるのは、侯爵という後ろ盾があるからだと自分には言い聞かせていたが、それが真実でないことはよくわかっていたからだ。リーヴェン公爵夫人がかすかに意地の悪い笑みを浮かべて言ったように、メリヴィル姉妹には〝みんな〟が好意を持っている。

「あのふたりは猫をかぶっているのよ」彼女は姉にそう言った。「カリスの甘ったるい話し方は鼻持ちならないし、フレデリカの傲慢さときたら！」

「いいえ」オーガスタはそっけなく否定した。「そうは思わないわね。どちらもとても落ち着いた礼儀正しい姉妹よ。カリスは美しいけれど、少し知恵が足りない。でも、フレデリカはとても物のよくわかった女性だわ」

「とんでもない！」ルイーズは怒りに目をぎらつかせた。「夫をつかまえようと必死よ！　お姉様はあの女に騙《だま》されているのよ！　あの女の目的はすぐにわかったわ！」

「おやおや」オーガスタは言った。「バクステッドが彼女に惹《ひ》かれているの？　何度か人にそう言われたけど、たんなる噂《うわさ》だと思っていたわ。そんなに気をもむことはないわよ、ルイーズ。そのうち自然に消滅しますよ！」

「違うわ！　だいいち、そんなことはわたしが許しません！」ルイーズは怒りに頬を染めて言い返し、姉の哀れむような笑みに苛立ってつけ加えた。「カールトンのことは心配していないわ。ええ、これっぽっちも！　でも、親愛なるオーガスタ、知恵の足りないカリスが義理の妹になったらどう思う？」そしてこの言葉に姉が眉をひそめると、勝ち誇って続けた。「アルヴァストークは昨夜あの娘からほとんど目を離さなかったのよ。自分は誰よりも利口だと信じているあなたが気づかなかったなんてね」

オーガスタは開けた口を閉じ、信じられないという目を妹に向けた。「あなたはほんとに愚かね、ルイーズ！」

そのころ、結婚相手を探すことなどまるで考えていないメリヴィル姉妹は、思いがけずアッパーウィンポール街に姿を現した一家の長《おさ》を大喜びで迎えていた。ハリーは客間の最も座り心地のよい椅子に腰をおろし、飲み物とつまみを口にしながら姉と妹の愛情のこもった歓迎を受けた。

フレデリカが最初に落ち着きを取り戻し、ロンドンに来たわけを尋ねた。ハリーは姉から受けとった大きなマグでビールを流しこんでから、姉の心配そうな目に憎めない笑みで応えた。「実は停学になったんだ」

「ハリー！　まさか！」フレデリカは狼狽して叫んだ。

「そうなのさ。バーニーもだ。知ってるだろう？　友人のバーニー・ペプロウだよ。ものすごく面白いやつだ！」

　フレデリカはまだミスター・ペプロウに会う特権には浴していないものの、この若い紳士に対する弟の賞賛に、だいぶ前から不吉な胸騒ぎを感じていた。だが、打ちひしがれたような声で、「まあ、たいへん。どうすればいいの？」とつぶやいてハリーを苛立たせたのはカリスだった。

「何もしなくていいよ」ハリーは言い返した。「ふたりとも、そんなにがっくりすることはないったら。誰かが見たら、ぼくが退学させられたと思うじゃないか。もちろん退学じゃない。ただ学期が終わるまで停学になっただけだ」

「でも、どうして？」フレデリカは尋ねた。

　ハリーは笑った。「大したことじゃないんだ。ただ少し騒いだだけさ。それもぼくらだけじゃない。みんな酔っぱらって、ジョージの誕生パーティのあと、ちょっとした騒ぎが持ちあがったんだ。ジョージ・リーだよ。姉さんもカリスも知らないだろうけど、有名な男なんだ！　で、少々荒っぽくなった。それだけさ。気をもむようなことじゃない！」

　最悪の不安をなだめられたフレデリカはこれに同意して、それ以上は尋ねなかった。あれこれ訊いてもハリーを怒らせるだけだ。それに学生のいたずらは理解できるし、ある程度までは共感もできる。ハリーとその友人たちがそういう乱行に何を見出《みいだ》しているのか、自分には決して理解できないが、それは決まってハリーがどんちゃん騒ぎと呼ぶものから始まるようだった。あるいは——おそらくワイン・パーティから。そして例外なく無分別で有害な結果に終わる。

「実を言うと」ハリーは率直に言った。「しばらく前からこっちに来るべきだと考えていたんだ。万事順調かどうか確認するために。姉さんたちが困ったことになってないかどうかをさ。何しろぼくは一家の長だからね！」

カリスがくすくす笑い、フレデリカも灰色の目に笑いをきらめかせた。「なんて優しいの！　もちろんよ。停学になるのはあなたの義務だったわ！」

「よせよ、フレディ！」ハリーも唇をひくつかせた。「そうは言ってないぞ！」

「ええ、違うと思いたいわね！」冗談の通じないカリスが叫ぶ。「わたしたちがロンドンに来てもう一カ月以上になるし、今学期はほんの数週間で終わるのよ。兄さんたら、いい加減なことばっかり言って！」

ハリーは笑って返した。「ほんとにぼくがいる必要があると思ったんだぞ。姉さんもおまえも騙されやすいからな。ロンドンは初めてだし」

「たしかに、あなたのほうがこの街をよく知っているわね」フレデリカは認めた。

「まあ！　ハリーはいつロンドンに来たの？」カリスが驚いて尋ねた。

「何年か前にスクラブスター伯母様が招いてくれたの。ハリーの名付け親だから。ハリーは丸一週間ロンドンで過ごし、あちこち見てまわったのよ。ねえ？」

彼は姉に向かって顔をしかめた。「そのくらいにしといてくれよ、フレディ！　伯父貴に引っ張りまわされたのを思いだすじゃないか。それも堅苦しいところばっかり。だけど、オックスフォードへ行ってから、ずいぶんいろいろ学んだんだ。だから、この街のことはかなり詳しいと思うよ。ついでに言うけど、この家は気に入らないな！」

「ええ、わたしたちもよ。でも、みすぼらしい家具に流行《はや》らない場所にもかかわらず、なんとか社交界の上流の人たちの訪問を受けているわ」

「ああ。だけど、それがまた気に入らない。アルヴァストークが手を貸したって？　姉さんが親戚だと書いてくるまで、そんな名前は聞いたこともなかったぞ。けど、いまはいろいろ知ってる。なぜ姉さんが彼の後ろ盾を求めたのか理解できないな。ふだんはそれほど愚かじゃないのに」

「でも、ハリー、それはどういう意味？」カリスが叫んだ。「侯爵はとても親切にいろいろしてくださるのよ！　ばかげた非難など的外れよ！」

「そうかい？　だが、それはとんでもない間違いだぞ。ぼくは知ってるんだ。親切にしてくれるだって！　冗談じゃない」

「そうよ。ジェサミーとフェリックスにはとくに。彼が堅苦しすぎると言ってるの？　たしかにそう見えるわ。それにとても尊大で、自分が楽しむことしか考えていない、という人々もいるわ。でも、そんな人じゃないの。そうよね、フレデリカ？　フェリックスを工場の見学に連れていってくれたし、造幣局も見学できるように手配してくれたわ。ジェサミーは侯爵のおかげで毎日すばらしい馬に乗っているの！」

「アルヴァストーク卿はお父様に借りがあったの」フレデリカは落ち着いた声で言った。

「そしてそれを返すために後見人になったの。喜んで、というわけではないけれど」

「後見人？　ぼくは後見人なんか必要ない！」ハリーは両手を振りあげて叫んだ。

「ええ。わたしも必要ないわ。どちらも成人しているんですもの」

「ああ。だけど……とにかく、姉さんはわかってないよ！」

「いいえ、わかっているわ。彼がひどい道楽者の女好きだという噂を聞いたのね」

「彼は女好きなの？」カリスが大きく目をみはってさえぎった。「女好きというのは、もっと全然違う人たちだと思っていたわ！　ええ、全然違う。彼らは巧みにふざけて、顔が赤くなるようなきわどいことを口にする。フレデリカ、アルヴァストーク卿はそんなことはまったくしないわ。実際、礼儀正しすぎるくらいよ」

「それに、たえず何が適切かお説教して、わたしの行動を非難するわ！」フレデリカの言葉には実感がこもっていた。「心配することなど何もないのよ、ハリー。侯爵がどんな評判の人でも、わたしたちによこしまな意図など持っていないことはたしかよ。それに彼の紹介でデビューしたわけでもないの。たしかに、侯爵は姪御《めいご》さんのために催した舞踏会に招待してくれた。でも、わたしたちを社交界に〝売りこんだ〟のは、彼のお姉様よ」

ハリーは完全に満足したようには見えなかったが、そのときジェサミーが入ってきた。

兄が停学処分になったことを知ると、ジェサミーは顔をしかめたものの、小言はごめんだと警告され、「もちろんさ！」と言っただけだった。

「道徳に関する演説もごめんだぞ！」ハリーはふだんと違うこの反応を危ぶみながら牽制《けんせい》した。

「心配はいらない。ぼくは道徳をうんぬんする資格なんかないんだ」ジェサミーはそう言ってため息をついた。

「なんだよ、どうしたんだ？　おまえもどんちゃん騒ぎを起こしたんじゃないだろうな？」

「似たようなことさ」ジェサミーはピカデリー広場の光景を思いだし、暗い声で言った。

ふたりの姉がこの発言に抗議の声をあげた。足踏み自転車のエピソードをすっかり聞きだすころには、ハリーは笑いが止まらず、ジェサミーも結局それほどひどい出来事ではなかったのかもしれないと思いはじめていた。彼は自分でも少し笑いながら、兄にその冒険のすばらしい続きと、侯爵の様々な乗馬や馬車馬の賞賛すべき点を詳しく説明しはじめた。

姉妹はそれをしおに居間を出て、家事を片付けに行った。

侯爵の馬のことを聞いたハリーは、侯爵がおまえに自分の乗馬を任せたのは、たしかに寛大だったと認め、弟のために喜んだあとでこうつけ加えた。「だが、おまえなら安心して任せられる。おれが知っている誰よりも乗り方も馬の扱いもうまいからな」

「うん。でも、侯爵はそれを知らなかったんだよ！」

ハリーはにやっと笑っただけで何も言わなかった。相手がジェサミーの場合、うっかりからかうのは考えものなのだ。わざわざ弟を怒らせるのも大人げない。それにハリーは侯爵のことをもっと知りたかった。ジェサミーは自分より六歳下だが、ハリーは彼の判断に一目も二目も置いていた。実際、少々嘆かわしいことだが、自分の道徳的な弱さを探りだす弟の能力に、少しばかり頼っているところもあるくらいだ。

だが、頼みの弟も侯爵に関してはよいことしか言わなかった。兄さんの心配はわかる、自分も最初は侯爵がカリスによからぬ意図を持っているのだと疑っていた。ジェサミーはそう言った。「でも、そんなんじゃないんだ。あの人はカリスにはまったく関心がなさそうだよ。たしかに馬車に乗せて公園をまわったことがあるけど、それはカリスに言い寄ろうとする放蕩者《ほうとう》に警告を与えるためだと、フレデリカが説明してくれた。侯爵は花も贈ってこないし、しょっちゅうここに訪ねてくることもない。親戚のエンディミオンとは違って——」

「親戚の誰だって？」ハリーは尋ねた。

「エンディミオン。フレデリカの話だと、どこかでつながってるみたい。エンディミオンは近衛兵《このえへい》で、侯爵の相続人なんだよ。カリスに首ったけだけど、心配する必要はないよ。大きくて牛みたいに鈍い男で、全然害はない。それからグレゴリーがいる。侯爵の甥《おい》のひとりだよ。バクステッドも彼の甥なんだ。でも、こっちはフレデリカにべったりで、それから――」

「やれやれ、いったい何人いるんだ?」ハリーが驚いてさえぎった。

「正確にはわからない。たしかに、これまではいることさえ知らなかった親戚が急にぞろぞろ出てくるのは、なんだか奇妙な気がするよね」

「ああ、ほんとだ!」

「でも、ほんとに親戚なんだよ。少なくとも、ぼくらとなんらかの関係があるんだ。みんなそれを認めてるもの」

　ハリーは首を振ったものの、こう言った。「まあ、それはよしとして、そのうちのひとりがフレデリカに言い寄ってるって?」

「うん、ものすごくおかしいんだ!」ジェサミーは兄の驚きを楽しみながら言った。「いちばんのジョークは、彼が死ぬほど退屈だってこと」ジェサミーは言葉を切って顔をしかめた。「でも、そんなふうに言うべきじゃないな。とても立派な人で、親切だし、いつもそうあるべきように考える。ただ、彼がお説教を始めると、正しいことを言ってるんだけど、ものすごく苛々するんだ。彼を見てると、侯爵が、ときどき間違いをおかしたほうがいい人間になれる、と言った意味がわかるよ」

　最後のひと言に、ハリーはジェサミーのほかのどんな賞賛よりも侯爵に好意を持った。

彼はぜひとも侯爵に会いたいものだ、どうやらかなり良識のある人物のようだ、とさえ言った。

「姉さんたちを舞踏会に連れていくんだろう？　たぶんそこで会えるよ」

「舞踏会のエスコートだって？」ハリーは恐れをなして首を振った。「とんでもない！　そんな役目は絶対にお断りだ」

姉妹の説得もこの決断を覆すにはいたらなかった。夜会服は小さくなりすぎたし、ほぼ毎日友人のバーニーと過ごすつもりだから、新しく買い求めるのは無駄だ、それにヘレフォードシャーに戻って、グレイナードに問題がないことも確認しておきたい。ハリーはそう言った。だいたいダンスは大の苦手だから、パーティに行っても姉と妹が恥をかくだけだ、と。

フレデリカとカリスはがっかりしたが、驚きはしなかった。たしかにダンスはへただが、カリスによく似たハリーはとびきりハンサムなうえに、体格もよく、活発で、かなりの魅力がある。だが、彼はパーティや舞踏会が大嫌いで、女性にもてたいという野心もなかった。それより男同士で騒ぐほうが好きなのだ。おそらく数年もすれば、気に入った妻をめとり、乗馬や狩りの好きな地方の地主として、幸せな生活を送ることだろう。

停学処分になったことを少しでも償う気持ちがあるなら、姉の役に立ったらどうだ、というセラフィーヌ伯母の叱責に、ハリーの決意はますます固まった。彼はメリヴィル一家では最も気楽な人間だが、十分も伯母といると、食ってかかりそうになった。弟の青い目に危険な火花が散り、口元に強情な表情が浮かぶのを見て、フレデリカは急いで口をはさみ、しばらくとりとめもないことを話したあと、侯爵に会いたければ、レディ・セフトンのパーティに同行してはどうか、とやんわり誘った。

だが、ハリーはそれにこう答えた。自分のマナーはそれほど悪いとは思わないが、社交界の着飾った連中におべんちゃらを言って過ごすのは不本意だ。それに偶然の出会いをあてにするよりは、いっそ直接侯爵を訪問するほうがいい。考えてみたが、侯爵がメリヴィル家の後ろ盾になったとすれば、たんに挨拶をするだけではなく、このさい侯爵邸を正式に訪問し、ジェサミーの借りを返すべきだと思う。

「それができたら、とてもありがたいわ」フレデリカは答えた。「彼が払わせてくれるとは思えないけれど。でも、正式に訪問すべきだというのは正しい判断ね、ハリー。ただ、お昼前に行くのだけはやめてね。ジェサミーとわたしは、彼がまだドレッシングルームにいるうちにお邪魔したことがあるの。メリヴィルの三人目がそんなことをするはめになったら、会わせる顔がないわ」

「だらしのない男だ！」ハリーは軽蔑するように叫んだ。

だが、フレデリカの助言に従ってバークリー広場にある侯爵邸を訪問したハリーは、〝だらしのない〟という形容詞は、侯爵を表現するのにまったく的外れであることを発見した。

幸運にも彼は、侯爵が館を出てくるところに着いた。侯爵邸の正面で一段目に片足をのせたハリーは、ウェストンで仕立てた青いコートに淡い色の長ズボン、雪のように白いクラヴァットに、太陽の光をまばゆく反射するほどぴかぴかのヘシアンブーツを見て、驚くほどエレガントな男だという印象を受けた。極上のコートは広くたくましい肩にぴたりと合い、長ズボンは明らかなスポーツマンであることを示す力強い腿の筋肉を誇示している。

侯爵も階段の上で足を止め、思いがけない訪問者を見下ろした。彼は眉をかすかに上げたものの、すぐに笑みを浮かべた。「いや、自己紹介の必要はない。ぼくの間違いでなければ、きみはハリー・メリヴィルだね」

美しい妹に似ているとよく言われるハリーは、ちらっと顔をしかめた。侯爵は反射的にハリーの顔に浮かんだ嫌悪を正しく解釈し、こうつけ加えた。「きみたち家族は、みなとてもよく似ているね。入りたまえ。どうしてロンドンにいるのか聞かせてくれないか。いや、尋ねる必要もないな。どれくらいのあいだ送り返されたのかな?」

侯爵の口調には同情的な関心しかなかったから、不快に思う理由はまったくない。ハリーは率直な笑みを浮かべた。「今学期の残りだけです。何もしてないんですよ。ただちょっと飲んで騒いだだけで! だが、あいにく寮長の虫の居所が悪かったらしく……しかし、どこかにお約束があるのなら、引きとめては申し訳ない――」

「大した用事ではないよ」侯爵は帽子と手袋を取り、ステッキと一緒に使用人に渡して図書室へ向かった。「シェリーを一杯どうかな？　ぼくにできることならなんなりと……」

「とんでもない！　お願いに来たわけじゃないんです！」ハリーはショックを受けて言った。「もうずいぶんいろいろとお世話になったと聞きました。ご親切を感謝しに来ただけです！」

「それは礼儀正しいことだが、感謝は必要ない」

「しかし、なぜメリヴィル家があなたにあれこれ頼めるのか、ぼくには見当もつきません」

「ぼくたちが親戚だということを忘れているようだな」

「いえ、まったく知らなかったんです」ハリーはぶっきらぼうに言った。「フレデリカはぼくたちが親戚だと言うが、ぼくは嘘《うそ》だと――」

「それは誤解だよ。たしかに少しばかり遠縁ではあるが、家系図のどこかで出会うはずだ」

「家系図には関心を持ったことがありませんが」ハリーは懐疑的だった。「誰もが一度も会ったことのない大勢の人間と縁つづきだってことはわかっています」

「そのなかには、たいへんな変わり者もいる」アルヴァストークはつぶやいた。

「ええ、ほんとに」ハリーが実感のこもった声で言い、彼は侯爵の問いかけるようなまなざしに笑いだした。「あなたのことではありませんよ！　どうしてそんな無礼なことが言えますか？　ぼくが考えていたのは、セラフィーヌ伯母のことです。伯母は未知の親戚というわけじゃないが。そうだったらいいのにと思いますよ！　もうお会いになったでしょう？」

「ああ。きみに心から同情するよ」

ハリーはうなずいた。「しかし、姉や妹には当たりちらしませんからね。それにふたりにはつき添いが必要だ」ハリーはそう言って、図書室に入ってきたウィッケンが、重厚な浮彫模様の銀のトレーを侯爵の肘のところに置いて立ち去るのを待ち、シェリーのグラスを侯爵から受けとった。「しかし、ただの遠い親戚なら、メリヴィルの者があなたを煩わせる理由はひとつもない。フレデリカがあなたをうまく言いくるめてまんまと後見人に仕立てたことが、ぼくには気に入らないんです。姉のことだ、絶対そうしたに違いありません！」

「いや。きみはぼくが父上に借りがあったことを知らなかったようだな」

「ええ、知りませんでした」

「まあ、知っていたはずがない」侯爵はハリーがたじろぐような甘い笑みを浮かべた。

ハリーは自分の気まぐれな父親が、明らかにまったく隙のないこの男にどういう恩を売ることに成功したのか尋ねたい衝動にかられたが、侯爵の笑みにそういう問いは無作法だと警告され、出かかった質問を呑《の》みこんだ。が、シェリーが入ると少し大胆になった。

「それはともかく、ぼくは非常にあなたに借りがあるような気がしています。姉と妹の後ろ盾になってくれただけではなく、弟の窮状も救ってもらったわけですから！　その借りは返すことができます。そしていますぐ返したいと思っています。実際、今日の訪問の目的のひとつはそれなんです。どうか弟の代わりに払ってくれた額を教えてもらえませんか？」

「申し訳ないが、それはできない相談だな」侯爵はすまなそうに答えた。「ぼくはいくらか知らないんだ。秘書が話をつけたのでね。それに、ぼくはジェサミーに貸したときに条件をつけた」

「ええ、弟から聞きました。それもとても感謝しています。あいつは、いまいましい殉教者を気取る代わりに、自分の馬をロンドンに持ってくればよかったんだ。さもなければ、馬を借りても――」

「彼が貸馬で満足できるとは思えないね。それに彼は馬と馬丁にかかる費用を使いたくなかったんだ。だから、この件はそのままにしておいてはどうかな？」

ハリーは赤くなった。「お言葉を返すようですが、ジェサミーがこれほどあなたに恩を受ける理由がありません。弟はぼくに言うべきだったんです。あの子の後見人は、あなたではなくぼくなんですから！」

「きみの権威を奪うつもりは毛頭ないとも」

「実はぼくには大した権限はないんです。弟たちのことは姉が取り仕切っているので」ハリーは正直に打ち明けた。「でも、ぼくの弟が、被保護者が、借金をしたとなると話が違う。捨ててはおけません」

「それはきみと弟のあいだで話し合うといい。ぼくには関係のないことだ。それがきみの義務だと思うなら、彼をにらみつけて雷を落とすんだね」

「自分が停学になったのに？」ハリーは叫んだ。「ぼくはそんな鼻持ちならない男じゃありませんよ。だいたい」彼は率直につけ加えた。「そんなことをしたら藪蛇《やぶへび》だ。逆に説教されます！」

アルヴァストークはにやっと笑った。「では、この件はそのままにしておきたまえ」ハリーがひどく不満そうなのを見て、彼は愉快そうに目をきらめかせた。「あるいは保証人になることもできる。ジェサミーが借金を踏み倒す恐れがあると思うなら……」

ハリーは顔をこわばらせ、怒りのにじむ声で言った。「そんな恐れはまったくありません！」

「ああ。ぼくもない」

ハリーはほんの少し気持ちを和らげた。「それより、弟がこの件をくよくよ考えすぎることのほうが心配です」

「その場合は、ジェサミーが立ち直る助けをするのがきみの……保護者としての義務だろうな。しかし、その恐れはあまりないと思うね。弁償にかかったのはわずかな金額だ。それに彼は毎朝机に向かって頭を悩ます時間を削って、ぼくの馬を運動させてくれる。借りがあるのは、むしろぼくのほうだよ。ほかの馬丁より、ジェサミーの乗馬技術のほうがはるかに信頼できるんだ」

「ええ！」ハリーは誇らしげに同意した。「弟はときどきうじうじ考えこむが、乗馬の腕は一流です。あいつなら、安心して任せることができますよ！」

「よろしい、これで問題は解決した。この件に関してこれ以上話す必要はないな」侯爵は言った。「きみは何をして過ごすつもりだい？　やはり社交界にデビューするのかな？」

ハリーにとっては、問題はひとつも解決していなかったが、もともと責任を持たされることが嫌いなたちなのと侯爵への遠慮から、この件を忘れることにした。そして社交界にデビューするつもりはまったくないと答え、この状況ではそうすべきではないと思う、とつけ加えた。「友人といろいろ計画しているんです」

「なるほど。トットヒル・フィールズ刑務所には近づかないことだ。もしもきみが一文無しで拘留所に拘束されるはめになったら、アッパーウィンポール街ではなくここに伝言を届けるといい」

「どうも！　しかし――」刑務所に入るほどはめを外すつもりはない。

「誰でもそのつもりはないさ。だが、ときにはそういうことも起こる。備えあれば憂いなしさ」侯爵はそう言って若い客を思案するように見た。「きみは拳闘好きだそうだね。ボンド街十三番地にあるジャクソンのクラブに行く気があれば、これを持っていくといい。ジャクソンがきみにとくに注意を払ってくれるはずだ」彼は名刺のケースを取りだし、そのうちの一枚に走り書きしてそれをハリーに投げた。

ハリーは名刺を受けとり、裏に書かれたメッセージに目を走らせた。「すごい！　ありがとうございます！　もちろんただの初心者ですが、拳闘は大好きなんです。なぜぼくのことまで気にかけてくれるのかわかりませんが、心から感謝します！」彼は真っ赤になって詫びるようにつけ加えた。「つまり、父の恩に報いるというたわごとは――」

「新しいことはそれなりの魅力がある」侯爵はそう言いながら立ちあがった。「もちろん名目だけだが、きみの冒険好きな弟たちの後見人になってからは、次に何が起こるかわからない毎日でね。これまでは次に何が起こるか正確にわかっていた。これは死ぬほど退屈だよ、信じてくれたまえ」

そう言われては同意しないわけにはいかない。ハリーは堅苦しく挨拶をして、自分が侯爵を気に入ったのか彼に反感を持ったのか、決めかねながら侯爵邸を出た。

アルヴァストークには疑いはまったくなかった。ハリーと会って十分もすると、彼はこの若者のなかに父親の長所だけでなく短所も見ていた。率直で、いかにも育ちのよさそうな楽しい若者だ。好きにならずにはいられないが、性格的に弱く、自分の責任をほかの人間の肩に喜んで預けるタイプだ。

だが、なぜぼくがそれを肩代わりしなければならないのか？　侯爵はそう自分に問いかけた。どうやら、少しばかり頭がおかしくなったに違いない。

16

侯爵については懐疑的だったとしても、ハリーは侯爵の親戚で彼の相続人であるエンディミオンをすばらしい男だと判断するのに、まったく困難は感じなかった。フレデリカがエンディミオンを好ましく思っていないことから、ハリーの頭には少々偏見が植えつけられていたにもかかわらず、若いふたりは、実際、ひと目見た瞬間に意気投合した。エンディミオンは物事を深く考えるたちではないが、もしもこの件を考えたとすれば、彼はハリーを好きだと思ったに違いない。彼はカリスの家族のほかのみんなのこともそう思ったはずだ。エンディミオンのほうがハリーよりも何歳か上で、ハリーに欠けている街の男の知識を持っていた。が、知性に欠けている彼は、頭の鈍い人間の多くがそうであるように何を学ぶにも時間がかかるため、まずまずの応答ができる人間には畏敬の念に近い尊敬を抱く傾向があった。

年の違いと知性の違いは、このふたりの友情の障害になってもよさそうなものだった。フレデリカはそうなると思った。だが、彼女はひとつの強力な要因を考えに入れていなかった。どちらもスポーツが大好きだという点だ。ある偶然のひと言から、ハリーはこの一見鈍重な男がメルトンの出身で、シャイア馬に関する彼の説明から、乗馬に秀でていることを知ったのだ。控えめなエンディミオンが、自分の特技を自慢したわけではない。一度馬から投げだされ、ホイッセンディーンで落ちたことがある、と語っただけだった。エンディミオンはその不運を自分の馬ではなく自分自身のせいにしたが、どれほど頭が空っぽでも、この男の乗馬の腕は一流に違いない、とハリーは気づいた。狩りの話から、ほぼあらゆるたぐいのスポーツへと話が進み、ジョセフ・マントンが開発したニュー・パテント・ショットの優位性や、もっと重いショットと比べた六番か七番の利点が検討され、さらに驚くほど大きな鮭《さけ》を釣りあげたときの苦労を語り合うところには、どちらが相手をより高く評価しているかわからないくらいだった。

フレデリカはエンディミオンがいとも簡単に弟を征服してしまったことにうろたえたかもしれないが、カリスは美しい目に感謝の色を浮かべてふたりのやりとりに耳を傾けていた。そしてハリーとふたりだけになると尋ねた。「彼が好きなのね？」彼女は赤くなってつけ加えた。「つまり、親戚のミスター・ドーントリーが」

「ああ、あいつか。好きだよ。すばらしい男だ。すっかり感心した！」

「それにとてもハンサムだわ。そう思わない？」カリスは恥ずかしそうにつけ加えた。

ハリーはとくにエンディミオンの容姿には関心がなかったため、答える前に少々考えなくてはならなかった。「そうだな。でかすぎるけどね。おそらく百キロはくだらないだろう。気の毒に！　だが、裸になったらさぞたくましいに違いない。パンチの威力はすごいだろうが、大きくて重すぎる男は動きが鈍いからな！」

この酷評に少しひるみながらもカリスは彼を弁護した。「でも、いい人だわ。真の紳士よ！」

「しかし、知識の箱は空っぽに近い！　実際、狩りの話にならなければ、とんでもない田舎者だと思うところだ」

「田舎者なんかじゃないわ！」

「わかってるさ。馬のことはすごく詳しいし――」ハリーは珍しく妹が自分に食ってかかったことに気づいた。「また恋に落ちたと言うんじゃないだろうな？」

「違うわ！　恋に落ちたことなんか一度もないもの！」

「一度もない？　だったら、あの――」

「ないわ！　これまではわからなかったの。これは違うわ。全然違う気持ちよ！」

「まあ」ハリーは懐疑的だった。「おまえにめろめろだった男たちの誰とも恋をしていなかったと言うなら、ずいぶん罪作りな女だぞ！　一度だって、彼らのことはとくに好きじゃないなんて仄《ほの》めかさなかったじゃないか！」

カリスは涙ぐんで、打ちひしがれた声で言った。「まあ、ハリー！　わたしは罪作りじゃないわ！　彼らはひとり残らず特別なお友達だった、それだけよ。生まれたときから知っている人に、どうして冷たくできるの？　それに気の毒なミスター・グリフのことなら、彼をその気にさせるようなことは、一度だってした覚えはないわ！」

「だが、彼を失望させもしなかった」

「そんなひどいことはできるもんですか。あんなに繊細で慎《つつ》ましい人を傷つけるなんて！」

「去年トム・ラシュベリーが家に連れて帰った男は、ちっとも慎ましくなかったぞ。あのとんまときたら、おまえにセレナードを歌いに来て、家中の者を起こしてくれた」

「まあ、ハリー」カリスはたしなめるように言った。「とてもすてきな声だったわ。でも、わたしが彼を嫌いだったのは知っているはずよ。兄さんが猫だと思っているふりをして彼の頭に水をかけたりするから、その償いに優しくしただけ。一度か二度は恋をしていると思ったこともあったかもしれない。でも、いまは間違っていたことがわかるの。エンディミオンほど好きになった人はひとりもいないし、これからもそんな人は現れないわ」涙が頬を伝い、カリスは顔を背けた。「兄さんならわかってくれると思ったのに」

「泣くのはやめろよ！」ハリーは不安にかられて妹を見た。「何を泣くことがあるんだ？　エンディミオンはおまえに夢中なのに。フレデリカがそう言ってたぞ」

「フレデリカは彼が嫌いなの」カリスはすすり泣いた。

「それがどうした？　おまえが……長続きする情熱を持ってることは知らないみたいだ。話せばいいじゃないか。フレデリカが怖いわけじゃないだろう？」

「もちろん、違うわ。でも、兄さんと同じように、信じてくれないに決まってる。ロンドンに来たのはわたしのためだったのよ。わたしに安楽な暮らしをさせたいため。でも、エンディミオンはふさわしくない相手で、二度と会わなければ、わたしがすぐに忘れてしまうと思ってるの。わたしのために倹約して、貯金して、あれこれ計画を立ててくれたのに、どうして恩知らずな真似《まね》が――」

「ばかばかしい」常識のあるハリーはさえぎった。「いいか、カリス、みんなの望みどおりにしようとするのをやめないと、にっちもさっちもいかなくなるぞ！　それに、フレデリカはおまえを愛している。おまえの恋を邪魔するような真似はするもんか！」

「でも、しようと思えばできるし、エンディミオンがわたしを不幸にすると思えばするわ。フレデリカはそう信じているの。彼が頻繁に訪れるのを心配していないのは、わたしがそのうち飽きると思っているからよ！」

ハリーも姉とほぼ同じ意見だったがこう言って慰めた。「そうか！　だが、くよくよしても始まらない。おまえの気持ちが決まっていれば、姉さんの考えもそのうち変わるさ」

カリスはまたしてもすすり泣いた。「そんな簡単じゃないのよ！　もうすぐエンディミオンと引き離される気がするわ」

「ばかな。それは考えすぎだぞ。フレデリカがそんなことをするもんか」

「いいえ、親戚のアルヴァストークが、よ」

ハリーは妹を見た。「彼にどういう関係があるんだ?」

「エンディミオンは彼の相続人なの」

「だからなんだ?」最初に抱いた疑いが目覚めた。「侯爵はおまえにつきまとってるのか?」

カリスは驚いて兄を見た。「侯爵が? とんでもない。彼はわたしよりフレデリカのほうが好きよ。でも、どちらにもつきまとってなどいないわ。もしも結婚するとしたら、相手は資産のある貴族の令嬢だと思うわ。だって、とてもプライドが高い人だという噂《うわさ》ですもの。きっとエンディミオンにもそういう相手を望んでいるに違いない。エンディミオンのお母様も、すばらしい相手を見つけようと決心しているの。クロエがそう言ったわ。クロエはエンディミオンの妹さんなの。とてもいい人よ! ドーントリー夫人は常に適切な女相続人を探しているそうよ。もちろん、当然のことだわ。エンディミオンは裕福ではないんですもの。侯爵から小遣いをもらえなくなれば、とても貧しくなるんですって。わたしはそれでもちっともかまわないし、彼もかまわないと言ってるわ。でも、ハリー、彼は贅沢《ぜいたく》な暮らしに慣れているの。狩りのときにすばらしい馬に乗るのも。わたしと結婚して貧乏になったら、わたしのことを憎むようになるかもしれない」

ハリーはカリスは思ったより賢いのかもしれないと思いはじめたが、そんなことを言えば妹がまた泣くだけだ。そこで彼は慰めの言葉を探した。「もう泣くなよ。侯爵が反対するとは思えないな。これまでもとくに邪魔をしてはいないんだろう?」

「侯爵は知らないもの」カリスは慰められるのを拒んだ。「ドーントリー夫人は疑っているわ。クロエが言うには、軽い気晴らしであることを願っているみたい。でも、フレデリカはわたしの気持ちに気づいて、侯爵に介入してくれと頼んだの!」カリスはぶるっと体を震わせ、両手を握りしめた。「彼にはできるのよ! 手をまわして外国に送ってしまうことも。そんなことになったら、わたしは死んでしまうわ。頼みの綱は兄さんだけなの」

自分がいちばん避けたい状況に巻きこまれそうな成り行きに、ハリーは停学処分になったことを心から悔やんだ。「ああ。でも、ぼくに何ができるか見当もつかないな」

カリスもはっきりした考えは持っていないらしく、自分が相談したことをフレデリカに黙っていてくれと懇願するそばから、エンディミオンにあまり批判的にならないように姉を説得してくれ、侯爵に相談するのを姉に禁じてくれと頼んだ。

ハリーは自分が姉にそれを禁じている姿を思い浮かべられなかった。姉が自分の説得を聞き入れるとも思えなかったが、カリスには最善を尽くすと約束し、最初のチャンスが訪れるとこの約束を忠実に守り、エンディミオンは頼りになる男だ、カリスにふさわしいような気がする、と姉に言った。

「頼りになるですって？　メルトンの出身だから？　猟犬に関する目利きだから？　ハリー、どうしてそんなに愚かになれるの？　彼はハンサムだけど頭は空っぽよ」

「だが、良識はある！　頭が切れるとは言わないが、それはカリスも同じじゃないか！」

それを否定することはできない。フレデリカは代わりにこう言った。「だからこそ、賢い人と結婚すべきなの。あなたにもわかるはずよ。カリスにへんな知恵をつけないでちょうだい。あの子は彼の外見に目が眩《くら》んでいるかもしれない。その可能性はかなりあるわね。彼はとてもハンサムな若者ですもの。しかも不幸にして彼の軍服姿を見てしまったし。でも、一カ月も見なければ忘れてしまうわ。あなただって、容姿は整っているけれど頭の悪い、財産も将来性もまったくない相手と妹を結婚させたくないでしょう？」

「それはどうかな」ハリーは反論した。「彼は侯爵の相続人なんだろう？」

「ええ、いまのところはね。でも、侯爵が結婚して、息子ができればどうなると思う？」

「いまさら結婚なんかしないさ！　もうだいぶ年だ」

「三十七歳の男性を老人扱いするなんて！　彼はまだ男盛りよ！」

ハリーは姉の剣幕《けんまく》に少しばかり驚いて言い直した。「とにかく適齢期は超えているよ！　たぶん独身主義なんだ。考えてみろよ、もう十年以上も何百人という女性が彼を手に入れようと必死になってきたに違いない！」

「ええ、そうね」フレデリカは穏やかに同意して話題を変え、カリスの夫には生まれもよく、財産もあり、魅力的でもあるミスター・ナヴェンビーが理想的だと思わないか、と尋ねた。

残念ながら、ハリーはスポーツよりもファッションに関心のありそうなナヴェンビーがあまり好きではなかった。彼は比較的控えめな伊達男《だておとこ》さえ軽蔑する傾向にある。「なんだって？　あの洒落者《しゃれ》の？　カリスが彼との結婚を望んでいるとしたら、良識がなさすぎる！　エンディミオンのほうが十倍もましだ」

スポーツ中毒は夫として最も望ましい資質ではないとハリーを説得しても時間の無駄だから、フレデリカはそれ以上何も言わなかった。ハリーもカリスに対する義務は果たしたと感じ、良心の呵責《かしゃく》を感じずに重要な案件に注意を向けた。

なかでもとくに重要なのが、侯爵の名刺を携え、ジョン・ジャクソンが何年も自己防衛の技術を教えているボンド街十三番地に出向くことだった。ジャクソンが三度目の公式試合で、メンドーサをきっかり十分三十秒でノックアウトしたとき、ハリーはまだ生まれていなかったが、ほかの若いアマチュアや、プロと同じように、この試合の各ラウンドをまるで見ていたように描写することができた。このふたりのそれ以前の二試合も、だ。ジャクソンは自分の特異な立場をよくわきまえ、素朴で友好的なマナーと優れた知性により〝ジェントルマン〟という異名を勝ち得ていた。ボンド街十三番地では、誰でも既定の料金を払えば指導を受けられる。誰もがジェントルマン・ジャクソン自身の指導を受けられるわけではないが、アルヴァストークからもらった名刺がそれを可能にしてくれるかもしれない。もしもハリーがこの〝お守り〟の価値に疑いを抱いていたとしても、友人で物知りのペプロウがそれを恭しく扱うのを見て、その疑いは消えた。侯爵は拳闘クラブ、ファンシーの常連だと彼は言った。きみのような初心者ではなく、優れたサイエンスを持つ傑出したアマチュア拳闘家で、ほぼ常に悠々と相手に勝利する。快楽主義か？　ペプロウはこの問いに眉根を寄せて考えこみ、首を振った。いや、アルヴァストークはどんな主義も持っていないと思う。彼は公爵に次ぐ地位にある貴族で、社交界きっての道楽者で、ほとんどのスポーツに秀でた男だ。引きしまった体つき、最新の流行を含まない控えめなスタイルを好むエレガントな男でもある。ペプロウは内緒話でもするようにこうつけ加えた。「とても尊大だけどね」侯爵がその昔、ボー・ブランメルを自分の模範に決めたことを知らないペプロウはこうつけ加えた。「彼は自分の流儀を作りだすんだ。自分たちはほかの人間よりも上だとみなす連中のひとりではないが、かなり辛辣な批判を口にする」

「きみは彼が好きかい？」ハリーは尋ねた。

「なんだって？」ペプロウは呆《あき》れて言った。「会ったこともないんだぞ！　噂で聞いたことをきみに教えているだけだ」

「まあ、侯爵はぼくを批判しなかった。ふたりの弟はすばらしい人物だとべた褒めしてるし、少しも怖がってなんかいない」

「もちろん！　きみは親戚なんだろう？」

「そうだ。だが、それはまったく関係ない！　彼の甥《おい》のひとりが、妹のカリスに首ったけなんだ。ぼくの遠い親戚のグレゴリー……グレゴリー・サンドフォードか、サンドリッジか、よくわからないが、その男はすれ違っても軽い会釈もされないらしい。それなのに――」ハリーは言葉を切った。バーニー・ペプロウは如才なく黙って待った。「なあ、バーニー、彼はジェサミーとフェリックスを甘やかしてるし、ぼくにはジャクソン宛の名刺をくれたし、やっぱりカリスを狙ってるんじゃないだろうか？」

彼の世慣れた友はこの問題を慎重に考慮し、やがて首を振った。「いや、そうは思わないな。だって侯爵は妹さんの後見人なんだろう？　被後見人と火遊びをするなんてあの侯爵らしくないよ！　結婚するつもりならべつだが」

「その気はないさ。少なくとも、ぼくの妹とは。妹が言うには、自分より姉のフレデリカのほうが好かれているが、どっちも大して興味を持たれていないそうだ」ハリーは突然にやっと笑った。「考えてみろよ！　フレデリカだぞ！　姉は思慮深い、すばらしい女性だ。だが、絶対結婚しないな。一度だって申しこまれたこともない。そういうタイプなんだよ！」

彼とカリスはそう信じきっていたが、ふたりとも間違っていた。フレデリカは思いがけなくカールトンとモレトンのふたりから求婚されていた。それにアルヴァストーク卿《きょう》もかなり彼女のことを好いているようだ。もっとも、自分が結婚に向いていないという点では、ハリーに賛成したかもしれない。実際、彼女は自分は伯母になるように生まれてきたのだ、と言って、カールトンの申し込みを断った。すると彼は微笑して、「姉になるように、だね！」と訂正した。

「ええ、そうなの！　ちょうどいまのように。でも、そのうちに甥や姪《めい》がたくさんできて、その子たちの両親が必要なときには、彼らを監督する日を楽しみにしているのよ。さもなければ大陸に見聞に出かけるのを」

カールトンの笑みが広がった。「きっとみんなに愛される伯母になるだろうな。きみの活発な魂は子どもたちにとっては魅力的だ。だが、少しのあいだ真剣になって考えてごらん。夫がいる姉は、彼らにとっても好都合だと思うが。きみには三人の弟がいる。ハリーはすでに成人しているが、まだすっかり大人というわけではなく、導きが必要なようだ。それに、ぼくの賞賛を勝ち得た高潔さと勇気で、きみはふたりの弟に対する責任を引き受けているが、どんな女性も、どれほど献身的で高潔な姉でも、女だけの力で弟たちを一人前にできるだろうか？　ぼくはそうは思わない。実際、きみは男性の後押しが必要だと、頻繁に感じているに違いない」

「あら、いいえ。弟たちはわたしの言うことをよく聞いてくれるわ」

「だが、ひとりは何も言わずにマーゲイトまで行き、もうひとりは危険な機械を借りて……当然ながら、事故を起こしたよ！」彼は寛大に笑った。

「あれは危険な機械ではなかったわ。いずれにしろ、わたしはふたりにそういうことを禁じていないのよ。ですから、ふたりともわたしに背いたわけではないの」

「だが、どんな結果になるか考えもしなかった」

「ええ。弟たちはいたずらが得意なんですもの！」

「そのとおり。子どもはいたずらをするものだ。だからこそ導きが必要だ。弟もそうだったよ。ぼくには経験がある！　母は昔から厳しかったが、ジョージの監督はぼくに任せてくれた。男のほうが叱り方を心得ているし、子どももよく従うからね」

フレデリカは苦労して平静な表情を保った。ジョージに会ったことはないが、もしもカールトンの末の妹の言うとおりなら、かなり活発な若い紳士のようだ。すでにあらゆる形のお祭り騒ぎを歓迎する若者となり、兄の小言に何よりも反発しているという。それに、フェリックスはカールトンのもったいぶった説教を嫌っていた。カールトンの説教はフェリックスの頭からあらゆる後悔の念を消し去り、ふたりの姉に不安を抱かせただけでなく、ジェサミーを即座に怒らせた。ジェサミーは、親戚のカールトンはどんな権利があってよけいな口だしをするのかと食ってかかった。そのあと硬い表情で非礼を詫《わ》びたものの、あいつは頭が悪くて、退屈きわまりない、お節介なおしゃべりだというフェリックスに、心から同意した。

その出来事を思いだし、フレデリカはこみあげてきた笑いを呑《の》みこんだ。「たしかにそのとおりね。でも、もしも結婚するとしたら、弟たちのためではないことを願いたいわ」

「ぼくはただ……ぼくの申し出をもう少し好意的に見てもらいたいだけなんだ」

フレデリカは彼のへりくだった調子に胸を打たれたものの、首を振った。そしてカールトンが彼女の性格の様々な長所を列挙し、大げさな言葉で描写しはじめると、最初は彼の賞賛と、彼が自分を妻にしたいと熱心に望んでいることに胸がときめいたものの、さきほどよりもきっぱりと首を振り、少し愉快に思いながら優しくこう言った。「お気持ちはたいへんありがたいわ。でも、もう何も言わないで。そしてお母様がその結婚をどんなに嫌われるか考えてみて」

カールトンは沈んだ顔でため息をついた。「母のことは尊敬しているが、こういう問題は男として自分で決めなくてはならない」

「いいえ、お母様の気持ちを傷つけるような結婚をしてはだめよ。レディ・バクステッドはどれほどあなたに頼っていることか」

「母に対する義務を忘れてはいないとも。それにこの申し込みは長いこと注意深く考えた末にしたものだ」カールトンは熱心にそう言った。

フレデリカは目をきらめかせた。「ええ、もちろんですとも。言葉では言えないほどありがたいわ。でも、わたしは夫を探してはいないの。実際、独り身でいる状態を変える気はまったくないのよ。それがわたしには適しているの。あなたの妻になるよりもね。信じてちょうだい、カールトン」

彼は暗い顔でしばらく黙りこみ、この拒絶をじっくり考えたあと、笑みを浮かべた。

「ぼくは性急すぎたね。それは恋する男の自然な気持ちだと思って許してもらいたい。これまできみの気持ちは家族に注がれてきた。自分の将来は考えたこともないに違いない。今回は黙って引きさがるが、絶望はしないよ」

カールトンはそう言い残して立ち去り、フレデリカは真の高潔さを発揮してこのひと幕の出来事をカリスに話し、冗談の種にするのを控えた。モレトンの申し出も誰にも話さなかった。彼のことは好きだったから、裏切る気になれなかったのだ。フレデリカができるだけ優しく、だがきっぱりと断ると、モレトンはため息をついてかすかな笑みを浮かべた。

「やはりだめか！」

フレデリカは灰色の瞳をきらめかせた。「とてもがっかりした？」

「もちろんさ！」

「でも、少しほっとしたはずよ。正直におっしゃい」

「いいや、誓って言うが、それは違う！」

「しばらくすればほっとするわ。ひとりでいるのがどれほど気楽か知っているんですもの。妻のエプロンの紐《ひも》に縛られるなんて、耐えられないはずよ」

モレトンは少しばかり沈んだ声で笑い、フレデリカの言葉を否定した。「きみのエプロンの紐なら、喜んで縛られたよ」

「そして弟たちを導く役目も喜んで果たした？」フレデリカは問いかけるように彼を見た。「わたしと結婚すれば、あのふたりの面倒も見ることになるのよ」

「だが、彼らはきみの年長の弟と一緒に住むんじゃないのかい？」

「とんでもない。そんなことになったら、あのふたりはハリーを翻弄するわ。ハリーは弟ふたりを育てるには若すぎるもの。ふたりに尊敬と従順を押しつけるには。それにジェサミーとは一週間もしないうちに大げんかになるわ」

「なるほど。まあ、子育てに関しては何も知らないが、ベストを尽くすよ」

フレデリカは笑って片手を差しだした。「考えただけで体が冷たくなるのに？　ありがとう、とても優しいのね。わたしが承知したら、ひどい窮地に陥ることになるのよ。でも、お断りするから安心して」

モレトンはフレデリカの手を取り、それにキスした。「そこまで怖がってはいないさ。だが、これからも友達のままでいてくれるかい？」

「もちろんですとも。わたしのほうこそお願いしたいわ」彼女は心からそう答えた。

彼が立ち去ると、嘲りではなく、優しい笑いがこぼれた。モレトンは一瞬がっかりしたものの、すぐに立ち直った。おそらくいくらもたたぬうちに、結婚という罠《わな》から逃れられたことを神に感謝するに違いない。彼の気楽なひとり暮らしを冒険好きのジェサミーやフエリックスがかきまわすところを想像すると、笑いがこみあげてくる。カールトンがふたりを縛ろうとすれば、もっと悲しい結果になるだろう。でも、アルヴァストークなら、ふたりにこれっぽっちの敵意すらかき立てずにそれができる。どういうわけかふたりとも、侯爵は深い尊敬に値する人物だと判断しているから……フレデリカはふいにこの思いを中断し、侯爵には二度と頼るまいと決めたことを思いだして、自分を叱った。でも、侯爵を頭から追いだすのは簡単ではなかった。このごろは、ともすれば彼のことを考えている。でも、それを許すのは愚かの極みだと気づくだけの良識はあるはずよ。それにプライドもある。彼の犠牲者のひとりに加わるのはごめんだ。フレデリカの見るところ、アルヴァストークはダーシー・モレトンよりもはるかに根深い独身主義者だった。モレトンは胸のなかに優しい気持ちを隠しているが、侯爵には温かさも優しさもない。人に親切にするのは、あくまでも自分のため。それで退屈がまぎれるときは、誰よりも楽しい相手になる。でも、ふたりの姉や彼を退屈させる人々には恐ろしいほど冷ややかだ。彼は非情で冷たい利己的な男、しかも噂が本当なら、相当な女たらしでもある。おそらく噂は本当だろう。とはいえ、救いがたい人間にも、人は公平であらねばならない。フレデリカは自分と美しい妹に対する彼の態度に、これっぽっちも卑しい意図を感じたことはなかった。一度だけ、彼が言い寄ろうとしていると疑ったことがあるが、どうやら思い違いだったようだ。それに自分とカリスの後ろ盾になることに同意したのは、姉のルイーズを怒らせるためだったにせよ、ジェサミーとフェリックスにもとても親切にしてくれた。フレデリカはさらに公平になり、ハンプトンコートで過ごした一日のことも思いだした。あれは彼にとっては、死ぬほど退屈だったに違いない。それにルフラを早死にから救ってくれたことや、ジェサミーの起こした事件に見事な始末をつけてくれたこともある。そのどれにも卑しい意図、よからぬ動機を見つけるのは不可能だ。どの場合も侯爵はまさに弟たちの後見人として振る舞った。腹立たしいことだが、つい何が起きても頼れる人物だと考えてしまうのはそのためだ。でも、侯爵に頼るのはもうやめなくては。理由はわからないが、いまのところ彼はメリヴィル一家の友人であることを楽しんでいる。でも、いつ退屈し、自分たちを受け入れたときと同じようにあっさりと振り捨てるかもしれない。結局のところ、彼のことは、あちこちのパーティで耳にする噂以上のことは大してわからないのだ。彼が自分をふつうより好いているかどうかすらも！　好いているに違いないと思うこともあるが、パーティで彼が夜の半分以上もたってから、ようやく二、三言交わしにやってくるときは、自分にはなんの関心もないと確信させられる。客観的に考えれば、おそらく無関心なのだろう。ほんのさりげない一瞥《いちべつ》、たったひと言で虜《とりこ》にできる、とびきりの美人にさえ退屈するとすれば――フレデリカは何度もそういう場面を見ていた――とうに若さを失った、まずまずの器量でしかない田舎の親戚に関心を持つわけがない。実際、あの美しいパラコーム夫人や、侯爵の新しい相手だという噂の華やかな未亡人のことを考えると、メリヴィル一家のことなど、とうに忘れてしまわないのが不思議なくらいだ。誰かに自分が急速に侯爵の心を占領しはじめていると言われたら、フレデリカはとんでもないと言下に否定したに違いない。

17

アルヴァストークは、実際、めったにないほど用心深く振る舞い、無類のゴシップ好きたちに噂《うわさ》の種を与えないように細心の注意を払っていた。自分の評判をよく知り、多少ともフレデリカに好意を寄せているしるしをちらっとでも見せたとたん、扇情的な噂が広まることを承知している彼は、フレデリカを嫉妬深い目や、たんに邪悪なだけの舌から守るためにことのほか気を遣っていた。そして彼がこれほど多くの舞踏会や集まりに顔を出し、女主人たちを喜ばせるわけを知りたがる人々の好奇心を満足させるために、美しいイルフォード夫人に関心があるふりをすることにした。華やかなこの未亡人が魅力的であると同時に、簡単には傷つかないこともよく知っていたからだ。アルヴァストークは美女に目がないことで知られてはいるが、人に苦痛をもたらすのは嫌いだった。彼の征服した女性たちのリストには、ひとりとして誠実で無垢《むく》な女性は含まれていない。ほとんどの場合、彼は誘いをこめて自分に投げられるハンカチを無視したが、明らかに彼を射止めようという意図をむきだしにしたあまりに大胆な女性には、彼独自の方法で容赦なく対処する。彼女と同年代の嫉妬深い目、ショックを浮かべる目のなかで、つかのま熱心にたわむれ、次に会ったときには彼女の名前どころか、以前会ったことすら思いだせないふりをするのだ。こういう非情な振る舞いが、アルヴァストークは危険だという悪評を生むことになり、思慮深い両親に侯爵を近づかせるなと娘たちに警告させることになった。そのため、親しい友人に苦言を呈されたこともあったくらいだ。しかし、残酷だと言うモレトンの非難に、アルヴァストークは軽蔑の笑みを浮かべ、犠牲者はこの教訓から学ぶべきだ、と冷たく言い捨てた。彼は社交界にデビューしたその瞬間から、最も望ましい結婚相手とみなされ、娘の夫を求める母親たちのありとあらゆる企てにさらされてきた。だが、この立場をあきらめて受けとめ、甘んじて耐えるのはごめんだった。また野心的な娘たちが仕掛ける誘惑の罠《わな》を愉快だと感じることもなかった。初恋の相手が、自分と同じような地位と財産を持つ男なら、背中が曲がった相手でも結婚するつもりでいることを知った日からしだいに皮肉な見方を強め、三十七歳のいま、フレデリカがいきなり彼の人生に入ってきたときには、妻をめとるくらいなら、テムズ川に身を投げたほうがましだと考えるようになっていた。

だが、フレデリカは彼の退屈とはいえ心地のよい穏やかな毎日に波乱をもたらした。ひと目惚《めぼ》れというわけではなかったが、まもなく彼は自分が奇妙にも彼女に強く惹《ひ》かれていることに気づいた。これまで彼が興味を持ったのは育ちのよい浮気性の女性ばかり。彼は相手とたわむれ、親密な関係よりも、むしろそこに至るまでの駆け引きを楽しんだ。が、その誰にも愛情を抱いたことはなく、ましてや永続的な関係を築く気にはこれっぽっちもならなかった。どれほど美しく魅力的でも、ほんの数カ月もすれば退屈になる女性に一生拘束されるのは、考えるだけでも恐ろしい。彼は女性との親交を望まなかった。結婚がもたらす試練や責任を負うのはもっとごめんだ。

ところが、フレデリカが突然彼の人生に舞いこんで、冷ややかな計算を狂わせ、彼に責任を押しつけた。そして整然とした日々にどんどん入りこみ、彼に気にくわない疑いをもたらした。だが、どれほど努力しても、彼は自分のなかに生じたこの不愉快な変化の理由を見出《みいだ》すことができなかった。フレデリカは自信に満ちてはいるが、美しいとは言えない。技巧を使い、彼の気を引くわけでもない。社会のしきたりを笑いとばし、物事に実に実際的に対処する。彼がこれまで避けてきた女性たちとは、まるで違う。しかも彼女はふたりの厄介な少年を彼に押しつけた。これほど最悪の事態があるだろうか?

いや、押しつけたとは言えないかもしれない。アルヴァストークは口元にあきらめの笑みを浮かべ、心のなかで訂正した。むしろ自分から進んでフェリックスの懇願を聞き入れたのだ。あの憎たらしいがきめ。それから事故にあった退屈な堅物ジェサミーに助けを求められ、救わざるをえなかった。だが、その件でフレデリカを責めるのは、まったく不当だろう。事実、彼女はジェサミーが自分ではなくアルヴァストークに助けを求めたことに立腹したくらいだ。尊大な愚か者が！　尊大で、愚かで、管理好きで、まずまずの器量でしかない女だ。そのどこが、いったいなぜ、これほど気に入ったのか？

フレデリカが示した模範に無意識に従い、アルヴァストークは彼女を公平に判断しようとした。彼女のなかに、自分を怠惰な享楽主義から揺り起こし、しつこい疑いで悩ますどんな資質があるのか？　それを探るのは楽しかったが、問題の解決には一歩も近づかなかった。彼が好きなのは、あの自信に満ちた落ち着き、率直さ、笑いを含んできらめく瞳、愚かさを見抜く聡明《そうめい》さ、二十四歳の女性には重すぎる責任を引き受けていながら、少しもめげずにそれを楽しんでいるところだ。弟から仕入れた流行《はや》りの言葉をうっかり口にして、後ろめたそうな顔をするときのなんとも言えず愛らしいこと！　厄介な問題を考えているときの真剣な表情や、彼女が口にする思いがけぬ言葉も同じように魅力的だが、そのなかに彼の現在の生活を混乱させ、彼の自由な将来を危険にさらす何があるというのか？　もちろん、何もない。ただ、フレデリカは彼に自分が持っているとは思ってもみなかった気持ちをかき立てる。だが、それもすぐに飽きるたぐいのものかもしれない。

果たしてそうだろうか？　彼は眉根を寄せた。フレデリカに会えば会うほど、彼女に惹かれる気持ちは強くなるばかりだ。この気持ちは愛とは違う――そんなものは、若い愚かな時代の産物だ。だが、たんなる〝好き〟でもない。愛着とでも呼んでおこうか。とにかく、この〝愛着〟のせいで彼は心の平安を保てないほど頻繁に彼女のことを考えていた。しかも常にフレデリカの肩から重荷を取り除きたいという願いが頭を離れない。老いが始まっているとしか思えない！　だが、現実にはほんの些細《ささい》な助力で我慢しなければならず、彼女が抱えているに違いない最も大きな懸念については、どうすることもできなかった。おそらくフレデリカはロンドンでかかる費用を安く見積もりすぎていたのだろう。彼の鋭い目は、ベルベットの縁取りがあるアルバニー産の紗《しゃ》のコートの下の夜会服に、すでに何度か手を入れた跡を見つけていた。フレデリカが倹約を余儀なくされているのはほぼたしかだ。アルヴァストークはフレデリカがカリスに注ぎこんだあらゆる四ペンス銀貨のことを思った。経験豊かな彼は、カリスのドレスも、微妙に手を加えて新しく見せているのに気づいていた。そして夜ごと燭台《しょくだい》の蝋燭《ろうそく》がすっかり溶けてしまうまでせっせと縫い物に励む、けなげなフレデリカの姿を思い描いた。カリスは文句なしに美しいが、ほかにはなんの取り柄もない娘だと決めつけていた彼は、この骨折り仕事もデザインの変更も、すべてカリスがしたことだと言われても――もっとも、カリスは骨折り仕事だとは思っていなかったが――信じなかったに違いない。彼の偏見に満ちた目には、社交界が〝あの言葉で表せぬ何か〟と呼ぶものが、カリスには欠けているように見えた。フレデリカにはそれがある。フレデリカが何をしようと、たとえ手直しした古いドレスを着て、みすぼらしい借家で訪問者の応対をしようと、それは明らかだ。彼はフレデリカをアッパーウィンポール街からもっとふさわしい場所に移し、あらゆる贅沢《ぜいたく》な家具を揃《そろ》え、いつでも好きなときに新しいドレスを買える小遣いを与えてやりたかった。ところが、莫大《ばくだい》な財産を持っているというのに、彼にできるのはせいぜいジェサミーとルフラが引き起こした惨事の後始末をすることだけだ！　これからも同じような助けを差しのべられる機会は訪れるかもしれないが、それだけでは彼がしたいことの百分の一にもならない。

アルヴァストークの眉間のしわが深くなった。フレデリカの成人した弟は、おそらく彼女を支えるよりもむしろ重荷になる可能性が高い。ハリーは悪い青年ではないが、父親ほど軽はずみな性格ではないにせよ、責任感に欠けている。おそらく一、二年もすれば満足してヘレフォードシャーに落ち着くだろうが、いまは明らかにロンドンでばか騒ぎを楽しむつもりでいるようだ。そして家のことも弟たちのことも、残り少なくなった金でやりくりしている家族の抱えている問題も、喜んで有能な姉に丸投げしている。ハリーにそれとなく目を光らせてきたアルヴァストークは、遠からずこの青年が借金を抱えこむと踏んでいた。ありがたいことにギャンブル中毒ではなさそうだから、世間知らずの若者を餌食にしようと待ち構えている賭博師の罠にはまったとしても、すぐに吐きだされるに違いない。それに友人のペプロウに行くなと警告された賭博場のひとつで過ごすつもりはなさそうだ。たしかに賭博場でひと財産儲《もう》けるのは喜ばしいことだが、ペプロウが追いはぎと表現するプロが相手では、ひと財産作るのは無理だ。あの若者にはそれがわかる程度の知恵はある。だが、馬はべつだ。馬の目利きだと思っている人間は――ハリーはそうだと自惚《うぬぼ》れている――形を研究し、計算機から目を離さず、競馬通が自分の金をどう賭けるかを注意深く見守り、いつ両賭けをすべきかを考慮する。そうすれば勝ち馬を当てる確率は十分あるのだ。ロンドンに着いた次の月曜日、ハリーはペプロウとタッターサル競馬場に出かけ、その後、騎手や賭けをする人々が集まる社交場、サブスクリプションルームの常連になった。優勝馬の馬券を買って金を儲けるよりも馬自体が好きなハリーは、エンディミオン・ドーントリーの助言を受け入れて、非常に安く買った二頭立ての馬車で、街で開催されるレースにはどこでも出かけていく。彼が手に入れた二頭の馬のほうはそれほど安くなかったが、ハリーは少々後ろめたそうな顔で、安い馬はそのうちつまずくか脚を引きずるようになり、結局は高くつくとフレデリカに説明した。

フレデリカは弟の贅沢に文句を言いたい衝動をこらえて、同意した。ハリーが姉の批判に反発するのはわかっていたし、そもそも自分のほうがはるかに多額の金を使っているのだ。ロンドンのシーズンでかかる費用を出しているのはグレイナードだが、そのグレイナードは、彼女ではなくハリーのものだった。フレデリカは冗談めかして収入を超過しないようにしてね、と言うだけに留《とど》めた。「ばかな！　ぼくは貧困者じゃないぞ！　貸馬車に乗れというのかい？　一週間に一度、めかして出かける男みたいに？　どうしてそんなことをする必要があるんだ？」

「いいえ、そうじゃないの。ただロンドンでは出費がかさむから、そのうえ馬丁の――」

「くだらない！　ほんのはした金じゃないか。姉さんに常識ってものがあれば、ぼくらの馬と御者のジョンをロンドンに連れてきたはずだ。姉さんたちが辻馬車《つじばしゃ》であちこちに出かけるのも、本当は気に入らないんだ。それじゃ立派な外見を保てない。ぼくがそれにかかる費用を惜しむと思ったのなら、大きな間違いだぞ！」

そんなことは頭に浮かびもしなかったとフレデリカは弟をなだめ、それ以上は何も言わなかった。だが、批判精神の旺盛なジェサミーは自分の気持ちを抑えようとはせず、ハリーが買ったウェールズ産の鹿毛に関心を持つことを拒んだばかりか、この買い物はまったくの贅沢だと決めつけた。ハリーは兄に対するこの尊敬を欠く態度に業を煮やしたが、暴力は嫌いだったから、弟を殴り倒すのを思いとどまった。

そのあと、メリヴィル一家はハリーの姿をほとんど見なくなった。彼は洒落《しゃれ》た二輪馬車で好きなだけ競馬に行き、街の外ではあるが比較的便のよいモースリーハントやコプトホールコモンなどで目立たぬように行われる拳闘の試合を見物した。

侯爵はこのけんかのことも、その後ジェサミーとハリーの仲が険悪になったこともすっかり知っていた。一、二度ジェサミーを招いて公園を馬車でまわっているときに、買ったばかりの立派な鹿毛に試し乗りをしているハリーにでくわしたのだ。侯爵はこう言った。

「とても立派な馬だな。あれに乗ったことがあるのかい？」

「いいえ！　乗るつもりもありません」ジェサミーは怒りに燃える目で答えた。「ぼくがあの馬車と馬のことをどう思っているか、ハリーもよく知ってます！」

「ぼくはそれほどよく知らないな。どう思っているんだい？」

ジェサミーは率直に自分の考えを述べた。彼はどちらかというと堅苦しいほど礼儀正しい少年だが、侯爵のことはだいぶ前からとても親しい信頼できる親戚だとみなしていたから、このひどい無駄遣いを厳しく叱ってほしいと訴えた。「兄はぼくの言うことなんか、まるで聞こうとしないんです！」

「うむ。きみの頭を抱えて殴らなかったとは、ずいぶん寛大な兄上だな」侯爵は小さな笑みを浮かべてつけ加えた。「フェリックスに説教されたら、きみはどんな気がする？」

ジェサミーは顔を赤くして侯爵をにらんだものの、ややあって言った。「たしかにあんなことを言うべきではありませんでした。ついかっとなって黙っていられなかったんです。ハリーは自分の好きなようにする権利がある、と姉は言うけど、ぼくは兄が自分の楽しみのために浪費する代わりに、どうすれば姉の役に立てるか考えるべきだと思うんです！」

侯爵もジェサミーと同じ気持ちだったが、黙って彼の怒りがおさまるのを待ち、それからメリヴィル家は馬車と二頭の馬を買ったくらいで破産することはない、と指摘した。

侯爵は実際にそう思っていた。フレデリカがハリーのちょっとした無駄遣いをそれほど苦にしているとは思えない。だが、何かが彼女をかなり悩ませていることはたしかだ。いまの侯爵には、フレデリカを悩ませないことがほとんど常軌を逸するほど重要なことだったから、その原因を突きとめるために、彼はメリヴィル姉妹とジェヴィントン卿《きょう》と妻のオーガスタ、ミスター・ピーター・ナヴェンビーをオペラの夕べに招待した。オーガスタがこの招待を断ってきたら、ルイーズと退屈なその長男を呼ぶつもりだったが、さいわいオーガスタは断らなかった。ジェヴィントン卿もオペラハウスにボックス席を借りていたから、アルヴァストークは少し驚き、オーガスタの穏やかな夫は大いに驚いた。

だが、おかげでこのオペラパーティは完璧な隠《かく》れ蓑《みの》になった。最も疑《うたぐ》り深《ぶか》い人々も、侯爵の礼儀正しいが退屈そうな態度から、彼がたんに後見人としての義務を果たしているにすぎないと確信するに違いない。オペラの幕間《まくあい》に、誰の注意も引かずにフレデリカと話すのは簡単なことだった。カリスのご機嫌を伺いに来た紳士たちのいる場所を作るためにボックスの奥に引っこむと、彼はこう言った。「喜んでもらえたかな？　きみの熱のこもった感謝の言葉を聞かないと、とても役立たずになったような気がしてね」

フレデリカはこの皮肉に一瞬けげんそうな顔をしたが、すぐにいたずらっぽく目を輝かせた。彼女はまだ一度も〝どういう意味？〟と尋ね、彼をがっかりさせたことがない。

「ええ。とても感謝しているわ。ただ――」彼女はため息をついた。「こうして間近から彼を見る機会が手に入ったいま、彼こそカリスにぴったりの相手だと思わないこと？」

アルヴァストークはナヴェンビーをちらっと見た。「そうかもしれないな。そのことが気にかかっているのかい？」

「いいえ。ただ、妹がふさわしい相手を見つけて、幸せになってほしいと思うだけ」

「だったら、何が気になっているんだ？」

「あら、べつに何も。ただコックをクビにしなければならないの。とても料理が上手だから、本当は辞めさせたくないのよ。でも、しょっちゅうジンを飲んでいるからクビにすべきだと家政婦が言うの。わたしが少しばかり悩んでいるように見えても、無理はないでしょう？　もっとも、そんなふうに見えるのは困るけれど」

「心配はいらないよ。ぼくほどきみをよく知らない者には、ふだんと同じに見える。彼らはたぶんそのコックに関する嘘《うそ》にも騙《だま》されるだろう」

「嘘じゃないわ！」フレデリカは腹立たしげに言い返した。

「いいだろう。しかし、コックがきみの落ち着きを乱しているわけではないはずだ。ジェサミーと同じように、ハリーが洒落た馬車と二頭の馬を買ったせいで、経済的に行きづまるのを恐れているのかい？」

「まさか！　たしかにハリーが貸馬車で我慢してくれればよかったとは思うわ。ロンドンで馬車を維持するのにどれだけ費用がかかるか、まるでわかっていないんですもの。でも、その件で落ち着きが乱されたわけではないの。ジェサミーが話したのね？　ハリーにお説教するのはやめてくれるように、あなたから言ってくれるとありがたいわ」

「もうそう言ったよ」彼は答えた。

「ありがとう」フレデリカは感謝の笑みを浮かべた。「ジェサミーはほかの誰よりもあなたの言葉に耳を傾けるの。では、この次ハリーと会うときはあまり非難がましい顔はしないわね」

アルヴァストークは眉を上げた。「この次？　ハリーはどこかに行っているのかい？」

「ええ。あの……ほんの二、三日よ。すぐに戻るわ。友人とどこかに遠出をしているの」

フレデリカは軽い調子で答えた。

「すると、それが原因か」アルヴァストークは微笑《ほほえ》んだ。

「違うわ！　どうしてそんなばかなことが言えるの？」

「いまの叱責を礼儀正しく頭をさげて受けるべきかな？　それとも安心させてほしいかい？」彼の笑みが広がり、フレデリカは問いかけるように目を上げた。「きみはとても弟思いの姉だね。それにハリーが友人と出かけることに反対なわけではない。だが、彼が悪い仲間と一緒ではないかと心配している。しかし、その点は心配いらないと思う。若いペプロウと個人的な面識はないが、ぼくが聞いた話では、彼は夜明けまでどんちゃん騒ぎをするような手合いではないようだ。間違いなくペプロウとハリーはばかげた浮かれ騒ぎを何度か経験するだろうが、心配することは何もない。気楽で陽気な若者とはそういうものさ」彼は言葉を切り、つかのまためらったあとこう言った。「初めて会ったとき、お父さんのことを率直に話してくれたから、ぼくも率直に言おう。ハリーがお父さんのようになる恐れはほとんどないよ。たしかに彼によく似ているが、彼と違う点もいくつかある。なかでも大きな違いは、ギャンブルが好きではないことだ。どう、安心したかい？」

フレデリカはうなずき、低い声で答えた。「ええ！　ありがとう。実はそれが心配だったの。でも、どうしてわかったのかしら？」フレデリカは率直な笑顔でこう言った。「本当によくしてくださるのね。心から感謝するわ。弟たちに対する親切はとくに。被後見人だと嘘をつくことさえできないハリーのことまで、どうして関心を持ってくれるのかわからないけど、ありがとう！」

自分がハリーに関心を持つわけを告げることもできたが、彼は黙っていた。そんなことをすれば決してしないと誓っている宣言に、危険なほど近づくことになる。フレデリカはすばらしい女性だが、彼女に縛られるのはごめんだ。それにフレデリカに少しでも気まずい思いをさせるのは絶対に避けたかったからだ。少なくとも、そのときは自分にそう言い聞かせた。だが、ひとりになって自分の気持ちを探ると、黙っていた理由はもうひとつあることに気づいた。フレデリカを失うのが怖かったのだ。彼女の手にキスしたときのことはいまでも忘れない。あのほんのささやかな愛情のしるしさえ、彼女は警戒し、彼から少し離れた。それを見て彼は即座に後見人の立場に戻ったのだが、再開された気のおけない関係で、フレデリカが彼に友情以上のものを求めているしるしはまったくなかった。

これはアルヴァストークには新しい経験だった。あまりに多くの罠が仕掛けられ、数知れないハンカチが投げられたため、自分の求愛する女性が拒否する可能性など、とっさに頭に浮かばなかったのだ。しかし、考えてみれば、フレデリカは彼をつかまえようとしているわけではない。彼にせよ、ほかの誰にせよ、地位と財産が気に入って結婚を承知することもないだろう。だが、ひとりの男としてフレデリカが自分を好いているかどうか、彼にはまったく自信がなかった。なんということだ！　アルヴァストークは皮肉な笑みを浮かべて思った。美しいジュリア・パラコームや、華やかなイルフォード未亡人たちをあまりにたやすく落としてきたせいで、危うく自分は誰からも拒まれないほど魅力的だと思いこむところだった。

それから数日後、まだ自分とフレデリカの心理状態を分析しながら、黄昏《たそがれ》に館に戻ると、玄関ホールに鞄《かばん》や帽子の箱が散らばっていた。ふたりの使用人が畝織のトランクを運んで階段を上がっていくのを、執事が父親のような顔で見守っている。

「いったい――」

「レディ・エリザベスでございます、閣下」ウィッケンは帽子と手袋を受けとりながら答えた。「昔に戻ったようですな！　二十分ほど前にお着きになりました」

「ほう、そうか？」アルヴァストークは少しばかり険しい顔で言った。

レディ・エリザベス、つまり、ただのミスター・ケントメアと結婚した〝可哀想《かわいそう》なエリザ〟が、まだ旅行服を着たまま図書室から出てきて、愛情たっぷりに言った。「親愛なるヴァーノン、そうなの！　でも、心配しないで。あなたが懸念しているような理由で来たわけではないのよ。それに、あなたがわたしに会えてどれほど嬉《うれ》しいかは、よくわかっているわ！」

姉はそう言いながら近づいてきた。長身の、どちらかというと痩せぎすの女性で、三人姉妹のなかでは最も彼と年が近い。そして外見も最も彼に似ていた。

「まあ、エレガントだこと！」姉は笑いながら言った。「惚《ほ》れ惚《ぼ》れするほどすてきよ、ヴァーノン！」

「その言葉をそっくり返したいところだが」彼は姉が差しだした頬に軽くキスしながら言った。「なんておかしな帽子だろう！　それになんだかやつれて見えるよ、エリザ！　どういう風の吹きまわしでロンドンに来たんだい？」

「ええ、ほんとにおかしな帽子ね。新しいのを買わなくては！」エリザベスはもったいをつけてそう言った。「新しいドレスも買えるような身分ならいいんだけど」

アルヴァストークはこの言葉には騙されなかった。両親がただのミスター・ケントメアをしぶしぶ受け入れた理由は、彼のとびきり大きな資産にあったのだ。アルヴァストークは姉を図書室へ押し戻すとドアを閉じた。「少しは慎みを持ったらどうだい、エリザ！」

彼女は笑った。「使用人の手前を気にするなんて、おかしいわよ。ところで、親愛なるルイーズお姉様はお元気？」

「ありがたいことに、もう一週間以上も会っていないよ」アルヴァストークは姉を見て目を細めた。「帽子はともかく、どうしてロンドンに来たんだい？」

「あら、帽子は重要よ。乗馬用の鞭《むち》も買って、最新の流行に戻らなくては。でも、わたしがロンドンに来たのは、あなた自身のぐちと同じ理由。退屈のせいなの！」

「なんだって？　田舎の静けさに飽きたのかい？」

「あなたが少しでも甥《おい》と姪《めい》に関心を持っていたら、〝田舎の静けさ〟のことなど口にしないでしょうよ！　今年は百日咳《ひゃくにちぜき》から始まったの。子どもたちが次々に三人もかかったわ。そして最後の咳がまだ終わらないうちに、今度は水疱瘡《みずぼうそう》！　たしかキャロラインが最初だったんだと思うわ。それもあの年で！　つづいてトムとメアリーがやられ、ようやくみんなが元気になったと思ったら、ジャックがイートンから恐ろしい病気を持ち帰って、全員がノックダウンされたのよ。ジョンまでが！　いっそわたしもかかりたかったくらい。そのほうがずっとらくだったでしょうに！　みんなが回復するまで、献身的な妻と母の役を演じつづけ、それからトランクに荷物を放りこんで、誰かがはしかにかかるか、喉の痛みを訴えるか、手足を折る前に、急いで出てきたというわけ！」

アルヴァストークは微笑んだものの、姉の顔からかたときも目を離さずに尋ねた。「で、ロンドンにはいつまでいるつもりだい？」

「さあ。一週間か二週間かしら。それが重要？　早く帰ってほしい？」

「とんでもない」彼は礼儀正しく否定した。

「よかった。友人を訪ねて、以前つき合いのあった人たちと親交を温めるつもりなの。来年のシーズンに借りる家の下見もしておきたいし。キャロラインをデビューさせるのよ。あら、驚いた？　あの子がそんな年になったのを知らなかったのね？　でも、知っているべきだったわよ、ヴァーノン。もちろん、舞踏室がある家でないとね。わたしは自分の家以外で舞踏会を催すつもりはないから、そんなに警戒しなくても大丈夫。ジェーンのためにここで舞踏会を催す気になるなんて、いったいどんなすばらしい奇跡があなたに起きたの？」

「べつに。あの舞踏会はフレッド・メリヴィルの娘たちを社交界に紹介するために催したんだ。知らないのかい？　ぼくはとても美しい娘の後見人になったんだよ」

エリザベスは真顔を保とうとしたが、弟の皮肉な笑みについ笑っていた。「まさか！　すっかり好奇心を刺激されたわ。いったいどうしてそういうことになったの？」

「とても単純なことさ。ぼくはフレッドに借りがあった。実際の後見人ではないんだが、さっき言った美人を社交界にデビューさせるために、彼らはぼくの保護を求めてきた。少なくともそれくらいはできるから、そうしたんだ。つまり、ルイーズを説得して、メリヴィル姉妹を紹介してもらったのさ」

「この悪魔！　オーガスタが手紙をくれたわ。ルイーズはあなたの美女を見たとたん、火を噴かんばかりだったそうじゃないの。それ以来、ずっと機嫌をそこねているんですって？　もうひとりは？　彼女も美人なの？」

「いや！　カリスとは比べるべくもない」彼はあっさりと答えた。「いちばんの年長で、弟妹を監督しているんだ。ぼくの後見は名目だけで、彼らとはほとんどかかわっていない」

　このとき、なんともタイミングが悪いことに、ウィッケンが入ってきて静かに告げた。「フェリックス様が閣下に会いたがっておいでです。こちらにお通しいたしますか？」

「今度はなんだって？」アルヴァストークは恐ろしそうに言った。「いまは手が――いや、会うしかないだろうな。通してくれ」彼はちらっと姉を見下ろし、気弱な笑みを浮かべた。

「メリヴィル一家の末っ子が来たらしい。悪魔のような子なんだ！」ウィッケンがフェリックスを従えてくると、彼はそちらに顔を向けた。「やあ、フェリックス？　今度はどんな不始末をしでかしたんだい？」

「ひどいよ」フェリックスは怒って言い返した。「不始末なんかしでかしてないのに！」

「それはすまなかった。では、ただの社交訪問かい？　エリザ、フェリックスを紹介しよう。被後見人のひとりだ。フェリックス、姉のレディ・エリザベス・ケントメアだよ」

「あれ！　ちっとも気づかなかった！　すみません、マダム！」フェリックスは少し困ったように見えたが、とても礼儀正しくお辞儀をして、心配そうにアルヴァストークを見た。

「明日来たほうがいいかもしれない。あの……お邪魔をするつもりはなかったんだ。ウィッケンったら、教えてくれればよかったのに。ただ、特別な話があって……」

三人息子の母であるレディ・エリザベスがさえぎった。「だったら、もちろんすぐに話したほうがいいわ！　その用件は個人的なこと？　しばらく席を外しましょうか？」

彼女の目がきらめいているのを見て、フェリックスは〝話のわかる〟人だと判断し、にっこり笑ってこう答えた。「いいえ、マダム。ありがとう！　ほんのちょっとだけ個人的なことなんです。誰にも言わないでくれますか？」

「ええ、もちろん秘密は誰にももらさないわ」彼女は即座に答えた。

「それで、不始末でなければなんだい、フェリックス？」アルヴァストークは促した。

「実は気球のことなんだ！」フェリックスは早口にそう言った。

レディ・エリザベスは笑いだし、急いで咳の発作に見舞われたふりをした。侯爵は不幸に慣れた声でこう言っただけだった。「そうか、で、気球がぼくと、あるいはきみと、どういう関係があるのかな？」

「いやだな、知らないの！」フェリックスは深いショックを受けて叫んだ。「木曜日にハイドパークから、気球が上がるんだよ！」

「それは知らなかった。それにこの場ではっきり言っておくが、ぼくは気球にはまったく関心はない。だから、それを見に連れていってくれと頼みに来たのなら、答えはノーだ。ハイドパークにはぼくのエスコートがなくても行けるはずだよ」

「だけど、行けないんだ！」フェリックスは急に世界にたったひとり、体ひとつで放りだされた孤児のような顔になり、澄んだ青い目で侯爵を懇願するように見上げた。「どうか一緒に行って！　その必要があるんだ！　これは義務だよ！」

「どうして義務なんだい？」侯爵は厳しい顔で尋ねながら、こみあげる笑いに苦しんでいる姉を静かにしろと目顔でたしなめた。

「だって……ぼくの後見人だもの。親戚のバクステッドにあなたが誘ってくれたって話したんだ！」フェリックスは率直にそう言い、まばゆい笑顔でこうつけ加えた。「ちゃんと説明すればわかってもらえるよ。バクステッド卿はあなたも嫌いでしょ！」

「そんなことを言った覚えはないな」

「もちろん、言わないよ。でも、それがわからなかったら、ぼくはずいぶん間抜けだ」フェリックスはたしなめるようにアルヴァストークを見た。「それに、ぼくが蒸気船に乗ったことを、彼が説教したとき、あなたは彼に――」

侯爵は少しばかりあわててフェリックスをさえぎった。「それはこのさいどうでもいい。バクステッドがきみの気球とどういう関係があるんだい？」

「彼がぼくら全員を公園に乗せていくから、みんなで気球が上がるのを見ようと提案したの。まあ、ハリーはいないけど、残りのぼくらで！」フェリックスはまるで大惨事の話をしているようだった。「ジェサミーみたいに、親切で優しいことだなんて言わないでよ。

相手のことを好きじゃなければ、親切だとも思えないし、感謝なんかしたくないもの！」

「たしかにそのとおりね！」驚いたことにレディ・エリザベスが口をはさんだ。「実際、親切になどしてもらいたくないわ！」

「うん、そうなんだ！」フェリックスはにっこり笑った。「それに、どういうことになるかわかってる。だから一緒に行きたくないと言うところだったんだよ！　絶対にジェサミーが御者の横に座るから、ぼくはバクステッドの隣で、彼がぺらぺらしゃべるのをずっと聞かされるはめになるんだ。たぶん、姉たちに航空学について説明するのを。まるでよく知ってるみたいに。そしてものすごく親切な声でぼくにも説明する。わかるでしょ！　ぼくは彼と一緒に行きたくないんだ！」フェリックスは侯爵の口の端がひくつくのを見てとり、勝ち誇って叫んだ。「わかってくれると思った！　だから、彼がいるのを知らずに部屋に入っていって、バクステッドがぼくたちを招待してくれたとフレデリカが言ったとき、一緒に行けない、もう侯爵に招待されて一緒に行く約束をしたから、ってつい言っちゃったの。ジェサミーはぼくが無礼ながきだと言ったけど、違うよ！　ちゃんと丁寧に感謝したもの。ほんとだよ！　だから、あなたが連れてってくれないと、ぼくは行かれないの。ひとりで行ったら、バクステッドに失礼でしょ」

「これが不始末でなくてなんだ？　きみの家族はその嘘を信じたのかい？」

「ううん。もちろん、フレデリカとジェサミーは嘘だってわかってたよ。あとであなたにしつこくねだっちゃだめだ、って釘《くぎ》を刺されたもの。でも、ぼくはしつこくしてないよ。ただ、頼んでいるだけ！　フレデリカはあなたは気球が上がるのなんか見たくないと言うんだ。でも、ぼくはきっと楽しめると思う！」

「そうかい？　では、正直に言うが、きみはとんでもなく――」

「ええ、楽しめるわ！」レディ・エリザベスがさえぎった。「すばらしい体験ね！　わたしもぜひ一緒に行きたいわ。気球が上がるのを見たことなど一度もないんですもの。ヴァーノン、どうすればわたしを喜ばせられるか考えていたんでしょう？　これが答えよ。気球が上がるのを見学したいわ。フェリックスとわたしをハイドパークへ連れていって！」

「姉さん！」侯爵はあきらめ顔で言った。「わかったよ」

「行ってくれると思った。ジェサミーにもそう言ったんだ！」フェリックスはためらいがちにつけ加えた。「フェートンで行ける？」

「どうして？　きみは馬車にも馬にも興味がないと思ったが」アルヴァストークは言い返した。「それより蒸気機関車でハイドパークへ行きたいんじゃないのかい？」

「うん！」フェリックスは目をきらめかせて叫んだ。「でも、それは無理。あれはレールの上を走るんだもの。ジェサミーが自慢ばっかりするからさ。あなたの馬を運動させてる、一緒に公園をまわってるって。だから、木曜日はぼくがフェートンに乗れたらいいなと思って！」彼はちらっとレディ・エリザベスを見た。「でも、あなたがいやなら――」

「ちっとも！　バルーシュみたいな月並みな馬車から、気球が上がるのを見るなんてまっぴら」彼女は即座にそう言った。「それに、フェートンで行けば、バクステッドの鼻もあかせるわ」

この適切な言葉に、フェリックスはレディ・エリザベスに関する自分の勘が正しかったことを知り、彼女に心から感謝した。そしてフェートンはふたり乗りだ、という侯爵の抗議をあっさり無視し、にやにや笑っているレディ・エリザベスを残して立ち去った。

18

フェリックスの訪問に好奇心をかき立てられたエリザベスは、翌朝オーガスタを訪問した。フェリックスはとても可愛《かわい》い少年だから、弟が関心を持つのは意外だとしても理解できる。だが、フェリックスの話からすると、アルヴァストークの関心はその兄にもおよび、なんと大切にしている馬にその子が乗るのを許しているらしい。これは彼女の理解を超えていた。ただし、この前例のない好意が、メリヴィル一家の美女を喜ばせたいという願いから発しているならべつだ。エリザベスは天女のように美しいカリスのことを、ごくたまに古い友人がくれる手紙ですっかり知っていたが、弟がまだ二十歳の誕生日も迎えていない娘と結婚するに違いないというサリー・ジャージーの予言には、大して重きをおいていなかった。きわめつきの独身主義者はいつもそうなのよ、とサリーは言うが、弟のことをサリーよりもよく知っているエリザベスは、この予言をたんなる噂《うわさ》だと片付けた。

前夜弟と差し向かいで夕食をとったとき、彼女はメリヴィル姉妹についてはほとんど好奇心を示さず、たんにこう言った。「ふたりを紹介してくれるでしょうね。ふたりともフエリックスのように魅力的な人たちなら、あなたが友達になることに同意した気持ちもわかるわ！　で、ふたりをうまくデビューさせることができたの？」

「できたよ。それもやすやすと。ぼくはとくに何もしなかった。舞踏会に招待しただけさ。ふたりが入ってきたときのルイーズの顔を見せたかったよ！　フレデリカにはすでに会っていたんだ。とても落ち着いているが、若くもないし美人でもない、まずまずの器量の、良識を備えた女性だと知って、おそらく驚きながらも内心ほっとしたに違いない。だから、カリスを見て呆然《ぼうぜん》とした」アルヴァストークは思いだして皮肉な笑みに唇をゆがめた。「ぼくも二十回近くシーズンを経験し、美人はたくさん見てきたが、カリス・メリヴィルほど美しい女性は初めてだ」彼はワイングラスを上げ、少し飲んだ。「姿も顔も非の打ちどころがない。甘い表情もとても魅力的だ。欠点を見つけるのは難しいくらいさ。身のこなしも優雅だし、これは誰もが言うことだが、マナーも完璧だ」

エリザベスは驚き、どうやら自分の予想が外れたことに内心がっかりしながら言った。「まあ、驚いた！　ぜひともその美の化身に会わなくては！」

「明日会えるよ。セフトン夫妻のパーティに呼ばれているはずだから。ぼくを連れていったほうがいいぞ。さもないとなぜ姉さんをエスコートしてこなかった、とぼくがマリア・セフトンに叱られる。姉さんがカリスを見て驚かないとしたら、そのほうが驚きだな」

上の姉たちと違い、エリザベスは弟に適齢期の娘を押しつけようとしたことは一度もなかった。ふたりの関係は昔から友好的で、穏やかな愛情さえ通い合っている。だが、ドーントリー一族の者は誰にせよ強い絆《きずな》で結ばれているとは言えないうえに、ジョン・ケントメアと幸せな結婚をしているエリザベスは、自分の子どもを育てるのに忙しく、ロンドンを訪れることはめったになかった。弟の将来についてもとくに関心はなく、かつて弟の結婚にはまったく関心がないと宣言してルイーズを怒らせたことがあった。だが、こうして実家に戻ってみると、弟のことが少しばかり心配になった。ヴァーノンがひどい結果に終わるとしか思えない結婚に踏みきる寸前に見えたからだ。どれほど美しくても、彼は一年もしないうちに、いえ、もっと早く、その娘に死ぬほど退屈するに違いない。レディ・ジャージーの予言はもちろん、恐ろしく不釣り合いな結婚からアルヴァストークを――そして一族を――救ってくれというルイーズからの熱心な手紙にはもっと重きをおいていなかったが、弟がカリス・メリヴィルを褒《ほ》め称《たた》えるのを聞いて、翌日オーガスタを訪ねる気になったのだった。オーガスタにも欠点はあるが、ルイーズと違って良識も判断力もある。オーガスタは穏やかな喜びで妹を迎え、礼儀正しく家族の様子を尋ねると、ロンドンにいるあいだに衣装を補うべきよと勧めた。「その時代遅れの服がまるで似合っていないことを指摘するのは、姉としての義務ですもの」とオーガスタは言った。「ロンドンには、そのために来たに違いないわね」

「実は違うの」エリザベスは答えた。「ヴァーノンがとても美しいけれど、まだ十代の娘に首ったけだと聞いて、本当かどうか確かめに来たの」

「わたしの知るかぎりでは、そんなことはないわ」オーガスタは落ち着き払って答え、寛大さと軽蔑が絶妙に入り混じった笑みを浮かべた。「ルイーズがあなたにそう書いたの？　あの子はばかよ」

「ええ、でもサリーは違う。彼女もヴァーノンが最悪の間違いをおかす寸前だと書いてきたのよ」

「わたしはサリー・フェインの理解力が並み以上だと思ったことは一度もありませんよ」

「でも、お姉様、ヴァーノンは昨夜、口を極めてその娘を褒めちぎったわ」

「煙幕をはったのよ」

エリザベスは眉根を寄せた。「つまり、その娘はそれほど美しくないってこと？　でも――」

「カリス・メリヴィルほど美しい娘は見たことがないわ。それにあれほど行儀のよい娘もめったにいないわね」オーガスタは公平な判断を下した。「彼女はヴァーノンの舞踏会に姿を現したとたん、みんなの注目を集め、いまではロンドンの結婚適齢期の男性の半分が、彼女を取り巻いているわ。実はグレゴリーもそのひとりなの」オーガスタは落ち着き払ってつけ加えた。「でも、真剣なおつき合いに至る可能性はないわ。むしろ、あの子が最初に目を惹《ひ》かれたのが、とても従順で立派な道徳観を持つ謙虚な女性だったことを喜んでいるのよ。グレゴリーにとってはとてもよいことですもの」

エリザベスは苛立《いらだ》たしげに尋ねた。「でも、ヴァーノンは？　その娘になんの関心もないなら、どうしてその弟にまで関心を持っているの？　ちっともヴァーノンらしくないわ！」

「わたしは弟に秘密を打ち明けられたわけではないけれど、あの子のことはまあわかっているつもりよ。弟がメリヴィル姉妹を舞踏会に招いたのは、ルイーズとルクレティアにひと泡吹かせるためだったと思うわ。ジェーンがデビューすると聞いて、あの女はクロエもデビューさせようとヴァーノンにしつこくせがんだのでしょうよ。彼がルイーズにあの姉妹のつき添い役を承知させた方法も想像がつくわ。まあ、そのしっぺ返しにしても、あれは少しやりすぎだったと思うけれど。実際、わたしはルイーズやルクレティアの懇願に耳を貸さないように助言したのよ」

わたしたちの弟は姉の助言になど耳を貸したことはないわ。エリザベスはそう言いたい衝動をこらえた。「たしかにヴァーノンはルイーズをこらしめるためにメリヴィル姉妹を舞踏会に招いたのかもしれない。でも、それではほかの説明がつかないわ。彼のいわゆる被後見人のひとり、フェリックスというとても可愛い少年が昨日訪れたの。ヴァーノンが彼を甘やかしているのは明らかかね。少しもヴァーノンを怖がっていなかったもの。それだけでも十分不思議だけど、わたしたちの子どもにはまったく関心を示さなかったヴァーノンが、どうしてメリヴィル家の子どもたちに関心を示すの？　カリスに気に入られたいからだとしか思えないわ」

「ええ、それは明らかね。でも、わたしの間違いでなければ、ヴァーノンがひそかに思いを寄せているのは、妹ではなく姉のほうよ」

　エリザベスはオーガスタを見つめた。「なんですって？　どうして？　彼女はまずまずの器量で、もう若くはなく、良識にあふれた女性だと言ったわ！」

「そのとおり。たぶん二十四歳ぐらいね。でも、母親を早く亡くし、家の切り盛りをしていたらしいから、少し年上に見えるかもしれない。とにかく、しっかりした女性よ。彼女はアルヴァストークによく似合うとわたしは思っているの」

「お姉様！」エリザベスは息を呑《の》んだ。「まずまずの器量でしかない女性が？　どうかしてるわ！　ヴァーノンがきわめつきの美人以外に惹かれたことがある？」

「でも、彼があなたの言う〝きわめつきの美人〟に、数カ月で飽きなかったことがあって？」オーガスタは言い返した。「フレデリカは美しさの点ではカリスとは比べものにならないけれど、とても落ち着きのある、カリスと違って頭のいい女性よ。あの姉妹はどちらも育ちがよくて感じがいいの。でも、カリスは頭が悪い。フレデリカは、わたしの判断では、とてもすぐれた良識の持ち主よ」

　エリザベスは少しばかりショックを受けて言い返した。「わたしの聞き違いかしら？

それとも本気でフレッド・メリヴィルの娘がヴァーノンにふさわしいと言っているの？」

「たしかにわたしが彼のために選ぶ相手ではないかもしれない」オーガスタは認めた。「でも、よい組み合わせではないかしら。愚かなエンディミオンがドーントリー一族の長《おさ》になるのをよしとするならべつだけれど、まったく結婚の望みがなくなる前にヴァーノンが結婚して、子をなすのが最も望ましいことですもの。それに、これで知り合いのあらゆる適齢期の女性を紹介する苦労をせずにすむわ。わたしやルイーズの介入は、残念ながらまったく役に立たなかった。でも、それは予想されていたことね」オーガスタはつかのまオリンポスの山からおりてつけ加えた。「まったく、ルイーズときたら、愚かにも――」

彼女は言葉を切り、再び尊大な口調に戻った。「でも、それはどうでもいいこと。とにかく、彼女とわたしの努力は、どちらも成功しなかった」オーガスタは再び言葉を切ったが、すぐに固い決意を秘めた目で妹を見た。「わたしは身贔屓《みびいき》からヴァーノンの欠点に目をつぶったことは一度もないわ。でも、公平に見るなら、そうなったのはすべてが彼だけの責任ではなくてよ。生まれた瞬間から甘やかされてきたことはべつにしても、あの子はこれまであまりに多くの女性に誘いをかけられ、褒めそやされて、あからさまに追いかけられてきた。女性を皮肉な目で見るようになったのも、あながち不思議ではないわ。だからこそ、ヴァーノンはフレデリカに関心を持っているのではないかしら。言うまでもなく、わたしは注意深く彼女を観察したのよ。でも、彼女がアルヴァストークの意図に気づいているか、あるいは彼の申し出を歓迎するかと訊《き》かれれば、わからないと答えるほかないわ。ただ、これだけはたしかよ。彼女が誘いをかけるのは一度も見たことがないわ。親戚の友情以上の気持ちを持っているしるしもね」

姉の言葉を頭のなかで反復し、エリザベスは考えこむような顔になった。「それがヴァーノンの関心をそそるのね。お姉様の言うとおりかもしれない。なぜルイーズもサリーも彼が妹のほうに首ったけだと信じこんでいるの？」

「彼がとても用心しているからよ」

「まあ、驚いた。そんなの初めてのことね」

「ええ、ほんとに！　本人も自分の気持ちがよくわかっていないのではないかしら。でも、フレデリカが意地の悪い噂の的にならないように努力していることは、とても意味深いと思うの。ルイーズですら気づいていないけれど、フレデリカに話しかけるときと、カリスを見るときのヴァーノンのまなざしはまったく違うわ」

「驚いた！」エリザベスは言った。「ちっとも知らなかったわ。そんなに深刻な事態になっているなんて！　たしかに、昨日フェリックスが甘い笑顔で彼を説得しようとしているとき、ヴァーノンは昔のように冷たい感じがしなかったわ。それもフレデリカの影響ね。でも、オーガスタ、そんなことがありうるかしら？　ヴァーノンはフレデリカがフェリックスともうひとりを育てていると言ったのよ。彼がその責任の一部でも引き受けるつもりでいるなんて、考えられる?」

「わたしが聞いたところでは」オーガスタは皮肉たっぷりに答えた。「彼はもう引き受けはじめているようよ。自分の楽しみのほかに考えることができて、わたしは心から喜んでいるの。これまでも言ってきたけれど、無為に過ごすのは、決してあの子のためにならないもの。莫大《ばくだい》な財産を受け継ぎ、思いついた贅沢《ぜいたく》のかぎりを尽くすことができるために、あの子は自分のことしか考えたことがない。その結果は? 三十歳になる前に、人生に飽きていたわ!」

「すると、後見人役は、ヴァーノンにとって治療薬のようなものだってこと?」エリザベスはくすくす笑いながら、自分の息子たちのことを思い浮かべた。「まあ、たしかに退屈はしないでしょうね!」彼女は手袋をつけはじめた。「今夜メリヴィル姉妹と知り合うのがとても楽しみ。でも、お姉様が言ったような女性が侯爵夫人にふさわしいとはとても思えないわ」

だが、その夜セフトン夫妻の家から戻りながら、エリザベスはオーガスタの意見にかなり傾きかけていた。エリザベス自身、フレデリカに強く惹かれたのだ。率直でとても自然な態度、落ち着いたエレガントな仕草、彼女の目にきらめく笑いに。もしもオーガスタの推測が当たっているとすれば、ヴァーノンもそこに惹かれたに違いない。その点に関してはなんとも判断がつきかねた。少しのあいだ、彼はフレデリカと友人同士のように話していたが、すぐにイルフォード夫人のところへ行き、軽くたわむれはじめた。エリザベスはフレデリカの目が彼を追わないこと、そのあと部屋を見まわして彼を捜そうとしないことにも気づき、内心うなずいた。オーガスタの言うとおりだ、フレデリカはヴァーノンに対して親戚の友情以外は持っていない。だが、〝まずまず〟の器量だという表現は、ひどく不当だろう。たしかに妹のまばゆさのそばでは影が薄くなるものの、ほかの女性のあいだでは器量よしの部類に入る。それに彼女には名状しがたい魅力があった。それはカリスのはかなげな美しさとは違い、時とともに色褪《いろあ》せるものではない。

エリザベスは微笑を浮かべた。「弟さんはとても可愛い子ね！　ご存じでしょうけれど、昨日彼と知り合ったのよ」

フレデリカは笑いながら首を振った。「でも、ちっとも言うことを聞きませんの。アルヴァストーク卿《きょう》を悩ませるな、とあれだけ言ったのに！　侯爵は彼に甘すぎるんですわ。実際、わたしたちみんなに、とてもよくしてくださるんですよ」

「あら、悩ませたりしなかったわ！　あなたにだめだと言われたことも話してくれたのよ。そしてただ頼んだだけ！」

「まあ、なんて悪い子かしら！　本当にごめんなさい。あなたも気球を見たいと言ってくださったそうですわね。本当は興味などないのでしょうに！」

「とんでもない！　きっととても楽しいわ。弟が小さな手に、それもたぶんべたべたの手にあちこち引っ張りまわされるのを見るだけでも、行くかいがあるというものよ！」

「ええ」フレデリカは嘆かわしげに言った。「いくらきちんとさせても、不思議なことに三十分もしないうちに、すっかりよれよれになって戻ってくるんですの」

「とても不思議ね。でも、子どもはみんなそうだわ。わたしには三人の息子がいるのよ。ご存じ、ミス・メリ……いやだ、いつまでもこんな呼び方はおかしいわ。フレデリカでいいわね！　親戚ですもの」

「ええ、たぶん。ずいぶん遠い親戚ですけれど」彼女は少しためらったあと率直に言った。「アルヴァストーク卿に助力をお願いしたことが、とても奇妙に思えるでしょうね。実は、親戚でわたしが知っている名前はそれだけだったんですの。父から何度か侯爵のことを聞いていたものだから……厚かましいのを承知でお願いしたんです。妹を社交界にデビューさせたくて必死でしたの」

「その気持ちはよくわかるわ」エリザベスは部屋の反対側で若い人々に囲まれているカリスに目をやった。「エンディミオン・ドーントリーが紐《ひも》のようにくっついているのね。あれほどハンサムでなければ、とんでもない間抜けに見えるでしょうね！　若いレンソープと話しているのは、彼の妹のクロエかしら？　あんなに男前に見えるなんて、恐ろしいことと！」エリザベスはそう言ってフレデリカに微笑《ほほえ》んだ。「アルヴァストークの話だと、伯母様がつき添いをなさっているそうだけど、今夜はお見えになっていないのね。伯母様にもぜひお会いしたいわ。そのうちお邪魔してもかまわないかしら？」

「伯母も喜ぶと思いますけれど、残念ながらこのごろは留守のことが多くて……」フレデリカは顔を曇らせ、ため息をついた。「とても不都合、いえ、悲しいことに、ハーリー街にいる伯父が危篤で、回復が望めない状態ですの。激しい痛みをともなう不治の病に長いこと苦しんできた末に……セラフィーヌ伯母は姉を支えるのが自分の義務だと、ほとんど一日ハーリー街で過ごしているんです。アメリア伯母が心痛のあまり……神経をやられて」彼女は急いでつけ加えた。「伯母がたいへんでないと言うつもりは――」

「ええ、わかるわ」エリザベスはさえぎった。「お気の毒に！　伯母様には心から同情するわ。でも、ありきたりの慰めを口にするのはやめるわね。わたしたちはどちらも率直に話すタイプのようだから。この時期にそんなことが起こるなんて、本当に不都合ね！　つき添いがいなくては気まずいでしょうね。わたしはしばらくロンドンにいるつもりなの。ひょっとしたら、役に立てるかもしれないわ」

「まあ、とんでもない！　ご親切はありがたいのですけれど、そこまでしていただく必要はありませんの。伯母はもともとパーティが苦手で、ほとんどつき添ってこなかったんですもの。もともとパーティにはつき添わないという条件で、一緒に来てもらったんです。伯母が同居しているとわかれば、多少とも慣習に従っているように見えると思って……でも、妹のつき添い役は昔からわたしが務めていたんですよ。妹が十七歳になるころには、わたしはもうつき添いを必要としない年齢でしたから。アルヴァストーク卿がなんと言おうと！」

「弟が何か言ってるの？」エリザベスは興味津々で尋ねた。

「不愉快なことばかり！」フレデリカは笑いながら答えた。「メイドを連れずに外出しただけで、非難の限界を超えた振る舞いだと非難するんですもの。まるで学校を出たての若い娘みたいに。そうでないことぐらい、誰が見てもわかりますわ」

「ええ。でも、まだ最後の祈りの段階に達したわけではないわよ！」

フレデリカは微笑した。「女性がその段階に達することがありますかしら？　でも、それはともかく、もし伯父にまさかのことがあれば、カリスがこういう催しに顔を出すのはとても不適切でしょうね？」表情豊かな灰色の瞳に、またしても笑いがきらめいた。「まあ、ひどい言い方！　でも、とても美しい、愛する妹にせめて一シーズンだけ経験させようとあれだけ綿密に計画し、努力したあとで、たとえ親切で立派な人だとはいえ、ほとんど知らない、血のつながりもない伯父のために、そのすべてを捨てるはめになるのは、あまりにも口惜しくて……」

エリザベスの目にも笑いがきらめいた。「ええ、そうね。残念だわ！　でも、その伯父様と血がつながっていなければ、黒い手袋をはめるだけで十分ではないかしら」

「でも、黒い手袋でダンスはできませんわ！」

エリザベスはこれを考えた。「できないかもしれないわね。ダンスのことはよくわからない。でも、大伯母のひとりが亡くなったとき、母はわたしたちに黒い手袋をさせて、ルイーズをお披露目したの。姉は毎晩のようにパーティに行った記憶があるわ。わたし自身は適切な慣習などあまり気にしない主義なの。あなたも気にする必要はないと思うわ」

「いいえ、ありますわ。レディ・エリザベス・ドーントリーなら笑って許されることでも、ミス・メリヴィルにはとても無作法な振る舞いになりますもの」

エリザベスは鼻にしわを寄せた。「そうかもしれないわね。なんて忌まわしいこと！　そうなると、方法はたったひとつ――」

だが、そのときレディ・ジャージーが両手を差しのべて近づいてきた。「エリザ！　驚いたわ。あなたが来ているなんてちっとも知らなかった。ひどい人。わたしに手紙もくれずにロンドンに来るなんて！」

エリザベスのそばを離れたフレデリカは、レディ・エリザベスがどんな方法を提案するつもりだったのか聞き損ねた。こうなったら、堅苦しい調子で、カリスに話があるので外してもらえないか、と頼んできたナヴェンビーが、カリスの優しい心を射止めてくれたことを願うしかない。とはいえ、ナヴェンビーの名前を口にするたびに妹がわっと泣きだすことを考えると、この望みはあまり大きいとは言えなかった。だが、いかに愚かな妹とはいえ、あんなにすばらしい若者よりも、愚かな好男子を選ぶとは信じられない。実際、つい二日前もオールマックスでエンディミオンをうっとりと見つめている妹に心底うんざりして、セフトンのパーティではそんな愚かな真似《まね》をするな、と鋭く釘《くぎ》を刺したのだった。「まるで恋に落ちた娘のように、彼を羊みたいな目で見つめているけれど」彼女は力なくうなだれる妹に言った。「あなたはもう十七歳ではなく十九歳を過ぎたのよ。少しは常識をわきまえてもいいころだわ。それなのに、ますます非常識になるなんて！　彼にハンサムな顔以外に好ましい点があって、あなたの彼に対する気持ちが続けば、わたしも彼の母親もこの縁組に反対などしないわ。でも、彼にはそれがない。それなのに、あなたはほかの紳士よりもはるかに条件の悪いハンサムな顔に見惚《みほ》れて、笑いものになる気なの？　ドーントトリー夫人も反対しているのは知っているはずよ。明らかにアルヴァストーク卿もね。いいえ、やめて、泣かないで！　つらくあたるつもりはないのよ。あの体ばかりでかい愚か者の外見に惑わされる気持ちはわかるわ。ただ、もっと理性的になってちょうだい。自分の親戚にすらばかだと思われている相手と、どうして幸せになれるの！」

この叱責に不安にかられ、カリスはエンディミオンにできるだけ早く会いたいと手紙を書いた。そして彼が自分を取り巻きから離すことに成功したとたん、すべてを打ち明け、今夜はもう近づいてくれるなと頼んだ。「フレデリカはわたしたちのことをアルヴァストークに話したに違いないわ！」カリスは悲しそうに叫んだ。「あなたが近づいたときの彼の顔！　あの刺すような目に貫かれたときは、もう少しで気を失うかと思った」

エンディミオンはアルヴァストークの表情がふだんと違うことなどまったく気づかなかったのだが、それはひどい、とカリスに同意した。そして苦痛に満ちた熟考の末、こう言った。「こうなったら道はひとつしかない。将校株を売るよ！」

「いいえ、だめよ、それはだめ！　わたしのためにそんなことはさせられないわ！」

「実を言うと、軍隊はとくに好きじゃないんだ」エンディミオンは打ち明けた。「だが、ぼくが軍を辞めれば、親戚のアルヴァストークは小遣いを断つに違いない。そうなると、贅沢な暮らしは無理だ。少しのあいだ倹《つま》しく暮らすことになっても、かまわないかい？　農業を営むか、馬の繁殖でもすれば、すぐに金はたっぷりできるはずだ」

「わたしはかまわないわ！　ずっとそうやって暮らしてきたんですもの！　でも、あなたは違う。わたしのために身を滅ぼしてはだめよ」

「滅ぼすまではいかないさ。ぼくの財産は十分すぎるとは言えないが、何もないわけじゃない。それに少尉の株を売ってしまえば、外国に送られることもない」

「いまはまだ外国へ送られるかもしれないの？」カリスは心配そうに尋ねた。「兄は、近《この》衛兵《えへい》が外国へ送られるのは、戦争のときだけだと言ったけど」

「そのとおりだ。しかし、アルヴァストークのことだ、何かの任務でぼくが送られるよう手配するかもしれない」

カリスは目をみはった。「どんな任務？」

「さあ。正確にはわからない。だが、ぼくらはしょっちゅうあれやこれやの任務で外国に送られるんだ。外交的な仕事に軍の人間がかかわっている場合が多い」エンディミオンは漠然と説明した。「アマースト卿は二年ほど前に中国に行き、中国高官にかかわる件で十二カ月以上も滞在した」彼はそう説明した。「ぼくはごめんだ。将校株を持っていたら、そういうことが起こらないとは言えないからね。アルヴァストークは相当な影響力を持っているから」

　実際は、エンディミオンを外交任務に送るためには王室からの指示が必要なのだが、何も知らないカリスは即座に死と惨事の恐ろしい光景に頭を占領された。大事な使命をおびた船が難破を免れたとしても、見知らぬ土地で命を落とすか、中国人に殺されるか、東方の国々に特有の恐ろしい熱病に倒れるかもしれない。カリスは血の気の失《う》せた顔で、そういう運命を避けるためなら彼をあきらめると情熱的にささやいた。エンディミオンは感激したが、カリスの頭に浮かんだ惨事は彼の頭にはひとつも浮かんでいなかったため、たとえ最悪の事態に立ち至っても、それほど大きな犠牲を払う状況だとは思えなかった。だが、レディ・エリザベスが自分たちを見ていることに気づいてカリスが突然離れてくれと懇願すると、エンディミオンはこれ以上いまの状態を続けられないと感じてそれを口にした。

「ええ！　わたしもとてもつらいわ！」

「ぼくもだ。細切れのようにしか会えず、少しも前に進めない」エンディミオンは暗い声で言った。「ぼくらはじっくり話し合う必要があるよ。そしてどうすべきか決めるんだ。明日クロエとダイアナを連れて、気球を見に行くよ！　ああ、そうしよう。きみは姉上にクロエと話したいと言えばいい。ぼくは誰にも見られないようにする。みんなが気球を見ているときに、こっそり抜けだそう。混雑した公園ではそんなに難しくないはずだ」

「だめよ」彼女は悲しげに言った。「ハイドパークに妹さんたちを連れてきたら、わたしのそばには近づかないと約束して。フェリックスがアルヴァストーク卿と一緒に公園に来るの。おそらく侯爵はわたしたちのすぐそばに馬車をつけるわ！」

「侯爵が気球を見に行くって？」エンディミオンは驚いて叫んだ。「まさか」

「いいえ、本当よ。レディ・エリザベスも一緒だと聞いたわ。だから――！」

「侯爵は頭がおかしくなったに違いないな！　どうして彼が公園に足を運び、そうでなくても難しい問題をいっそう難しくするんだ？　なんていまいましい！　このままでは、結局駆け落ちするはめになりそうだ！」

「まあ！」カリスはショックを受けて叫んだ。「わたしにそんな恐ろしいことをさせるつもりじゃないでしょうね！　いまのは冗談でしょう？　そんなことは考えられないわ！」

「もちろん冗談さ。大佐が怒るだろうし。だが、永遠にこのままではいられないよ！　なんとかしないと！」

「ええ、するわ。最後はきっとうまくいくわ！　もう黙って、レンソープ卿が来るわ」

19

翌朝ナップが侯爵の窓のブラインドを引いたとき、アルヴァストークはまずまぶしい朝日にぞっとして、次に従者の「美しい気球日和です」という宣言にむっとした。彼は雨になるか、強風が吹くか、雪が降るか、なんでもいいから気球が上がらない事態になることを願っていたのだ。だが、窓の外には雲ひとつない空が広がっていた。期待を見事に裏切られ、風はどうだと尋ねた。するとナップはまるで福音を告げるような声で答えた。「ちょうど頃合の、爽やかな風が吹いております。完璧な六月の上天気でございますよ！」

「何が完璧だ！」侯爵は言い返した。「いまいましい気球が上がるのは何時だったかな？」

「午後二時でございます、閣下。フェリックス様がウィッケンにそう言って帰りました」

「あの子のことだ、十二時きっかりにドアを叩《たた》くに違いない」

だが、彼が正午にドレッシングルームから出ると、フェリックスはそれよりも少し早く到着し、エリザベスの監督のもと、たっぷりした量のおやつを食べていた。姉たちの努力で、しみひとつない南京木綿のズボンとよそ行きのジャケット、清潔なシャツというういでたちで、爪をきれいにこすり、金色の巻き毛も艶《あで》やかに光るまでよく梳《と》かしてある。彼はマトンパイをむしゃむしゃ食べる合間に、航空学の神秘をエリザベスに説明していたが、アルヴァストークを見ると、侯爵とエリザベスがあまり遅くなってよい場所を取れないといけないから、少し早めに来たのだ、と説明した。侯爵の少しばかり苦々しい声を聞いて、彼はすぐさま心配そうに尋ねた。「あなたも行きたいんだよね？」

「ああ。だが、きみはとても憎たらしい、不愉快きわまりない若いろくでなしだ」

フェリックスはこれを褒め言葉と取り、にっこり笑って再びパイにかぶりついた。

「なんと、ベーコンのサンドイッチか！」アルヴァストークは皿いっぱいのおやつに片眼鏡を向け、かすかに身を震わせた。

「うん。ねえ、昔は気球を満たすのにどうしたか、いまはどうするか知ってる？」

「いや。だが、間違いなく、もうすぐ知ることになるだろうな」

彼の予想は的中した。よれよれの『空気熱力学の歴史と実践』を手に入れ、それを通読したフェリックスは、この言葉をきっかけに説明を始めた。彼は主に自分の知識を披露したが、ときどき熱心な疑問をさしはさんだ。彼がフェートンで弟と自分のあいだに座って、もっぱら弟に向かって話すのを聞きながら、エリザベスはゆったりと座り、弟がそうした質問にきちんと答えるのを少しばかり愉快に思い、また驚きながら耳を傾けた。カヴァロが書いた本はとても参考になったが、あまりにも時代遅れだった、とフェリックスは言った。航空学に関しては知らないことがまだたくさんあるから、これはとても残念なことだ。でも、気球のガスを入れる袋には、どうして黄麻よりも特定の絹のほうがいいの？　絹地の特性から、話はあっというまに複雑なバルブの働きになり、エリザベスにはまるで外国語を聞いているようにわけがわからなくなった。そこでバルブの働きを学ぶのはあきらめ、しばらく物思いにふけったが、まもなくフェリックスがパラシュートを着けて空を漂ってみたいと言うのを聞いて、驚いて叫んだ。「まあ、なんてことを！　寿命が縮まるわ！」

「でも、どうして？　空をふわふわ飛んでいくのはすてきだと思わない？　親戚のアルヴァストークが、男の人が飛んでみせるのを見たことがある、って。ぼくもやりたいな！」

彼らは公園に入った。目当ての場所に到着すると、気球はすでに杭《くい》につながれていたものの、ホースで袋に水素をつめる樽《たる》は、ロープで囲った場所のなかで組み立てられている最中だった。フェリックスは満足そうに深く息を吸いこみ、アルヴァストークに早めに来てよかったね、と言いながらフェートンから飛びおりて、囲いのほうへ駆けていった。

「怒られないかしら。そんなことになったら、せっかくの楽しい一日が台無しだわ！」

「ぼくが知っているかぎりでは、むしろ不必要な励ましを受ける可能性が高いな」ヴァーノンはそう答えた。「ぼくがエスコートを仰せつかって工場に行ったときは、工場長にすっかり気に入られたよ。蒸気船に乗ったときも同様の成功をおさめたようだ。彼はあらゆる形の新しい機械のことが知りたくてたまらないんだ。それにあの年の子どもにしては、実によく知っている」

「あなたもわたしが思ったよりはるかにたくさん知っているようね！」

「ぼくの知識はふつうの理解力がある男と同じ程度さ。さてと、姉さんはできるだけあの囲いの近くにいたいかもしれないが、木陰に移動させてもらうよ！」

　エリザベスは笑った。「わたしもそのほうがありがたいわ。あとで意気地なしだとあの子に叱られそうだけれど」

　開始時間にはまだ間があったが、彼らは最初の見物人というわけではなかった。囲いのまわりにはすでに人が集まり、馬車も何台か木陰に止まっている。そのなかにはルイーズのランドー馬車もあり、エリザベスがそれを見て叫んだ。「驚いた！　あれはルイーズの馬車？　お姉様があれを貸すなんて。メリヴィルをあんなに嫌っているのに」

「ルイーズには選択の余地はなかったんだろうよ。カールトンは死ぬほど退屈な男だと思うが、これだけは言える。彼はルイーズの癇癪《かんしゃく》を恐れてはいない。ルイーズの意志に屈することもない。少なくとも、ルイーズがこぼすぐちから判断するかぎりでは、だが」

「そんなに根性がある子だとは知らなかった。あのそばにつけてちょうだい！　フレデリカともっとよく知り合いたいの」

　彼はこの要求を受け入れてフェートンを後退させ、ランドーの右側につけた。フェートンの高い座席から手を伸ばしてエリザベスがフレデリカと握手を交わすのは無理だが、挨拶を交わすことはできる。でもそれだとフレデリカははるか上にいるエリザベスを見上げつづけねばならない。エリザベスはそれを強いる気にはなれず、馬車を降りて話したいという彼女にジェサミーがぎこちなく手を貸した。エリザベスはにこやかに言った。「ありがとう！　あなたはジェサミーね。手綱さばきがとても上手だと聞いたわ！　はじめまして」

ジェサミーは赤くなって彼女が差しだした手の上で頭をさげ、そんなことはない、そう言ってくれるのはとても親切だが、ぼくはまだほんの駆けだしです、と口ごもった。

「とんでもない。ヴァーノンはあなたが努力家だと言ってるわ。しばらくね、カールトン。会えて嬉《うれ》しいわ。でも、叔母と話すよりも、彼らが気球に何をしているか見たいでしょうから、少しのあいだそこに座ってもかまわないこと？」

エリザベスがジェサミーの席に座ってはいけない理由は何もないように思えたが、カールトンはにこやかに馬車を降りて、この点を指摘するのを差し控えた。彼は叔母がランドーに乗るのを助けたあと、振り向いて叔父を見上げ、愉快そうに言った。「あなたをこの時間にここに連れだした理由は、いや、人物は、推測がつきますよ！」

「ああ、抗《あらが》いがたい力だ。しかし、きみはなぜこんなに早く来たんだい？」

「ほぼ同じ理由です！」カールトンは侯爵の馬を見ながら馬丁と話しているジェサミーに

目をやり、声を落とした。「若い親戚が最初からすべてを見たいと思ったものだから。気球が上がる直前に到着したのでは、役に立ちませんからね」

侯爵はうんざりして冷ややかな言葉を口にしそうになったが、どうにかそれを抑え、嘲《あざけ》るように甥《おい》を見た。この独善的な若い愚か者は、実際に自分がジェサミーに大きな恩恵を施している、と思っているのだ。そして次の言葉が証明したように、この外出が楽しいものであると同時に教育的なものになるよう努力したのだった。

「あらゆる質問に答えられるように、昨日は百科事典でいろいろ調べたんですよ」カールトンは言った。「おかげでこのテーマに関してはかなり物知りになりました！　百科事典にあった情報は必ずしも最新のものではなかったが、最初に気球に乗った人々の冒険は、実に面白かった！　ちょうどチャールズ教授の実験のことを話して、連れを楽しませていたんです。チャールズ教授の自己最高記録はジェサミーが教えてくれますよ。そうだろう、ジェサミー？」カールトンは声を高くしてそうつけ加えた。

先頭の馬に低い声で話しかけているジェサミーの注意を自分に向けるために、彼はもう一度呼ばねばならなかった。が、答えたのはジェサミーではなく、侯爵だった。

「六百メートルだ」彼はジェサミーに助け舟を出した。「きみの弟が教えてくれたよ、ジェサミー。ルナルディが亜鉛から抽出したガスで気球を満たしたことも、タイラーがエジンバラで八百メートルも上昇したことも、ブランシャールが樫《かし》の木の枝に引っかかったことも教えてくれる必要はないぞ。そういう情報やほかにも多くの情報はすでに仕入れている」

「フェリックスは知識欲が旺盛だから」カールトンが機嫌よく笑った。「彼はどこです?」

「あの囲いのなかで、おそらく退屈きわまりない準備を手伝っているんじゃないかな?」

「あそこに入れてもらえるとは思えないが、もしかすると彼がばかなことをしでかさないように、ふたりで見に行ったほうがいいかもしれないな、ジェサミー。きみも気球が満たされるのを見たいだろうし」カールトンは親切にそう言った。

カールトンが向きを変え、一緒にどうかと女性たちを誘っているあいだに、ジェサミーは侯爵を見上げた。「ぼくもフェートンで来たかったな! このあし毛と! 弟は手綱を握らせてくれと頼みましたか? あいつには絶対断られると言ったんです。だから、ぼくを出し抜いたと思ってますよ。あのちび猿め! ええ、ぼくも一緒に行きます!」

女性陣はこの誘いを断り、カールトンとジェサミーは一緒に囲いへと向かった。が、何分もたたぬうちにジェサミーだけ戻ってきた。フェートンを降り、外に立って馬車のなかのフレデリカと話していたアルヴァストークは、彼を見た。「殺してきたのかい?」

ジェサミーはこの問いに噴きだし、すぐに真顔に戻った。「まさか! でも、とても耐えられなかったから、口実を作って逃げてきたんです。ぼくがフェリックスから何も聞かされていないみたいに、航空学についてぺらぺらしゃべりつづけるだけでも最悪なのに、フェリックスに説教を始めて、作業をしている人たちに、この子が質問攻めにして申し訳ない、って謝るんだ。そのままいたらけんかになるから、戻ってきたんです！」

「フェリックスは作業の邪魔をしているの？」フレデリカが尋ねた。「わたしが行って連れてきたほうがいいかしら？」

「来るわけないよ。親戚のバクステッドが重要な事柄に従事している人々は、〝小さい子〟にうろうろされたくないものだ、なんて説教したから、よけい来るもんか。それを聞いたとたん、毛を逆立ててた！　だけど無理もないんだ」

「非常に判断力にかける言葉だな」アルヴァストークが重々しく言った。

「あなたなら、あいつに面と向かって、〝小さい子〟なんて呼びますか？」

「もちろん、呼ばないわ！」エリザベスが楽しそうに目をきらめかせながら言った。「今朝はたしか、不愉快きわまりない若いろくでなし、と呼んでいたわね」

「ええ、マダム！　そう呼ばれるのは平気なんです。でも、〝小さい子〟と呼ぶなんて！どんなに怒ってても、ぼくならそんな呼び方はしません！」

「わたしとカリスでせっかくきちんとした格好をさせたのに、無駄になったようね！」フレデリカが嘆いた。

「たしかに庶民みたいに見えるけど」ジェサミーが率直に言った。「作業の邪魔なんかしていなかったんだ！　彼らはフェリックスを気に入ってるんだもの。それにたとえ彼らがあいつを邪魔だと思っているとしても、バクステッドには関係のないことだ！　彼に後見人みたいな態度を取る権利がどこにあるんだい？　あの親切な言い方で人をちくちく刺して――」ジェサミーはぎゅっと口を結び、しばらくしてしぶしぶ言った。「いまの言葉は言うべきじゃなかった。彼はとても立派な人だ。それにぼくが無作法なことを言ったときも、少しも怒らなかった。彼に刺激されてまた同じ態度を取るのがいやだから戻ってきたんだ」

「適切な行動だったな」アルヴァストークは言った。「気球がいつ上がるかわかったかね？」

「いいえ、侯爵。誰かが風がなさすぎると言ってました。敢行するか延期するか、話し合っていたようです。でも、ぼくはよく聞いていなかったから……」

「聞いているべきだったぞ！　この行事はきみと同じくらいぼくも退屈なんだ。延期になればこんな嬉しいことはない。いや、待てよ！　延期になったら、また引っ張りだされる」

　フレデリカが笑った。「心配しないで。二度とあなたを悩ませないわ」

「空約束だ！　フェリックスはきみにもぼくにも、ぼくを悩ませるつもりはないと請け合う。そして――」

「ただ頼む！」エリザベスが結んだ。

「ああ。さもなければ気球を見に来るという特別な恩恵を施し、ぼくが断ると、誰も頼る者のいない孤児みたいな顔でぼくを見る」アルヴァストークは苦い声で言った。

「それがあいつの手なんだ！」ジェサミーが言った。「もちろん、フェリックスはそうするに決まってる。だって、あなたを騙《だま》すのは簡単だってわかってるから。どうしてがつんと言ってやらないんですか？」

「ええ、なんでも聞いてくれると思われないようにね」フレデリカも弟に同意した。「ジェサミー、あの子を囲いから離すべきじゃないかしら？　作業している人たちはフェリックスが古代都市のエリコにでもいればいいと思っているに違いないわ！」

ジェサミーは不本意な笑みを浮かべながら首を振った。「全然そんなことないよ。ひとりがバクステッドに〝役に立ってる〟と言ってたもの。彼らは親戚のアルヴァストークと同じくらい、フェリックスのわがままを奨励してる。これから何週間も、その話を聞かされることになるな！」

「そう言っても無駄だろうが、ぼくは彼のわがままを奨励した覚えはないぞ。そもそも奨励する必要など、これっぽっちも感じたことはない」アルヴァストークは甥《おい》のカールトンが戻ってくるのを見て、あとどれくらい待たされそうだと尋ねた。

「まもなくだと思いますよ！」カールトンは答えた。「作業場の責任者と話していたんです。とても親切な男で。作業員はふたりいるんですが、ぼくが話した、たしかオールトンという男が、気球の難しさと危険に関していくつか興味深いことを教えてくれました。高度が上がると予期せぬ気流にでくわすことや、バルブ操作の難しさ、強い風のなかを降下する危険などをね。アンカーが灌木《かんぼく》全体を引きちぎり、気球がそのまま再上昇することもたびたびあるらしい。空に上がるにはよほどの勇気が必要だな!」

「ええ、ほんと!」カリスはぶるっと体を震わせた。

「それにかなりの速さで飛ぶんですよ!」カールトンは言葉を続けた。「一時間に八十キロの速さが想像できますか? だが、今日は風が弱すぎるから、そこまで速く飛ぶのは見られない。おそらくさほど遠くないところに降りるんでしょう。もちろん、上昇中に強い気流にでくわせばべつですが。カリス、彼らがどれほど高く上がるか知っているかい?」

「フェリックスが教えてくれたわ。八百メートルですって。今日はそんなに上がらないといいけど。考えるだけで怖いわ!」

甥の顔に浮かんだ表情を正しく解釈し、侯爵は口をはさんだ。「カールトン、きみはフェリックスの姉妹を怖がらせたいのか? カリスがこの一週間フェリックスに話を聞かされていれば、おそらくあらゆる数字を暗記しているさ」彼はカリスをちらっと見ながらそう言い、彼女を笑わせた。「だが、どうかそれを引き合いに出さないでもらいたい」

「ええ。わたしはそういうことを理解できるほど頭がよくないの」

「それは話をしたとき、きみの弟がきちんと理解していなかったからかもしれないよ」カールトンが言った。「危険なのは高さではなく、その高さを制御するバルブが壊れやすいことだ。大気圧のせいで、バルブについているコードは非常に注意深く操作しなくてはならない。バルブが十分開かないと、降りる場所を通り過ぎる危険があるし。反対に開いたまま閉まらないと、ガスが激しい勢いで抜けて気球が急速にしぼみ、致命的な高さから地上に落下することになる」

それを聞いたカリスが恐ろしい事故を目撃するのを予感して青ざめ、ジェサミーがカールトンの気を散らした。「見て、ガスを入れはじめた！」

たしかにこれまでは地上に広げてあった絹製の袋が群衆の頭上に上がっていくのが見えた。袋がふくらみ、かごに取りつけられると、見物人のあいだから賞賛のどよめきがあがった。すぐ近くで観察していた好奇心の強い人々は、古典的な形をしたかごが青と赤に塗られ、金色の渦巻き模様が入っているのをすでに知っていたが、ほかの人々は、袋がふくらむまでは、地上の様々な色が青い帯の入った赤と白の縦縞《たてじま》になるのを知らなかったのだ。

「あなたの苦難はもうすぐ終わるわ、カールトン！」フレデリカが言った。

そのとき、カリスが恐ろしい悲鳴をあげた。フレデリカが急いで振り向くと、カリスが指差していた手を落とし、気を失うところだった。フレデリカは妹を抱きとめながら後ろを見た。杭から離れ、ぐんぐん上昇していく気球から垂れたロープのなかほどに、小さな姿がまるで猿のようにしがみついている。フレデリカは小さくなっていくフェリックスを見つめ、恐怖に麻痺《まひ》して動くことも叫ぶこともできず、驚いた見物人が叫ぶ声も聞こえず、自分の連れのショックに満ちた沈黙にも気づかなかった。

ジェサミーがその沈黙を破った。彼はカリスのように青ざめて、しゃがれた声で叫んだ。「かごの中の人たちがおまえを引きあげてるぞ！　ロープをよじ登ろうとするな、このばか！　よせ！　くそ、上に着く前に落ちるぞ！」彼は両手に顔を埋めた。

「大丈夫、離すものか。がんばれ！　彼らは急いで引きあげているぞ！」アルヴァストークが落ち着いた声でそう言うと、ジェサミーは再び顔を上げた。

アルヴァストークの目はフレデリカと同じように空の小さな点になりつつあるフェリックスから決して離れなかった。危機に満ちた数秒が、何時間にも思えた。カールトンが言った。「見えないぞ！　よく見えない！」

「うん、やった！」ジェサミーが唇を震わせながら叫んだ。「彼らがかごのなかに引きこんでる。よくやった、ちび助、この悪がきめ！　降りてきたら承知しないぞ！」彼はいきなり草の上に座りこみ、膝のあいだに顔を突っこんだ。

アルヴァストークはランドーの踏み台に上がり、フレデリカの手首をつかんだ。「しっかりしなさい。気絶などしている場合ではないぞ！　フェリックスはもう安全だ」

ジェサミーのようにショックの反動でカールトンが叫んだ。「安全だって？　誓って、あれが安全だなどと思うなら――」

「黙れ、とうへんぼく！」侯爵は震えあがるほど恐ろしい顔で、甥をにらみつけた。

「わたしは大丈夫。気絶などしないわ」フレデリカは自分を取り戻し、声こそかすれているもののアルヴァストークに匹敵する落ち着いた口調で言うと、カリスがぐったりと自分の肩にもたれかかっているのに気づいた。「カリス！　どうかしていたに違いないわ。あなたのことをすっかり忘れて――」

「これを使って」エリザベスがバッグから気付け薬の小瓶を取りだした。「いいえ、彼女を座席に横たえて！　あとはわたしが面倒を見るわ。ああ、ヴァーノン、どうしたらいいの？」

「カリスの介抱を頼む！」

「そういう意味じゃないわ！」エリザベスはカリスの帽子の紐《ひも》をほどき、洒落《しやれ》た帽子を脇に投げながら鋭く言い返した。「フレデリカ、わたしと場所を代わって。ヴァーノンに馬車から降ろしてもらいなさい」

まだショックの冷めやらぬまま、フレデリカはアルヴァストークの手を借りてランドーを降りた。膝が震え、彼が差しだした腕にすがり、微笑《ほほえ》もうとした。「ごめんなさい。こんなに取り乱して。何も考えられないの。でも、あなたはどうすればいいかわかるはずよ。教えてちょうだい」

「きみにできることは何もない」

彼女はつかのまアルヴァストークを見つめた。「何もない。たしかにそのとおりだわ。何もない！　わたしはあの子が……あれがどこに行くかわかる？　あれは航空学を使った乗り物よ、そうでしょう？　どれくらい遠くまで行けるか調べるための？」

「そうだと思うが。それを心配する必要はないよ！　きみがフェリックスを助けだしたいのと同じくらい、彼らもフェリックスを降ろしたいはずだ。彼らがどこで降りるかはわからないが、風の方向からして、ワトフォードのどこかで降りるのではないかと思う」

「ワトフォード！　だったらここからそんなに遠くないわね？」

「ああ。三十キロぐらいだ。首都とその周囲の貯水池から完全に離れるまでは、彼らが降りる危険をおかすとは思えない。ハイドパークから上昇するのはかまわないだろうが、あのいまいましい気球を町や村が散在する地域に降ろすのはまったくべつの問題だ」

「ええ、わかるわ。ただ……彼らはあらゆる注意を払うはずね。そうでしょう？」

「間違いなくそうするよ」

フレデリカはどうにか微笑んだ。「事故のことは……それほど恐れていないわ。でも、バクステッド卿《きょう》は高度が上がると寒くなると教えてくれたの。わたしはそれが怖い。あの子はがっしりしているけど、ほかのみんなよりも風邪をひきやすいの。そして肺炎を起こしやすいのよ。結核じゃないのよ。主治医は気管支炎だと診断したわ。そして大きくなれば治る、と。でも、二年前、ひどい気管支炎にかかったときのことが忘れられない。それを薄い上着一枚であんなに高く上がって――」フレデリカは言葉を切り、再び笑みを浮かべた。「ばかね。何もできることはないのに」

「ぼくらにはできないが、気球に乗っている連中がきっとフェリックスを温かく保ってくれるよ」

いつもの落ち着いたそっけない言い方に、フレデリカは自分でもおかしなほど不安が和らぐのを感じた。アルヴァストークの言葉は彼の甥にも影響を与えた。が、形はまったく異なっていた。「なんてひどい人だ。この恐ろしい状況でそれしか言うことがないんですか？」

アルヴァストークは彼を見て、眉を上げた。「ああ、それだけだ」彼はカールトンが拳《こぶし》を作るのを見て、かすかな笑みを浮かべた。「ぼくならやめておくね」

つかのま、カールトンは衝動に身を委ねそうに見えた。が、どうにか自分を抑え、まだ怒りに顔を赤くしながら抑えた声で言った。「あなたはフェリックスが直面している危険を知らないんですか？　それとも知っていて、どうでもいいんですか？」

「どちらでもないよ」アルヴァストークは言った。「きみにも多少は赤い血が流れていると知って嬉しいが、黙っているほうが身のためだぞ。さもないとそれを流したい誘惑にかられそうだ」

「静かにしてちょうだい、ふたりとも」エリザベスが叫んだ。「カリス、わたしの言うことを聞いて。フェリックスは安全よ。泣くことは何もないの。聞こえた？　しっかりしなさい！」

だが、意識が戻ったカリスはヒステリックに泣きだし、それを抑えることも、エリザベスの言葉を理解することもできないようだった。

「気付け薬！」侯爵は言った。「彼女にはそれが必要だな。人が集まってくるぞ」

フレデリカは急いで馬車のなかに入った。「わたしと代わって、お願い！　妹は慰めるとよけいにヒステリックになるの」そう言いながら、カリスをエリザベスの腕から引き取り、ほっぺたを叩いた。カリスだけでなく、ほかの者も驚いて息を呑《の》んだ。カリスはすすり泣きのあいだで息を止め、恐怖に満ちた目で姉の顔を見上げながらうめくようにつぶやいた。「フェリックス！　ああ、フェリックス、フレデリカ、フェリックスが！」

「黙りなさい。自分を取り戻すまで何も言わないで！」

馬車を降りたエリザベスが、低い声で弟に言った。「うまくいったようね。でも、ひどい方法。なんと言っても、あの娘は恐ろしいショックを受けたんですもの。神経が細い娘らしいわね」

「ぼくに言わせれば細すぎる」

ジェサミーが精神力で吐き気を抑えつけて立ちあがり、走ってきたように呼吸を乱しながら真っ青な顔でアルヴァストークを見た。「フェートンを貸してください！　お願いします！　ぼくは手綱を持ったりしません。カリーにやってもらいます。ぼくは乗るだけです。お願いします！　フェートンを貸してください！」

「気球を追いかけるつもりかい？」アルヴァストークは笑みを含んだ目で彼を見た。

「ジェサミー、そんなばかなことをしてなんになる！」カールトンが叫んだ。「すでにひどい状態なんだぞ！　まったく、どういうつもりだ？　ドラマチックな空想に浸っている場合ではないぞ！」

「いや、いまはまさしくそういう状況だ」アルヴァストークが言い返した。

「ばかげた冗談を言っている場合でもない！」カールトンはまたしても怒りに顔を赤くした。

「お願いです！」ジェサミーが懇願した。「どうか、お願いします！」

アルヴァストークは首を振った。「残念だが、ジェサミー。気球はすでに何キロも離れている。たしかにまだ見えるが、ここからははるか彼方《かなた》だ。それに気球の旅はカールトンが言うほど恐ろしいものでもない。事故はめったに起こらないよ」

「でも、起こることもあります！」ジェサミーは言い返した。「それに万事順調にいったとしても、フェリックスは寒さできっとものすごく具合が悪くなる。お金もなくて……彼らは降りられる場所に達したら降りるはずだと言ったでしょう？　あれを見失わないようについていければ……」

「ばかばかしい！」

「そんなことができるの？」エリザベスは弟に訪ねた。

「できるとは思うが。しかし、なんの役に立つ？　ぼくらが近づくずっと前に地上に降りてしまうに違いない。それに、彼らがどれほどそうしたくても、フェリックスをその場に置き去りにすることはありえない。ぼくらが降下した場所を見つけるころには、それも見つけられたとしての話で、疑わしいと思うが、フェリックスは貸馬車でロンドンに戻ってくるところだろう」

「でも、彼らは開けた場所に降りると言いましたよ！　どの町までも何キロもあるような場所で。それに、もしも無事に着地しなかったら？　どうしても行かなきゃ！　絶対に行く必要があるんです！　ああ、どうしてハリーはここにいないんだ？」ジェサミーは苦悩に満ちた声で言った。

フレデリカが口をはさんだ。「アルヴァストーク……！」

アルヴァストークは彼女の目の訴えるような表情を見て、皮肉な笑みを浮かべ、肩をすくめた。「いいだろう」

不安に満ちた顔に感謝があふれた。「ありがとう！　お願いする資格はないけれど、そうしてくだされればとてもありがたいわ！　とても、とても！」

「今日は死ぬほど退屈することになると思ったのに」アルヴァストークは言った。「エリザ、すまないが、ここに置き去りにしなければならない。許してくれないか」

「わたしのことは心配しないで」エリザベスは言い返した。「みんなを送り届け、そのあとでカールトンに送ってもらうわ」

彼はうなずいてジェサミーを見た。「では行こうか」

ジェサミーの顔がぱっと明るくなった。「一緒に行ってくれるんですか？　ありがとう！　ええ、行きましょう！」

20

だが、感激のムードは長くは続かなかった。スタンホープゲイトに達するころには、弟が直面している様々な惨事を想像し、ジェサミーは黙りがちになった。彼の目はいま燃えるようにきらめいていたかと思うと、暗く翳《かげ》り、厳しくなった。フェートンがゲイトに近づくと、洒落《しゃれ》た軽装二輪馬車《ティルバリー》がそこから出てきた。流行の先端をいく服装の、非常に醜い男が手綱を握っている。その男はアルヴァストークのあし毛に目を留めるや、立派なくり毛を自分の馬車のシャフトのあいだに入れ、声をかけてきた。「アルヴァストーク！　ちょうどいいところに来た！」

侯爵は四頭の馬を止めたものの、首を振った。「あとにしてくれ、カンガルー、一秒でも割いている時間はないんだ」

「しかし、わたしはただ……どこへ行くつもりだ？」座ったまま体をまわしながら通り過ぎるフェートンを見てクックは叫んだ。

「気球を追いかけているんだ！」アルヴァストークは肩越しに叫んだ。

「どうしてあんなことを？」ジェサミーが問いただした。「へんに思われますよ！」

「だろうな。だが、掛け値のない真実だ」

ジェサミーが硬い声で言った。「つまり、これは骨折り損だと言いたいんですか？」

「とんでもない」アルヴァストークは自分の言葉を悔いてそう言った。「ぼくたちはかなり遅れているかもしれないが、ぼくはまだ誰にも負けたことはないよ」

それから一キロほど走ると、ジェサミーが激しくこう言って沈黙を破った。「あいつの皮をはいでやる！　安全だとわかったら、絶対はいでやる！」

「ぼくに発言権があればそうはいかないぞ」侯爵は答えた。「彼の皮をはぎたいという気持ちが、この一時間ぼくを駆りたてている動機だからね。ハリーですらその喜びをぼくから奪うことはできない」

ジェサミーはこの言葉に笑ったが、ややあってこう言った。「ぼくの皮をはいだほうがいいですよ。悪いのはぼくなんだ。全部ぼくのせいだ！」

「そろそろ、自分の責任だと言いだすころだと思ったよ」侯爵は皮肉たっぷりに言った。「そんなばかげた結論にたどり着いたわけを説明する必要はないぞ。ぼくはまったく知りたくない。この責任はほかの誰でもない、フェリックス自身にある。それにぼく自身に！　フェリックスはきみではなく、ぼくの被後見人だ」

ジェサミーは首を振った。「あの囲いに置いてくるべきではなかったんです。フェリックスがどういうやつか、わかってるのに！」

「ほう？　彼が気球のロープに飛びついて、自分の命を危険にさらすと思ったのかい？」

「いいえ、まさか！　そんなこと考えもしませんでした。でも、あいつから目を離すべきじゃなかった。それに……バクステッドに腹を立てなかったら、あいつのそばにいたと思います」ジェサミーはまっすぐ前方を見つめて告白した。フェリックスに囲いから出ろと言ったのがバクステッドだったから反発したんです。彼が正しかったのに！　嫉妬深くて、尊大で、気取り屋じゃなければ！「こんなに短気じゃなければ！」ジェサミーは両手に顔を埋め、くぐもった声で言った。「もう絶対に癇癪《かんしゃく》を起こしたりしない。二度と！」

「ああ、たしかに誰かがきみに癇癪を起こさせるまでは、起こさないだろうな」アルヴァストークはそっけなく言って、この辛辣な皮肉がジェサミーの頭に染みこむのを待ち、それよりもはるかに温かい声で言った。「きみが誓いを守れるのは間違いない。ぼくはきみを〝小さい子〟と呼んで侮辱したりしないが、きみはまだ年寄りでもないぞ」

ジェサミーは顔を上げ、微笑《ほほえ》んだ。「ええ、侯爵。いまはじっと耐えるべきなんだ。自分の罪に打ちひしがれたり、それを大げさに考えたりせずに。それは自惚《うぬぼ》れと同じだから」

「ぼくがこれまで自分に許してきた自惚れとは違うがね」侯爵は皮肉混じりに応じた。

「フレデリカもあなたと同じです。小言を言いません。ぼくが知っているいちばんすばらしい人間です！」ジェサミーはこうつけ加えて、思いがけず無邪気な面を見せた。「弟が姉のことをこんなふうに言うのはおかしいかもしれないけど、ほんとのことだし、恥ずかしいとは思いません。姉はカリスみたいに美しくないけど……」

「カリスの十倍もすばらしい」侯爵はそう結んだ。

「ええ、そうです！」ジェサミーは目をきらめかせながら同意した。

そのあとはまた静かになり、話しかけられても相槌《あいづち》を打つだけだった。やがてあの気球がどれくらいの速さで飛んでいるか尋ね、しばらくして確信に満ちた調子で言った。「こんなことをするなんて、フェリックスは悪いやつだ。ものすごく悪いやつだけど、あいつは骨の髄まで冒険心がつまっているんです！」

「そうだな。愚かしさと無知のかたまりだ」

「ええ、たぶん。でも、ぼくだったら、とてもあんな思いきったことはできませんでした！」

「ありがたいことだ」

「そんな度胸はありません」ジェサミーは告白した。

「彼より良識があるのは当然さ、きみは年上だ」アルヴァストークは辛辣に言い返した。「きみの年でこの半分でも愚かなことをしたら、ベドラムで神経の治療を受けるはめになる」

「ええ。実際にしたらね！　だけど、自分にはやるだけの度胸がないことを弟にされると、屈辱を感じないではいられないんです！」

この少年らしい競争心に、アルヴァストークは笑った。だが、ジェサミーにはなぜ笑ったのか言わず、気球から目を離さないようにと告げただけだった。ときどき家や森の向こうに見えなくなる以外、ふたりは常に気球を視界に捉えていた。かなり高く上がっているが、それほど速く飛んでいるようには見えない。フェートンからの距離は、十キロから十六キロ程度。しかもその距離はごくわずかにしか開いていないように見える。

彼らは最初から街道を西へ向かっていたが、気球はさらに西へと流されているように見えた。ジェサミーは不安にかられ、苛立《いらだ》ちつつも、なんとかそれを抑えた。街道を離れてまっすぐ気球へと向かっているように見える道を行ってくれとアルヴァストークを促したかったが、頭のどこかでは、それが愚かなことはわかっていた。郊外の道はまっすぐ続くとはかぎらない。どこかの農場か村で行き止まりになる場合が多いのだ。気球は北西に向かっている、と自分に言い聞かせ、彼は苛立つ神経を鎮めようとした。それがこの方向からそれていくように見えるときも、たんに街道がまっすぐではないからだ、と。通行税徴収所では、そこの管理者が、カリーの吹く笛にのっそりとしか応じないと、怒鳴りたくなった。また侯爵が馬を休めるたびに、てのひらに爪を食いこませて、早口で罵りたくなるのをこらえなくてはならなかった。気球に追いつこうとしてもいないようだ。だが、無表情な横顔をちらっと見ると、侯爵が目を細め、そこまでの距離を測るように気球を目で追っていることに気づく。すると少し気分がよくなり、侯爵が最善を尽くしていると信じられた。

スタンモアのすぐ手前で、アルヴァストークは肩越しに馬丁のカリーに尋ねた。「ワトフォードのあとは、どこで馬を換えられる？」

「わたしもそれを考えておりました。おそらくバーカムステッドだと存じます」

「では、あの気球がまもなく降りてこなければ、ワトフォードで換えざるをえないな。あれはほぼバーカムステッドの上空に達しているに違いない。このあし毛たちを殺したくないからな。もちろんおまえは馬と一緒にワトフォードに留《とど》まってくれ」

「バーカムステッドはここからどれくらい離れているんですか？」ジェサミーが尋ねた。

「十六キロから二十キロだ」

ジェサミーはがっかりして叫んだ。「だったら、一時間以上も遅れてる！」

「もっとだろうな。おそらく、もっとずっとだ」

「ごらんください！」カリーがさえぎった。「降りてくるように見えますよ！」

ジェサミーは目がちくちくして涙が出てくるまで必死に気球に目を凝らし、涙を拭って叫んだ。「くそ、太陽がまぶしすぎる！　ちっとも降りてませんよ！　さっきと同じくらい……いや、ほんとだ、降りてる。降りてます！　見てください！」

アルヴァストークはちらっと見た。「たしかに降りている。ありがたい！　予測どおり、ワトフォードのあたりだ」

ジェサミーは侯爵の予言がぴたりと当たったことがすばらしい幸運の始まりに思えて、これまでの悲観的な観測が嘘《うそ》のように消え、笑いながら叫んだ。「この自惚れ屋！　おっと、いまの言葉は撤回します！　すみません！」

「ああ、少し言いすぎだぞ」

「怒ってなんかいないくせに！　ぼくは騙《だま》されませんよ。あなたのことはよく知ってるんです！」彼は言葉を切り、ややあって不安そうに言った。「どうしてあんなによれているんだろう？　さっきはほぼまっすぐ降りていたのに！」

「異なる角度から見ているのかもしれないぞ」

「いいえ、違います！　つまり、それはあんな降下の説明にはなりません！」

次の瞬間、気球が木立に隠れ、フェートンが最後の木を通過するころには、完全に視界から消えていた。ジェサミーは苛立って侯爵にも答えられない質問を浴びせはじめた。あの気球はなぜ急に方向を変えたのか？　バルブに何か問題があるのだろうか？

「地上に近づくにつれて、予想していたより風が強くなったのかもしれない」

ジェサミーは目を見開いた。「風か！　バクステッドが言ったことを覚えてますか？　固定具が藪《やぶ》全体を引き裂き、まったく気球を止める役に立たなかった。そのためにバルブを閉め、再び上昇しなければならず――」

「彼がきみのお姉さんに昨夜仕入れた知識を披露していたのはかすかに覚えている。だが、あの男はこれまで聞く価値のあることを言ったことがないから、よく聞いていなかった。そういう不運もたまには起こると思うが、あの気球は再び空に舞いあがってはいない。だから、きみが言うつもりだった運命はまだ迎えていないことになる」

「ええ！　ぼくもそう思ったけど……でも……」

「ジェサミー」侯爵はうんざりしてさえぎった。「きみの考えはバクステッドの講釈と同じくらい価値がないぞ。きみたちは気球のことを、実際には何も知らないんだ。ぼくも知らない。だから質問攻めにしても無駄だよ。ひどい事故を想像して自分を苦しめるのはもっと無駄だ。そもそもそういう事故の起こる確率は非常に低い」

「許してください、あなたをうんざりさせるつもりはなかったんです！」

「ああ。だからあえてヒントをあげたのさ」侯爵は声を和らげた。

ジェサミーは巧みにやりこめられ、侯爵に笑いだす寸前だとばれないように、唇を噛《か》んで横を向いた。少なくともワトフォードに到着するまで、彼は落ち着いていた。だが、エセックスアームズで彼らを迎えた知らせに頭のなかが真っ白になった。

もちろん、見ましたよ、宿の主人はそう言った。「あの気球は空に描いたみたいにはっきり見えた！　まったく、ひどい騒ぎだった。ひとり残らず家から走りでてばかみたいに空を仰いでから、あわてて家に駆け戻った。町のど真ん中でいまにも落ちそうなくらい低くなったからね。もちろん、落ちはしなかったが、それくらい、どんなあほでもわかりそうなもんだ。ここととキングスラングリーのあいだで降りたって話ですよ。しかも子どもが乗ってたってんだから驚くじゃありませんか。わしなら自分の子をあんなものに乗せるもんじゃねえ！　いい年の連中まで見に行きましたよ。気球が着地するとこなんか、まず見られねえのに。何キロも走ったあげく、地面を見るだけだなんて、あほくさくねえのかね」

「降りたのはどれくらい前でしたか？」ジェサミーは必死の顔で尋ねた。

「さあねえ」宿屋の主人は優しい笑みを浮かべて首を傾《かし》げた。「町の上を通り過ぎてったのは一時間前、いや、一時間半ぐらい前かね？」

ジェサミーは唇に笑みを浮かべ、きらめく目でアルヴァストークを見た。「よかった！　キングスラングリーまではどれくらいですか？」

「ほんの八キロぐらいさ。ほんとにそこに降りたかどうか、わしは知らねえが。ただ、追いかけてったでくの坊たちは、まだひとりも帰ってこねえからね。地面に降りたそいつをあんぐり口を開けて見てるか、さもなきゃ、隣の州まで走ってったか！」

「わかった。自家製のビールを一杯くれないか。ジェサミー、きみも好きなものを頼むといい。少しカリーと話してくる」

侯爵は宿屋を出て、カリーを捜した。カリーはあし毛を引いて厩舎《きゅうしゃ》に向かい、熟練した目で馬の具合を調べながら馬体を撫《な》でていた。馬は汗をかいていたが、疲れ果てている様子はない。カリーは誇らしげに報告した。「どれもすばらしい馬です！　風のようによく走るとわたしが言ったとおりでしたね！」

アルヴァストークがうなずく。カリーは侯爵が顔を曇らせているのに気づいた。「ご心配にはおよびません。温かい粥《かゆ》でもやって——」

「そうだな。ここの馬番にきちんと指示しておいてくれ。きみには一緒に来てもらう」

「わかりました。何かご心配でも？」

「まだわからない。ジェサミーには何も言う必要はないが、気球を見失ったとき、あれは明らかに大きくコースを外れていた。風に流されたとしても、このあたりはほぼ開けた地域だから、無事に着地したと思うが……」

「ええ、そうならない理由はありません」

「ひとつもない。だが、追いかけていった町の者がまだ戻らないそうだ。かごとガスが抜けた袋しか見るものがなければ、彼らはなぜ着地した場所に留まっているんだ？」

「子どもたちは好奇心が強いですからね！」

「たしかに。だが、大人もいるらしい。ジェサミーの心配癖がうつったのかもしれないが、きみが必要になる気がする。十五分で出発するぞ！」

宿屋に戻ると、ジェサミーが大きなマグから顔を上げ、それをおろして満足のため息をつくと、似たような大きなマグを侯爵に渡した。「喉が渇いちゃって。はい、侯爵。店の者が言うには、すごく強いらしいです」

「すると、まもなくきみは酔っぱらうな。眠って酔いを醒《さ》ますように残していこうか？」

「ぼくには少し強すぎると思って、半分水で割ってくれるように頼みました」

「それはよかった！」

ジェサミーは笑いながら恥ずかしそうに謝った。「心配癖で悩ませてすみませんでした」

「きみがそう思うようなことを言ったかな？」侯爵はわざと驚いたように尋ねた。

「とぼけてもだめですよ！　ちゃんとわかってます。でも、叱られて当然です！」

「立派な心がけだ。しかし、あれがぼくの叱責だと思ったとしたら――」

「決して叱られたくありません」ジェサミーは率直に言った。「あの、いつ出発するんですか？　考えていたんですが、ほんとにフェリックスたちがロンドンへ戻る途中ででくわすかもしれませんね。ただ、気球はどうするのかな？」

「見当もつかないね。しかし、よい点を突いているな」

「少し前に気づいたんです。彼らが担いでいくことはできないし、中身は水素ガスだから、袋にもう一度ガスを満たすこともできない。水素ガスをつめた樽《たる》をいくつも荷馬車で運んでくるのは無理ですよ。まあ、やればできるけど、気球がどこに降りるかわかっていたとしても、今日中には着きません。だけど、それは誰にもわからないから……」

「そのとおりだな。おそらく荷車で安全な場所へ運び、あとで回収するのだろう」

「だとすれば、ひどくばかげてますよね。帰りの用意もせずに旅に出るなんて！　しかも、自分が降りたい場所から、何キロも離れた野原の真ん中に降りたら、かごと袋と錨《いかり》そのほかを荷車に積みこみ、馬車がある場所まで歩かなくてはならない！」

「たいへんな苦労だな」アルヴァストークは同意した。「しかし、気球はたんなる旅の手段とみなされているわけではないと思うね。そろそろ馬車に戻ろうか？」

　ジェサミーはぱっと立ちあがり、中庭に出た。彼が換えの馬をじっくり見てカリーと様々な欠点を話しあっていると、侯爵が合流した。ジェサミーはここに残るはずのカリーが後ろに乗ったのを見て驚いたが、ぼそりとそう言っただけだった。ワトフォードにあと一・五キロというとき、侯爵が先に進まず、あとずさりする癖があると先頭の馬を非難したときも、ただうなずいただけだった。

　彼らは途中、南へ向かって駆けていく郵便馬車と一台の馬車しかすれ違わなかった。通行人は上っ張り姿の立派な紳士だけで、気球のことなどまったく知らない、そういう新しい発明にはいっさい関心がない、と吐き捨てた。だが、三キロ近く進むと、前方に人垣が見えてきた。彼らはそこに近づいた。人垣のほとんどが若者か子どもで、ゆるやかにうねる牧草地に向かって開いている農家の門を通って、郵便物を運ぶ道に出てきたようだった。

何やら熱心に話している彼らを見て、侯爵は空気の抜けた気球を驚愕《きょうがく》の目で見るために三キロも走りそうな連中に見える、と皮肉った。

侯爵の言ったとおりだった。そして彼らはこの努力に十分に報いられていた。それが着地したところを見た者は誰もいなかったが、この地域では前代未聞の騒動だったのだ。気球はたっぷり三エーカーある広い牧草地の上空にいたが、藪の上に降りてきて、枝にからまってしまった。なんとひどい事故だったことか！　紳士のひとりは無事に降りることができたが、もうひとりは一緒にいた子どもを助けようとしてしくじり、腕を折ったという話だ。子どものほうは枝を抜けて落下し、血だらけになって、死んだと思われた。「まったく、笑い事じゃなかったよ」若者のひとりが侯爵にそう言った。

「どこだい？」ジェサミーがかすれた声で尋ねた。「どこにいるんだ？」

「もう何もないよ！　みんな一時間も前に、この先のモンクの農場に運ばれた。子どもは編んだ枝の上に乗せていかれた。おれたちワトフォードから来たもんが着いたときはもういなかったが、樫《かし》の木にひっかかってる気球は見えた。あれはいつおろしはじめるのかわかんないし、待ってるだけの価値はないから、戻るとこなんだ」

「医者が一頭立ての馬車《ギグ》を飛ばしてったよ！」子どもが言った。

「ああ、おまえはそれを見ててミス・ジュドブルックから拳固《げんこ》をくらったんだろ！」

「その農場はどこだね？」アルヴァストークは尋ねた。

その子はクリッパーフィールドにあると言ったあと、「だと思う」と自信がなさそうにつけ加えた。侯爵がもう少し正確な情報を求めると、六人ばかりが矛盾する道順を口にした。村へ行く道がキングスラングリーにある、郵便物を運ぶ道と合流するそばだ、と。

侯爵は説明を最後まで聞かずに、馬車を進めた。「その農場のことはクリッパーフィールドへ着けば、もう少し詳しくわかるだろう」彼はちらっとジェサミーを見てつけ加えた。「しっかりしろ！　医者がついているんだ」

ジェサミーは血の気を失った顔で、震えを止めようとしながらどうにか言った。「でも、彼らは……彼らはフェリックスが……」

「ぼくにも聞こえたとも」アルヴァストークはさえぎった。「死んだと思われた。血だらけだった。きみは生まれたときから地方に住んでいるのに知らないのかい？　彼らは常にちょっとした事故を大げさに描写するんだ。〝死んだと思われた〟というのは、〝落ちた拍子に気を失った〟だろうし、〝血だらけだった〟もそうだ。顔を引っかけば血が出る。枝につかまりそこねて枝のあいだを落ちれば、引っかかれるに決まっている」

ジェサミーはどうにか笑みを浮かべた。「ええ、もちろんです！　鼻血だったかも」

「ああ、たぶんそうだ」

「ええ。でも――」ジェサミーはつかのま言いよどみ、それから震える声で言った。「かすり傷じゃないのはたしかです！」

「ああ。骨を一本か二本折ったかもしれないな」アルヴァストークは落ち着いて言った。「これがよい教訓になることを祈ろうじゃないか。さあ、きみがこの遠出の最初から願っていたことをするぞ。フェートンを思いきり走らせる！」

侯爵がそう言うと同時に、四頭の馬はゆるい駆け足になり、続いて全力疾走になった。こんな場合でなければ、ジェサミーの目はとても安全とは言えないくねくねと曲がる細い道を、よく知らない馬で全速力で走る侯爵の見事な手綱さばきに釘付《くぎづ》けになったに違いない。だが、恐ろしい不安が頭を占領しているいま、侯爵が完璧な走りで丘を越え、突然現れた曲がり角でわずかに速度を落とすのを見て、ジェサミーはひたすら速く、速く、と思いつづけた。侯爵が羽根のように軽く手綱を握って急カーブを曲がったとき、すれ違った対抗馬車とのあいだがわずか二、三センチしかないのを見て、思わず目を閉じたのはジェサミーではなくカリーのほうだった。

キングスラングリーの村が目に入ったとき、あえぐように叫んだのもカリーだった。「侯爵！」だが、彼はそう言ったときには、侯爵はすでに速度を落としていた。四頭の馬は速足で町に入っていった。

「なんだい、カリー？」侯爵は肩越しに尋ねた。

「なんでもありません！　ただ、閣下が判断を誤ったと思ったのです。失礼いたしました！」彼の馬丁は信頼されている雇用者らしく率直に答えた。

「謝る必要はないさ。不愉快だとすら思わない」

「見て！　看板がある！」ジェサミーが突然座席から身を乗りだした。

「クリッパーフィールド・アンド・サラット」カリーが読んだ。

侯爵は馬の足並みを崩さずに角を曲がると、すぐさま速度を落とした。道幅が狭く、くねくねと曲がり、手入れの悪い生垣がそれをはさんでいる。あまりにも溝が深く、穴が多いのを見て、いまが二月でなく六月でさいわいだった、とカリーが厳しい顔で冗談を言った。でこぼこの道を三キロも行くとジェサミーは張りつめた神経が切れそうになった。

「前方に十字路があります。左手に煙突が見えますよ！」

気球の事故がクリッパーフィールドにどんな騒ぎをもたらしたにせよ、それはすっかりおさまったようだった。そこにいるのは、小屋の前の小さな菜園でキャベツを切っているがっしりした女性だけだった。彼女は侯爵の問いに答えて、仕事が山ほどあって気球なんぞにかまけてはいられない、と言った。フェリックスに関しては何も知らなかったが、モンクの農場はこの道を一キロ半ほどバックスヒルへと下ったところにあると言い、手にした包丁で南を指して、見逃すおそれはまったくない、と告げた。侯爵はこの断言を危ぶんだものの、結果的にはその女性の言ったとおりだった。

モンクの農場は、道から百メートルばかり奥にある、かなり古い、不規則に延びた大きな家だった。牛小屋が納屋と豚小屋を囲んでいる。開いているドアの前には、御者を乗せた医者の馬車が止まっていた。アルヴァストークは大きな白い門を通り抜け、家のすぐ前でフェートンを止めた。

馬車が完全に止まらないうちにジェサミーが飛びおり、正面のドアへと走っていくと、かん高い声が、あんたは誰だ、なんの用だ、と尋ねた。「口出し無用、という女性だな！」侯爵が言った。

21

農家のドアが開き、廊下が見えた。その突きあたりに古い樫《かし》の階段がある。ジェサミーが衝動的になかに入ると、痩せた女性が彼の前に立ちふさがった。ごつごつした体全体から癇癪《かんしゃく》持ちのしるしがにじみでている。彼女のぶっきらぼうな質問に、ジェサミーは口ごもった。「すみません！　ぼくの弟なんです！　ここに運ばれてきた子どもです！」

この答えに女性は表情を和らげるどころか、怒りで顔を赤くし、燃えるような目で彼をにらみつけた。「ああ、そうかい？　だったらあんたに会えてたいへん嬉《うれ》しいよ。あの子を迎えに来たんだろうね！　ここは病院でも宿屋でもないんだ。病気の子どもの世話をしなくても、仕事は山ほどある！　それにあたしは看護婦じゃない。誰がなんてったって、けが人や病人を押しつけられるのはごめんだよ！」

そのときアルヴァストークが戸口に立ち、その女性はあんぐり口を開けた。長身の彼は、どんなときでも印象的だが、このときは肩に何枚もケープのついた長いコートの前が開き、ふだんロンドンで着ている一分も隙のないいでたちが見えた。とりわけエレガントなベストに淡い長ズボン、ぴかぴかのヘシアンブーツが。ボンド街にはしっくりとおさまるこの服装も、郊外の村ではひどく場違いに見える。だが、ミス・ジュドブルックは驚いたのと同じくらい、侯爵の姿に感銘を受けた。

彼はほんの少し尊大ではあるが、気持ちのよい声で言った。「たしかにそれをあなたに押しつけるのはひどい。あなたはミス・ジュドブルックとお見受けしたが？　アルヴァストーク卿《きょう》だ。よかったら医者に会わせてもらいたい」

ミス・ジュドブルックはすっかり圧倒され、無意識に小さく膝を折って頭をさげていた。「はい、閣下！」だが、すぐに立ち直り、こうつけ加えた。「あたしは冷たい人間じゃないんですよ。自分の義務もわきまえてます。だけど、気球から落ちた子をあたしに看病させるのはお門違いってもんです。あたしには看病はできないし、する気もありません。ジュドブルックはわかってるはずなのに。あたしにはひと言も相談せずにあの子をここに連れてくるなんて。しかも、あの子につき添わせるために、ベティを牛の世話から呼びつけたんですよ！　ベティの仕事までやるのはお断りです。あの若い紳士はたいへん気の毒だとは思いますよ。だけど、いくら具合が悪くたって、あの子を預かって、つき添いをつけ、手取り足取り面倒を見るなんて、あたしにはそんな時間も辛抱もないんだから。エルコット先生にもはっきりそう言ったんです。それにもしもハックノール夫人がこの家に一歩でも入ったら、あたしはここを出ていくってね！」

「なるほど。すべてあなたの満足が行くように手配できるはずだが、その前に医者に会う必要がある」アルヴァストークは言った。

ミス・ジュドブルックは反発するように鼻を鳴らしたが、アルヴァストークのうんざりした顔に不安を感じたのか、少し穏やかな声になった。「だといいけど！　お医者様は客間ですよ。添え木に包帯に、お湯を入れた器やらなんやらを全部広げてね！　こちらです！」

彼女は廊下の左手にあるドアを開けた。「アルヴァストーク卿が会いたいそうですよ、先生。それとあの子の兄さん。新しい絨毯《じゅうたん》にお湯をこぼすのはやめてくださいったら！」「あっちへ行ってなさい！　うるさい女だ！」医者は鋭くそう言った。

ジェサミーの期待に反して、その部屋にいるのは医者と気球に乗っていた男たちのかたわれだけだった。そのかたわれは肘に膏薬《こうやく》をはりつけ、テーブルのそばの椅子に座っていた。医者は前腕に添え木をつけ包帯を巻いている。

「フェリックスは？　ぼくの弟はどこですか？」ジェサミーは口走った。

医者は手を止めて、太い眉毛の下から鋭い目でジェサミーを見た。「あの子の兄さんか？　そんなに心配しなくてもよろしい。死ぬほどのけがはしとらん！」彼はアルヴァストークに目を移し、うなずいた。「ごきげんよう、閣下。あの子の親戚ですかな？」

「親戚だ。それに……後見人だ」アルヴァストークは答えた。

医者は包帯を巻く仕事に戻りながら言った。「では申しあげるが、あなたは呆《あき》れるほど不注意な後見人ですぞ！」

「ああ、そのようだ」アルヴァストークは同意した。「あの子のけがはどの程度なのかな?」

「まだ結論を出すのは早い……ひどい脳震盪《のうしんとう》を起こしているからね。それ以外は顔の切り傷と、手首の捻挫程度だ。肋骨《ろっこつ》を二本ばかり折ったものの、ほかはどこも折れておらん。もちろんあざだらけだが。三十分前に意識を取り戻し、頭が痛いと訴えた。それは――」

「高度のせいです！」腕を折った男が言った。「高く上がると、頭が痛くなる人々が多いんです。その理由は――」

「わしに講釈は必要ない！」医者がうなるように言った。「いいから、じっとしてなさい！」

「弟は……脳に損傷を受けたんですか?」答えを知るのを恐れながらも、ジェサミーは尋ねずにはいられなかった。

医者はまたしてもじろりと彼を見た。「そう考える理由はないな。少々わけのわからんことを言っとるが、何が起こったかはちゃんとわかっていると思う。〝だめだった〟と言っておったよ」

かたわらの男が再び口をはさみ、侯爵に訴えた。「安全だと思ったんです。降りはじめるまでは万事順調でした。ところが降下のときに方向がそれて……地上に近づくと――」

「上空ではなかった風に流されることがしばしばある。ああ、それはわかっている」アルヴァストークはさえぎった。「きみたちが木立に引っかかったときに何が起きたか教えてくれないか。木立に……引っかかったことも。その理由を説明する必要はない。ただ、木立に……引っかかったことも。その理由を説明する必要はない」

「ええ。あれは楡《にれ》だったかもしれません。木のことはよくわからないもので。オールトンは木立を通過できないのを見てとると、本当は通過すべきだったんですが、閉じようとしたバルブが動かなくなって……ぼくに枝をつかんで、かごから出ろと叫んだんです。〝ビーニッシュ、おまえが先に降りて、その子に手を貸せ！〟と。そこでわたしはそうしました。かごを出るのは簡単だった。かごが落下しないように重みを取り除けば、危険はまったくないんですよ。バルブが開いたままとあって、急速にガスが抜けていくので気球が再び上昇する危険もありませんでした。それにあの子はこれっぽっちも怖がっていませんでしたよ！　これはたしかです！　冷静そのものでした。あの子は気球を制御する方法のことしか考えていませんでした。〝ぼくのことを心配しないで、ちゃんとやるよ！〟そう言ったんですよ。わたしもその言葉を疑っていませんでした！　オールトンがかごから出るのを手伝ってるし、手を貸す必要はなさそうだ、と思っていました。すると突然、あの子が落ち着きを失ったみたいでした。少なくとも……よくわかりませんが、それ以外には考えられません。わたしには枝をちゃんとつかんだように見えたんですから。もちろん、一瞬の出来事だったので、はっきりとはわかりません。とにかく、〝だめだ！〟と叫んで、落ちたんです。わたしは最善を尽くしました。あの子をつかもうとしてバランスを崩し、気がついたときには自分も落ちていました」

じっと聞いていたジェサミーが、信じられないという顔で叫んだ。「フェリックスが？　あいつは猫みたいに木登りがうまいのに！」

「若いの」医者が言った。「どうして弟が枝をつかめなかったか知りたければ、教えてやるよ。両手が寒さで麻痺《まひ》していたんだ」

「なんてこった！」ビーニッシュが叫んだ。「彼はひと言も――」

「自分でも知らなかったんだろうな。冷たいのはわかっていたが、使いものにならないとは思わなかったのだろう。まだ子どもだからな。しかも興奮状態だったし」

ビーニッシュは罪悪感と責任を免れたい気持ちに引き裂かれ、侯爵を見た。「われわれの落ち度ではありません！　あの子を囲いから追いだすべきだったかもしれませんが、少しも邪魔じゃなかったんです、オールトンも彼の知識に感心していました。あれくらいの年の子どもは、気球が上がるのを見たいだけで、その原理など興味がないのに――」

「きみたちを責めるつもりはない」侯爵がさえぎった。「責任があるとすれば、それは後見人であるわたしのものだ」

「あなたじゃありません！　ぼくの責任です！」ジェサミーがくぐもった声で言った。

「まさかロープにつかまって上がってくるとは、思いもしなかった！　しかし、喜んで連れていきたいとは思ったんですよ。でも、オールトンはあの子の懇願を、少し若すぎると厳しく断りました。するととても傷ついた顔をして……おわかりになりますか？」

「ああ、よくわかるとも」

「つまり、そういうわけです！　父親の同意がなければ一緒に連れていけない、われわれはそう言ったんです。オールトンに聞いてもらえればわかります。ええ、未成年の子どもを連れていくには、父親の同意がいると言ったのは彼なんですから」ビーニッシュの顔に思いだし笑いが浮かんだ。「あのちびっ子ときたら、かごに引っ張りあげるなりオールトンにこう言ったんですよ。〝牢屋《ろうや》に放りこまれる心配はないよ、ぼくには父さんがいないもの！〟とね」ビーニッシュは低い声で笑った。「まったく肝の据わった子です！　神経が図太いったら。急速に上昇していく気球のロープにぶらさがっているのを見たときは、怖くなって、ばかなことをしでかすに違いないと思いました。わたしたちが、しっかりつかまれ、と叫んでも無駄だ、とね。ところがあの子は持ちこたえた。ごらんになってたと思うが、わたしたちはかごのなかに引っ張りあげました。あの子はこの飛行をそりゃあ楽しんでましたよ。歯をがちがち鳴らしていたが」ジェサミーがうめくと、ビーニッシュは彼を見た。「できるだけのことはしたんだよ。でも、大したことはできなかったんだ」

「ええ、わかってます。それにあなた方はフェリックスを救ってくれた。とても感謝してます。弟はどこですか？　会いに行ってもいいですか？」

「いいとも！」医者が答えた。「二階にいる。階段を上がって右手にある最初の部屋だ。行って、つき添ってやりなさい。そしてわしが置いてきた娘に、牛の世話に戻るように言っておくれ。ぐっすり眠っているから、起こしてはいかんぞ！　それに頭に包帯が巻いてあるのを見ても動揺することはない。何箇所か傷口を縫っただけだ」

「ええ」ジェサミーはうなずいた。「目を覚ましたら、先生を呼んだほうがいいですか？」

「覚まさんよ。薬を飲ませたからな。できるだけ長く眠ってもらいたいんだ。さあ、行きなさい！」彼はジェサミーが急いで部屋から出ていくのを見守り、アルヴァストークに向かって顔をしかめると、ビーニッシュの首のところで包帯を結んだ。「きみはこれでおしまいだ。これに懲りて、ほどほどにするんだな！　神様が人間に飛んでもらいたければ、羽をつけてくれたさ！　少しのあいだはおとなしくしているのがいちばんだ」

「こんなけがはなんでもありません」ビーニッシュは明るく応じた。「もうすっかり大丈夫です。ありがとうございました！　いちばんひどい目にあったのがあの子でなけりゃよかったんですが。失礼して気球を救出したかどうか見てきます」

「脳みそより度胸のほうが多い連中だ！」ドアが閉まると、医者が言った。「気球だと？次はなんだ？」

「フェリックスなら答えられるでしょうが、ぼくには無理ですね」アルヴァストークはコートを脱いで椅子の背に投げた。「教えてください。あの子はどのくらい悪いんですか？」

医者は鞄《かばん》に道具をしまいながらがらがら声で言った。「明日訊《き》いてくれんか。さっきの返事は嘘《うそ》じゃないんだ。もっとも患者の兄がここにいるあいだは、もしも重体でも、同じことを言ったに違いないがね。あの若者はぴりぴりしとったからな！　患者は、フェリックスと呼んでいたかな？　肋骨が二本ばかり折れとるが、心配する必要はない。しかし、深刻なショック症状を起こしている。だからできるだけ多くのアヘンチンキを飲ませた。ふつうは使わんのだ。アヘンチンキの効用を信じておらんのでな！　しかし、こういう場合は、安静を保つのが何よりも重要でね。頭痛のほうはさほど心配はしておらん。だが、まだわからんな。それにもしも彼をここから移そうと考えているなら、それは勧められんね！」

「ご安心ください。そんなことをするつもりはありません」

「よろしい。しかし、わしが間違っているのでなければ、あの子には注意深い看護が必要だ。体をマッサージする必要もある。ジュドブルックはいい男だが、姉は頼りにならん。しかし、看護婦をここによこすことはできんのだ。いまのところひとりしかおらんし、出産を間近に控えた妊婦がおって——」

「ハックノール夫人がその看護婦なら、彼女の長所を話し合う必要はありませんよ。ミス・ジュドブルックから、彼女が一歩でもこの家に入れば、自分は出ていく、と言い渡されましたからね。少なくとも、ひとつだけはたしかです。フェリックスの伯母か、おそらくは姉のミス・メリヴィルが、明日ここに来て看護を引き受けます。率直に言ってくれませんか？　あなたが恐れているのはなんです？」

エルコット医師は鞄を紐《ひも》で縛り、難しい顔で少しのあいだ黙っていた。「あの子は、骨の髄まで冷えきっとる！」

「後見人になってからまだ日が浅いのですが、ミス・メリヴィルからフェリックスは肺が弱いと聞いています。気管支炎にかかりやすい、と」

医者は鼻を鳴らした。「ふん！　古い疾患の新しい呼び方だな！　気管支炎にかかる程度ですめば、たいへん幸運だろうよ！　とにかく、いまはまだこれ以上のことは言えん。様子を見よう。ポリー・ジュドブルックは扱いにくいオールドミスだが、少なくとも患者を毛布でくるみ、熱くした煉瓦《れんが》を足元に入れるだけの常識はあった。あの子はがっしりした体をしとるし、栄養状態も申し分ない」彼はぶっきらぼうにつけ加えた。「ロンドンの主治医を呼びたければ、わしはかまわんよ。だが、いまのところはわしと同じことを言うはずだ。温かくして、安静にして、欲しがるだけ麦湯を与えるがいい。ポリーに少し作るように言っておいた。大丈夫、作ってくれるとも！　熱が出るようなら食塩水を与えなさい。戻ったら、それを作ってここに届けさせよう。熱いワインもばあさんの特効薬もだめだ！」彼は懐疑的な目で侯爵を見た。「あなたはここに残るつもりかね？」

「もちろんです。しかし、ぼくはあまり病気になったことはないし、病気の人間を看病した経験もない。正確に何をすればいいか、あなたが必要な場合にどこに連絡を入れればいいか、教えてもらえませんか」

「この家の者なら、わしの家は誰でも知っとる。容態が急激に変化するようなことがあれば、ジュドブルックがわしを呼びに誰かをよこす」エルコット医師は皮肉な冗談を言った。「あんたが理性的な男で、薬が切れたあと患者が少しばかりうわごとを言ったぐらいで大騒ぎするような男には見えんから、来るかもしれん。あの子はそれほど重病ではない。明日の朝、また往診するよ」

　医者が立ち去ると、アルヴァストークは少しのあいだ考えた。これは彼が経験したことのない、奇妙な状況だ。落ち着きも正気も失わずに対処するつもりだが……医者の走り書きがもっと詳しければよかったのに。彼は嘆かわしげにその紙を見て、折りたたみ、財布に入れると、カリーを見つけに行った。

「彼らに聞きました」カリーは言った。「ベティとおっかないミス・ジュドブルックに。フェリックス様は死にかけている、と。まさかそんなことはないですよね？」

「ないと思う。カリー、きみにはロンドンに戻ってもらいたい」

「はい」カリーはじっと彼を見た。

「できるだけ早く頼む」アルヴァストークは時計を取りだした。「いまなら真夜中にならないうちに着ける。好きなだけ頻繁に馬を換えてくれるがいい。ジェサミーを連れていくんだ。彼はここにいても役に立たない。今夜ふたりともロンドンに戻らなければ、ミス・メリヴィルは弟の容態がよほど悪いのだと心配するだろう。ジェサミーは向こうで役に立つかもしれない。さもなければ明日姉につき添うことができる。彼女は弟の看病に来るはずだ」

「ジェサミー様はかえってミス・メリヴィルを落ちこませないでしょうか？　彼はここに来るあいだ、まるでタールの箱のなかの蝿《はえ》みたいにやきもきしてましたよ」

「たしかに！　しかし、ぼくの判断が正しければ、姉の面倒を見る必要があると思えば、あの子は自分を抑えるはずだ。フェートンはワトフォードに置いて、そこからロンドンまでは貸馬車で行ってくれ。これを持っていくがいい」

カリーは主人から札束を受けとった。「ですが、こちらで必要になるかもしれませんよ」

「すぐにはいらない。明日、新たに持ってきてくれ。トレヴァーが手配してくれるはずだ。アッパーウィンポール街に着いたら、ミス・メリヴィルに、ぼくの旅行用の馬車で明日彼女の言う時間に迎えに来る、と言うんだ。夜中に出発させてはだめだぞ！　おそらくそんなことをしないだけの良識はあると思うが。彼女と明日の打ち合わせがすんだら、アルヴァストーク邸へ戻り、これから書く手紙をトレヴァーに渡してもらいたい。残りは彼がやってくれる。きみは明日ミス・メリヴィルかミス・ウィンシャムをここに連れてきてくれ。

ワトフォードで馬車を返してフェートンにあし毛をつなぎ、それでここへ来い。いいか、カリー、もしもミス・メリヴィルが明日の旅に馬車を雇うと言い張ったら、ぼくの馬車で来いと命じられた、フェリックスをここから移すときにそれが必要になる、と言うんだ。いいな？　では、ペンとインクと紙を調達して、客間に持ってきてくれ。ぼくの地位を知らせたほうがいいかもしれないな」

「すでにそうしました！」カリーはにやっと笑った。「まったくやかましい女です！　しかし、侯爵閣下は望んだものにはたっぷり払ってくれると言いますと、態度が変わりました」

「それはありがたい。何人でもかまわない、村の女を雇えと言うがいい。そしてそのつけをぼくにまわせ、と。彼女の弟はどこにいる？　もう会ったのか？」

「まだです。何人か連れて気球を回収に行き、荷車に載せているようです。ミスやかまし屋はそれも気に入らないんですよ」

「これは驚いた！」侯爵は言った。

カリーが客間に届けてくれた筆記用具は、きわめて遺憾な点が多かった。インクは濁り、ペン先は換える必要がある。紙はよれよれで少しばかり汚れていた。仕方なくそれを使ったものの、封緘《ふうかん》紙だけは使用を遠慮し、ただ折りたたむだけにした。先の引っかかるペンで汚い紙に書くのはまだしも、それに毒々しいピンクか緑か青の封をするなど考えられない。

手紙をカリーに託し、二階に行こうとすると、やはり気球の操縦者であるオールトンが農場主と到着した。オールトンの説明、非難、弁解に黙って耳を傾けるには、忍耐力を総動員しなければならなかったが、ジュドブルックは寡黙で素朴なうえに、善意にあふれる人物だった。「必要なことはなんでも言ってください、なんとかさせてもらいます。姉は自分の考えを持ってますが、ここの主人はわしですからね。心配はいりませんや！」

フェリックスは天井の低い大きな部屋で、深紅のカーテンに囲まれ、パッチワークのキルトを掛けられて、天蓋付きのベッドに寝ていた。ぐっすり眠っているが、呼吸がとても苦しそうだ。いつもあれほど元気な少年が、あまりにも小さく具合が悪そうに見えて、アルヴァストークの怒りは消えた。彼はつかのまフェリックスを見守ってから、ジェサミーが自分を見ているのに気づいた。その目に浮かんでいるのは問いだけではなかった。ときどきひどく大人びて見えるこの奇妙な少年は、彼を信頼し、彼に頼っているのだ！　これまで厄介な責任を嫌い、めったにほかの人間のために動いたことのない、病気のことなど何も知らない彼が、フェリックスも、自分自身も、医者も、ミス・ジュドブルックさえなんとかしてくれると確信している。これは愚かの極みだが、侯爵は笑う気にはなれなかった。自分がこの責任を逃れたいと願っていることも、こういう仕事には不向きな人間で、どれほど不安を感じているかも知らずに、そんな自分を頼るとは！

彼はジェサミーに微笑《ほほえ》みかけ、低い声で言った。「うまくいけば、肋骨が二本折れ、顔を切っただけですむそうだ」

ジェサミーは少し明るい顔で言った。「でも、先生はまだはっきりわからない、と言ってました。それにとても具合が悪そうですよ。呼吸が苦しそうだし……」

「薬のせいさ」アルヴァストークは言った。

「そうか……ほんとですか？」

「もちろんだとも」いまは真実を告げるよりジェサミーの不安を和らげるべきだと、アルヴァストークは自分の良心をなだめた。「医者はそう言っていた。実際、あれだけ長く寒さにさらされたあとで、ただのひどい風邪だけですめば奇跡だろうな。さしあたって必要なのは、フレデリカを呼ぶことだ。彼女ならどうすればいいかわかるだろう」

「ええ！　姉がここにいたらと思っていたんです！　姉はいつだってどうすればいいかわかるから！　でも、どうやって――」

「きみがロンドンに戻って、明日彼女をここに連れてくるんだ」アルヴァストークは言った。

ジェサミーはたじろいだ。「いやです！　ぼくは弟のそばにいます！　どうしてそんな――」

「ジェサミー、ぼくはフレデリカのことを考えているんだよ。きみのことではなく」

「ええ。だけど、あなたではだめなんですか？　ぼくが残って！　ぼくはここにいてやら――」

「きみは間違っている。フェリックスはぼくの責任だ。したがって、ぼくがここに残り、世話をしなければならない」ジェサミーが口をへの字に結び、頑固な表情になるのを見て、彼はこう尋ねた。「きみのほうがぼくよりも、よく世話ができると思うのかい？」

「いいえ！　フェリックスが目を覚ましたらどうすればいいか、じっとしていたがらなかったらどうすればいいか、あなたのほうがよくわかっていると思います……あなたの言うことなら聞くだろうし。でも、ロンドンに戻るのはカリーじゃいけないんですか？」

「カリーも行く。馬の用意をしているところだ。ワトフォードで夕食をとり、そこからは貸し馬車で行ってくれ」

「夕食なんか喉を通るもんですか！　どうしてぼくも行く必要があるんです？」

「静かに！　声を落とすんだ。きみが行くのはフレデリカを助けるため、彼女を安心させるためだ。しっかりしないか！　きみもぼくもロンドンに戻らなければ、彼女がどれほど心配するか考えてみたまえ。カリーはフェリックスが重体ではないことを、決して納得させられないだろう。ぼくだけが残れば、それほど大事だとは思わないはずだ。だが、きみがフェリックスのそばを離れなければ、弟が死にかけていると思うに違いない。それに夕食をとる必要があるぞ。きみは朝食のあと、何も食べていない。疲れと空腹でふらふらになってロンドンに戻っても、あまり役には立たない。それに、フェリックスが少しばかりけがをしたからと言って断食までするのは、少しばかり大げさだと思うが」

痩せた頬を染め、ジェサミーはうなだれてつぶやいた。「すみません！　そんなつもりはなかったんです。ぼくが行ったほうがいいと思うならそうします」

「ああ、そう思う。フレデリカにはきみが必要だ。いろいろと手配することがあるだろう。きみにカリスとロンドンに残ってくれと頼むかもしれない。伯母さんがほぼハーリー街で過ごしているとあっては、彼女をひとりにはできないだろうから」

「それにハリーは友人とウェールズに行ってるんです！」ジェサミーは吐き捨てるように言った。「いちばん必要なときに！」

「自分が必要とされることを予見できなかったからと言って、彼を責めるのは間違いだ。それにハリーを評価しないわけではないが、もしもぼくがフレデリカの立場なら、彼よりもきみを頼りにするだろうな」

ジェサミーはまた赤くなったが、今度は恥ずかしさのせいではなかった。「ありがとう！　ぼくは……ベストを尽くします！　それにフレデリカがカリスと一緒にいろと言ったら、そうします。姉さんはきっとそう言いますよ！」彼は深く息を吸いこんで宣言したものの、すぐに不安と疑いに顔をかげらせた。「ただ、何をすればいいのか、正確に教えてくれますか？　つまり、貸馬車を雇ったりするのに、どれくらいかかるんでしょうか？

ぼくは……十分な持ち合わせがないんです！」

「それはカリーが手配する。フレデリカのために貸馬車を雇う必要はまったくない。彼女はぼくの旅行用馬車でここに来る。その馬車はフェリックスが家に帰れるようになるまで、ここに残しておくつもりだ。きみも知っているように、ぼくの馬車のほうが貸馬車よりもはるかに乗り心地がいいからね」

「ええ！」ジェサミーは感謝に満ちた目で侯爵を見上げた。「ありがとう！　あなたは全部考えているんですね。あなたが言ったとおりにします！」

アルヴァストークは少しばかり皮肉な笑みを浮かべた。「カリーにはすでに指示を与えてある。帰る途中で聞くといい。さあ、下に行きなさい。そろそろ用意ができるころだ」

ジェサミーはうなずいて、少しのあいだ弟をじっと見てから、唇を噛《か》んだ。「あなたがいてくれれば安心です。もちろん！　ただ――そばを離れないでいてくれますか？　どうか……すみません！　あなたが離れないことはちゃんとわかってます！」

「安心してくれ。ずっとここにいるよ」アルヴァストークはそう答えて優しくジェサミーをドアへと押しやった。「フェリックスが目を覚まして、蒸気を使って気球を飛ばす方法を話しはじめたら、出ていきたくなるかもしれないが」

ジェサミーは弱々しく笑うと、ぎゅっとアルヴァストークの手を握って急いで出ていった。

侯爵はドアを閉め、ちらっとフェリックスを見たあと、鉛で縁取った窓へ歩いていった。カリーはすでにフェートンを家の前につけていた。一分もするとジェサミーが出てきてそれに乗りこみ、カリーが馬に出発の合図を送った。侯爵は見えなくなるまで馬車を目で追ったあと、天蓋付きのベッドのそばに戻り、フェリックスを見下ろした。

ジェサミーが弟を見て狼狽《ろうばい》したのも無理はない。頭に巻いた包帯も苦しそうな呼吸も見る者をどきっとさせるが、まったく動かずに、上掛けを顎の下まで掛けてまっすぐ仰向けに横たわっている姿は、まるで死人のようだ。医者がこの姿勢で寝かせたのは、横向きでは折れた肋骨に負担がかかるからだろう。彼はエルコット医師に好感を抱き、その指示に従うことに決めていた。エルコットは今後起こりうる事態を憂慮しているようだが、容態が急激に悪くなるとは考えていない。それに重大な危険があるとも考えていなかった。今夜は心配よりも退屈に悩まされることになるに違いない。これから何時間も！　時計を見ながら彼はそう思った。フェリックスがこのまま眠りつづければ、起きているほかに、することは何もないのだ。見るからに座り心地の悪そうなあの肘掛け椅子なら、うっかり眠る心配はなさそうだ。今夜はキャッスルインで催される陽気なパーティに行く予定だったことを思いだし、彼は皮肉な笑みを浮かべた。トレヴァーが思いだして、うまく断ってくれるといいが。あの男のことだ、むろんそうしてくれるだろう。それにエリザベスから何が起こったか聞いて、その後の知らせを待ちながら、必要となりそうな手配やら連絡をあれこれ想定しているに違いない。非常に頼りになる秘書だ。それで思いだしたが、まもなく裁定が必要になるビジネスのひとつについて、近々彼の注意を促しておかねばならない。

アルヴァストークは固い肘掛け椅子に腰をおろし、この問題をじっくり考えはじめた。

22

ほどなく静かなノックの音がアルヴァストークの黙想を妨げた。彼はドアを開け、トレーを運んできたジュドブルックをなかに入れた。ジュドブルックはトレーをテーブルに置くと、麦湯のほかに、若い紳士が頭痛を訴えたときのために、姉は酢を入れた水の器も用意したとささやき、心配そうにフェリックスを見た。「ひどく具合が悪そうだ」

「ああ」アルヴァストークは答えた。「姉上に冷たい肉でも用意してもらえるとありがたい」

「いや、そんなことは考えもしませんよ！　三十分後に客間に夕食の用意ができるそうです。閣下がふだんとり慣れている食事にはとてもおよばないことを謝ってくれと言われました。肉やチキンを用意する時間がなくてね。うちでは昼にたっぷり食べるもんで」彼はすまなそうに説明した。「だが、ポリーは紳士の世話には慣れてるんで。ロンドンで十五年間紳士の家政婦をしていたんですよ。それを続けててくれたら、とときどき思うことがある。昔から農場暮らしが嫌いでね。だからあんなに不機嫌なんです。だが、家内が死ぬとここに戻るのが自分の義務だと思ったんでしょうな。がみがみとやかましいが、根は悪い女じゃありません。ひと言の相談もなく、この子を運びこんだのが気に入らないんですよ。しかし、三エーカーの牧草地の真ん中で、どうやって姉の許可を得ろと言うんです？ここからは何百メートルも離れてるってのに！」ジュドブルックはゆっくり笑みを浮かべて、まさに図星だとは知らずに言った。「女がどういうもんか閣下もご存じでしょう？」

「ああ、よく知っているとも。ミス・ジュドブルックとは折り合うことができると思う。きみと話し合いたいことがあるんだ。夕食の件は、どうか手間をかけてくれるなと姉上に伝えてくれたまえ！　冷たい肉とチーズがあれば十分だ。それをここに運んでもらいたい」

「閣下が客間で食事をしてるあいだ、ここはわしが代わりますよ」

アルヴァストークは首を振った。「いや。たいへんありがたい申し出だが、この子が目を覚まして知らない顔を見たら、不安を感じるかもしれない」彼は如才なく言った。

「わかりました。もうひとつだけ。その、閣下にはどんな飲み物を差しあげたらいいでしょうか。ポリーが作るリュウキンカのワインを除けば……姉がそれでは閣下にふさわしくないと言うんで……ワインはないんです。酒屋に誰かをやることもできますが、今日は……」

「もちろんだ。ビールもないかい？　ぼくはそれでいい。できればいますぐ飲みたい」

「でしたら、すぐにマグをお持ちします！」ジュドブルックはほっとしたように言った。

彼はビールと一緒に姉が奮闘したに違いない夕食を運んできた。おいしいスープで始まり、大急ぎで用意されたマトンと、二羽の串刺しにしてあぶった鳩《はと》を含む夕食を食べおえるころには、長い夏の日も終わりに近づいていた。彼はフェリックスがわずかに姿勢を変え、枕の上で頭を動かすのを見てほっとし、この心のこもった奉仕に金を受けとりたがらない農夫と、状況が違えば死ぬほどうんざりしたに違いない長い交渉に入った。それからミス・ジュドブルックを呼んで料理の腕前を称《たた》えた。明日到着するフレデリカへの対応が少しでもよくなってくれればという心遣いだったが、ミス・ジュドブルックを見るかぎり、この企てが成功した様子はまったくなかった。彼女は相変わらず厳しい顔のままで、侯爵がまもなく少年の姉が到着し、看護を引き受けると告げると、いっそう厳しい顔になった。そのときジュドブルックが自分の部屋から出てきて、必要なときはいつでも起こしてくれと言いながら、蝋燭《ろうそく》を何本か差しだした。しばらくして彼は再びドアをノックし、赤い顔で寝間着姿であることを詫《わ》びながら、医者が届けてくれた食塩水の瓶を手渡した。

侯爵は退屈な時間を覚悟したが、それは思ったほど長く続かなかった。早起きの農家の雇い人が目を覚ますずっと前に、アヘンチンキの効果が薄れはじめたからだ。

最初は落ち着きなく体を動かし、うわごとを口にしてはまた深い眠りに戻ったが、そのうち静かにさせておくのが難しくなってきた。意識の混濁した状態から、痛みと苦痛と見慣れぬ部屋にいることに気づくという混乱した覚醒を迎えたのだ。彼はしゃがれた声で姉の名前を呼び、毛布から手を出そうとして手首の痛みに鋭い悲鳴をあげた。だが、侯爵がよいほうの手をしっかりと握って話しかけると、彼に気づいたようだった。フェリックスは侯爵の手をぎゅっとつかみ、目を開けて苦しげに訴えた。「ぼくを離さないで!」

「離すものか」アルヴァストークはそう言いながらエルコット医師が届けてくれた食塩水に手を伸ばし、それを注《つ》いだ。「もう大丈夫だよ」彼はフェリックスの手を離して上体を起こし、グラスを唇につけた。「これを飲みなさい。口を開けて」

「フレデリカはどこ?」フェリックスは顔をそらしながら苛《いら》立《だ》って姉を求めた。

「口を開けなさい、フェリックス。言われたとおりにするんだ」アルヴァストークが繰り返すと、彼はその声に含まれた命令に反射的に従った。薬などめったに飲まないアルヴァストークは、そのにおいにたじろぎながら、容赦なくフェリックスの喉に流しこんだ。

フェリックスはむせて、腹を立て、目を潤ませたものの、しだいに聞き分けがよくなった。アルヴァストークは彼の頭を枕に戻し、腕を抜いた。「よし、いい子だ」

「フレデリカはどこ?」

「もうすぐ来るよ」

「いますぐ会いたい!　そう言って!」

「言うとも」

短い沈黙が訪れた。アルヴァストークはフェリックスが眠ったことを願っていたのだが、ベッドから離れようとすると、フェリックスが焦点を合わせようとしながら自分を見ていることに気づいた。そしてしばらくすると成功したらしく、安堵《あんど》のため息をついてつぶやいた。「あなただったの！　ここにいて」

「いるとも」

「喉が渇いた！」

アルヴァストークが再び起こしてやると、フェリックスは麦湯をごくごく飲み、枕に戻されると目を閉じた。

だが、この眠りは安らかというにはほど遠く、まもなくびくっとして目を覚まし、うわごとを言った。どうやら悪夢にうなされているようだ。彼の声も少しのあいだ届かぬ様子だったが、それから小さな声で「親戚のアルヴァストーク」と言い、すぐに寒いとうめいた。アルヴァストークは不安になった。フェリックスの手が熱く、とても乾いていたからだ。なだめるように話しかけると、ありがたいことに少しのあいだ静かになった。だが、焦点を失った目を閉じようとはせず、突然、苦悩に満ちた声で言った。「ここはぼくの部屋じゃないよ！　どうしてこの部屋にいるの？　ここはどこ？」

「きみはぼくといるんだよ、フェリックス」アルヴァストークは簡潔に答えた。

最初に頭に浮かんだ言葉を口にしたのだが、すぐに愚かな返事だと気づいた。だが、フエリックスはまばたきして微笑を浮かべた。「うん。忘れてた。どこへも行かないよね？」

「もちろんだ。眠りなさい。きみは安全だよ」

「うん。あなたがいてくれれば、大丈夫だ。落ちたりしないもの」フェリックスは眠そうにつぶやいた。「それはちゃんとわかってる！」

アルヴァストークは何も言わなかった。まもなくフェリックスは再び眠った。侯爵は力の抜けた指からそっと手を引っこめ、ベッドのそばから離れて蝋燭の位置を変え、ちらつく光がフェリックスの顔に当たらないようにした。どうやらフェリックスはさきほどよりも自然な眠りに落ちたようだ。だが、長続きしてくれという彼の願いはすぐに打ち砕かれた。それからは彼の未熟な目にすら、フェリックスの容態はしだいに悪くなるように見えた。顔が赤くなり、脈が恐ろしいほど速くなって、ときどきうとうとするが、すぐに目を覚ます。そして熱に浮かされ、うわごとを口走った。かなりの痛みを感じているらしく、意識がはっきりしているときには「体中が痛い」と訴えたが、額の包帯で覆われていない箇所をそっと拭いてやると、その手を払いのけ、「痛いのは頭じゃないよ！」と怒って侯爵を安心させた。

二度目に食塩水を飲ませたあとは少しましになったものの、アルヴァストークは医者を呼んでくれと何度もジュドブルックを呼びそうになった。が、そのたびにフェリックスの容態が悪化する可能性があるという医者の去り際の言葉を思いだした。それにまだ完全に意識が混濁しているわけではない。

夜明けとともに、熱は少し引いた。だが、痛みはいっこうに緩和されなかった。フェリックスは低い声で泣き、フレデリカの名前を呼びつづけた。午前五時にアルヴァストークはドアが静かに開く音を聞きつけ、すばやく部屋の外に出て、靴を手にしてできるだけ静かに廊下を歩いていくジュドブルックをつかまえた。

ジュドブルックはフェリックスの容態がよくなるどころか悪化したことに非常にショックを受け、すぐに医者の家があるヘメルヘムステッドに使いをやると約束した。ほんの六、七キロしか離れていないから、馬で行けばすぐだとつけ加えた。彼はちらっとフェリックスの様子を見て、もっと麦湯が必要だと言われると、紅茶をためしてみてはどうかと提案した。侯爵は迷ったが、眠っているとばかり思ったフェリックスが、弱々しい声で「うん、それが欲しい」というのを聞いて、ジュドブルックにうなずいた。

運ばれてきたトレーを見て、彼はさらに懐疑的になった。彼は友人のピーターシャム卿《きょう》のような目利きではないが、こんなに濃い紅茶を病人に飲ませてよいものだろうか？フェリックスはいやがると思ったが、喜んでおいしそうに飲んだ。一時間後に到着したエルコット医師は、あっさりこう言った。「温めたワインを飲まさないかぎり、かまわんよ。さて、患者を診る前に、どうかしたのかな？　少しばかりまいっているようだが、昨夜はたいへんだったのかね？」

「ええ、とても」アルヴァストークは少しばかり冷ややかに答えた。「しかし、あなたの答えを聞けば、元気になります。フェリックスは高い熱にうなされ、ずっと痛みを訴えていました。体中が痛いそうだが、ありがたいことに頭は痛くないそうです」

「多少の気休めにはなるな」

医者はしばらく病室に留《とど》まり、長く注意深い診察のあと、上掛けを戻しながら明るい声で言った。「うむ、若いの、いまはそこら中が針で刺されているようだろうが、すぐによくなる。痛みを和らげるものをあげよう」

フェリックスは熱に浮かされた状態ではなかったが、意識がはっきりしているとも言えなかった。彼は触られると痛いと訴え、医者の診察をいやがった。そして侯爵がそうしろと命じるまで抵抗し、エルコットが小さなグラスに注いだ恐ろしげな色の薬を飲ませようとすると、顔をのけぞらせた。侯爵は医者の意味ありげなまなざしに応じてそのグラスを医師から受けとり、顔を背けるフェリックスにこう言った。「きみにはうんざりだぞ、フェリックス。ぼくは聞き分けのない人間は嫌いなんだ。ここにいてほしいなら、いますぐ言うことを聞きなさい！」

この脅しに、フェリックスは薬を飲み、アルヴァストークが自分を横たえて腕を引っこめると、心配そうに言った。「どこにも行かないよね？」

「行かないとも」

　これを聞いて満足したように、何分かすると目を閉じた。エルコット医師は侯爵の肩に触れ、先に立って部屋を出た。「子どもがいるのかね？」彼はドアを閉めながら言った。

「ぼくが知るかぎりではいません」

「そうか！　いるに違いないと思ったよ。子どもの扱いが実にうまい。それはともかく、恐れていたとおりになったな。リューマチ熱だ。どれくらい深刻か訊《き》いても無駄だよ。わしにはわからん。だが、注意深く看病する必要があることだけは言える。患者の姉がそのために来ると言っておったが、彼女は頼りになるのかね？　立ち入ったことを訊いてすまんが、非常に重要なことなのでな」

「ミス・メリヴィルは完全に信頼できます」アルヴァストークは答えた。「すばらしい良識の持ち主で、幼いころからこの子の母親代わりを務めてきた人です。ぼくは病気のことはまったくわからない人間なので、教えていただきたいが、そのリューマチ熱は深刻な病気ですか？」

「深刻な後遺症をもたらす可能性がある」エルコットは答えた。「しかし、昨日も言ったようにあの子はがっしりしておるし、栄養状態もすばらしい。だから彼の姉をいたずらに不安がらせることはあるまい。で、彼女はいつ着くのかな？」

「それはわかりませんが、できるだけ早く出発したことはたしかです。当然、あなたに会いたがるでしょうね」

「ああ、わしも会う必要がある。この子はこれから何時間かぐっすり眠るだろう。鎮痛剤を飲ませたからな。午前中のほとんどは眠っているはずだ。きみも少し休んだほうがいいぞ」

「それより髭《ひげ》を剃《そ》らなくては」

「どちらもするがいい」

アルヴァストークは髭を剃るだけで満足した。ジュドブルックが貸してくれた古い剃刀《かみそり》が切れないのを心配したが、使い慣れないせいで少し戸惑ったものの、刃はよく研がれており、なんとか血を流さずに剃りおえた。上着のアイロンかけを彼女の手に委ねる気にはなれなかったものの、ミス・ジュドブルックがクラヴァットのしわを多少とも取り除いてくれた。おかげで、まあまあの状態でフレデリカを迎えることができた。が、一緒に来た従者と目を合わせるのは避けた。

フレデリカは侯爵のスプリングの利いた軽装の旅行用馬車で十時過ぎに到着した。彼女はひとりだった。アルヴァストークは彼女を馬車から降ろし、両手でしっかりと抱えたまま、こう言った。「早かったな！　きみのことだからあまり遅くなることはないと思ったが」

「本当はもっと早くロンドンを発《た》ちたかったの。でも、この馬車は風のようにわたしをここに運んでくれたわ」彼女はアルヴァストークが愛するようになった率直な笑みを浮かべた目で彼を見上げた。「あなたにはお礼の言いどおしで、もう言うべき言葉が残っていないわ」

「それを聞いてどれほど嬉《うれ》しいか、きみには想像もつかないよ」彼は言い返した。

「感謝されるのは嫌いですものね！　でも、わたしの気持ちはわかってくださるわね」

「いや、わかるといいんだが」

フレデリカの口元に笑みが浮かんだ。「冗談ばっかり。状況が……絶望的なものだったら、冗談など言わないはずだから、許してあげるわ。教えて！　フェリックスはどうなの？」

「まだ眠っている。今朝呼んだときに、医者が鎮痛剤を飲ませたんだ。昼ごろまた来ると言っていた。きみが会いたがるはずだと言っておいたよ。彼もきみに会う必要があるそうだ。厚かましくも、きみが頼りになる女性かと尋ねてきた。なかに入ろうか。きみが泊まる部屋を用意してくれた。客間は自由に使っていいと言われている」

「どうぞ、よろしければ客間にご案内いたします、マダム」玄関のところに立っていたミス・ジュドブルックが言った。

フレデリカは彼女の手を取って心から言った。「ありがとう！　本当にご迷惑をおかけして申し訳ないわ。心から感謝します。あなたにとってもショックだったに違いないのに」

「でも、あたしは厄介事を嫌う女じゃありませんから！」ミス・ジュドブルックは少し口調を和らげてフレデリカの手を取り、しぶしぶながらも膝を折った。「弟がひと言相談してくれたら、ここに運びこむように言いましたよ。でも、病人の看護はとてもできません」

「もちろんよ！　そうでなくても仕事は山ほどあるでしょうに」フレデリカは険しい顔の女主人に従って客間の戸口に立つと、さっとそこを見まわし、こう叫んだ。「まあ、なんて立派な絨毯《じゅうたん》でしょう」

忌まわしい絨毯だと思っていた侯爵は目をしばたたいた。だが、これが正しい言葉であることはすぐにわかった。ミス・ジュドブルックは誇らしげに顎を上げ、満面の笑みを浮かべて一カ月前に新しくしたばかりだと言うと、相当に態度を和らげ、フレデリカを二階へ案内した。

アルヴァストークは階下に残り、自分の馬丁を捜しに外に出た。フェートンで旅行用馬車の後ろについてきたカリーは、御者台で旅をしてきたのに少しも威厳を失っていないナップの指示のもと、ジュドブルックが使っている農夫のひとりの助けを借りて、馬車からかなりの量の荷物をおろしていた。侯爵は旅行用馬車を医師が推薦したヘメルへムステッドの日向《ひなた》亭に持っていき、そこに部屋を取るようにナップに命じて、カリーには自分が農場を立ち去る用意ができるまでフェートンで待つようにと告げた。

まもなくフレデリカが客間に戻り、肘掛け椅子を断って、テーブルの椅子に腰をおろし、組んだ両手をその上に置いた。「フェリックスはまだ眠っているわ。でも、ぐっすりではないから、できるだけ早く戻らないと。その前に、お医者様がなんとおっしゃったか教えてくださる？　熱が高いようだから、きっと昨夜はたいへんだったでしょうね」フレデリカは彼のためらいを見てとり、微笑《ほほえ》んで静かにつけ加えた。「心配しないで。わたしはばかではないし、簡単に途方に暮れることもないわ。弟たちが病気にかかったのも、死にかけるような目にあったのも、これが初めてではないのよ。だから話して」

「エルコットはリューマチ熱だと言っている」アルヴァストークは率直に言った。

フレデリカはうなずいた。「そうではないかと思ったわ。母がかかったことがあるの。結局、完全に回復しなかったのよ。とても心臓が弱って……わたしはまだほんの子どもだったけれど、どれほど具合が悪かったかよく覚えているわ。いまのフェリックスよりも悪かったと思う。それに、主治医があまり頼りにならなくて、看護も行き届いていなかった。赤ん坊のフェリックスが泣くのを聞いてつらそうに起きてきたのを覚えているわ。でも、フェリックスは大丈夫。母よりも元気だし、医学も進んでいるんですもの。だから、わたしがいまにも気絶するのを恐れる必要はないわ」

「そんな心配はしていないさ。きみははるかにしっかりした人だ。もしもぼくが深刻な表情をしているとしたら、きみが心労の多い日々を過ごすことになるのが目に見えているからだよ。疲れ果てなければいいが」

「ありがとう！　でも、そういう心配はいらないわ。ハリーは今夜ロンドンに戻ってくる予定なの。そうすれば、明日にもジェサミーが来るはずよ。ジェサミーはどんなに今日一緒に来たがっていたことか。でも、ひと言も口にしなかった。可哀想《かわいそう》なカリスがひとりで使用人たちと残るのがどんなに不適切なことか、わかってくれたの。そしてハリーが着いて代わってくれるまで自分がこっちに残ると自分から言ってくれたのよ。ワトフォードまで駅馬車で来るの。あの子が来てくれたらありがたいわ。フェリックスが眠っているときは、つき添いを任せて少し横になることができるもの。ほらね、ちゃんと合理的に物事を考えているでしょう？」

「それを疑ったことは一度もない。ミス・ウィンシャムはこの件にどの程度かかわるのか聞いてもかまわないかな？」

「伯母はほとんどかかわれないわ」フレデリカは打ち明けた。「昨夜伯父が亡くなったの」

「それは気の毒だった。それならミス・ウィンシャムが最優先だとみなしていた務めから解放されたと思うところだが、違うようだね」

「ええ。アメリア伯母がすっかり打ちひしがれて、セラフィーヌ伯母がそばを離れたとたんにヒステリーを起こすの。痙攣《けいれん》したり、とりとめのないことを口走ったり……こんな言い方をしてはいけないわね。わたしは神経が細いほうではないから、アメリア伯母のような人に同情するのがとても難しくて。いっそ……」

「きみがどうしたいかは、よくわかるよ」彼はにこやかに言った。「似たような状況でカリスに対処したのを見た」

「あれとは全然違う状況よ！　カリスはひどいショックを受けたんですもの。ヒステリーの発作を起こしても言い訳が立つわ。でも、伯父の死は何週間も前から予想されていたことで……いずれにせよ、わたしは絶対に伯母の顔を叩《たた》いたりしないわ」

「いくらそうしたくても」

「ええ！」フレデリカは怒ったように言ったが、笑いを含んだ目がそれを裏切っていた。

「あなたはとても……つまり、あなたにこんなに大きな借りができなければ……」

「この世でいちばんいやな男だと言いたい？」

「わたしが使いたかったのは、忌まわしいという形容詞よ！」フレデリカは即座にそう言い返し、表情を和らげた。「でも、言わないわ。たとえどれほど忌まわしくても、わたしたちには世界一親切な人ですもの。さあ、真面目になって。事態はあなたが思うほどひどくないわ。伯母はカリスのことも見てくれると約束したけれど、姉のほうが世話を必要としていると感じているの。まあ、わたしもそう感じるべきなのでしょうね……伯母を責めることはできないわ。伯父が死んだばかりで、カリスがパーティに行くのはとても不適切なことだし、散歩や馬車の外出にはハリーがエスコートしてくれる、それに家政婦のハーリー夫人が面倒を見てくれるのだから、必ずしも自分がそばについている必要はないと思っているのよ。あなたのお姉様、エリザベスから今朝カリスにとても親切な手紙が届いて、わたしが留守にするあいだ、あなたの家に滞在しないかと招いてくださったの。そして今夜のレディ・キャッスルの夜会につき添ってくださる、と。カリスはもちろん、お断りしたわ。実際、この状況ではとてもにぎやかなパーティに出かける気になれないもの。それにハリーを頼りにできることはわかっているし。ハリーはカリスと仲がいいの。カリスの気分を引き立ててくれるわ」フレデリカは立ちあがった。「もう行かないと。ロンドンに戻ったら、カリスにここの状況を伝えてくださる？　あまり心配しないように」

「喜んで。しかし、ぼくはまだ当分ロンドンへは戻らない。ぼくがそんな男だと思ったのかい？　そこまで忌まわしいやつではないことを願うね。ばかだな。どうして従者をここに呼んだと思うんだ？」

「何も思わなかったわ。つまり、彼はあなたの従者なの？　何かの使いかと思ったの。わたしにつき添いが必要だと思って……」

「まったく愚かな人だ」

「あなたがどういうつもりかなんて、わかるものですか」彼女は言い返した。「あなたほど予測のつかない人は初めて！　でも、わたしのためにここに留まる必要はなくてよ。どうぞそんなことをしないで」

「きみは間違っているよ。二十四時間の心配と看護でぼくはくたくたなんだ。しばらく田舎で休養する必要がある。だからヘメルヘムステッドの日向亭に部屋を取ることにした。議論するのはやめてくれないか。無意味な議論ほどうんざりするものはほとんどない」彼はフレデリカの手を取った。「これで引きあげるが、きみがぼくの被後見人の世話をちゃんとしているかどうか確かめに、すぐに戻ってくるよ」

23

アルヴァストークがモンクの農場へ戻ったのは、まもなく夕方の六時になろうというときだった。そのころにはぐっすり眠り、すっかり着がえて、まあまあの夕食をすませていた。ジュドブルックの姉弟と短く話を交わしたあと、彼は病室へ向かい、静かに入った。西日を締めだすために窓のカーテンは引かれていたが、彼は即座に変化に気づいた。その部屋はよい香りがした。日頃使われていない部屋特有のかび臭さの代わりにラベンダーの香りが漂っている。目が薄暗がりに慣れると、足車付きの低いベッドが運びこまれているのと、重いパッチワークのキルトがなくなったこと、暗くなったあとフェリックスをテーブルのオイルランプの明かりから守る衝立《ついたて》が置かれていることに気づいた。フェリックスは小さなうめきをもらし、何やらぶつぶつ言いながらうとうとしている。フレデリカが窓辺に移動させた肘掛け椅子から立ちあがり、幽霊のように足音をたてずに近づいてくると、低い声で言った。「この子を起こさないで」

彼女はそのまま部屋の外に出た。アルヴァストークは廊下に戻り、そっとドアを閉めた。

フレデリカは顔色が悪かった。ひどく疲れているようだ。「よくなっていないんだね？　ずいぶんたいへんだったに違いない」

彼女は首を振った。「大丈夫。そんなに早くよくなるのは期待していないわ。それに熱のある病人はこの時間がいちばんひどいの。でもエルコット先生に指示をもらったのよ」

「エルコットに満足しているかい？　ほかの医者の意見を聞きたければ、そう言ってくれ。すぐさまロンドンに戻ってナイトンを連れてくる。あるいはきみが言うほかの誰でも」

「ありがとう。でも、その必要はないわ。エルコット先生は信頼できそう」

「そうか。では、客間に行くといい。夕食が用意されているよ。急いで行かないと、ミス・ジュドブルックの機嫌をそこねるぞ。きみのために食事を用意してくれたんだ。彼女によれば、〝すっかり準備ができて、急速にまずくなっていく〟そうだ。それにフェリックスをぼくに任せることができないなどと言ったら、ぼくのことも怒らせることになるぞ」

「言わないわ。エルコット先生からあなたがフェリックスをとてもうまく扱ったことを聞いたの。お腹《なか》はすいていないけど、食事をしないのはどれほど愚かなことか知っているから、階下に行くわ。フェリックスが起きて、喉が渇いたと言ったら、テーブルの青い水差しにあるレモネードを飲ませてくださる？」

「レモネード！　昨夜彼が飲み物を欲しがったとき、どうして思いつかなかったのかな?」

フレデリカは微笑した。「思いつくほうが不思議よ。それに、ここにはレモンはないと思うわ。ロンドンからいくつか持ってきたの。それで思いだしたわ。もっとレモンが必要なの。明日へメルヘムステッドで買ってきてくださるとありがたいわ」

「いいとも。ほかにも必要なものはすべて買ってくる。さあ、階下へ行きなさい」

フレデリカはおとなしく従い、三十分後に戻ってきて、彼がフェリックスを片腕で起こし、枕をひっくり返そうとしているのを見て即座に手を貸した。「あまり手際がよくないな。冷たい場所を探そうと、頭を動かしつづけているものだから。フレデリカ、本当にほかの医者に診せなくていいのかい？　この子はゆうべよりも熱が高そうだぞ」

フレデリカは弟の顔と手をラベンダー水に浸したハンカチで撫《な》でてやった。「エルコット先生は、よくなる前にもう少し悪化するとおっしゃったわ。もうすぐ薬を飲ませる時間よ。それを飲めば、少しはらくになるでしょう。見てらっしゃい。つまり、すぐに日向亭《ひなたてい》に戻る必要がなければ、二十分だけ待ってくださる？　フェリックスがこの状態のときは、薬を飲ませるのがとても難しいの」

「いいとも、フレデリカ。夕食はすませたのかい？」

「ええ、それにワインも一杯いただいたわ。あなたが日向亭から持ってきてくださったそうね。ありがとう！　おかげで疲れが取れたみたい」

「それはよかった」彼はベッドのそばから離れたが、フレデリカがフェリックスをおとなしく寝かしつけておくのに苦労しているのを見て、再び近づいた。「ぼくが代わろうか？昨夜はうまくいったんだ」

フレデリカは彼と入れ替わった。侯爵はフェリックスの燃えるような手を取って、静かに寝ていろと命令した。だが、昨夜のようにうまくはいかなかった。が、フレデリカの目には、彼の厳しい声が熱のもたらした頭のなかの霞《かすみ》を貫いたように見えた。フェリックスはまだうめいてはいるもののだいぶ静かになった。彼は薬をいやがったが、アルヴァストークが肩に押しつけて固定しているあいだにすばやく喉に流しこんだ。フェリックスは喉をつまらせ、咳《せ》きこみながら発作のような泣き声をもらした。咳《せき》が徐々におさまると、アルヴァストークは再び彼を寝かせ、肩越しに低い声で言った。「きみは寝たほうがいい」

フレデリカは面食らってささやき返した。「もうすぐそこのベッドに――」

「向こうの部屋を使うんだ。真夜中になったらきみを起こす。必要なら、その前に起こすよ。その時間に馬をつけるように、カリーに言ってくるあいだ待っていてくれ」

「そんな時間にヘメルへムステッドに帰るのは無理よ」

「帰れるさ。満月の光があれば十分だ。そこに立って、ばかげた反対をするのはやめなさい。明日半分死んだような状態で、どうやって看病できるんだい？」

この指摘が正しいことは、フレデリカも認めないわけにはいかなかった。昨夜は心配でなかなか寝つけず、今朝は荷造りをして、必要な手配をするために、夜明けに起きなくてはならなかったのだ。そして四十キロ近く馬車に揺られてきたあと、すぐさま弟の枕元に座って八時間になる。たしかにフレデリカはくたくただった。彼女は消え入るような笑みを浮かべてアルヴァストークを見上げた。「ありがとう！」そして自分の部屋に引きとった。

まだ真夜中になる前に戻ったときは、はるかに元気そうになっていたが、ひどく後ろめたそうだった。「とんでもないことをしたわ！　思ったより疲れていたのね。薬をやるのを忘れてしまったの。十一時にまた飲むはずだったのよ」

侯爵は微笑《ほほえ》んだ。「薬は飲ませたよ。テーブルに置いてあったエルコットの指示に目を通したんだ。よく眠れたかい？」

「ええ！　四時間ぐっすり。身じろぎもせずに寝たと思うわ。この子はどうだった？」

「ほとんど変わらなかった。ぼくはこれで失礼する。明日の朝、また来るよ。がんばれと言う必要はないな。おやすみ」

フレデリカは感謝してうなずき、そのときも、彼が宿で朝食をすませて戻り、この先は看護の時間をきちんと割り振ろうと言ったときも反対しなかった。フェリックスの高熱が続くあいだは、自分ひとりで看病を続けるのは不可能だ。フェリックスも自分も侯爵にこんなことを押しつける権利などまったくないことはわかっていたが、この思いはちらっと頭に浮かんだだけだった。侯爵に頼るのはとても自然なことになりはじめていた。それに侯爵は彼女と同じくらい上手にフェリックスを扱うことができた。ときには彼女以上で、フェリックスは彼といることにすっかり満足している。それがいちばん大事なことだ。侯爵がロンドンに帰ると告げたら、フレデリカは厚かましいのを承知で彼に戻ってくれと頼んでいたに違いない。だが、侯爵はそばにいてくれた。そして彼女はほとんど当然のようにそれを受け入れた。

アルヴァストークはいまのフレデリカの頭には弟のことしかないのを十分承知していた。そしてこの状況に皮肉混じりのおかしさを感じた。フェリックスのことは好きだが、彼の看護も好きだとは言えない。フレデリカとしぶしぶながら深刻な恋に落ちていなければ、こんな厄介な事態に頭を突っこみ、骨折り仕事を引き受けたりはしなかっただろう。だが、ハートフォードシャーに残ったのは、フレデリカによく思われたいからではなかった。彼の頭にあるのは、彼女をこの窮地から助けだしたいという気持ちだけだった。彼は多少の悔いを感じながら、トレヴァーにここ二、三週間の約束をキャンセルするように命じた。ジョッキークラブの面々は、十数年ぶりにアスコット競馬場で彼の姿を無益に探すことになる。これは残念だが、仕方のないことだ。優勝の可能性を秘めた持ち馬が走るのを見たい気はするが、たとえその馬が勝っても、フレデリカが苦悩し、彼の助けを必要としているときに手放しで喜ぶことはできない。

そこでめったに誰のためにも手を差しだしたことのない、生まれてからずっと贅沢《ぜいたく》で安楽な人生を送ってきたアルヴァストークは、思いがけず、困難で不快な何週間かを送るはめになった。彼は慎《つつ》ましい古びた宿に泊まり、起きている時間のほぼすべてを病気の少年と過ごした。そして彼の到着は、フレデリカが自分の部屋に引きとる合図だったから、彼女と交わすのはごく短い会話だけ、それも患者の容態に関することにかぎられていた。後年、彼はこの時期のことを身震いせずには思いだせないと言うのが常だったが、そのときはひと言の不満ももらさず、一瞬たりとも落ち着きを失わなかった。

ジェサミーは二日目に到着した。彼はワトフォードから歩くと言ったが、アルヴァストークは駅馬車が着く時間にフェートンでカリーを送った。これはよいことだった。ジェサミーは旅行鞄《かばん》のほかに、本がたくさん入ったリュックも携えてきたからだ。それには勉強に必要なもののほかに、弟に読んでやるための本も入っていた。「それならぼくにもできるから」ジェサミーは言った。「フェリックスは病気のとき、本を読んでもらいたがるんです。だからお気に入りの本を全部持ってきました。歴史小説《ウエイバリー》も。ハリーが持っていけ、って。フレデリカがぼくらに読んでくれたとき、フェリックスはまだ小さくて、いつも眠ってたから。でも、いまなら楽しめる、そうでしょう?」

「ああ、きっと楽しめる。だが、いまはだめだ」

ジェサミーは顔を曇らせた。「ええ。カリーから聞きました。そうだ、ぼくのためにカリーを送ってくれてありがとう！　カリーが言うにはリューマチ熱で、とても具合が悪くて、痛みもひどいって。でもフェリックスは……死んだりしませんよね？」

「もちろんだ。だが、いまは具合が悪い。もしかするとよくなる前に、もっと悪くなるかもしれない。いまのところは眠っているが、めったに長く眠らない。だから彼の部屋に戻らなくては。そうしたければ一緒に来てもいいよ。静かな声で話せば大丈夫だろう」

「ええ、お願いします。フェリックスに……会いたいんです」

「もちろんだ。だが、目が覚めて、きみのことがわからなくても驚いてはいけないよ。ときどき意識が熱に浮かされることがある」

ジェサミーは弟の外見にショックを受けて、声も出せずに窓辺の椅子に腰をおろした。フェリックスは目を覚ますと苛立《いらだ》って叫んだ。「熱いよ！　喉が渇いた！　フレデリカ！」

「それはすぐに治せる」アルヴァストークは肩の下に片腕を滑りこませ、体を起こした。「ほら、レモネードだよ。飲んでいるあいだにジェサミーが枕を直してくれる。気持ちよく眠れるように。ジェサミーが来たのは知らなかっただろう？」

「ジェサミー」フェリックスはぼんやりと言った。

だが、再び横になると部屋を見まわし、兄を見てにっこり笑った。「ジェサミー！」

ジェサミーは弟の手を取ってかすれた声で言った。「やってくれたな、こいつ！」

「あんなことしなければよかった！」フェリックスは悲しそうに言った。「こんなに痛いなんて思わなかったんだ。怒ってる?」

「いや。ちっとも」

フェリックスはため息をつき、アルヴァストークが濡《ぬ》れたハンカチで顔を撫ではじめると、再び目を閉じた。

弟が完全に正気で目を覚ましたことにほっとして、ジェサミーは少し元気を取り戻し、彼が眠ると、アッパーウィンポール街で起きていることを話しはじめた。

全体としては、とくに悪い知らせはなかった。ただカリスはフェリックスのことを思いだすたびに泣くし、不幸が起きると常に機嫌が悪くなる伯母は、この事故はフェリックスが自分の心配事を増やすためにした悪意のあるいたずらだとみなし、あの子にも、あの子を甘やかしたフレデリカにも我慢できないと当たり散らした。昨夜ウェールズから戻ったハリーは家長の座についた。帰ってきた兄を見て、ジェサミーは心からほっとしたが、ハリーは帰るそうそう伯母と言い争い、激怒した伯母はその場で荷物をまとめ、ハーリー街に移ってしまった。それを聞いたアルヴァストークは、フレデリカがそれを信じるかどうか疑問に思ったが、ジェサミーは確信に満ちた声で言った。「もちろん。姉は伯母とハリーがいつもけんかしているのを知ってますから。それに、こんなことは言えないけど、カリスも伯母がいないほうがいいんです! 伯母にひどいことを言われると、取り乱すから。カリスは支えを必要とするし。ハリーは支えてくれる。カリスは兄が部屋に入ってきたとたんに明るい顔になりました！　兄が一緒にいてくれれば、伯母がいる必要はないはずです」

皮肉な調子の質問に、ジェサミーはこう答えた。兄とは気が合わなくてしょっちゅうけんかをするが、兄が家族思いだということはわかっている。その証拠に、友達のペプロウにしばらくは一緒に遊べない、アスコットのレースにも行けないと告げた。本当はハートフォードシャーにすぐさま駆けつけたがったが、ロンドンに残るように説き伏せられ、しぶしぶ従ったのだ、と。ジェサミーは寛大に言った。「これはハリーにとってはすごい犠牲なんですよ！　ぼくらが病気のとき、ハリーはこれっぽっちも役に立ったことがないと言ったときは、殴られると思ったのに！」

ハリーはこの非難をおとなしく受けただけでなく、ジェサミーに路銀を与え、フレデリカにこっちのことは心配するなという伝言をたくし、冗談を言ってカリスを笑わせ、ルフラの面倒さえ見ると言ってくれた。「それにルフラのことを〝役立たずの雑種〟とも呼ばなかったんだ」

「とても思いやりがあるな」アルヴァストークは真面目な顔で言った。

「ええ。兄は優しいんです！　つまり、力ずくで何かをするってことはありません。兄貴ってたいていはそうだけど、挑発されても暴力をふるったりしないんです」ジェサミーはため息をつき、沈んだ声でつけ加えた。「ルフラをここに連れてくることができればよかったのに。でも、駅馬車には乗せてもらえないでしょう?」

侯爵は神がフェリックスの看病に加え、ジュドブルックの牛をルフラの猛襲から守る仕事を加えないでくれたことに感謝しながら答えた。「ああ、だめだろうな。だが、留守のあいだ世話をしてもらえることはわかっているのだから安心できる」

「ええ! オーウェンが餌をやり、運動をさせてくれるんです」

伯母が出ていったことが気に入らなかったとしても、フレデリカはその知らせを黙って聞いた。そして侯爵にそのほうがよかったのかもしれないと打ち明けた。「すべてがカリスのせいだと言わんばかりに当たり散らすのは、かえってよくないわ。それに口ではなんと言おうと、ハーリー街に行っても、それとなく気を配ってくれるはずよ。カリスはハリーといるほうがずっと幸せだし、ハリーはカリスのことをよく見てくれるでしょう。ただ――」彼女は心配そうに眉根を寄せ、言葉を切った。

「ただ?」ややあってアルヴァストークは尋ねた。「ぼくの頭の悪い親戚のことかい?」

口元に浮かんだ小さな笑みが、図星だと告げた。「いずれにせよ、いまはどうにもならない。だから悩むだけ無駄ね」

フレデリカの頭にはフェリックスのことしかないのがわかっていたから、アルヴァストークはそれ以上何も言わなかった。カリスの将来はそれがフレデリカに影響をおよぼさないかぎり、彼には関係のないことだ。エンディミオンは激しい恋の〝発作〟に身を任せている。もしもこの恋が思ったより真剣なもので、フレデリカを悩ませることになれば、良心の呵責《かしゃく》をまったく感じずに介入することにしよう。実際、これまで自分のためにきわめて非情に生きてきた彼は、フレデリカの苦痛を取り去るためなら全人類を犠牲にする覚悟さえできていた。ただし、フレデリカがこんなに愛しているメリヴィル家の下のふたりはべつだ。ジェサミーはほんの少ししか看護させてもらえないのを悔しがりながらもその気持ちを隠し、何かを取ってきたり、運んだり、使いに出たり、必要とされるあらゆる仕事を引き受けている。そしてフェリックスは、実に苛立たしい少年だが、アルヴァストークの強さに頼り、彼の言うことにおとなしく従う。そうとも、ジェサミーとフェリックスを犠牲にすることはできない。自分でもなぜだかわからないが、彼はこのふたりを愛しはじめていた。

それから二日間はこの問題を考える時間もエネルギーもなかった。医者の予言どおり、フェリックスの熱はさらに高くなり、アルヴァストークは外見は落ち着きを保ってはいても、恐ろしい不安を抱きはじめていた。おそらくフレデリカも同じ気持ちだろうが、決して口には出さず、常に明るく振る舞っている。だが、灰色の瞳に浮かぶ緊張とやつれた顔を見ると、そのうち倒れるに違いないという恐れにかられた。

その翌日の朝早く、アルヴァストークが病室に入ると、そこは奇妙に静かだった。フェリックスの容態が非常に悪かったので、昨夜は宿に帰らず、農場に泊まったのだ。フェリックスは身じろぎもせず、うわごとも言わずに横たわっている。ベッドのそばに立っていたフレデリカが、ドアの開く音に振り向いた。その頬を涙が伝っているのを見て、アルヴァストークは急いで前に出ながらこう口走っていた。「ああ、なんてことだ、フレデリカ……」

それから彼女が微笑んでいるのが見えた。「眠っているのよ。熱がさがったの。急に汗をかきはじめて……わかったの。わたしたちは乗り越えたのよ」

24

フェリックスが危険を脱すると、農場における暮らしにはいくつか変化が生じた。たえずつき添う必要がなくなったため、フレデリカは同じ部屋に入れたベッドで寝て、夜中に何度か起きて弟の世話をする必要があったものの、もう交代も助けも必要としなくなった。フェリックスはよく眠り、まだ強情をはるだけの元気もないため、起きているときもおとなしい。ようやく弟につき添うことを許されたジェサミーは、あまりのおとなしさに不安にかられ、侯爵に相談したほどだった。「姉を心配させたくないけど、まるであいつらしくないんだ！　あなたや姉の言うことをよく聞くからじゃありません。それは当たり前です。でも、あいつはぼくの言うことまで聞くんだ！　文句を言おうともしない！　病気のせいで脳に影響が出たんでしょうか？」

侯爵はそんなことはないと請け合ったが、ジェサミーは納得したようには見えなかった。とはいえ、やがてフェリックスが薬を飲むのをいやがり、兄をものすごく残酷な獣だと罵る日が来た。「これでやっと大丈夫だとわかりました」ジェサミーは目を輝かせて侯爵に告げた。「もうすぐぼくにコップを投げてきますよ！」

「きみが喜ぶならそうなることを願うが、ぼくには投げないように警告してくれたまえ」

もうひとつの変化はナップがもたらした。プライドと葛藤したあと、日向亭《ひなた》で待つ退屈さと、農場で過ごし、侯爵の用を足しているカリーへの嫉妬に負けたナップが、しぶしぶながら自分も何かお手伝いしたいと申しでたのだ。

そこでフェリックスはこの国でも有数の優れた従者にかしずかれることになった。本人はとくに感銘を受けなかったが、キッチンはミス・ジュドブルックが第一級の紳士の紳士だと気づいた非常に丁寧な、洗練された従者の存在によって威厳を得て、フレデリカは何もすることがなくなった。

フェリックスが回復に向かいはじめると、侯爵はロンドンへ戻るものと思われたが、彼はまったく慣れない状況のもと日向亭に滞在しつづけ、昼間はモンクの農場で過ごした。そしてフレデリカがフェリックスを一、二時間ジェサミーに任せても大丈夫だと感じるようになると、フェートンで気晴らしに出ようと彼女を説得し、彼女の看病疲れがすっかりとれたあとは、長い散歩に誘いだした。フレデリカはそうした散歩をとても楽しみ、旧知の友と同じように彼と気兼ねなく話し、問題が生じるとためらわずに相談した。だが、そのざっくばらんな態度は、侯爵を友人としか見ていないことを告げている。ひょっとすると、フレデリカは自分を兄のように、いや叔父のように——考えただけでぞっとする！

――思っているのではないか？　アルヴァストークはそう思わずにはいられなかった。

彼自身の疑いは消えていた。一緒にいればいるほど、アルヴァストークはフレデリカをもっと愛するようになった。それもこれまでは一度も愛したことのないような愛し方で。最も美しい愛人ですら、彼のなかにあらゆる逆境から守りたいという気持ちをかき立てたことはなく、彼はそうした相手と永続的な関係を持ちたいと思ったこともなかった。相手が由緒ある家柄の最も機知に富んだ女性ですら、その女性があちこちにある領地で采配をふるう光景を思い描いたことはなかった。

知り合ってわずか二カ月あまりにしかならないフレデリカは、彼の生活のパターンをあまりにも乱し、彼を優柔不断にした。これは決して楽しいとは言えないが、新しい経験だった。フレデリカの弟の無鉄砲な冒険に無理やり駆りだされたときも、アルヴァストークはまだ心を決めかねていた。が、それから一週間以上、ロマンティックとはほど遠い、苦労の多い状況でフレデリカのすぐそばで過ごすあいだに、疑いはすべて消え去り、アルヴァストークは残りの人生を彼女とともに過ごしたいと願うようになっていた。フレデリカは彼がめぐり合えると思っていなかった完璧な女性だ。

実際、アルヴァストークはすっかり彼女に夢中だった。だが、フレデリカにはそんな様子はまったく見られない。彼女が自分を好いていることはわかっている。それがたんなる友情以上の気持ちに育っているという希望を抱いたことも一度か二度ある。だが、確信は持てなかった。それに彼がやんわりと自分の気持ちを仄《ほの》めかそうとしたとたんに、フレデリカが自分と距離を置いたことも忘れられなかった。それはずいぶん前のことに思えるし、彼女の気持ちはあれから変わったかもしれないが、アルヴァストークはそのあと何週間も迷いつづけ、自分の関心を示すようなことをまったくしなかった。それに、フレデリカがモンクの農場で彼と合流したあとの状況で、求愛行動に突き進むのは、愚かであるばかりか不適切だった。フェリックスの看護に彼の助けが欠かせないときにもしもフレデリカが彼をはねつければ、ふたりのあいだがぎくしゃくし、気まずい状態が生まれたに違いない。

だが、フェリックスが生き延び、回復しはじめて、もはや彼がハートフォードシャーに留《とど》まる理由はなくなった。そこでアルヴァストークは衝動に委ね、自分の運命を試すことに決めた。彼らは長い散歩を楽しみ、農家に戻る前に柵のそばに設けられた踏み段のそばでひと息入れることにした。

「フレデリカ」アルヴァストークは思いきって切りだそうとした。

柵に寄りかかり、ぼんやりと前方を見ていたフレデリカは、彼がもう一度呼びかけると、振り向いて謝った。「ごめんなさい！　聞いていなかったの。何かおっしゃった？」

「いや」彼は答えた。「ただ呼んだだけだ。何をそんなに考えこんでいるんだい？」

「ジェサミーとフェリックスがはしかですっかり弱っていたときに、アンスデル夫人が、ほら、司祭の奥様よ、彼女が教えてくれたゼリーの名前を思いだそうとしていたの」フレデリカは真剣な顔で言った。「とても効果があったのよ。いまのフェリックスにはあれが必要だわ。ただ、その名前が……思いだした！　〝ドクター・ラトクリフの健康増進ポークゼリー〟よ！　どうしていままで思いだせなかったのかしら？　どうしたの、そんな笑って。おかしなことを言ったかしら？」

　アルヴァストークはまだ笑いながら答えた。「いや何も」

「何か言いたかったの？」フレデリカは眉根を寄せて問いただした。

「いや何も」彼は繰り返した。「そのゼリーの名前を思いだしてよかった。これからすぐにヘメルヘムステッドへ行って、買ってこようか？」

「いいえ、たぶんここでは手に入らないわ。エルコット先生の許可をもらったら、ハリーに手紙を書いて、少し持ってきてくれるように頼むわ」

「ほう、ハリーが来るのかい？」

「ええ。話さなかった？　カリーが今朝郵便局から手紙を持ち帰ってくれたのよ。貸馬車で来て、カリスと夕食をとる時間に間に合うようにロンドンに帰るの。ジェサミーが説得しなければ、すぐに飛んできたはずよ。でも、ジェサミーが説得してくれてよかった。あのときのフェリックスを見たら、取り乱すだけでなんの役にも立たなかったに違いないもの。あの子はめったに病気にならないから、どうやって看病していいかわからないの。でも、いまなら大丈夫でしょう。来てもいいが、カリスを一緒に連れてこないように、と書くつもり。妹には会いたいけれど、あの子まで病気になられたら、たいへんですもの」

「たしかにそのとおりだ。彼女は病気になるだろうか？」

「ええ、たぶん。一日か二日で治るでしょうけど。貸馬車の乗り心地はひどいでしょう？ カリスはエッジウェアに着く前に酔ってしまうわ」

まだ愛の告白をする機は熟していないと気づいたアルヴァストークは、賢くもはやる心を抑え、様々な話題について話しながら農場の母屋へとゆっくり戻った。

ドクター・ラトクリフの健康増進ポークゼリーを携えてまもなく訪れたハリーは、痩せ細り、青ざめて、元気のない弟を見てすっかりうろたえ、彼らはふたりがかりで必死に死にかけているわけではないと納得させなくてはならなかった。彼は姉が弟の容態を軽く考えすぎている、ロンドンの医師を呼ぶべきだと言い張った。彼がフェリックスの保護者は姉ではなくメリヴィルの家督を継いだ自分だと主張するのを見て、アルヴァストークは彼を脇に呼び、驚くほど忍耐強く、もうべつの医師を呼ぶ必要がないだけでなく、それが賢明ではないことを説明して聞かせた。ハリーは完全に満足したようには見えなかったが、フェリックスの回復が長引くようなら、ロンドンへ連れ戻ったあとでロンドンの医者に診てもらってはどうかと提案されると、ようやく納得した。

ハリーがモンクの農場に来たのは、フェリックスに会うためだけではなかった。彼は侯爵に借りを返したがった。「ずいぶんいろいろな費用を立て替えてもらいました。ぼくの代わりにそうしてくださったのはとても感謝しています」ハリーは硬い声で言った。「よろしければ、銀行手形をお渡ししたいのですが」

ハリーは頑固そうな表情を浮かべていた。だが、そうなることを予測していた侯爵は愛想よく答えてハリーの出鼻をくじいた。「いいとも！　ロンドンに戻ったら勘定書きを渡すとしよう。詳細が必要かな？　それとも大雑把《おおざっぱ》なものでいいかな？」

「もちろん、詳細はいりません！」ハリーは滑稽なほどまごついて叫んだ。「ただ……忘れないでいただければ結構です」

「忘れていたら思いださせてくれたまえ」侯爵はそう言った。

ハリーはそれで満足しなくてはならなかった。が、勘定書きをアルヴァストークに渡さぬようエルコット医師に言ってくれと、彼はフレデリカに注意した。「紙幣をいくらか持ってきた」彼は言った。「もっと必要なら、手紙をくれ。アルヴァストークに払ってもらいたくないんだ！　ぼくの弟や姉の世話を彼にやいてもらうのはごめんだ」

フレデリカはうなずいたものの、こう言った。「迷惑をかけてごめんなさい」

「ばかなことを言うなよ」

「いいえ、本当のことよ。世の中のことはわたしのほうが詳しい。わたしはグレイナードの収入ですべてが賄えると思っていたの。でも、ロンドンに住んでたくさんのパーティに出かけるのは、思ったよりはるかに費用がかかったわ」

「ふん、そんなこと誰が気にする？」

「わたしは気になるわ。実際、とても心配しているの。お金の面で迷惑をかけるつもりなどなかったんですもの。いずれ返すつもりだけれど、当分はあなたに頼らざるをえないわ」

「フレディ、そういうばかなことを言うのはやめてくれないか？　誰かが聞いたら、まるでぼくが破産寸前みたいじゃないか」

「いいえ、そこまでは悪化していないわ。でも、特別大きな収入を得ているわけでもない。借金を抱えているんですもの」

「大した額じゃない！」彼は赤くなって言い返した。「心配する必要なんかあるもんか！　ロンドンの費用ぐらい、いつでも工面できる。サルコムがなんとかしてくれるさ」

「公債を売るつもりなの？　そんなことをしてはだめよ！」

「サルコムのことだ。もっといい方法を思いついてくれるさ。どれくらいの金額だい？」

「ハリー、いまのところはまだわたしも破産寸前ではないのよ。ただ、この先あなたの助けを借りることになるかもしれない。フェリックスをロンドンから移す必要があるの。夏のあいだも倹約してあそこに住むつもりで、あそこの家は六カ月の契約で借りたのよ。シーズンが夏の休みに入れば、倹約するのは簡単ですもの。でも、エルコット先生はフェリックスが完全に回復するまで街から連れだしたほうがいいとおっしゃるの。街の騒音とあわただしさが体によくないから、と。あの子はまだとても注意深く見守る必要がある。体力を使うようなことは一切できない。こじらさなければ、遠からず元気になるでしょうけど、リューマチ熱はあなたもよく知っているように、体の一部を弱くすることもあるから……」

「母さんと同じか！　フレディ、ロンドンの医者に診せようよ。一流の医者に！」

「ええ、わたしもそう思うわ。実際、ロンドンを離れる前にそうすべきだと、エルコット先生もそうおっしゃっているの。ロンドンに戻ったらすぐに、ウィリアム・ナイトン卿《きょう》に来ていただきましょう。おそらく、ロンドンには遠からず帰れると思うわ。乗り心地のいいアルヴァストークの馬車ならとくに。そしてウィリアム卿が同意してくれたら、静かな場所に移るつもり。ただ、安い下宿を見つけることができたとしても、みんなで移動するには相当な費用がかかると思うの。ハリー、海辺のリゾートのどこがいいか調べて、そこに行って適切な下宿を見つけてくれる？　よい下宿が見つからなければ、家具付きの家を借りてくれる？」

だが、それは自分の手に余る、とハリーは言った。適切な海辺のリゾートにはつき添うが、下宿を選ぶのはフレデリカに任せる、と。

フレデリカは無理には頼まなかった。たしかに下宿選びをハリーひとりの判断に委ねるのは無謀であるばかりか、愚かなことかもしれない。そこで彼女はカリスの近況を尋ねた。

ハリーは心配することはない、カリスはなんとかうまくやっている、と答えた。が、沈みがちであることは認めた。もちろん、黒い手袋をしているし、フレデリカとともに招かれていたパーティはどれも断った。だが、ふさぎこんでいるとは言えないし、ドアのノッカーはほとんど鳴りっぱなしだから、寂しがっている暇などない。「それで思いだしたが、たえずフェリックスの容態を聞きに来て、バドルにカリスへの花や手紙を渡す、愚かで奇妙な男は誰だい？　きざな格好の、たしかナトリーという――」

「わたしたちの隣人よ」フレデリカは顔を曇らせた。「立派な若者だけれど、とてもしつこいの。彼だけのせいじゃないのよ。カリスが気を持たせるようなことを言うし、態度をするんですもの。わたしは望みがないことを何度も仄めかしたのよ。でも――」

「ぼくはそれ以上のことをしたよ！」ハリーは冷淡に言った。「ぼくの妹に近づくなんて、厚かましい男だ！　〝この不幸なとき〟に、少しでも彼女の役に立ちたい、とさ！　だから、カリスにはぼく以外には、きみの奉仕も誰の奉仕も必要ない、と言ってやったんだ！　あれで身のほどを知ったと思うね！」

「気の毒なナトリーさん！　ミスター・ナヴェンビーは？　彼は訪ねてきた？」

「ああ、来たよ。母親を連れてきた。母親のほうは気球騒ぎを笑っていたが、ナヴェンビーは違った。最初は信じられないような顔をしていた。それからじっと宙を見つめていた。新聞に載ったんだよ！　ありがたいことに大きな記事にはならなかったが、それでも十分だ！」

「でしょうね」フレデリカはため息をついた。「みんなショックを受けていた？」

「どうだか。レディ・エリザベスはまったくショックを受けていなかった。それに、バーニーと、エンディミオンも！　ふたりともフェリックスは何をやらかすかわからないやつだと思っているんだ。だから、弟の頭にそんな考えを吹きこむなと言っておいた」

「ええ！　エンディミオン・ドーントリーがカリスにつきまとっていないといいけど」

「もちろん、つきまとってなどいないさ！　だが、姉さんはなぜエンディミオンよりナヴエンビーのほうがいいんだい？　ぼくにはさっぱりわからない！　ぼくが姉さんなら、喜んでエンディミオンを祝福してやるのに！　すばらしい相手だとは言えないが、ケチをつけるほどひどくもないよ。彼が少しばかり鈍くてもカリスがかまわないと思うなら、なぜ姉さんがそれを気にする必要があるんだい？　少なくとも、彼は女たらしじゃない」

「でも、彼の顔を見なくなれば、カリスは一カ月もしないうちに忘れてしまうわ」フレデリカは答えた。「その話はやめましょう。エンディミオンに関しては決して同意に達しないもの。カリスは今日、何をして過ごしているの？　レディ・エリザベスと一緒？」

「いや、ひとりで家にいるよ。クロエ・ドーントリーが一緒に過ごしてる。今朝は公園を散歩すると言っていた。おそらく午後いっぱいおしゃべりして過ごすんだろうよ！」

そのあと、フレデリカは侯爵にこの話をしたときに、こう言った。「あなたの間抜けな親戚が、ふたりのエスコートでなければいいけど！」

彼は愉快そうに応じた。「いや、彼らのエスコートは、間抜けとはほど遠いぼくの秘書である確率が高いな。彼らの関係は長続きしそうかい？」

フレデリカはちらっと彼を見上げた。「反対なの？」

「親愛なるきみ、そんなことがぼくにどんな関係がある？　たしかにチャールズは資産とコネのある相手を見つけるべきだ。それにクロエの愛すべき母上の手強《てごわ》い反対にあうだろうし、特定の相手に決めるにはまだ早すぎるとは思うが、介入するつもりは毛頭ない」

「よかった。それにわたしも同じ考えよ。クロエは結婚を考えるには若すぎるわ。ただ、もちろん、彼女はそれを考えているの。正式に婚約するには早すぎるけれど。でも、ふたりの気持ちは永続的なものだと思うわ。ドーントリー夫人に関しては、彼女の賛成を得る方法はわかっているの。きっと成功するわ！」

侯爵はいやな予感に襲われた。「まさかぼくはそれに含まれていないだろうね？」

「もちろん含まれているわ。でも、ほんのささやかな役目だけよ！　ダイアナと会ってからどれくらいになるの？」

「ダイアナという名前の女性を思いだせないから、もう久しく会っていないだろうな」彼は打ち明けた。「だが、ぼくの記憶がどれほどひどいか、きみも知っているだろう？　誰だい、そのダイアナというのは？　きみの計画にどんな関係があるんだ？」

「アルヴァストーク！　ダイアナはクロエの妹よ！　どうして忘れられるの？」

「簡単さ」彼は少しばかり得意げな顔でつけ加えた。「考えてみると、ぼくの知っているダイアナは三人いる」

「まあ、あなたときたら！」

「なんと忌まわしい男だ！　きみは頻繁にそう言うね。きみの判断力には全幅の信頼を置いているんだ」

フレデリカはこみあげてきた笑いに喉をつまらせた。「ばかな人！　少しでいいから真剣になってちょうだい！」

「ぼくは真剣そのものだよ」

「冗談を言うのはやめて、真面目に聞いてちょうだい。わたしの見込みが大きく外れていないかぎり、ダイアナはデビューと同時に社交界の注目の的になるわ。親愛なる侯爵、彼女はとてもすばらしい結婚が期待できるでしょう。ダイアナとエンディミオンはドーントリー夫人にそっくりですもの。ドーントリー夫人は若いころには、さぞ美しかったに違いないわね。それに、女性が少々機知に欠けていても、誰もなんとも思わないわ」

「ダイアナはそうなのかい？」

「ええ！　愛らしいかも。つまり、並みの理解力しかないということ。それは大した問題にはならないし、彼女がカリスと同じようにもてはやされるのは明らかだわ。あなたがほんの少し手を貸してあげれば。当然、ダイアナのために舞踏会を催して――」

「なんだって？　当然、と言ったかい？」

「ええ、言ったわ。クロエのためにもそうしたんですもの」

「そんな覚えはないな。あれはきみとカリスのためにしたことだ」

「ええ、とんでもなく卑劣な動機でね！　でも、その件ではとても感謝しているから、これ以上は言わないわ。でも、あなたはジェーン・バクステッドとクロエ・ドーントリーのためにあれを催したと思われている。だからダイアナのためにも催すのが当然なの」

「そしてジェーンの妹たちにもそうするのが当然？」

　フレデリカは顔をしかめた。「たしかに、それはとても気のなえる考えね！　でも、あのふたりには十分なことをしてあげられる力も、意志もあるお兄様がいるわ。そのときが来て、クロエがまだいまと同じ気持ちなら、ドーントリー夫人にこう提案してほしいの。ダイアナをデビューさせる前に、クロエを嫁に出すのが最も重要だ、とね。クロエが二度目のシーズンの終わりにも、ほかの適切な相手を好ましく思っていなければ、ドーントリー夫人は承知せざるをえない。そしてクロエはミスター・トレヴァーと結婚できる。どう？」

　アルヴァストークは笑いながらフレデリカを見下ろした。「どうかな。そのときが来たら思いださせてもらう必要がありそうだ。しかし、なぜクロエのことを気にかけるんだたり前のことよ」

「わたしには関係のないことだと言いたいの？　もちろん、ないわ。でも、あのふたりはとても好きなの。好意を持っている人たちのことを気にかけ、彼らの手助けをするのは当い？」

　アルヴァストークは何も言わなかったが、考えてみると、彼が好きな人間は、非常に少ない。実際、手助けをしたくなるような人間はひとりもいない。友人を財政的に助けたことは一度ならずあるが、そういう彼自身の犠牲をまったくともなわない〝手助け〟は数のうちに入らないだろう。トレヴァーのことはどうだ？　そう、彼には好意を持っている。そして政治家になりたいという夢に力を貸すつもりではいる。だが、それもアルヴァストークにとっては簡単なことで、なんの犠牲もともなわない。彼が犠牲を払って助けた人間はフェリックスひとりだけだ。そしてそれはフレデリカを愛しているからしたことだった。

　いや、本当にそうだろうか？　フレデリカのことがなければ、会ったことのないハックノール夫人、助産婦の技術しかない無知な女性にフェリックスを委ねたか？　いや！　彼はメリヴィル家の少年たちになんの責任も負っていないが、ふたりを好きになった。たぶんふたりとも興味深い少年で、彼にまったき信頼を置き、彼ならどんな問題も解決できる、喜んでそうしてくれることを、これっぽっちも疑っていないからだ。彼自身の姉たちは、子育てに彼の助けを望みもしなければ、必要ともしなかった。だが、本人はそう思っていなくても、フレデリカは必要としている。もしも自分の好きなようにできれば、彼はフェリックスを学校へやり、ジェサミーにはちゃんとした家庭教師をつけたいと思った。

侯爵がその計画をあれこれ考えているころ、彼と同じようにフレデリカの無鉄砲な弟たちには早急に導きが必要だと同じように確信している男が、モンクの農場へ向かっていた。彼はハリーが訪れた二日後に到着した。

彼が通された客間では、ジェサミーが本を広げてテーブルに向かい、侯爵がジェサミーに質問されたわかりにくい文章について考えこんでいた。「あなたはまだここにおられたんですか？ アスコットに行かれたとばかり思っていました！」

アルヴァストークは顔を上げ、不機嫌な声で言った。「では、間違っていたな。きみはどうしてここへ来たんだい、バクステッド？」

「小さな親戚の具合を見に来たんですよ、もちろん。そして気の毒なその姉の手助けをするために。あのときは驚きました！ 無理やりにでも囲いから彼を引き離し、馬車に連れ戻せばよかったと、自分を責めています」

片手をジェサミーの椅子の背にかけていたアルヴァストークは、それをジェサミーの肩に置いた。「そんな必要はなかったぞ、バクステッド」侯爵は言った。「きみにはそんなことをする権限はない。フェリックスの行動に責任があるのは……このぼくだ。だからぼくはここにいるんだよ。彼は順調に回復している。きみの申し出に関しては、フレデリカはきみにとても感謝するだろう。ただし、もしもぼくが適切な義務を完全に放棄し、自分の被後見人を見捨てていればの話だ」

カールトンは叔父の財力をあてにする必要はなかったし、叔父を恐れてもいなかったが、アルヴァストークの前では、なぜかバクステッド家の家長で弟や妹のよき指導者ではなく、愚かな若者に近い気持ちにさせられる。彼は赤くなって言った。「あなたがここにおられると知っていたら……いや……とにかくフェリックスが回復に向かっていると知って、こんな嬉《うれ》しいことはありません！　彼にはよい教訓になりますよ。こんなひどい罰を受けるのは、誰も望んでいなかったでしょうが。ジェサミー、病室に案内してくれないか。本とパズルを持ってきたんだ」

「いいえ！」ジェサミーはとっさに叫んだ。「あの、ご親切はとてもありがたいし、フェリックスもとても喜ぶと思いますが……」アルヴァストークの長い指に肩をぎゅっとつかまれ、彼は言葉を切った。

「申し訳ないが面会は許可できない」アルヴァストークは言った。「医者がまだ訪問者の面会は許さないんだ。興奮させるのが何より悪いのだよ」

「興奮させるつもりなどありません！　彼とはとても仲がいいんです！」

「彼とハリーほどではないだろう？」アルヴァストークはそっけなく言った。「ハリーには会うことを許したが、それを後悔するはめになった。容態が悪くなってね。ジェサミー、二階に行ってお姉さんにバクステッドが来たことを伝えておいで」

叔父とふたりで残されると、カールトンは顔をしかめた。「あなたがここにずっとおられたとは……とても意外でした。彼らの伯母がロンドンに残っているとあっては……」

「不適切だと言いたいのかな？」アルヴァストークはさえぎった。「安心したまえ。ぼくはヘメルヘムステッドの恐ろしく居心地の悪い宿に滞在している。数日後にはロンドンに戻る予定だ。フェリックスがぼくの従者を必要としなくなれば」

カールトンは目をむかんばかりに驚いた。「あなたの、あなたの従者が、フェリックスに仕えているのですか？　あなたが彼なしで過ごせるとは！」

「いや、過ごせない。だからぼくもここにいるのさ」そのときフレデリカが入ってきた。

「ああ、フレデリカ！　きみがバクステッドに会いたいと思ってね。フェリックスの様子が知りたくて、わざわざロンドンから来てくれたそうだ」

「ええ、お会いしたかったわ。ご親切にありがとう」フレデリカは即座に答えた。

カールトンは差しだされた彼女の手をつかんだ。「来ないではいられなかったんだ」

片眼鏡越しに落ち着いた顔でこれを見ていたアルヴァストークは、フレデリカにフェリックスのこれまでの経過を話すように勧めて、客間を出ていった。

そしてカールトンが帰るとすぐに、フレデリカの叱責を受けるはめになった。「彼とふたりだけにするなんて、どういうつもり？　あんまりだわ！」

「だが、適齢期を過ぎているからつき添いはいらない、ときみは何度も繰り返しているぞ」

「つき添い！　そんなものはもちろんいらないわ。そういう意味ではないことぐらい、わかっているくせに。あんなに冷たくわたしを見捨てるなんて――」

「ひどい言いがかりだな。ぼくはバクステッドが明らかに望んでいたふたりだけのひと時を否定するほど冷たい人間ではないんだ。気の毒に、あれだけの献身には多少の見返りを与えてやらなくては。彼はもう一度結婚を申しこんだのかい？」

「そうよ。フェリックスのことをあんなふうに言うなんて、お腹《なか》のなかが煮えくり返るようだったけど、どうにか我慢したわ。本気でわたしの助けになりたがっていることも、善意で言っていることもわかっているから。でも、フェリックスに与えれば、怒りの発作を起こさないまでも、また熱を出すに違いない本とパズルを持ってくるなんて。それにわたしの重荷を肩代わりできたらどんなに幸せか、だなんて！　まるで弟たちがわたしにとって重荷だとでもいうように！　なんとか礼儀正しく断ったけれど、礼儀正しくなんかするんじゃなかった。彼はまだあきらめないと言うんですもの。バクステッドはエンディミオンと同じくらいばかだわ！」

「いや違う！　エンディミオンほど愚かな人間などいないよ」

「こんなときに求婚するよりも愚かなことなど考えられる？」フレデリカは叫んだ。「あなたなら、そんなことをする？　もちろんしないわ！　エンディミオンですらしないでしょうよ！」

侯爵は奇妙な笑みを浮かべてつかのま彼女を見ていた。「エンディミオンはどうだか知らないが、ぼくはしない」

25

侯爵はその三日後ハートフォードシャーを離れた。彼がその決断を告げると、フレデリカは一瞬狼狽《ろうばい》したように見えたものの、ほぼ即座に落ち着いてこう答えた。「ええ、そうすべきね。良心が咎《とが》めはじめていたの。もうあなたがここにいる必要はまったくないんですもの。おかげでわたしたちは楽しかったけれど、あなた自身は死ぬほど退屈だったに違いないわ」

「奇妙なことだが、ぼくはまったく退屈しなかった」

フレデリカは笑った。「ええ、退屈する時間などなかったわね。わたしの散歩につき合ってくれないときは、フェリックスの相手をしてくれたもの。しかも、ジェサミーには古典の勉強まで手伝わされて」

「あれは実に厳しい試練だった。しかし、昔の記憶を掘り起こすのは役立った。驚くほど錆《さ》びついていたからね。まあ、ジェサミーほど熱心に勉強したことはなかったが」

「ほかはともかく、それは信じられるわね」フレデリカは目をきらめかせた。「古い知識を復習する機会を与えられたのは、さぞ楽しかったことでしょうね。でも、お昼になる何時間も前に寝室を出なくてはならないことを楽しんだとは思えないわ」

「いや、田舎では街の時間は守ったことがないんだ」彼はそう切り返した。

「まあ、憎らしい。あなたときたら、いつも答えを用意しているのね。少しでいいから真面目になって、どうかわたしの心からの感謝を受けて——」

「もういい。それで十分だ。きみはどうでもいいことばかりしか口にしていないが、ぼくはこれから重要なことを言うよ。悲しいことにきみからではなく、エルコットから聞いたんだが、きみはフェリックスを海辺のリゾートに移すつもりらしいね。だが、それは無理だぞ。この時期では、場末の下宿に部屋を借りるのもまず無理だ。たとえ見つかったとしても、成りあがり者が使う、かびのはえたみすぼらしい借家がせいぜいだ」

「でも、辺鄙《へんぴ》なところなら……」

「そういう場所も間違いなくあるだろうが、ぼくは知らないし、きみも知らない。そしてどこかが見つかるころには、夏は半分終わっている。ワージングがいいと考えているなら、やめたほうがいいぞ。あそこはとびきり値が張るうえに、毎年ロンドン社交界の野暮《やぼ》ったい連中や未亡人が大挙して押しかけるんだ。ぼくははるかに適切な計画を提案できる。きみは家族を連れてアルヴァに行き、好きなだけそこにいるんだ」

「アルヴァ？」彼女は驚いて訊《き》き返した。「つまり、アルヴァパークのこと？　ガイドブックにあなたの主要な領地だと書いてあるアルヴァ？」

「そうだよ。フェリックスをロンドンから連れだす必要があると気づいたときから、そう思っていたんだ。バースから二十キロしか離れていないから、医者が勧めれば、お湯を飲みに行くことも、温泉に入りに行くこともできる。しかし温泉地よりもはるかに静かで、彼にもジェサミーにも十分楽しめる場所だ。好きなときに乗れる馬も何頭かいるし、医者が許可すれば鱒《ます》釣りができる川もある」

「ええ、ジェサミーはどんなに喜ぶかしら！」フレデリカは叫んだ。「ありがとう！　ああ、ありがとう！　なんてご親切なの。でも、その申し出を受けるわけにはいかないわ」

「なぜだい？　きみはあらゆる招待を断ることにしているのかい？」

「いいえ、違うけれど……これはべつの話よ。こんなに助けていただいたうえに……」

「ばかばかしい。きみらしくないぞ。アルヴァに女主人が必要なら、それは簡単に都合がつく。もしもミス・ウィンシャムが姉のそばを離れたくなければ、ぼくには未亡人の伯母がひとりと、年配の未婚の伯母がふたり、それに無数の親戚もいる。その誰でも喜んでアルヴァに住みたがるよ。ほとんどが何年もそうしたがってきたんだ」

フレデリカは笑いだした。「そんなことをしたら、居ついてしまうわよ！」

「きみはぼくを過小評価しているぞ。とにかく、きみの伯母上が来られなければ、伯母のひとりを住まわせる。正確に言えば、少しのあいだ滞在するよう招く。ぼくが生まれる前からそこにいる家政婦が、きみとカリスの世話をし、ジェサミーたちをたっぷり甘やかしてくれるよ。長く滞在しても短く切りあげても、好きにすればいい。きみが使ってくれれば、ぼくもありがたい。あの館に人が住むのは嬉《うれ》しいことだからね。だから、そういうことにしよう」

「でも」

彼はうんざりしたようにため息をついた。「世間の噂《うわさ》を気にしているなら、彼らは厄介な被後見人たちをさっさとアルヴァに送りだすとは、いかにもぼくらしいと言うだけさ」

「あなたはいつもわたしの言葉を奪うのね。甘えるべきでないのはわかっているけれど、甘えさせていただくわ。フェリックスには願ってもない環境に違いないもの。それにジェサミーにも。そろそろあのふたりのことを考えてやらなくては。カリスのためにずいぶん放っておいたんですもの。しかも、まったくの無駄骨だった。カリスが立派な相手を見つけることを、あんなに願っていたのに」

「まだその可能性はあるよ」

フレデリカはうなずいたものの、カリスをもう一度ロンドンに連れていくことはできない相談だったから、彼女の返事は確信に欠けていた。

「きみに考えてほしいことがもうひとつある」アルヴァストークは言った。「この件にかんするきみの考えは知らないが、ぼくはそろそろきみの弟たちに家庭教師をつけるべきだと思う。とくにジェサミーには必要だ。彼がぼくのようなうろ覚えの人間の助けさえあれだけ感謝するのがその証拠だよ。もしもハリーが秋に学校へ送るつもりなら、フェリックスもその準備をすべきだ。あの子はもう十分好き勝手にやってきた。もちろん、これはきみが決めることだ。ぼくは助言をしているだけさ。これでますます忌まわしい男になったが」

フレデリカは首を振った。「いいえ！　あなたの言うとおりだわ。それもわたしの怠慢の証拠ね。何週間も前にそうすべきだったの。どうすればいちばんいいか、教えてちょうだい。ロンドンにいるなら家庭教師を見つけるのも簡単でしょうが――」

「ぼくに任せてくれるのがいちばんいい。ジェサミーのほかの関心には目が向かないほど学問一点ばりではなく、カリスと恋に落ちるには年が行き過ぎた、子どもたちを退屈させるほどの年寄りでもない――」

「わかったわ！」フレデリカは降参するように両手を上げた。「不可能な仕事ね。たとえそうでなくても、あなたには頼めないわ」

「なぜだい？」彼は眉を上げた。「きみはその仕事をぼくに押しつけようとしたじゃないか」

「わ、わたしが？　弟たちの家庭教師を見つけてくれと頼んだ？　とんでもない、そんなことはしていないわ！」

「初めて会ったときのことを思いだしてもらいたいね。きみはぼくが後見人になるなら、それくらいするのが適切だと言ったんだよ。少しは役に立ってくれてもいい、と」

「いいえ。たとえ言ったにせよ、ただの冗談よ。それにあなたの記憶と違って、わたしの記憶はかなりいいの」

「たしかにぼくの記憶はあてにならないな。関心のあることしか覚えていないんでね。とにかく、望みどおりの候補が見つかったら、きみのところへ送ることにしよう」

「ありがとう」フレデリカは素直に感謝した。「とんでもなく難しい仕事を押しつけたのでなければいいけれど」

本人もかなり難しい仕事だと思っていたが、候補はすぐに見つかった。バークリー広場に戻った翌日、秘書と書類に目を通しながら、彼はさりげなく尋ねた。「ところで、チャールズ、きみの知り合いにジェサミーとフェリックスを教えたいという男はいないだろうか？　かなり短期間、そう二、三カ月のあいだだが」

「いいえ、閣下。ただし……」

アルヴァストークが手にした書類から目を上げると、トレヴァーは困ったような顔をした。「ただし、なんだい？　そんな男の心当たりがあるのか？」

「あの、実はセプティマスが適任かと思ったのです。でも、自分の身内を推薦するのもはばかられ……もちろん、だめならお断りいただいて――」

「セプティマス？」

「弟です。特別研究員になろうと励んでいるのですが、夏休みのあいだの家庭教師の口を探しているんです。閣下のおっしゃった仕事には最適だと存じます。メリヴィル一家をアルヴァに送られるおつもりなら、とくに。家から毎日馬で通えますから、父も喜ぶでしょう」

「チャールズ、きみは最高の秘書だ！　すぐさま彼に手紙を書いてもらいたい。彼が少しばかり冒険心に富んだ少年たちを教える仕事に尻込みしなければ、だが」

トレヴァーは笑った。「それはまったく問題ありません。セプティマスはきっとあのふたりが好きになりますよ。子どもたちも弟を好きになると思いますね。とてもいいやつですから。どんなタイプのゲームでもできますし、スポーツも好きですから」彼は弟の自慢をしていることに気づいて赤くなった。「ぼくの言葉より、ご自分の目で確かめてください」

「親愛なるチャールズ、きみがこれまでぼくを騙《だま》したことがあるかい？　来週来るように言ってくれないか。そのころにはフェリックスも旅ができる程度に回復し、ロンドンに戻れるだろう。そういえば、明日アッパーウィンポール街を訪れて、カリスにフェリックスの様子を話す必要があった。忘れていたら思いださせてくれたまえ」

カリスはハリーに励まされ、最初の焦燥は鎮まったものの、希望と絶望のあいだを往復していた。が、彼女の頭を占領していたのはフェリックスではなく自分のことだった。エンディミオンがそばにいるときは――彼は頻繁にそばにいた――悩みも問題も忘れることができた。彼は自分を愛している。そして彼は強い岩だった。客観的に見れば、彼の強さは堂々たる体格と楽観的な性格からなっているように思えるが、カリスは客観的に彼を見ることはできなかった。エンディミオンが万事うまくいくから気をもむ必要はないと言えば、あるいは少しばかり曖昧に、すべてを自分に任せてくれと言えば、カリスの不安は静まった。ギリシャ神のような男性の知恵と決意を疑うことなどどうしてできよう？　疑いに悩まされるのは、エンディミオンがそばにいないときだった。彼の完璧さではなく、彼らが目的を達したらどうなるのか？　カリスのなかでは、アルヴァストークは意地の悪い魔法使い、彼が杖《つえ》をひと振りすれば、エンディミオンはカリスの手の届かないところへ飛ばされてしまう。フレデリカも愛する姉から冷酷無情な敵に変わっていた。おそらくはさいわいなことに、フレデリカが留守とあって、エンディミオンが頻繁に訪れているため、カリスの神経は完全に乱れる一歩手前に留《とど》まっていた。彼はハリーを訪ねるという建前で、あるいはクロエをエスコートして足しげくやってきた。バドルは疑っているかもしれないが、エンディミオンに門前払いを食わせることはできない。ハリーはエンディミオンが妹にふさわしい男だと判断し、この作戦を大目に見た。が、エンディミオンがいるときには、決して三十分以上客間を空けることはなかった。兄と同じくらいカリスを慕うようになったクロエは、喜んで兄の口実になった。そして神はインフルエンザという形で味方をしてくれた。ドーントリー夫人はこの病気にひどい攻撃を受け、メイドと献身的な親戚の看護に頼り、娘たちが寝室に入ることを禁じ、娘たちの世話をミス・プラムリーとダイアナの家庭教師の手に委ねたのだ。だが、クロエはもう勉強しなくてよい年だったし、ミス・プラムリーはほとんど病室を離れなかったから、どちらもクロエがカリスと友情を深めるのを禁じようとはせず、兄と出かけることも禁じなかった。

もっとも、ハーリー街でエンディミオンがたびたびアッパーウィンポール街を訪れていることを耳にしたミス・ウィンシャムはべつだ。彼女は即座にカリスを厳しく叱り、フレデリカは決してこの結婚には同意しないから、エンディミオンのことは忘れるほうが身のためだと警告し、カリスの気持ちをかき乱した。

フレデリカがロンドンから一家を移すつもりでいることをハリーから聞くと、恋するふたりは愕然《がくぜん》とした。最初に立ち直ったエンディミオンは、ラムズゲイトか、似たような海辺のリゾートに配置換えを願いでれば、カリスとひそかに逢瀬《おうせ》を重ねることができる――こんなごまかしは好きではないが――ときっぱりした口調で宣言したが、カリスは悲劇の予感に襲われた。

ロンドンへ戻った侯爵がアッパーウィンポール街を訪ね、客間に案内されると、そこにはカリスとエンディミオンしかいなかった。

若いふたりは彼を見て狼狽した。侯爵が片眼鏡を上げると、エンディミオンは髪のつけ根まで真っ赤になり、口ごもった。「あの、フェリックスの様子を聞きに来たんです。それとハリーと話すために」

「ハリーはたったいま出かけたんです」カリスは雄々しく恋人の言葉を裏付けた。「でも、ほんの短いあいだだけなので、親戚のエンディミオンには戻るまで待ってくれるようにお願いしましたの」

アルヴァストークは笑いをこらえ、機嫌よく答えたが、打ちひしがれたふたりには悪意がこもっているとしか思えなかった。「それはよかった。ぼくが来て、気まずさから救われたな、エンディミオン！ フェリックスは回復に向かっている。まもなくロンドンに戻るだろう。これでもう待つ必要はないな。ハリーに大事な話があるなら、バドルにそう言伝《ことづて》すればいい。ハリーは喜んできみの下宿を訪ねるだろう」

そう言われては返す言葉もなく、エンディミオンはすごすごと立ち去るほかなかった。彼は一瞬、侯爵にすべてを打ち明けたいという衝動にかられたが、すぐさまそれを抑えた。ひとつには、カリスが苦悩に満ちた目でそれを止めていたからだ。それに不意をつかれ、告白を周到に準備する時間も、母の味方である侯爵が同意するはずのない結婚の利点をまとめる時間もなかった。

ドアが閉まると、侯爵は片眼鏡をおろして客間に入り、カリスに言った。「姉上と伯母上が留守のいま、これを言うのはぼくの義務だと思うが、兄のつき添いさえなしに若い男性をもてなすのは、きわめて不適切なことだよ、カリス。実際、まったく非常識だ」

カリスは赤くなり、口ごもった。「でも、彼は親戚よ！　それにハリーの友達で、フェリックスのことを知りたくて来たんですもの――」

「きみは嘘《うそ》がへただね、そういう嘘でぼくを騙すには十年早いぞ。頼むから、泣くのはやめてくれ。めそめそする女性は死ぬほど嫌いなのだ。きみに助言をしてあげよう。たわむれるときは決して真剣にならぬこと。常にこっそりすることだ」

カリスは弱々しく微笑《ほほえ》もうとした。侯爵はうんざりしながらも、どうにか口元に笑みを浮かべた。

「憂鬱なようだね？　同情するよ。もうひとつ助言してあげよう。こういう恋愛は楽しいかつらいかのどちらかだが、どちらも長続きはしない。きみは信じたがらないが信じるべきだぞ。ぼくは豊かな経験から話しているんだ。ショックを受けたかい？　伯母さんには黙っていてくれたまえよ」

カリスはヒステリックに笑った。「そういう恋とは違うわ！」

「もちろん違う。恋をしているさなかは」

「あなたにはわからないのよ！」カリスは苦い声で叫んだ。

「それは愚かな非難だな」侯爵は冷ややかに言い返した。「使い古された非難でもある。

あらゆる世代がすぐ前の世代にそう言ってきた。さて、用件に入ろうか。ぼくがハートフォードシャーを出るとき、フェリックスは初めてベッドから出てジェサミーとカードで遊んだ。マトンチョップも食べたがった。おそらく、まもなくここに戻るだろう」

カリスは再び微笑もうとしながら、か弱い声で言った。「よかった！　それを聞いてほっとしたわ！」

カリスがあまりに悲嘆に暮れているので、アルヴァストークは辛辣な返事を控えた。さもなければ、また泣かれることになる。すぐ泣く女性は最も嫌いなのだ。どうやらアルヴァに移る件には触れずに帰るほうが無難なようだ。この愚かな娘が、同じくらい愚かな親戚に激しく恋をしているのは火を見るよりも明らかだ。まもなくエンディミオンのそばから引き離されることを知ったら、あてつけに気を失うかもしれない。

彼には、エンディミオンがカリスとの結婚を真剣に考えているとは思えなかった。というのも、エンディミオンはこれまで常に自分の問題を残らず相談してきたから、カリスと結婚したいなら、なぜ自分に助けを求めてこないのか理解できなかったのだ。彼の影響力の大きさはよく知っているはずだ。そこで当然ながら、おそらくこれはいつものはしかのような恋のひとつで、すぐに過ぎ去るだろうと考えた。しかし、カリスは永続的な情熱を育てているようだ。しかも望みが絶たれれば、どうしようもなく落ちこむタイプの女性に見える。この恋は早めに摘むほうがよさそうだ。エンディミオンに警告するとしよう。

アルヴァストークからそんな警告を受けたことのないエンディミオンは、ショックを受け、侯爵の意図したのとは正反対の行動を取った。すぐさまカリスにこの介入のことを知らせたのだ。カリスは真っ青になって叫んだ。「わかっていたわ！　彼はわたしたちを引き裂くつもりなのよ！　ああ、どうしましょう？」

「侯爵が警告したからってなんだ？」このふたりの優柔不断ぶりにうんざりしはじめていたハリーが言った。「きみは彼に頼っているわけではないんだろう、エンディミオン？」

「ああ。アルヴァストークはぼくに気前よく小遣いをくれるが……ぼく自身の収入は年に二千ポンドだ。もちろん、やがて手に入る財産はあるが、正直言ってそれはあまり期待していない。つまり、彼が絶対に結婚しないとどうして言える？」

「結婚するとは思えないな！　あの年で！」ハリーは言った。「それに結婚しなければ、彼はきみを相続人から外すことはできない。外国のどこかに飛ばすことができないのと同じように！　だったら、どうしてそんなにびくついているんだ！」

「びくついてなどいないさ！」エンディミオンは怒って言い返した。「いとこは怖くない。怖いのはその姉たちとぼくの母、それにフレデリカだ！　きみにはわからないよ」

この誠実な訴えは、ハリーの同情を呼び起こした。自分は友がこれほど恐れている試練を経験したことがないが、怒れる女性の怖さは男の本能でわかる。彼は低い声で言った。

「それは思いつかなかった！　きっと大騒ぎするだろうな！」

エンディミオンは感謝を浮かべて彼を見た。「ああ。だが、母はしない。母の場合は、大騒ぎするのとはちょっと違う」

「だったら――」

「寝込んでしまうんだ。痙攣《けいれん》の発作を起こして！　心臓が弱いんだよ。ぼくがカリスと結婚すると言えば、おそらく大きな発作を起こす。ぼくたちの誰かが苛立《いらだ》たせると必ず発作を起こすんだ。するとハリエットが悪魔のような医者を呼ぶ、ハルフォードだ。ぼくはふたりからまるで人殺しのように罵られることになる！　まったく生きた心地がしないよ。それに母が目の前で痙攣しはじめたら……そんなことはしたくない。母が好きなんだ」

「ええ、もちろん、そんなことはさせられないわ！　お気の毒なドーントリー夫人。発作を起こさずにいられない気持ちはわかるわ！」

エンディミオンは感動して、カリスの手をつかみ、熱に浮かされたようにキスしながら、きみは天使だと告げた。カリスの兄はさほど感激せずに、感傷的になるのはよせと妹をたしなめ、愛する恋人をけなされて怒るエンディミオンに、そのうち妹はきみのことも「お気の毒に」と言いはじめるぞと答えた。「覚えておくんだな。きみはあらゆる人間を喜ばせようとし、喜ばせることのできない人々を気の毒だというこいつを天使のようだと言うかもしれないが、ぼくは愚かだと言うね！」

「ああ、やめて」カリスが訴えた。

「何がやめてだ！」ハリーは言い返した。「前にも言ったはずだぞ。そんなことを続けていると、そのうち自分を憐《あわ》れむことになる。少しばかりの決心がつかないために！　ドーントリー夫人とフレデリカがこの結婚を気に入らないからどうした？　彼らはそのうち認めてくれるさ。牛みたいな醜い目でぼくを見るなよ、エンディミオン。カリスはぼくの妹だ！　ぼくは好きなことを言う！」

カリスは愛するエンディミオンに対する兄のひどい言葉に、珍しく恋人の肩を持ち、激しい勢いで兄に食ってかかった。あとに続く言い争いのあいだ、エンディミオンはハリーの言う兄の権利を認めて介入せず、深い物思いに沈んでいたが、やがてわれに返り、こう口走って兄妹を驚かせた。「そうだな！　きっとそのうちわかってくれる！」そしてふたりがぽかんとした顔で自分を見ているのに気がつくと、こうつけ加えた。「きみの言ったことさ、ハリー！　母とフレデリカだ！　そのうちわかってくれる！　それに、ふたりに知られないようにカリスと絆《きずな》を結ぶことができれば、両方阻止できる！　騒ぎは起こらず、発作も起こらない！　配置換えを願いでることもないし、外国の任務に送られる必要もない！」

カリスはこの力強い議論にうっとりと彼を見つめたが、ハリーは少しも感銘を受けなかった。「ああ、そうさ。だが、空約束などなんの役にも立たない。誰にも知られずに、いったいどうやって〝絆を結ぶ〟つもりだ？　カリスと駆け落ちするつもりなら、ばかな考えは捨てるんだな！　ぼくが協力すると思ったら大間違いだ！」

「わたしは決してそんなことはしないわ！」カリスは断言した。

「違う！」エンディミオンは怒りに赤くなって否定した。「ぼくがそんなことをする男だと思っているのか？　だとしたら、よくカリスとぼくをふたりきりにしたものだ！」

「もちろん、そんなやつだとは思っていないさ！　だが、駆け落ちじゃないなら、いったいなんだ？　ほかにひそかにやる方法は、ぼくには思いつかないな！」

「ああ」エンディミオンは暗い声で同意した。

「なんだ、どうした！」

「ぼくも思いつかない」エンディミオンは説明した。「ただ、それができたらどんなにいいかと思っただけさ！」

ハリーは呆《あき》れて絶句し、怒りの発作にかられそうになった。が、さいわいそのとき時計が時を知らせ、エンディミオンは警備の任務があるのを思いだして急いで帰っていった。

「あんなばかなやつには会ったことがない！」ハリーは叫んだ。「それができたら、どんなにいいかと思っただけ、だと！　おまえたちのどちらかでも雀《すずめ》程度の良識が持てれば、もっとよかったろうに！　だが、どっちも持てそうもないな！」

カリスがわっと泣きだした。

26

ハリーは自分の辛辣な言葉を悔いて妹と仲直りした。だが、モンクの農場から引き揚げてきた一行が三日後ロンドンに戻ったときには、それ以外は同じ行きづまりの状態だった。

まだおろした足が板石につかないうちに、フレデリカは妹の青ざめ、やつれた顔に気づいたものの、しばらくはふたりきりで話をする時間などなかった。荷物がなかに運ばれ、使用人たちの歓迎を受け、フェリックスの薬を取りだして、いやがるフェリックスをベッドに寝かせたあと、ようやくフレデリカは妹に注意を向けることができた。そして鞄《かばん》の中身を取りだすのを手伝ってほしいとカリスを自分の部屋に招き、こう言った。「何カ月も会っていなかったようだわ。こんな思いはもう二度としたくない！」

「ええ！」カリスは身震いしてうなずいた。「たいへんだったでしょうね！」

「本当に」フレデリカは認めた。「侯爵がいなければ、きっと乗り越えられなかったわ。彼にはどれほど感謝してもしきれないくらい。とても忍耐強くフェリックスを看病してくれたのよ。最悪の事態を恐れたこともあったけど、その二日間、彼がどれほど支えになってくれたことか。でも、その話より、どこか具合が悪いの？　とても顔色が悪いわ」

「そんなことないわ。暑さのせいよ」

「ええ、この暑さはこたえるわね。郊外にいてもだるくて気分がすぐれなかったものよ。こちらのほうがはるかにひどかったでしょうね。実際、街に入ったとたん、ジェサミーがかまどのなかにいるようだと言ったくらい。でも、二、三日もすればロンドンから何キロも離れたところにいるはずよ。アルヴァストークから彼のすばらしい計画を聞いた？」

「いいえ」カリスは不安にかられて姉を見つめた。

「わたしたちはアルヴァに行くの。そして好きなだけそこに滞在するのよ！」フレデリカは鞄の中身を取りだしながら言った。「断るべきなのはわかっているけれど、フェリックスとジェサミーがどんなに喜ぶかと思うと、断りきれなかったの。サマセットにあるのよ、バースにとても近いのも利点だわ。ああ、カリス、このモスリンを見て。アルヴァに行くときはあなたに荷造りを頼むべきね」答えが返ってこないと、フレデリカは振り向いた。妹は椅子に座りこんで、両手に顔を埋めている。「カリス！　どうしたの？」

「とても不幸なの！」

「まあ、いったいどうして？」

「アルヴァには行きたくないわ！」

フレデリカはうんざりしながらも冷静に尋ねた。「海辺に行くほうがいいの？」

「いいえ！　どこにも行きたくない！」

「カリス、どういう状況かよくわかっていないのね。フェリックスの健康のために、あの子をロンドンから連れだす必要があるの。夏のロンドンがこんなに暑くて、埃《ほこり》っぽいとしたら、わたしたち全員の健康のためにも抜けだす必要があるわ。アルヴァが退屈だと思っているの？　たしかにロンドンで毎晩のように舞踏会や夜会に出かけたあとではそう感じるかもしれないけれど、田舎の生活を退屈だと思ったことはないはずよ。アルヴァはとても美しいところみたいだわ。ガイドブックに公園のことが書いてあったでしょう？　すてきな庭や周囲に珍しい灌木《かんぼく》が植えられた湖のことが？　きっとスケッチしたくなるような場所がたくさんあるわ。侯爵の話では鱒《ます》を釣れる川もあるそうよ。この話を聞いたときのジェサミーの喜びようを見せたかったわ。あの子の喜びを取りあげたくないでしょう？　なんといっても、フェリックスもジェサミーもしぶしぶとはいえ、わたしたちの願いに従ってくれたんですもの」

「ええ、もちろんよ。ただ……ふたりは行くべきよ。でもわたしはここに残りたい。ハーリー街に行くわ。セラフィーヌ伯母様がみんなと一緒に行けば、アメリア伯母様は喜んでわたしを置いてくれるはずよ」

「伯母様には頼まないつもりよ。向こうではつき添いの必要はないし、たとえ必要でも伯母様にお願いする気はないわ。正直な話、少し腹を立てているの。わたしがアメリア伯母様のもとにあなたを置いていくと思っているなら、そんな考えは捨てるのね」

「でも、フレデリカ！」

「わたしに怒らせたくないなら、もうやめてちょうだい」フレデリカは鋭く言った。「嘘《うそ》をつくのもやめて。ロンドンに残って、エンディミオン・ドーントリーのために自分を笑いものにしたいことはわかっているのよ。わたしが留守のあいだも、ずっとそうしていたんでしょう。ゴシップ好きの人たちに格好の種を提供していなければいいけど」

「エンディミオンを愛しているの！」カリスはさっと顔を上げて宣言した。「彼もわたしを愛しているわ！」

「だったらそんなに悲しがる必要はないはずよ」フレデリカはきっぱりと指摘した。

カリスはぱっと顔を輝かせて立ちあがった。「結婚に同意してくれるの？」

「あなたの気持ちがこれまでよりも長続きすれば、わたしの考えは関係ないわ」フレデリカはあっさり言った。

「結婚を許す気はないのね」カリスは叫んだ。「わたしたちを引き裂くつもりなんだわ」

「二、三カ月アルヴァで過ごすことで？　そのあいだに消えるような情熱なら――」

「ええ！　そう！　お姉様はわたしたちを引き裂くつもりなのよ！　わたしが彼を忘れることを願って！　でも、わたしは忘れないわ、フレデリカ。絶対に！」

「だったら絶望する必要はないわ。たとえわたしの気持ちが和らがなくても、二年後には自分の好きなようにできるんですもの」

「恋をするのがどんな気持ちか、お姉様にはわからない！」カリスは情熱的に叫んだ。

「ええ、ありがたいことにわからないわ。やきもきしたり、癇癪《かんしゃく》を起こしたり、途方もなくばかげた真似《まね》をするのが恋ならね。お願いだから、少しは自制心を働かせてちょうだい。言い争うのはやめましょうよ。つらく当たるつもりはないの。でも、フェリックスのことが心配で疲れ果てているうえに、そんな――」

フレデリカは言葉を切ったが、カリスが怒りに頬を染めて結んだ。「つまらないことで悩まされたくない？」そして部屋から走りでた。

フレデリカはあとを追わず、必死の努力で怒りを抑えた。看病に疲れ、たえずつきまとう心配で疲れきって、何キロも旅をして戻ったあとで、気力も体力も落ちているときに、カリスの態度はひどすぎる。でも、恐ろしい不安にかられて過ごしたあとは、その不安が消えても人はすぐさま心のバランスを取り戻せないことに、カリスは気づかないのかもしれない。フレデリカ自身、最初に有頂天になったあと、これほど憂鬱になり、気が短くなるとは思ってもみなかった。それにしても、戻ってから一時間もたたないうちに、悲劇の主人公のように振る舞わなくてもよさそうなものを。

正直に認めるなら、自分も忍耐が足りなかったかもしれない。何もかも彼女のために手配してくれるアルヴァストークがいなかったため、モンクの農場で過ごした最後の一週間はとくに疲れたのだった。彼の助けと助言に頼ることにすっかり慣れてしまったせいだ。それに彼との散歩や会話も恋しかった。彼がモンクの農場に残ってくれていたら、こんなに落ちこまずにすんだに違いない。ええ、当然よ。いくら弟たちを愛していても、子どもとは、侯爵と、あるいはほかの大人と話すようには話せないもの。鞄から取りだした服をかけ、下着類をチェストの引きだしにしまいながら、フレデリカは彼と一緒に馬車で気晴らしに出かけたことや、長い散歩をしたこと、彼が言ったことや、ほかのことを思いだし、口元をゆるめた。

この感傷的とはいえ楽しい回想は、ドアをノックする音にさえぎられた。ハリーは返事を待たずに入ってきて、激しく問いただした。「どういうことだ、フレディ？　カリスは姉さんがみんなを連れてサマセットにあるアルヴァストークの館に行くつもりだと言ってるぞ。言っておくが、ぼくは彼に恩を着せられるのはまっぴらだ！　自分の家族の面倒くらい、自分で見られる！　それに侯爵が何を企《たくら》んでいるのか、ぼくはそれを知りたいね。姉さんは彼の評判を知らないかもしれないが、ぼくは知っているんだ！　アルヴァに行くなんて、絶対に許せない！」

「そう、ハリー？」フレデリカは危険をはらんだ低い声で言った。「だったら自分の家族の面倒を見はじめたらどうなの？　あなたはまだほとんどその努力をしていないわ。わたしが頼んでも、下宿を見つけることさえ引き受けようとしなかった。しかもその結果をまったく考えずに、エンディミオンがカリスにまとわりつくのを許し、いえ、奨励しているわ。些細《ささい》な責任さえ果たそうとせず、すべてをわたしに任せて満足していたじゃないの！　それがいま、いまわたしが疲れ果てて途方に暮れているときに、弟ではなく、親戚が助け舟を出してくれた。それを、厚かましくも、そんなことは絶対に許さない、彼に恩を着せられるのはまっぴらですって！　ええ、わたしだって恩を着せられるのはいやよ。でも、ありがたく申し出を受けるわ。なぜなら、ほかに頼れる人間が誰もいないからよ。あなたはこの件でわたしの判断に疑問をはさむの？　わたしはあなたの判断にしょっちゅう疑問を感じているわ！」

涙がこみあげて声が割れ、フレデリカはハリーと同じくらい驚いて顔を背けた。こんなふうに弟を非難するつもりのなかったフレデリカは、自分が言ったことに恐怖を感じた。いったいどうしてしまったのか？　自分がこれまで経験したことのない怒りに体を震わせているのに気づき、仰天してこみあげる涙を抑えようとしながら、くぐもった声で言った。

「ごめんなさい！　あんなことを言うつもりではなかったの。疲れているのよ。どうか忘れてちょうだい。そしてひとりにして」

「いいとも。喜んでそうするよ！」

ハリーはそう言い捨てると、屈辱と義憤にかられて足音も荒く部屋を出ていった。フレデリカの激しい非難には、ちょうど後ろめたい気持ちにさせるだけの真実が含まれているせいで、よけいに腹が立った。これまで責任を引き受けなかったのは誰のせいだ？　もちろん、フレデリカのせいだ！　彼が姉の管理に介入しようとすれば、ごたごたが起きたに決まっている。それに、フレデリカはいつ助けを求めた？　一度も求めたことなどなかった！　ロンドンを留守にしているあいだ、カリスを頼むと言われたのが初めてだ。彼はその役目を果たしたか？　ああ、果たした。楽しみにしていた友達と遊ぶ計画をすべてあきらめ、ひと言の文句も言わずにカリスのそばに留《とど》まった。この何週間かロンドンに留まったのは、自分を喜ばせるためか？　いや、断じて違う！　姉に頼まれたからそうしたのだ。自分の好きにしてよければ、すぐさまモンクの農場に駆けつけ、フェリックスの看護を手伝ったに違いない。

彼はしばらくこうして自問し、議論の余地のない答えを出しつづけたが、少しも満足を得られなかった。自分が不当な扱いを受けたという怒りをますます募らせ、ちょうど姉を困らせるためなら、なんでもしたい気分になっていると、カリスが彼の助けを求めてきた。まもなく無理やりアルヴァに連れていかれることを知って、カリスはすぐさまエンディミオンと相談することにした。親愛なるハリーは彼にメッセージを届けてくれるだろうか？　後ろ指を差されずに彼と会える場所を知っているだろうか？

もちろんだ！　今夜のうちにもエンディミオンの下宿を訪れることにしよう。それにまともな場所なら簡単に思いつく。自分がエスコートしてやるから、ケンジントンガーデンで落ち合えばいい。

「ああ、ハリー！　頼りにできるとわかっていたわ！」カリスはそうささやいた。

この言葉は傷ついた気持ちを癒やす香油のようだった。少なくとも、ひとりは自分に感謝している！　フレデリカにこの信頼の宣言を聞かせられないのが残念だが、自分が思ったほど軽薄で頼りにならない弟ではないことに、姉もまもなく気づくことになる。

夕食の直前にフレデリカが客間に入ってくるころには、ハリーの怒りはだいぶおさまっていた。彼がひとりなのを見てとり、フレデリカはまっすぐ歩み寄るとハリーの首に手をまわし、頬にキスしてこう言った。「ああ、ハリー！　口やかまし屋の恐ろしい姉を持って可哀想《かわいそう》に！　わたしを許してちょうだい」

不当に非難された気持ちはこのひと言で急速に溶けはじめたが、ハリーはこう言った。「ああ、正直に言って、ずいぶん不当な非難だったと思うよ、フレディ！」

彼は自分に証明したように、ひとつひとつ反論して姉がどれほど自分に不当な非難を浴びせたかを論証するつもりだった。姉がそうさせてくれたら、まもなく機嫌を直していたに違いない。だが、フレデリカはそれを許さなかった。すでに二度も感情的に消耗するシーンに耐えたあととあって、頭が痛み、これ以上言い争うのはごめんだった。「ええ、ハリー。わかっているわ。ほかのことを話しましょう」

「それは結構だが、エンディミオンとカリスの件を持ちだしたのは姉さんだぞ」

「お願いだからやめてちょうだい！　あなたとまた言い争うのはお断りよ！」

姉は自分の意見を聞く気がないのだ。ハリーは即座に態度を硬化させ、冷ややかな礼儀正しさで切り返した。「お好きなように！」フレデリカも弟の機嫌をそこねたことはわかっていた。なだめるべきだろうが、それには巧みな言葉と忍耐が必要だ。そのどちらもいまの彼女にはなかったから、ハリーの怒りが決して長くは続かないことをあてにして、疲れた笑みを浮かべた。

夕食におりてきたカリスは目を赤くしていたものの、とても落ち着いていた。そして食事のあと姉とともに客間に戻ると、刺繍《ししゅう》を手に取り、自分からは何も言わなかったが、姉の言葉には相槌《あいづち》を打った。

ふたりは早めに休むことにした。フレデリカはおやすみのキスに応えてカリスが自分をしがみつくように抱きしめたことにほっとして、横になるとたちまち眠った。

だがカリスは眠らずに兄の足音が階段に聞こえるのを待ち、やがて期待に満ちて体を起こした。兄がエンディミオンの返事を持ち帰ったのだ。カリスは兄の控えめなノックに静かに答えた。「入ってちょうだい」そしてドアがまだ閉まらぬうちに尋ねた。「彼に会えた？」

「もちろんだ。そんなに大きな声で話すな！」ハリーはフレデリカが眠っている隣の部屋のほうに意味ありげな目を投げた。

カリスはおとなしく声を落とした。「で、彼はどうすればいいと思ってるの？」

「考える時間が欲しいそうだ」ハリーは笑みを浮かべてこの間の抜けた答えを伝えた。

「彼には大きなショックだったはずだもの。当然だわ」カリスがつんとすまして言った。

「ああ！　ひどいショックを受けていたよ！　最初は〝なんてこった！〟としか言えなかった。しかし、ぼくらは明日会うことになったから、安心しろ。出かける口実を作っておいたほうがいいぞ。間違いなくフレデリカにどこへ行くか訊《き》かれるからな」

「だめよ、ハリー、その必要があるの？　フレデリカを騙《だま》すなんて耐えられないわ！」カリスがつらそうに言った。

「だったら、エンディミオンと会うのをやめるんだな」

「でも、会う必要があるの！」

「だったら、ばかなことを言うなよ。何か買いたいものはないのか？」

カリスはしばらく考えたあと、アルヴァに無理やり連れていかれるとしたら、それを使うつもりはまったくないが、スケッチをする紙が必要になる、と答えた。では、それを口実にしようと相談がまとまり、心配せずによく寝ろよ、と言い残してハリーは出ていった。

翌日、カリスはすっかり神経質になったが、さいわいなことにつきに恵まれた。ケンジントンガーデンに行く時間が来て、彼女に出かけてくることを告げに行くと、客間にはカールルトンが訪れていたのだ。

カリスが入っていくと、姉はほっとしたように彼女を迎えた。カールトンはソファに横になっているフェリックスと握手をするなり、二度と姉上をあれほど心配させるようなことはするな、といさめはじめた。フレデリカが口をはさんだが、いっこうに効き目はなかった。カールトンは彼女が弟に甘すぎたと決めつけ、メリヴィル家の三人を即座に怒らせる笑みを浮かべてこう言った。「きみはとても寛大な姉上を持って幸せだぞ、フェリックス！　きみの身に起こったことは、ばかなことをした罰だ。これ以上は——」

「あなたの言うことなんか、ひと言だって聞くもんか！」フェリックスはがばっと起きあがり、頬を真っ赤にして青い目をぎらつかせた。「あなたにはそんなことを言う権利はないよ！　ぼくの保護者でもないのに！」

「フェリックス、静かにしないか！」ジェサミーが鋭くたしなめ、弟をソファへ押し戻すようにして横たえると、カールトンを見て注意深く言葉を選びながら言った。「弟を叱っていただく必要はまったくありません」

「ぼくを叱る資格なんか、彼にはひとつもない！」フェリックスは激怒して断言した。「それは親戚のアルヴァストークの仕事だよ。そして彼はぼくを叱った。それは無礼じゃなかった。彼には叱る権利があるし、ぼくがとっても後悔しているのをわかっていたもの。彼はどんな罰でも与える資格がある！」

フェリックスが体に悪いほど興奮を募らせているのは明らかだったし、これ以上謝罪の言葉を絞りだそうとしても、拒絶するのはもっと明らかだったから、フレデリカは妹が部屋に入ってくるのを見て、心からほっとした。

そしてハリーが買い物に行くカリスをエスコートするなどという話をこれっぽっちも信じなかったが、カリスの説明を黙って受け入れ、こう言っただけだった。「ルフラを連れていくつもり？　わたしならやめておくわ」

「ええ」カリスは首輪をつかんでいた手を離した。「ただ、出かけるとわかると、ドアが開いた瞬間に飛びだそうとするから、あなたのところに連れてきたのよ、ジェサミー」

ジェサミーはうなずいて、カールトンのよく磨いてある靴のにおいを嗅いでいた愛犬に指を鳴らした。姉にあれこれ訊かれなかったことにほっとしてカリスは出ていった。

カールトンの手前、たとえ疑っていたとしても何も訊けなかったが、いずれにせよフレデリカは妹の言葉を疑うような質問はしなかっただろう。彼女は看守ではないし、カリスにも自分が監視されているなどとは感じてほしくない。カリスがエンディミオンと会うつもりでいるのはたしかだった。これは嘆かわしいことだが、これから何カ月か会えないことを思えば、それを妨げるのは薄情というもの。少なくともハリーというエスコートがついている。

フレデリカはこの件を頭から追いやり、カールトンの気をそらすことに専念した。彼は客間にルフラのような怪物がいるのを見たら、ここを訪れた者が驚くに違いないと冗談混じりに言って、ジェサミーを怒らせていた。

だが、まもなく部屋に案内されてきた三人の訪問者はひとりも驚かなかった。まず最初にダーシー・モレトンが入ってきて、敵意に満ちた目でカールトンを見た。それから数分後、執事がレディ・エリザベス・ケントメアとアルヴァストーク卿《きょう》の訪れを知らせた。

この知らせがもたらした衝撃的な効果を、モレトンは憂鬱な顔で観察した。フレデリカの目に浮かんだ笑みが何を意味するかは明らかだった。それにアルヴァストークが被後見人たちとこれ以上望めないほど良好な関係にあることも疑う余地はない。

「親戚のアルヴァストーク！」フェリックスは嬉《うれ》しそうに叫び、立ちあがった。ジェサミーはエリザベスにちょこんとお辞儀するとすぐに、侯爵が去ったあとモンクの牧場であったことを話しはじめた。ふたりの喜びに感染したのか、ルフラまでが大きな声でそれに加わり、たいへんな騒ぎになった。エリザベスは笑いながらフレデリカと握手した。「弟が好かれているのは知っていたけれど、まさかこんな騒ぎになるとは思わなかったわ！」

「ええ。ふたりと一匹に代わって謝りますわ！」フレデリカも笑顔で応じた。

カールトンが言った。「しかし、こんなに興奮するのはフェリックスにはよくないだろう？　ジェサミーにほかの部屋に連れていってもらったらどうだい？」

「いいえ！　侯爵はあの子をどう扱えばいいか心得ていますもの」

まさしくそのとおりだった。彼はフェリックスにソファへ戻れと命じて、ジェサミーにバルチスタン犬を静かにさせるように要請してあっさりこの混乱を鎮め、もしも早口のおしゃべりふたりに耳元でわめいてもらいたくなったら、すぐに知らせるとつけ加えた。ふたりの少年がこの辛辣な皮肉を笑いながら受けとめるのを見て、カールトンは少しばかり驚き、内心かなり不満に思った。アルヴァストークがフレデリカのすぐ横に座ったことも、彼女と親密に話しはじめたことも、カールトンにはまったく気に入らなかった。モレトンと話していたエリザベスが穏やかに甥《おい》を会話に引きこんだため、彼は侯爵が低い声でフレデリカに言っている言葉を嫉妬深く盗み聞きすることもできなくなった。

だが、ふたりが交わしていたのは、まったく当たり障りのない会話だった。「ずいぶんよくなったな」アルヴァストークはフェリックスを見ながら言った。

「ええ。でも、旅のあとは少し疲れていたし、この暑さで痛みが少しぶり返したの」

「では、アルヴァに連れていくのは早いほうがいい。ナイトンに手紙を書いたかい？」

「今朝書いたのよ。言われたように、あなたの名前を出して、エルコット先生から彼宛の手紙を同封したわ」

アルヴァストークはうなずいた。「今週の終わりには、アルヴァに送りたいものだな。それと、家庭教師のことだが、実はきみの指示を待たずに決めさせてもらった」

「まあ、条件に合う人をこんなに早く見つけたの？」

「いや、見つけたのはチャールズだ。弟のセプティマスを推薦したんだよ。で、彼を雇った。いまはバークリー広場に滞在している。好ましい若者だよ。子どもたちは気に入ると思う。きみも気に入るはずだ」

「あら、もちろん気に入るわ！　ミスター・トレヴァーの弟さんなら間違いないもの！　彼にわたしがとても喜んでいたと伝えてちょうだい！」

「いいとも。この取り決めは向こうにとってても好都合なんだ。ちょうど長期休暇のあいだ教える仕事を探していたそうだ。それに、アルヴァなら彼は家から通うことができる。司祭館は館からほんの数キロだからね。彼が面会に来るのに都合のよい日を教えてくれないか」

「いつでもいいわ。いまはどこへも出かけないし、留守にするとしてもほんの数分だけだから」彼女はふと思いついた。「面接はハリーに頼もうかしら。そうしたがると思うの」

「そうかい？　ぼくはいやがると思うね。セプティマスは四年生で、現在特別研究員の奨学基金を得ようとしているところだ。二年生のハリーが彼の資格を尋ねるのは気が重いだろう。そういえばハリーの姿が見えないな。まだ感心にカリスのエスコートをしているのかい？」

フレデリカは少しばかり気まずい思いで答えた。「ええ。買い物に行ったの」

そのころカリスは、ケンジントンガーデンの人目の届かない場所に置かれたベンチに座り、ふたりが永遠に引き裂かれようとしているという自分の確信を、興奮した声でエンデイミオンに告げていた。

「ばかなことを言うのはよせよ！」ハリーが言った。「何度言ったらわかるんだ。誰もおまえたちを永遠に引き裂こうとはしていないさ！」

「たしかに永遠に引き裂くことなど誰にもできないな」エンディミオンが同意した。

「でも、アルヴァに幽閉されたら――」

「それはひどい！」エンディミオンは顔を曇らせた。「まったく卑劣な企みだ！　アルヴァストークは悪賢い男だからな。どんな手でも使うに違いない。注意を向ける相手を特定の女性に絞るなと言われてから、いやな予感がしていたんだ。友好的な口調だったが、あれは叱責だった！　ラムズゲイトなら会いに行けるが、アルヴァでは無理だ。あそこではよく知られているから、十キロ以内に近づけば、誰かが侯爵の耳に入れるに違いない」

「それにわたしがアルヴァを離れる日がきたら、あなたは恐ろしい任務に送られるかもしれない。そしてフレデリカはわたしをグレイナードに引き戻すんだわ！」

「エンディミオンが任務に送られれば、おまえをグレイナードに引き戻す必要はないさ」かたわらで実際的な兄が口をはさんだ。「考えてみれば、いずれにせよ、そんなことはできない。あそこは十二カ月の約束でポースに貸してしまったんだから」

「だったらハロゲイトに引っ張っていかれるわ。フェリックスがあそこのお湯を飲めるように！」カリスは苦々しい声で言った。

「それはありうるな」

「ぼくは任務になど行くものか」エンディミオンは突然宣言した。「将校株を売るよ。いとこにそれを止めることはできない。それに、株を売ってしまえば、誰もカリスと結婚するのを止めることもできない！」

「でも、わたしには保護者の許可が必要よ」カリスは悲しそうに言った。

「最悪なことに！　二年も待たなくてはならないと思うと……おそらくそのあいだ二度ときみと会えずに……それを考えると、駆け落ちしたくなる！　もちろん、そんなことはしないが」彼はあわててつけ加え、おそるおそるハリーを見た。「あまりにもお粗末な考えだからね！」

「ええ！　わたしだってそんなことはできないわ。ふたりがどれほど真剣かフレデリカがわかってくれれば……でも、姉は決して同意してくれない。わたしにはわかってるの！」

「待ってくれ」ハリーはぱっと立ちあがった。「そうとも、なぜもっと早く思いつかなかったんだ。その手がある」

ふたりは心配そうな顔で彼を見た。カリスがあえぐように尋ねた。「どの手があるの？」

「フレデリカの同意は必要ないよ。姉さんには関係ないんだ！」ハリーは目をきらめかせて叫んだ。「おまえの保護者は姉さんじゃない。ぼくだからな！」

27

途中で起こされずにふた晩ぐっすり眠っただけで疲れは取れ、フレデリカはすっかり元気になり、苛立《いらだ》つこともほとんどなくなった。彼女の問題は再び侯爵の有能な手に委ねられ、ロンドンの貸家から百五十キロ以上離れた館に移るための複雑な手配も何ひとつする必要はない。しかもアルヴァに到着したあとは、家事の采配に縛られることもないのだ。まだ少女のころから家を取り仕切ってきた彼女にとっては、幸せなことだった。だから喜んでいいはずだったが、自分がこれから何カ月も人里離れた森のなかで過ごすことに気づくと、なぜか少しばかり心が沈んだ。もちろん、まったくひとりというわけではない。カリスもふたりの弟も、侯爵が例によって独断でアルヴァに呼ぶことに決めた未亡人の親戚、オスミントン夫人もいる。セプティマスもいるし、彼の母親もときどき訪ねてくれるだろう。最初は少しばかり毎日が単調だと感じ、ロンドンでできた友人たちに会えないのを寂しく思うだろうが、侯爵も何日か訪れて、ありがたい変化をもたらしてくれるに違いない。彼は、アルヴァを自分の家だと思って、好きな友人を招待してかまわないとも言ってくれた。もちろん、その言葉に甘えるつもりはない。アルヴァに呼びたいような友達はひとりも思いつかなかったから、この決心はとくに悔いをもたらさなかった。

しかも侯爵が送ってくれるという。これも彼の得意な突然の決断のひとつだった。フレデリカは抗議したが、彼はちょうど向こうに用事があるのだと言っただけだった。おそらくその用事とは、未亡人の親戚にフレデリカを紹介し、メリヴィル一家が居心地よく過ごせるように使用人たちが最善を尽くすのを確認することだと彼女はにらんでいた。いったいどこをどう解釈すれば彼を利己的で非情な男だと言えるのか、フレデリカにはまったく理解できなかった。彼ほどそれと正反対の人間には会ったことがない。彼女は世間が彼をひどく誤解していることに激しい怒りすら覚えた。

それ以外は、万事順調に進んでいた。ハリーは友人のペプロウに一緒にブライトンに来ないかと誘われている。バドルとハーリー夫人はロンドンの貸家の急務のあとで、長い休暇を与えられて喜んでいた。カリスはまだ精神的に不安定とはいえ、あきらめて自分の運命に従おうとしているようだ。突然悲しみに襲われ、ハンカチを目に当てて部屋を走りでることもあるが、最初の望ましくない求愛者を追放したときにカリスが示した苦悩を知っているフレデリカは、現在の苦しみが同じように短いものであることを願っていた。

セプティマス・トレヴァーは均整の取れた体つきに打ち解けた態度の、快活で有能そうな若者で、フレデリカはひと目で彼が好きになり、もっと重要なことにはふたりの弟も彼を好きになった。彼女は弟たちと彼がよく知り合えるように、口実を作って客間を離れた。ジェサミーと違い、勉強を再開することにあまり熱意を示していない末の弟が、セプティマスをどう思うか少し心配だったのだ。が、客間に戻った彼女はフェリックスから、このトレヴァーはもうひとりのトレヴァーよりもずっと物知りだ、石炭ガスと圧縮空気によるトランスミッション・パワーのことを話していたところだ、という喜ばしい報告を受けた。これで家庭教師の件は解決した。残る心配はフェリックスの健康だけだ。

フレデリカはウィリアム・ナイトン卿《きょう》の往診を心待ちにしていた。フェリックスはたしかによくなってきたが、まだこれまでの状態とはほど遠い。すぐに疲れ、興奮し、少し熱っぽいようだ。そして本来は明るい性格なのに、すぐに苛立ち、ときどき気難しくなる。

「まだすっかり回復していないからだと思うの。ロンドンを出ればもっとよくなると思うけど、心配だわ」フレデリカは侯爵に打ち明けた。

「そうだろうね。フェリックスのことで頭がいっぱいなんだね？」

「ええ。ほかのことも考えようとはしているけれど」

「ナイトンの診察の結果が安心できるものなら、努力しなくても考えられそうかい？」

「ええ、そうなったらどんなにほっとすることか」

「ありがたい」アルヴァストークは謎めいた相槌《あいづち》を打ち、こう続けた。「安心できる結果になることはほぼ間違いないと思う。長く待たずにすむといいが」

「木曜日の午前中に来てくださるのよ」

「それは結構。では、ぼくも木曜日に来よう。昼過ぎに」

「ええ、もちろん」フレデリカは微笑《ほほえ》んだ。「お医者様が見えたときに、フェリックスがひどく不機嫌でないといいんだけど。どうやらそうなりそうなの。自分はすっかり元気だから、医者に付かれるのはごめんだ、と怒っているんですもの。それにナイトン卿の診察がすむまで起きられないことに、すっかり腹を立てているの。手に負えなくなったら、ハリーに頼んでなんとか気を散らしてもらうわ」

だが、木曜日の朝、山ほどほかの用事を抱えたフレデリカが、バドルに頼んでハリーを呼んでもらおうとすると、ハリー様はお出かけになったようです、という報告を受けた。

「あら」カリスを呼ぼうか？　フレデリカはちらっと迷ったが、妹がよりによって今朝にかぎり何も食べようとせず、お茶のカップを前にして涙が止まらなかったことを思いだした。

「カリス様を散歩にお連れしたのではないでしょうか。客間にカリス様の姿が見えませんから」バドルはそう言った。

この国でも有数の内科医の診察を受けるという日にふらふら出かけるなんて、と内心弟を非難したのだが、ハリーはおそらく姉の負担を軽くするためにカリスを連れだしてくれたのだろう。心のなかで弟に謝りながら彼女はこう言った。「きっとそうね。ジェサミーに頼んでみるわ」

ジェサミーは勉強に没頭していたが、できるだけフェリックスの相手をすると快く同意した。勉強の邪魔をしてすまないと謝ると、「誰かが姉さんの手伝いをしてもいいころだよ！」と厳しい顔で言い、ルフラを従えて部屋を出ていった。

ジェサミーの発言に心を打たれながら、フレデリカは、ほんの少しのあいだよ、もうすぐウィリアム卿が見えるはずだから、と後ろから呼びかけ、アルヴァに発《た》つ前に片付けねばならない様々な仕事を家政婦と話すために階段をおりはじめた。

すると、肉付きのよいハーリー夫人が息を切らしながら地下から上がってきて、一階で息を整えていた。

「ハーリー、そんなにたくさん階段を上がってこなくていいのに！」フレデリカは言った。「あなたのところへ行くところだったの」

「ええ、マダム。階段を急いで上がるのは、あまり心臓によくありませんけど、すぐさま知らせるのがわたしの義務だと思ったものですから！」

この使い古されたフレーズのあとには、たいてい家事に関する些細《ささい》な問題が続くため、フレデリカはとくにショックを受けなかった。「あら！　何かあったの？　客間で話を聞くわ！」

「フレデリカ様」ハーリー夫人はフレデリカの後ろから客間に入ってくるとすぐに言った。

「お嬢様を煩わせるのは気が進まないんですよ。そうでなくてもたくさんの心配事を抱えていらっしゃるのに……でもこれだけは、即座に知らせなければと思いまして」

陶器が割れたのね！　フレデリカはそう思った。

「活字体しか読めないジェマイマが、持ってきたとき……自分にこう言い聞かせたんですよ。〝お医者様との約束があろうとあるまいと、フレデリカ様にすぐにお見せしなければ！〟と。これをお嬢様がごらんになるのは、ずっとあとのはずだったと思います。カリス様のお部屋のカーテンを洗うためにジェマイマをやらなければ、そうなるところでした。朝食のあいだにお部屋を掃除してベッドをきちんと整えましたからね。そのあとはしばらく誰も行く予定はありませんでしたもの」

「カリス？」フレデリカは鋭く言った。

「カリス様です」ハーリー夫人はうなずいた。「ドレッサーの上にこれがありました。ジェマイマは、投函《とうかん》する手紙だと思ってわたしのところに持ってきたんです。お嬢様宛の――」

「わたし宛ですって！」フレデリカは急いで家政婦の手から手紙を取った。

「ヘアブラシと櫛《くし》がなくなってましたし、お嬢様が贈った香水の瓶もありませんでした。とにかくドレッサーにあるものすべてがなくなっていました」夫人は不吉な声で言った。

だが、フレデリカはもう聞いていなかった。手にした手紙は明らかにひどく取り乱して書かれたものだ。涙のしみで大部分がにじんでいるが、出だしの文が目に飛びこんできた。

〝親愛なる、最愛のフレデリカ〟カリスはきちんとした字でそう書いていた。〝お姉様がこの手紙を読むころには、わたしは結婚し、はるか遠くに行っているでしょう〟

そのあとは、走り書きに変わっている。まるで、そこからどう続けていいかわからず、急いで残りを書きなぐったかのように。

だが、フレデリカには最初の部分だけで十分だった。彼女は大きなショックを受けて、その文の意味することが信じられず、ついには文字が目の前で踊りだすまでそれを凝視していた。

ハーリー夫人の手が肩に触れ、ようやくわれに返った。「お座りくださいまし、お嬢様！　ワインをお持ちします。バドルに言う必要はありませんよ！」

「いいえ、ワインはいらないわ。どうすればいいか考えなくては！」

ハーリー夫人にされるままに椅子に座り、フレデリカは手紙の残りの部分を理解しようとした。大部分が許しを乞う懇願で、絶望してこの恐ろしい決断を下したことがわかる。最初は〝あなたの邪悪なカリス〟とサインしてあるように見えたが、よく見ると、〝邪悪〟ではなく〝打ちひしがれた〟という言葉だった。フレデリカは苦々しく、〝邪悪〟のほうがふさわしいわ、と思った。

彼女は目を上げ、夫人を見た。「ハーリー、どうすればいいの？　どうかこのことは誰にも言わないで」

「もちろんですとも！　ご安心ください！」

「ありがとう。これに何が書いてあるかもうわかっているわね」

「もちろんです！」ハーリー夫人は陰鬱な口調で言った。「それに、誰のせいかもわかっています！　誰とは言いませんが、あの方がけんかをしてさっさと出ていかずにご自分の義務を果たしていれば、こんなことにはならなかったんですよ。だってそうしたら、あのうつけがしょっちゅう来られるはずがなかったんですから。あたしもバドルもカリスお嬢様には何度も申しあげたんです！　とうとうこんなことになってしまって……駆け落ちだなんて。なんてこと。なぜそんなことが？　血のなかに入っているんでしょうか。あの方のお気の毒なお母様もそうでしたから！」

「どうしたらいいの？　何かできることがあるはずよ。勝手になさい、と言ってやりたいくらい。こんなときに駆け落ちだなんて！　いいえ、わたしは何を言っているの？　ああ、もっと優しくしていれば、あの子の身になって考えてあげれば……」それから家政婦に言った。「ハーリー、侯爵と話をしなければならないわ！　助けてくれる人がいるとしたら彼だけですもの！　帽子と手袋を取りに行くあいだに、オーウェンに辻馬車《つじばしゃ》を呼ぶように言ってちょうだい。貸馬車を頼む時間はないから」だが、ドアに向かう途中で足を止めた。

「いえ、だめだわ！　もうすぐウィリアム・ナイトン卿が来るんですもの！」

「ええ、ちょうど四輪馬車が通りをやってきます。たぶんあれが……やっぱりそうだ、玄関の前に止まりましたよ」

フレデリカは机に駆け寄り、紙を一枚引きだして、ペンの先をインクに浸した。「手紙を書くわ。それをオーウェンに渡して、いますぐに辻馬車でアルヴァストーク邸に行くよう言ってちょうだい。まだ十二時前だから、侯爵はいらっしゃるはずよ。オーウェンには、侯爵に直接渡すように言ってね。執事や使用人に預けずに！　到着したのはウィリアム卿なの？」

「ええ、鞄《かばん》を持ってます」ハーリー夫人は窓のところから報告した。「とても立派な服装で、お医者様には見えませんけど。バドルがなかに入れましたから、そうだと思います。お客はお断りしろ、と言ってあるんですから！」

「ああ、なんてこと。時間がないわ！」フレデリカは気もそぞろで短い手紙に急いでサインして封をした。急いでいたせいでひん曲がったが、そんなことにかまってはいられない。バドルがウィリアム卿の到着を告げた。

彼女は立ちあがってハーリー夫人に手紙を渡すと、必死に落ち着こうと努力しながら、ロンドンきっての名医を迎えた。

彼女の態度がぎこちなく、質問への答えがちぐはぐだと思ったとしても、ウィリアム卿はそれを内気だと解釈したようだ。あるいは、診断の結果を恐れているだけだ、と。「はい、いえ……思いだせません……あの……」という受け答えにもまったく驚かず、忍耐強く繰り返し尋ねた。その冷静さにフレデリカもまもなく落ち着きを取り戻し、カリスのことを頭の奥に押しやると、自分の聞いている言葉に集中した。

ウィリアム卿はフェリックスの扱いも実にうまく、怖い顔でにらみつけられると、にっこり笑ってこう言った。「調子はどうかな？　そう、わたしが新たなベーコン頭の医者だ。もう医者に悩まされるのはまっぴらなんだろうね？」

フェリックスは表情を和らげ、顔を赤らめて握手をした。「ご機嫌いかがですか？　でも、ぼくはもう完璧なんだ。ほんとです。姉があなたを呼ぶ理由なんて、何ひとつないんです！」

「ふむ、たしかにすっかりよくなったように見えるな」とウィリアム卿は同意した。「だが、せっかく来たのだから、ちょっと診てみようか」

フェリックスはおとなしく従い、診察の最後に起きてもいいかと尋ねた。

「もちろんだとも。外の新鮮な空気を吸うのはいいことだ。兄さんと一緒に、馬車で公園をまわってきてはどうかな。ここはひどく息苦しい。もうすぐサマセットに行くんだそうだね。なんと羨ましい！」

フレデリカはジェサミーがうなずくのを確認して、ウィリアム卿をともない、客間に戻った。

医師はそれから二十分ほどいろいろと説明し、彼女の心配をひとつ減らしてくれた。脳《のう》震盪《しんとう》の後遺症が生じる恐れは皆無ではないが、彼の指示をしっかり守ればその可能性はほとんどない、と彼は言った。そしてエルコット医師を褒《ほ》め称《たた》え、エルコット医師の薬もとてもよいが、フェリックスはすでにかなり回復しているからこちらの薬のほうが適しているだろう、と代わりの薬の処方箋を書いた。ウィリアム卿は、思いやりのある笑みを浮かべ、弟さんのことは心配しないようにと言い残して立ち去った。「あなたが心配すれば、弟さんも心配する！　それがよくないのだよ。バースの開業医の場所を書いておこう。信頼できる男だ。彼を呼ぶことにはならないと思うが、念のために」

そのころ、オーウェンは姉と一緒にサマセットハウスへ出かけるところだった侯爵に、フレデリカの手紙を渡していた。翌日ロンドンを発つのに、まだロイヤルアカデミー展を訪れていないことを思いだしたレディ・エリザベスが、これまで自分をほとんど放っておいたのだから、せめてサマセットハウスにエスコートして償うべきだ、と侯爵の早朝の日課を無視して主張したのだった。

侯爵はフレデリカのメモを読むと、オーウェンをさがらせた。レディ・エリザベスは弟の顔を見た。「何事なの、ヴァーノン？　フェリックスじゃないでしょうね？」

彼は姉にメモを渡した。「わからない。申し訳ないが、エリザ、サマセットハウスには同行できないな」

「もちろんよ！　わたしも一緒に行くわ！　ヴァーノン、あの子たちの誰かに何かが起こったのかしら？」彼女は手紙を読みあげた。「〝すぐにここに来てください。これ以上書いている時間はありませんが、会ったときに説明します。お願いですから急いでください！〟可哀想《かわいそう》に、フレデリカは心配でどうにかなりそうなんだわ！」

「そのとおり。だから、いますぐ出かけよう！」

彼らがアッパーウィンポール街に到着したときには、うわの空で弟たちを見送ったフレデリカは客間に戻り、カリスの手紙を再び解読しようとしていた。そして侯爵が姉を残して階段を一段おきに上がり、何も言わずに部屋に入っていくと、ぱっと目を上げて立ちあがった。「来てくださると思っていたわ！」彼女は感謝をこめて言った。「あんな急ぎのメモを送ってごめんなさい。ウィリアム卿がみえて時間がなかったものだから――」

「それより！」彼はさえぎった。「どうしたんだ、フレデリカ？　フェリックスか？」

「いえ、違うの！　弟は元気よ。ウィリアム卿は、まもなく完治するとおっしゃったわ。それよりもっと、ずっと悪いこと……いえ、もちろん、弟のことも悪いけれど――」

「しっかりしなさい。落ち着いて話さないか！」彼はフレデリカの手を握りしめた。「きみを助けるには、何が起きたかを知る必要がある。そんなに取り乱してどうするんだ！」

ちょうど部屋に入ってきてこの厳しい言葉を聞いたレディ・エリザベスは、目をしばたたいた。フレデリカは自制心を取り戻してどうにか笑みを浮かべた。「ありがとう！　こんなことをするなんてひどすぎるわ……あなたにもどうにもならないと思うの。どうして来てほしいと頼んだのかしら。でも、あなたのことが最初に頭に浮かんだの。考える前に……でも、もう遅すぎるわ」

「まだなんのことかさっぱりわからない」アルヴァストークは言った。

「ごめんなさい！　どう説明していいかわからなくて……まあ、エリザ！　ちっとも気がつかなくて――」

「いいのよ。できることがあれば、と思って来たの。でも弟とふたりきりで話したければ、わたしは失礼するわ」エリザベスは言った。

「いいえ、とてもご親切に。秘密にできればと思ったけれど、そんなことは不可能ですもの」彼女は苦しそうに続けた。「実は、カリスが……エンディミオンと駆け落ちしたの！」

エリザベスははっと息をのんだが、侯爵は落ち着いて尋ねた。「証拠があるのかい？　カリスがそんなことをするとは思えない。エンディミオンが彼女を説得したのなら、ぼくは彼のことを誤解していたようだ。あの愚鈍だが実に潔癖ないとこにそんなことができるとは」

フレデリカが黙ってカリスの手紙を差しだすと、侯爵は片眼鏡を手探りし、それに目を走らせた。エリザベスはフレデリカをソファに連れていった。「フレデリカ、間違いではないの？　まさかグレトナグリーンに行ったと思っているわけではないでしょう？」

「そうに違いないわ。ほかにはどこも考えられないもの」

「では考えるのをやめなさい」アルヴァストークが手紙から目を上げ、さえぎった。「まったく、日頃の落ち着きはどこにいったんだ？　ここには、〝お姉様がこの手紙を読むころには、わたしは結婚し、はるか遠くに行っているでしょう〟とある。カリスがいくら愚かでも、一、二時間で国境にたどり着けるとは思っていないはずだよ。この手紙の書き初めに彼女が泣いていなかったことは、実に幸運だった」

「では、どこにいるの？」フレデリカが問いつめた。

「それはまだわからない。そしてこれからも突きとめられると約束はできないが……どうかな、何か手がかりがつかめるかもしれない」

「手がかりはこの手紙しかないのよ」フレデリカはため息をついた。

　侯爵は何も言わず、顔をしかめて手紙を見ている。エリザベスは座ってフレデリカの手を取り、なだめるように撫《な》でた。まもなく侯爵が沈黙を破った。「そうか。通行証ではない、許可証だ。謎を解く手がかりだぞ、フレデリカ。すぐ前の単語がインクでにじんでいるのは残念だが、特別であることはまず間違いない。きみの妹は、結婚特別許可証でぼくの愚かないとこと結婚したんだ。それが厳密に言えば駆け落ちになるのかどうかはわからないが、この問題はそれほど切羽つまってもいないし、国境までふたりを追いかけていく必要もないことはわかった。嫌悪すべき展開ではあるが。われわれは、ゴシップ好きの人々の目をくらませばいいだけだ。ぼくは喜んでそうするとも。しかし、エンディミオンに特別許可証があれば結婚ができると知恵をつけたのは、いったい誰なのかな?」

フレデリカは体を起こした。「でも、そんなことはできないわ。カリスは成人に達していないもの!」

「つまり、エンディミオンがカリスの年齢を偽って許可証を得たということ?」エリザベスは言った。「まさか! それは重罪よ!」

「いいや、そうは思わない」侯爵は答えた。「エンディミオンは少々良識に欠けるかもしれないが、悪党ではないよ! したがって、後見人の同意なしに、特別許可証でカリスと結婚することはない」

「あなたが彼の後見人でないなら、誰がそうなの?」

彼はそれには答えずフレデリカをじっと見て、彼女の顔がこわばると、かすかに愉快そうな目になった。

「ハリー!」フレデリカは言った。「ハリーだわ!」

「そのようだな」

フレデリカは怒りもあらわにぱっと立ちあがった。「どうしてこんなことができるの? いったいどうして? カリスを破滅させる結婚の手助けをするなんて。わたしを騙《だま》すのに手を貸すなんて。わたしがどう思っているか知っていたのに。カリスもカリスよ! 朝食のあいだ泣いていたわけがわかったわ。良心の呵責《かしゃく》に耐えかねていたのね」

「彼女は泣いていたのかい？」侯爵は興味深そうな口調になった。「手紙を書くあいだ泣いていたのは間違いないな。相当な量の涙だ！　祭壇でエンディミオンの隣に立つときも、まだ泣いていたと思うかい？」

「そんなことは知らないし、どうでもいいわ」フレデリカはそう叫ぶと、まるで怒りを発散するように、部屋のなかを歩きはじめた。

「ええ、どうでもいいわ」エリザベスが同意した。「ヴァーノンったら、どうしてそんな軽口を叩《たた》けるの？　これは道化芝居ではないのよ」

「でも、道化芝居にそっくりだ」彼は言い返した。

「自分の姉妹が同じことをしても、そう思える？」フレデリカは鋭く尋ねた。

「もちろん。たとえば、ルイーズかな？　いや、オーガスタのほうが面白そうだ」

この言葉がもたらした光景に、フレデリカはこみあげた笑いに息をつまらせた。

「そう、それでいい」彼は元気づけるように言った。「さて、そんなに深刻にならずに、この事態について考えてみようじゃないか」

フレデリカは答えなかったが、まもなくソファに戻り、腰をおろした。「あなたの言うとおりだとすれば、すべきことは何もないわね。もっとじっくりその手紙を読んでいれば……熟考していれば……すでに起こってしまったかもしれない結婚を防ぐことなどできないことがわかったのに」彼女は弱々しく微笑んだ。「実際、あなたが来たのは無駄だったわ。ごめんなさい」

「無駄ではないさ。もちろん結婚を防ぐことはできないが、きみがよくよく考えるのをやめさせることはできる。われわれ、きみとぼくは、すべてを正しくすればいいんだよ。きみの気持ちはわかっている。きみはカリスにいわゆる〝立派な結婚〟を望み、それを実現できると信じていた」

「彼女はなぜそうしなかったの?」エリザベスが口をはさんだ。「あんなに美しくて、すばらしいマナーと優しい性格の持ち主ですもの。十分立派な相手が見つかったはずよ。少しばかり呑《の》みこみが悪いとしても、賢い女性を望む男性ばかりではないわ」

「彼女がそうしなかった理由はひとつ、そういう結婚を望んでいないからだ」彼はフレデリカにからかうような笑みを向けた。「きみは信じないだろうね? きみには野心があった……もちろん、きみ自身の野心ではないが。これは考えたこともないだろうが、カリスが賞賛されるのを喜んでいたのはきみで、彼女ではなかったんだよ。カリスはロンドンより田舎のほうが好きだと言ったことがある。ロンドンはみんながじろじろ見るからいやだとね。それに、知らない相手と踊るより友人と踊るほうが楽しい、ロンドンのパーティよりも田舎のパーティのほうが好きだ、と。結婚市場で条件のいい男たちに取り囲まれている当の本人がそう言ったんだ。ぼくが彼女を、愛らしいがとても退屈な娘だと思っていることをきみに隠したことはないが、これだけは言える。カリスには虚栄心がまったくない」

「わたしは、条件のよい結婚をしてほしいと思っていたわけではないわ。ただ……まあ、いままで何度も言ったことを繰り返しても、何もならないわね」

「覚えているとも。きみは彼女に快適な暮らしを望んでいた。だが、彼女の考える快適な暮らしは、きみの考えるものとは違うんだよ、フレデリカ。彼女は説得されやすい人間だから、エンディミオンと出会って恋に落ちていなければ、若きナヴェンビーと結婚し、きみの期待に応えたかもしれない」

「そして幸せになっていたわ」

「その可能性は大いにある。だが不幸にも、彼女はエンディミオンと出会った。どうやらそのときから心を決めていたようだな」

「ばかばかしい。あの子はこれまで何度も恋に落ちたけれど、すぐに冷めたわ」

「それは信じる。だが、これまで何人の若者が求婚したにせよ、エンディミオンとの恋には冷めなかった。ひょっとするとこの結婚はきみが思っているほどひどい結果にはならないかもしれないぞ。結婚の仕方は、控えめに言っても遺憾だが。いま考えるべきなのはそのことだ。なんとか体裁を整えなければならない」

「それができればね」エリザベスの口調は懐疑的だった。

「とても無理だわ。考えてみてちょうだい」フレデリカは言った。「婚約の発表もせず、結婚式にはひとりも招待せず、式はわたしたちがロンドンを立ち去る二日前に執り行われた。こんなスキャンダルをどうやってもみ消せばいいの？」

アルヴァストークは嗅ぎ煙草《たばこ》のケースを開け、葉をつまんだ。「難しいことは認めるが、不可能ではないと思う。婚約の知らせを省略したことをどうやって解決するか、すぐには思いつかないが……ルクレティアを犠牲にしようか？　どうかな、エリザ？　それで解決できれば、ぼくは喜んでそうするが」

フレデリカはつい笑みをこぼした。「あなたは本当に嫌悪すべき人ね。それに、ど、どうやって？」

「ルクレティアを結婚の障害にしよう。彼女がそれを聞いてひどく具合が悪くなったため――もちろん聞いたら本当にそうなるとも。婚約を発表すれば、悪影響が出ると思った」

「でもエンディミオンがこっそり結婚したことがわかって、元気になったの？」エリザベスは皮肉たっぷりに言った。

「姉さんが一緒に来てくれて本当によかったよ」侯爵は優しい声で言った。「実に役に立つ。婚約がなぜ秘密にされていたのか考えてくれないか。結婚式に近親者しか出席しなかった理由はぼくにもわかる」彼は袖についた葉を払い落とした。「花嫁の家族の近親者が亡くなったため、結婚式は内密に行われたんだ。発表の記事にそう入れよう」

レディ・エリザベスは気が進まなそうだった。「ええ、それは可能ね。でも、なぜルクレティアは出席しなかったのかしら？」

「したさ」

「彼女にそう言わせることは決してできないわよ」

彼の唇の端に嘲笑が浮かんだ。「賭けるかい？」

「いいえ」フレデリカは大声で言った。「つまり、彼女を……買収するの？　だめよ！　だいいち、それでは解決にならないわ。わかっているくせに！　あなたに相談するなんてばかだったわ。あなたには関係ないのに、どうして相談したのかしら。あなたを巻きこむ権利などないのに！」フレデリカは顎を上げた。「わたしのせいでこんなことになったんですもの。わたしがなんとかするわ。カリスが後悔しないといいけれど……それに社交界の人々が……あの子を拒否しないでくれれば……」彼女は言葉を切り、目を拭った。

そのときドアが開き、非難もあらわな顔でバドルが言った。「ミスター・トレヴァーがおいでです！」

28

フレデリカはとっさに叫んだ。「いいえ、だめ！　お客様はお断りして」

だが、トレヴァーはすでに戸口に立っていた。エリザベスにかすかに会釈をしてバドルが立ち去ると、侯爵の秘書はにこやかな笑顔でフレデリカに歩み寄った。「執事を責めないでください。留守だと言われたのにわたしが無理やり上がってきたんです」

侯爵が片眼鏡を目に当てた。「きみらしくないな、チャールズ。それなりの理由があるんだろうね」

「ええ、閣下」トレヴァーはひるまず答えた。そしてフレデリカと握手をしながら、彼女をじっと見つめた。「わたしが来たのは……あなたがその手紙を見た場合のためなんです。どうやら見たようですね。その手紙は無視してください。万事順調だとお約束します」

フレデリカは驚いてトレヴァーを呆然《ぼうぜん》と見つめることしかできなかった。

彼は安心させるようにぎゅっと手を握ってから離して同じ言葉を繰り返した。「お約束します」

彼女はどうにか尋ねた。「妹は結婚しなかったの？　しなかったのね？」

「ええ。結婚には至りませんでした」

「よかった！」フレデリカは安堵《あんど》の声をあげた。「あの子はどこ？」

「いまはドーントリー夫人と一緒ですが、明日には戻ってくるはずです。旅行鞄《かばん》があるので、今夜は帰ってこないほうがいいと判断しました。使用人の手前……」

「ド、ド、ドーントリー夫人と？」フレデリカは戸惑った。「でも……？」

「チャールズ、なんだってこの件にきみがかかわることになったんだ？」アルヴァストークが問いただした。

「それが、いろいろと事情がありまして」

「この嘆かわしい企《たくら》みを知っていた、というのか？」

「とんでもない！　偶然見つけたんです。まさかわたしが進んでかかわったと……」

「もちろんそんなことは誰も思っていないわ」エリザベスがさえぎった。「座って全部話してちょうだい！　さもないと好奇心で死んでしまいそう。あら、ごめんなさい、フレデリカ」

「フレデリカの許しを請う必要はないさ」侯爵はそう言って秘書の厳しい視線と目を合わせ、笑みを浮かべた。「許してくれたまえ。この状況では、どんなこともありうると思ったんだ。どんな偶然でかかわることになったのかな？」

トレヴァーはほっとして腰をおろし、一瞬考えてから口を開いた。「初めからお話ししたほうがよさそうですね。覚えておられると思いますが、例のビジネスの件でわたしはテンプルに出かける必要がありました。それで今朝出かけ、帰りにセントクレメントデーンズの教会の前を通り過ぎようとすると、前庭にドーントリーが見えたんです。奇妙な場所にいるなと思いました。しかも旅行鞄を持って。しかし、わたしには関係のないことですから、そのまま通り過ぎようとすると、貸馬車が教会の前に停まり、メリヴィルが飛びおりたんです！　彼はミス・カリスが馬車から降りるのに手を貸し、鞄をおろしました」

「彼女は泣いていたかい？」侯爵が尋ねた。

「わかりません。ですが、落ち着かない様子でメリヴィルの腕にしがみついていました」

「泣いていたに違いない」そう言った侯爵の口調は満足げだった。

「お願いだから黙ってちょうだい！　さあ、続けて、ミスター・トレヴァー！」

「それで、こう思ったんです。もちろん彼らは秘密にしていましたが、ドーントリーとミス・カリスが惹《ひ》かれ合あっているのは知っていました。それに、あなたがふたりの交際に反対だということも」

「クロエから聞いたのだろうな」

「たくさんの人が知っていたわ」フレデリカはそう言って、冷たくこのつぶやきを無視した。「で、それからどうなさったの？」

トレヴァーは少し顔を赤らめ、感謝するようにフレデリカを見た。「最初は何もしませんでした。気が動転して……それに、どうすべきかもわからなかった！　これはなんとも扱いにくい事態でした。わたしにはしゃしゃりでる権利などないし、兄上が一緒とあっては、とくにそうです。ふたりがばかなことをするのをなんとか止めなくては、とようやく決心がついたときには、彼らが教会に入って何分かたっていました。そこで走って通りを横切り、教会に入ったんです。なかにいたのは、彼らと教区牧師と堂守だけでした。牧師はすでに式を始めています。これには困りました。式の最中にふたりに近づいて、話があるとか、〝待て！〟などとは言えません。おまけに牧師にじろりとにらみつけられてはね！　わたしは聖職についている身ではないが、父も長兄も聖職者です。教会で騒ぎを起こすなんて、考えただけで体が震えます！　そこで、とりあえずどうすべきか考えようと後ろの席に腰をおろしました。それから、〝この結婚に正当な理由で異議のある者は〟というくだりを思いだし、それを待ちました」

「チャールズ！」エリザベスが叫んだ。「あなた、異議があると言ったのでしょうね？」

「言いましたとも、ええ。〝異議あり！〟と。牧師はそんな経験は初めてだったと見えて、びっくり仰天し、口をぽかんと開けて立ち尽くしていましたよ。彼がなんとか気を取り直して全員礼拝室に来るようにと言うころには、誰も彼の言うことなど聞いていませんでした。ドーントリーは、きみには干渉する権利などないと叫び、いまのはいったいどういう意味か説明しろと迫りました。メリヴィルはミス・カリスの法的保護者がここにいるのに、異議などありようがないとわめき立て、ミス・カリスもすっかり取り乱して、なんともひどい光景でした。そこが教会だということをすっかり忘れ、わたしもいくつかひどい発言を返しました。ですが、ようやく礼拝室に行くと、状況が落ち着きました。ドーントリーはミス・カリスを落ち着かせるので必死で、わたしを攻撃する暇などなかったからです」

「で、彼女を落ち着かせることができたのかい？」アルヴァストークが尋ねた。

「いいえ、ですが、メリヴィルが落ち着かせました。彼女の顔にコップの水をかけたんです」

「正しい行動ね」フレデリカはうなずいた。

「ええ、まあ」トレヴァーは曖昧に同意した。「ただ、興奮は静まったものの、ミス・カリスが泣きだし、またひと騒動起こりました。ドーントリーがメリヴィルに食ってかかり、メリヴィルも、自分の妹だ、好きなようにするさ、と言い返して、ふたりでけんかを始めたんです。わたしはその隙に牧師を横に呼び、彼をなだめました」

「チャールズ」アルヴァストークはすっかり感心した。「きみを過小評価していたようだな。きみには外交手腕がある」

トレヴァーは顔を赤らめて笑った。「残念ながら、あまり成功しませんでした。牧師はかんかんで……まあ、無理もありません。重要なのは、彼がこう言ったことです。異議があろうとなかろうと結婚式を執り行うのはごめんだ、きみたちのような不信心者でけしからん輩《やから》は見たことがない、と。それからメリヴィルが、この件から手を引く、台無しにしたのはきみだから、このあとの責任は全部きみが取れ、と叫んで、激怒して飛びだしていきました。ありがたいことに」

「とても、ありがたいことだったわ！」フレデリカが言った。「で、それから？」

「わたしは牧師にミス・カリスが気を取り直すまで、ここに置いてくれと頼みました。そして牧師が部屋を出ていき、ミス・カリスが泣きやむのを待ってふたりに話したんです。こんなふうに式を挙げるのがどれほど不適切か、と。するとドーントリーが自分も最初から気が進まなかったが、ミス・メリヴィルと閣下が、ミス・カリスを自分と引き離そうとするのではないかと思い――」

「ぼくのせいか。彼に交際相手を絞らないようにと仄《ほの》めかしたんだ」

「ええ、そのことは聞きました。ですが、ずっと以前からあなたに反対されると思っていたようです。それで、こう言ってみたんです。侯爵はきみがミス・カリスと結婚しようとすまいと、これっぽっちも気にかけないと思う。だが、急いで結婚に踏みきれば間違いなく気分を害されるぞ、とね」

「きみはぼくをよく理解しているな、チャールズ！　彼は、小遣いを減らされることを恐れたかい？」

「いいえ。将校株を売って、農夫になるつもりだと言いました。シャイアで」

「うむ。小遣いを止められる覚悟ができていたのなら、何を恐れていたんだ？」

「どうやら」トレヴァーは注意深く表情を消した。「外交任務につけられ、遠い国に送られると思っていたようです」

一瞬の沈黙のあと、ふたりの女性が笑いだした。

「で、わたしはこう言いました」トレヴァーは続けた。「あなたの権力もそこまではおよばないはずだ、と」

「まったくばかなことを思いつくものだ」アルヴァストークはそう言って、片手で額をぴしゃりと叩《たた》いた。

「僭越《せんえつ》でしたが、わたしは侯爵にすべてを話し、ドーントリー夫人にとりなしてもらうべきだ、と助言しました」

「それとわたしに？」フレデリカが尋ねた。

「ええ、そうです」彼は告白した。「たしかにそう言いました。ミス・カリスがここへはもう戻れないと言うものですから、仕方なく、ふたりともアルヴァストーク邸に連れていこうとしたんです」

「なんと。ふたり揃《そろ》ってかい？　で、何がその忌まわしい運命からぼくを救ってくれたのかな？」

そのときまで自信たっぷりだったトレヴァーが、初めてためらいを見せた。「ドーントリーが母親に手紙を残したことを思いだしたんです。正午に届けてくれ、と執事に託したのを。ひょっとすると母が打ちひしがれているかもしれない、安心させなければ、と言うので、われわれは馬車をつかまえ、渋るミス・カリスを説得して馬車に乗せ、グリーン街へ向かったんです」

「母親に手紙を残した？」侯爵が呆《あき》れて繰り返した。「式がすんだあとに、手紙を投函《とうかん》すればすむものを。なぜそうしなかったんだ？　同居しているわけではないのに」

「彼はこう思ったそうです」トレヴァーはまたしても注意深く表情を消した。「あとで忘れるといけないから、すぐに書いたほうがいい、と」

これを聞いてアルヴァストークは大声で笑いだした。

やがてフレデリカがどうにか笑いやみ、涙を拭きながら言った。「あなたは一緒に行ってくださったのね。そんなに勇敢な方だとは思いもしなかったわ」

「実はあまり行きたくなかったんですよ。しかし、結婚式を台無しにした手前、せめてそれくらいはすべきだと思いまして。ドーントリーは、自分の意見を支持してくれる人間がいなければ行きたくないと言うし、ミス・カリスはすっかり怯《おび》えている。あのふたりに任せておいては、埒《らち》があきませんから」

「ドーントリー夫人は、ひきつけの発作を起こしていたの？」エリザベスが尋ねた。

「いいえ。そのときはまだ」彼は真面目な顔で答えた。「客間に入っていくと、夫人はドーントリーの手紙を膝にのせて呆然と座っていましたが、息子の姿を見たとたんに、金切り声で頭ごなしに叱りつけたんです。わたしですら、もう少しで逃げだすところでした。それで彼は熊のようにむくれ、ミス・カリスは気を失いそうになりました。わたしは、ふたりは結婚しなかった、と言いつづけましたが、まったく聞く耳を持たない。そこで仕方なく近づいて、乱暴に揺さぶったんです。仰天した夫人がようやく口をつぐんだので、彼は結婚しなかった、と伝えました。すると夫人は息子の胸に身を投げ、なんとも……恥ずかしい調子でこう言ったんです。〝ああ、わたしの愛する息子。母のことを考えて取りやめてくれたのね！〟と。するとドーントリーはたいそう怒って、彼女を突きとばし、〝いや、違う！〟と叫び、すべてきみのせいだ、計画を台無しにしたいまいましい男め、とわたしに食ってかかりました。すると夫人はわたしの胸に身を投げました」トレヴァーはそれを思いだし、たじろいだ。

「お気の毒に」フレデリカは叫んだ。「で、どうしたの？」

「何もできませんでした。まったくひどいことに！　夫人は両腕を首に巻きつけて、わたしを親愛なる君、救世主と呼んで、頬にキスしてきたんです！」

「それはすばらしい。実に結構なことだぞ、チャールズ！」アルヴァストークが言った。

「わたしは、そうは思いませんでしたよ。それにドーントリーもね！　それまではむっとした顔をしていただけでしたが、母親が〝破滅的な結婚〟から息子を救ってくれたことをわたしに感謝するのを聞いてかっとなり、大声で夫人を罵りはじめたんです。あまりにも激昂《げっこう》し、言いたい放題で、わたしも夫人と同じくらい驚きました。あれほど気のよい男が、あそこまでかっとなるとは。ええ、夫人が心臓に片手を当て、発作が来そうだと言うと、好きなだけ発作を起こすがいい、ミス・カリスに対してもうひと言でも雑言を吐けば、生きているかぎり二度と口を利くものか、とまで言ったんですよ。その言葉に、なんとミス・カリスが突然〝いいえ、だめ、そんなことはだめよ！〟と叫んでドーントリー夫人に駆け寄り、抱きしめて懇願しはじめました。いまの言葉は彼の本心ではない、自分たちは彼女の気に入らないことは決してしないから、彼を怒らないでくれと訴えたんです。ミス・カリスは夫人をソファに横たえ、自分の気付け薬を鼻の下に当てて、ドーントリーに夫人の気付け薬を取ってきてくれと頼みました。彼がどこにあるかわからないと言うと、母親にこんなひどい仕打ちをするとは何事だ、気付け薬がどこにあるのかわからなければメイドに訊《き》いてこい、とすごい剣幕《けんまく》でした。彼は部屋を出ていき、ブランデーを持って戻ってきました。ドーントリーが、具合が悪くなっても、自分の気持ちは変わらないと母親に言うと、夫人が身震いして、ミス・カリスにそばにいてくれと懇願し、ふたりで泣きだしたんです。気がつくと、ドーントリー夫人はミス・カリスを親愛なる娘と呼び、ふたりでドーントリーをにらみつけていました。そのころにはすっかり怒りがさめていたドーントリーは、わたしが足を踏みつけなければ、母親の許しを請うて、背中をさすりながらなだめていたでしょう」

アルヴァストークは目を輝かせた。「よく機転を利かせたな、チャールズ」

「どうでしょうか。でも、彼が怒っているかぎり、ドーントリー夫人はミス・カリスにしがみつく。自分に同情しているのはミス・カリスだけですから。ミス・プラムリーが入ってくることだけが心配でしたが、幸運なことに、彼女は前の晩インフルエンザで寝込んでしまったことがわかりました。ドーントリー夫人のメイドはその看病につきっきりで、娘たちは感染を避けるために家庭教師と一緒に伯母のところに送られていたんです。ドーントリー夫人はひとりでこの事態に対処するしかなかったが、これは、夫人にはとうていできないことです。夫人は……彼女がどんな女性かご存じでしょう、閣下」

「知っているとも。十分すぎるほどだ」

トレヴァーはにやっと笑った。「ええ。彼女は、誓ってミス・プラムリーにメイドをつけたことは後悔していないが、まだすっかり回復していないせいで、ほんの少し気持ちが高ぶっても疲れるのだと言い、ミス・カリスはそれに同意しました。それも心から！　あれは演技ではありませんでしたよ」

「もちろんよ」フレデリカは言った。「カリスはとても優しい子ですもの。ほんの些細《ささい》なことで、あるいは何もなくても同情するの」

「すばらしい資質ですね」

「そうは思えないが……まあ、それはいい」侯爵が口をはさんだ。「つまり、カリスはいま、話し相手と看護婦とメイドの三役をこなしているんだな？　で、ドーントリー夫人は、破滅的な結婚を許可したのかい？」

「いいえ、まだですが、ミス・カリスのことを親愛なる優しい子と呼んでいるところを見ると、それも時間の問題でしょう。とにかく、ミス・カリスは明日まで彼女と一緒にいます。そこでドーントリーの耳元で、すべてを台無しにしたくなければ、しばらく姿を見せるなと警告し、一緒にそこを出たんです。それで……おしまいです」

「ああ、ミスター・トレヴァー」フレデリカは叫んだ。「感謝してもしきれないわ！　でも、わたしまであなたの胸に身を投げて困らせたりしないわね。ありがとう！」

トレヴァーは落ち着かなそうに口ごもった。「いいんですよ。感謝なさることなどありません。正しいと思うことをしただけですから」

「そんなに謙遜することはない」アルヴァストークが言った。「しかし、きみには驚いたな、チャールズ。あのルクレティアと対決するとは」

「ほんとに。さすがのあなたも、今度ばかりはチャールズに負けたわね」エリザベスも同意した。「でもフレデリカ、これからどうするの？　エンディミオンがカリスの相手にふさわしくないという意見にはわたしも賛成よ。でもルクレティアが結婚を許せば……？」

フレデリカはため息をついた。「わたしも許すしかないでしょうね」

「そのとおり」アルヴァストークが口をはさんだ。「夏の残りを涙の噴水と一緒に過ごすのは不可能だ。したがって、きみとルクレティアは、この非常に退屈なロミオとジュリエットに結婚の許しを与える。ぼくはロミオがこれ以上の愚行に走るのをいさめ、婚約の公式な発表をガゼット紙に送るとしよう」

「すばらしいわ」フレデリカは力なく言った。

「ええ。でも、あなたたちの婚約の発表を先にすべきではないかしら、ヴァーノン！」エリザベスは問いかけるような目で弟を見た。「実際、あなたたちの結婚式を先に挙げるべきよ。カリスとエンディミオンの公式な婚約は、一、二カ月延ばせばいいわ。ふたりの婚約発表のあとに彼らの婚約パーティを開き、それからアルヴァストーク邸で結婚するの。それがいいわね、チャールズ？」

　トレヴァーは珍しく動揺している雇い主をちらっと見て答えた。「ええ、マダム、わたしもそう思っていたところです」

「なんだと？」侯爵は怒って言い返した。

「わたしの目は節穴ではありませんからね」トレヴァーは言った。

「どういうこと？」フレデリカは突然青ざめた。「そんな話は何もないのに」

「おばかさんね。もちろんあなたがアルヴァストークと結婚するのよ」エリザベスが手袋をはめながらきっぱりと言った。「わたしがロンドンに出てきた翌日に、オーガスタがこう言ったわ。フレデリカはてきぱきと物事に対処できる女性だ、とね。サリー・ジャージーは――」

「頼むよ、エリザ。まずぼくにプロポーズさせてくれないか?」侯爵が冷ややかな声でさえぎった。

「ええ、いいわ! でも、お願いだから、返事を恐れるのも、タイミングを計るのもやめるのよ。フレデリカが平静になるまで待とうなんて考えないでね!」エリザベスは優しい笑みを弟に向け、秘書に言った。「トレヴァー、サマセットハウスまで送る余力が残ってる?」

「もちろん! 喜んでお供いたします」トレヴァーは即座に答えた。

「では、行きましょう」エリザベスはフレデリカを抱きしめた。「さようなら! わたしは明日ロンドンを発《た》つの。幸せを祈っているわ。チャールズ、頼りにしているわよ。わたしがいちばん好きな絵を選んでくれるわね」

「姉ときたら――」侯爵はドアを閉め、うんざりした声で言った。この先は慎重に進める必要がある。彼は考えこむようにつけ加えた。「もちろん姉の言うとおりだ。しかも実に正確に言ってのけた。きみがフェリックスを心配しているときに、きみの気持ちを確かめるのが怖かったのはたしかだ。だが、あの愚かな若者たちの都合を気にする必要がどこにある?」

フレデリカは、まるで足が床にはりついたかのように立ち尽くし、自分の耳にさえ他人のように聞こえる声で言った。「やめてちょうだい、アルヴァストーク。そんな……ばかなことは考えたこともないわ」

「それはよくわかっているとも」彼は悲しげに答えた。

「結婚など、まったく考えていないのよ」

「それもわかっている。こっぴどく思い知らされたよ。きみの頭にあるのはポークゼリーのことだけだ」

「ポ、ポ、ポークゼリー? まあ――!」フレデリカは一瞬目をきらめかせた。「まさか、あのとき、に申しこむつもりだったの?」

「そうとも。だが、ポークゼリーにはとても太刀打ちできなかった」

「あれは健康増進ポークゼリーよ!」フレデリカはつい訂正し、侯爵が近づくと、後ずさりして早口に言った。「わかったわ! 結婚を申しこむのが自分の義務だと思っているのね。モンクの農場に……泊まったことで、わたしの評判が――」

「ぼくはモンクの農場には泊まっていなかった。それにぼくがきみの立場を守るために、あのひどい宿と農場のでこぼこ道を何往復もしたことを考えると、きみは感謝が驚くほど足りないぞ、フレデリカ」

「心から感謝しているわ！　あなたは本当によくしてくれた。とても、とても親切だったわ。でも、わたしと結婚などしたくないはずよ。わかっているでしょう？」

「もちろんだ」彼は心から言った。「だが、ふたりの姉とお節介な秘書、それに旧友のうち少なくともふたりには、懸命に隠そうとしたにもかかわらず、ぼくの気持ちを気づかれてしまったようだ。フレデリカ、頼むから、承知してくれないか。断られる屈辱には耐えられない」

「どうかやめてちょうだい。わたしの状況はご存じのはずよ。ジェサミーとフェリックスのことを考えなければならないの。ハリーにあのふたりを任せておくわけにはいかないもの」

「ふたりをハリーの庇護《ひご》下に置くなど、とんでもないことだ。もちろん、ふたりとも休暇の一部を兄と過ごすことになるだろうが、当然ぼくたちと一緒に住む。ぼくのばかな甥《おい》同様、あのふたりにも導きが必要だからね。あのふたりもぼくが好きなようだ。もちろん、道徳的な師という面では、バクステッドに遠くおよばないことはわかっているが……」

「バクステッド卿《きょう》と結婚するつもりなどまったくないわ」

「それは賢い決断だ。どういうわけか、ジェサミーとフェリックスは彼をひどく嫌っているようだから。それに彼があのバルチスタン犬を受け入れるとも思えない。だから、もしぼくがきみなら、バクステッドとは結婚しない。ダーシー・モレトンともね。昨夜彼はきみの心を自分に向けようと手を尽くしたと話したが、彼はフェリックスとジェサミーに対処できないよ」

フレデリカは、笑いがこみあげるのを感じながらも、うろたえた。「わたしがふたりのためにあなたと結婚すると思っているようだけど、そんなことはしないわ」

「もちろんだとも。だが、きみがふたりが嫌っている相手とも、ふたりを家族の一員として受け入れない相手とも決して結婚しないこともわかっている。ぼくならその心配はない、と言いたいだけさ。ぼくはそうしたいんだ。ふたりのことが好きだし、彼らに興味をそそられる。後見人として振る舞うことにすっかり慣れてしまったから、彼らが自分の影響下からいなくなる状況など考えられない」

フレデリカはおぼつかなげに言った。「あなたは本当にすばらしい人ね。とても親切だわ。でも、なぜ結婚を申しこむの？　わたしの評判のため？　それとも同情から？　それは間違いよ。もちろん、ときどき同情しているのはわかっていたけれど――」

「やれやれ、フレデリカ、きみはそれほど間抜けではないはずだぞ」彼はいさめた。「言っておくが、わたしはすばらしい男でもないし親切な男でもない。きみの評判を落としてもいない。きみが同情の対象なら、恐ろしく退屈しているはずだ。だがきみに退屈させられたことは一度もない」彼はフレデリカの手を取った。「きみはぼくを退屈させなかった、これからも退屈させない唯一の女性だ。そういう女性が存在するとは思いもしなかったよ」

彼女は混乱し、震えだした。「まさか、そんなことは不可能よ。あなたがわたしに恋をしているなんて。そんなことがありえる？　うまく言いくるめて、わたしを騙《だま》そうとしているの？　そんなことはやめてちょうだい！」

「とんでもない」アルヴァストークは嬉《うれ》しそうに請け合った。「たんに、きみなしでは生きていけないことがわかっただけだよ、愛するフレデリカ」

フレデリカは無意識に彼の手を握り返し、笑いかける彼を見あげておずおずと尋ねた。

「これがそうなの？　恋に落ちること？　わたしにはわからないの。その経験がないから。それに何年も前に、心から愛する人とでなければ決して結婚しないと決めたのよ。アルヴァストーク、これは違うと思うわ。カリスの気持ちとはまるで違うもの。妹は恋がどういうものか知っているの。女性が紳士と恋に落ちたら、欠点など見えなくなると思っていたわ。でもあなたの欠点は見えるし、あなたが言うことやすることのすべてが正しいとは思わない。ただ、あなたがいないと寂しいし、苛々《いらいら》して落ちこむだけ」

「それさ、ダーリン」侯爵は彼女を抱きしめた。「それが恋だ」

「まあ！」フレデリカはきつく抱きしめられ、息を呑《の》んだ。「ようやくわかったわ。わたしは恋をしているのね！」

それから少しあと、メリヴィルの末っ子が部屋に駆けこんできて、ふたりがソファに並んで座っているのを見つけた。「バドルに邪魔をしてはいけないと言われたけど、そんなのでたらめだってわかってた」彼は言った。「アルヴァストーク、特別なお願いがあるんだ！」彼は侯爵が姉に腕をまわしていることに気づき、言葉を切ると、この裏切り行為にぞっとして不満そうに侯爵を見た。「どうしてフレデリカを抱いてるの？」

「結婚するからだ」侯爵は冷静に答えた。「きみも知っているはずだぞ。男は結婚する女性を抱きしめるものだ」

「やだ！　そんなことをしなきゃいけないなら、ぼくは絶対誰とも結婚しない！　まさかあなたが――」フェリックスは再び言葉を切った。「つまりフレデリカは――女の侯爵になるってこと？　ジェサミー、聞いた？　フレデリカは女の侯爵になるんだ！」

「侯爵夫人だよ、ばか！」行儀のよい兄が後ろ手にドアを閉めながら言った。「それに、面白いことなんか何もない」ジェサミーはフレデリカを見て、簡潔に言った。「よかったね、姉さん」そして、ぎこちなくつけ加えた。「寂しくなるけど、おめでとう」

フレデリカは片手を彼に伸ばした。「まあ、ジェサミー！　寂しくなんかならないわ。これからも一緒ですもの。これまでと違うのは、あなたとフェリックスとわたしが、グレイナードではなく、アルヴァストークと一緒に暮らすことよ。それに不満はないでしょう？」

ジェサミーは姉には答えず、侯爵を見て言った。「ありがとう！　でも、ぼくたちのことまで受け入れてくれとは言えません！」

「もちろんだとも。なんと恐ろしい見通しだ」侯爵は同意した。「ただ、きみのお姉さんは、それ以外の条件を受け入れてくれないんだよ」

ジェサミーはめったに浮かべない笑みを浮かべた。「あなたは、本当に完璧な人です！」

「違うよ！」フェリックスが言った。「彼がぼくらを受け入れたくないわけないだろ！こんなにおとなしいのに。親戚のアルヴァストーク、特別お願いしたいことがあるんだ。アルヴァに作業場を作ってくれる？　実験のために？　吹き飛ばさないってちゃんと約束する。どうかお願い、親戚のアルヴァストーク……？」

訳者あとがき

ジョージェット・ヘイヤーの『フレデリカの初恋』をお届けします。著者は一九〇二年生まれ、初版は一九六五年とたいへん古い作品ですが、いま読んでもまったくその古さを感じさせないところがさすがです。

ヴァーノン・ドーントリーことアルヴァストーク侯爵は、姉のルイーズから緊急の呼びだしを受け、長女ジェーンのために、侯爵邸でデビューの舞踏会を催してくれと頼まれます。夫亡きあと五人の子どもを抱えて生活がたいへんなことをアピールする姉に、アルヴァストークはまたかとうんざり。ルイーズは無類のケチで、亡き夫の遺産で十分な暮らしができるというのに、何かにつけてお金を引きだそうと弟を呼びつけるのです。姉の頼みをきっぱり断り、侯爵邸に戻った彼は、有能な秘書であるチャールズ・トレヴァーから、謎の女性が残していったという手紙を渡されます。遠い親戚にあたるその女性、ミス・メリヴィルとは一面識もない彼は、どうか自宅に訪ねてくれという手紙にまたしてもうんざり。つながりなどなきに等しいほど遠い親戚フレッド・メリヴィルの娘が、どんな用なのか？　どうせ金の無心か頼み事に決まっている。彼はそんな手紙をやすやす受けとったトレヴァーに腹を立てるのですが、そのトレヴァーがうっとりした表情で美しいミス・メリヴィルの妹を描写するのを聞き、かすかに興味を引かれます。その後まもなく姉のルイーズが娘を連れて訪ねてきてしつこく舞踏会を催せと迫り、同じ日にルクレティア・ドーントリーまでが娘クロエのために舞踏会を催してくれと、やんわり頼みこんでくる始末。まもなくミス・メリヴィルを訪ねると、彼女にも妹のために舞踏会を催してくれと言われて、またまたうんざり。その頼みは断ったものの、彼はフレデリカと名乗ったその娘の率直な話し方と、おおらかさ、温かい笑みに好感を持つのでした。結局アルヴァストークは、フレデリカの妹の美しさに胸を打たれ、しつこくねだる姉といとこのルクレティアの娘をデビューさせるためと称して舞踏会を催し、このふたりに自分を悩ませた仕返しをしようと思いつきます。まもなく彼はフレデリカに、そしてしだいに自分になつくようになったその弟たちにも関心と愛情を持つようになるのですが、肝心のフレデリカは彼に友情しか感じてくれず……。

本書『フレデリカの初恋』の著者であるジョージェット・ヘイヤーについては、初めて彼女の作品に接したわたしよりも、読者のほうがはるかに詳しく知っているに違いありません。この『フレデリカの初恋』の時代設定は、登場人物のひとりによる、レディ・メルボーンが亡くなったばかり、という台詞《せりふ》から、一八一八年であることがわかります。そうした社会的背景をきちんと書きこんでいることが、よく知られているヘイヤーの作品の魅力のひとつです。余談ですが、このレディ・メルボーンもたいへん興味深い女性です。政治家である夫のために内助の功を尽くすとともに、多くの男性と浮き名を流し、のちにジョージ四世となる摂政皇太子のウェールズ公とも関係があったと言われ、ウェールズ公が名付け親となった四男のジョージは彼の子であったとも言われています。長男のウィリアムはやがて大英帝国の首相となりました。

また、これも余談ですが、ヒーローが粋の模範だと考えたブランメルは、本名をジョージ・ブライアン・ブランメルと言い、父の代で財をなし、平民でありながらイートン校で学ぶという栄誉に浴した摂政時代のファッション・リーダーでした。通りを歩いていてじろじろ見られるときは服装に凝りすぎているのだ、という有名な言葉が残っています

当時のあらゆる細部に関して集められるだけの知識を集めたと言われるヘイヤーの作品は、頼みの辞書にも載っていない言葉や言いまわしが多く、翻訳作業には苦労しましたが、そのぶん愛着のある作品になりました。読者のお叱りを受けることなく、たくさんの方々に楽しんでいただければさいわいです。

二〇一五年七月

佐野　晶

訳者　佐野　晶

東京都生まれ。獨協大学英語学科卒業。友人の紹介で翻訳の世界に入る。富永和子名義でも小説、ノベライズ等の翻訳を幅広く手がける。主な訳書に、カーラ・ケリー『屋根裏の男爵令嬢』『拾われた１ペニーの花嫁』、キャンディス・キャンプ『壁の花へのプロポーズ』や〈ザ・アインコート〉シリーズ（以上、ＭＩＲＡ文庫）がある。

★　★　★

フレデリカの初恋

2015年7月15日発行　第1刷

著　　者／ジョージェット・ヘイヤー

訳　　者／佐野　晶（さの　あきら）

発 行 人／立山昭彦

発 行 所／株式会社ハーパーコリンズ・ジャパン

東京都千代田区外神田 3-16-8

電話／03-5295-8091（営業）

0570-008091（読者サービス係）

印刷・製本／大日本印刷株式会社

フ ォ ト／Getty Images

ISBN978-4-596-91637-2

公爵シルヴェスターの憂い
ジョージェット・ヘイヤー
後藤美香 訳
社交界に興味のない令嬢フィービに突如縁談が舞い込んだ。誰もが羨む相手だが彼女には最悪の印象を残した尊大な公爵で…。巨匠ヘイヤーの代表作！

ひと芝居
ジョージェット・ヘイヤー
後藤美香 訳
18世紀、若い女相続人を救ったのは青年に扮した姉と令嬢に扮した弟。美しい〝兄妹〟は英国社交界を見事にだまし通せるか!? G・ヘイヤー初期作。

悪魔公爵の子
ジョージェット・ヘイヤー
後藤美香 訳
冷徹なヴィダル侯爵は稀代の放蕩者。悪行が災いして渡仏が決まった彼は、尻軽そうな美女を誘うが、現れたのは堅い姉のほうで…。

令嬢ヴェネシア
ジョージェット・ヘイヤー
細郷妙子 訳
一八一八年、放蕩者の男爵が故郷で出会ったのは、駆け引きも知らない令嬢ヴェネシア。二人の間に奇妙な友情が芽生え…。巨匠が紡ぐ不朽の名作。

野性の花嫁
ジュリア・ジャスティス
江田さだえ 訳
10年間、暴力的な父親に軟禁されて育ったヘレナ。父が亡くなり晴れて自由の身になった彼女は、後見人である亡き母のいとこのもとに身を寄せるが…。

胸騒ぎのパートナー
キャンディス・キャンプ
琴葉かいら 訳
旅の途中で悪党にいとこをさらわれた19歳のヴィクトリアは、自らの手で助けるべく法執行官のスレーターに助けを求めるが…。C・キャンプの決定版！